The Mystery Collection

DREAM MAN

夜を忘れたい

リンダ・ハワード／林 啓恵 訳

この本をつぎの方々に捧げます。私を叱咤激励してくれたジョイス、リズ、マリリン、ビバリー、シェリー、キャシーへ。また、数カ月もの長きにわたって、歩くことさえままならなかった私を面倒見てくれたグレイ、我慢強く待ってくれたクレア、支えとなってくれたイリスとキャサリンとフェリーンとケイ。みなさんに、感謝を込めて。

夜を忘れたい

——主要登場人物——

マーリー・キーン……………………特殊な能力を持つ女性
デーン・ホリスター…………………オーランド市警の刑事
アレックス・トラメル………………デーンのパートナー
ゴードン・ボネス……………………デーンの上司
フレデリカ（フレディ）・ブラウン……デーンの同僚
グレース・ローグ……………………婦人警官
キャロル・ジェーンズ………………デパートの顧客係

1

マーリー・キーンがほかの映画ファンとともにシネマプレックスをあとにしたのは、金曜の夜十一時半のことだった。楽しい映画だった。気楽なコメディに幾度も大笑いさせられ、晴れやかな気分だった。足早に自分の車へと向かった。帰路につく観客のようすで見た映画がわかる。推理するまでもないことだ。手を握ったり、早くも駐車場でキスしているカップルなら情熱的なロマンスだし、肩で風を切るティーンエイジャーの少年たちは最新の武道スリラー。口角に泡を飛ばして議論するおしゃれな格好の勤め人たちなら『テルマ・アンド・ルイーズ』の二番煎じ。やっぱり、コメディにしてよかった。

煌々《こうこう》と照らし出された高速道路を自宅へと向かう車中、ふと思った。なんだかとっても気分がいい。この数年で、正確にいうとこの六年で、いちばんの気分だった。

いつからだろう？　振り返ってみて、あらためて驚いた。この半年ほど安らかな気持ちだったのに、この地へ来てから築いた起伏のない静かな日常にまぎれて、そうと気づいていなかったのだ。長らくただ息をして動くだけの時期が続いたが、時はそのゆったりとした作用によってようやく彼女を回復へと導いてくれたらしい。腕や脚を失った人がそのショックから立ちなおって現実を受け入れ、ふたたび人生に喜びを見いだすようなものだ。ただマーリーの場合は失ったのが肉体の一部でなくて精神の一部で、終わりのない暗闇で祈りつづけたのは、肉体を損なった人とは逆に、失ったものが二度と戻らないことだった。この六年のうちに、感知能力が戻るのをびくびくと待つだけの日々を脱し、彼女なりの暮らしを営むようになっていた。

マーリーはふつうでありたかった。ふつうの人のように映画館に出かけ、観衆にまぎれて映画を見たかった。以前はそれさえできなかった。数年まえ、できるとわかった直後は映画フリークに逆戻りし、差し支えのなさそうな作品を選んでは、それこそむさぼるように映画を見た。その後もある程度以上の暴力シーンには耐えられない時期が長く続いたが、この二年は好んでとはいわないまでも、たまにならスリラーも見られるようになった。ただ、意外にもセックスシーンは絶対に受けつけない。暴力シーンのほうがはるかに対処しがたい、もう一生見られないだろうと思っていたのに、拒否反応を起こすのは男女の親密さを描いた場面のほうだった。ドクター・ユーエルはつねづね、人間の精神は人智を超える、といっていたが、そのとおりだとわかっておかしかった。彼女の人生においてトラウマとして圧倒的な地位を占めるのは暴力であり、セックスはたんに不快なものにすぎなかったが、目をつぶってやり過ごすしかないのは〝愛〟のシーンのほうなのだから。

高速道路から四車線の道路に入り、出口の傾斜路を抜けたところで信号につかまった。ラジオはイージーリスニングの専門局に合わせてある。ゆったりとした音楽と、軽やかな映画の後味がもたらす贅沢《ぜいたく》な身体的な充足感に深々と息を——

——ナイフが空を切り、鈍いきらめきを放つ。湿った重い音！　ナイフが突き刺さる。ふたたび持ち上げられた刃物から滴る赤い——

マーリーはとっさに身を引き、脳裏に閃《ひらめ》いた鮮烈な恐怖のイメージを無意識に遠ざけようとした。「やめて」うめいた。呼吸が荒くなっている。

「やめて」抵抗してもむだだとわかっていたが、もう一度いった。両手は関節が白く浮くほど強くハンドルを握りしめているのに、足元から這《は》い上がってきた震えが全身に広がろうとしている。ぼやけた視界の先に、痙攣《けいれん》が激しくなるにつれてぶるぶると震えだす両手があった。

——どす黒い悪意に満ちた喜悦。勝利し、征服したものの喜び——

また見えた。ああ、戻ってこようとしている！　解放されたと思っていたのに、そうではなかった。感知したものが近づいていた。しだいに大きくなりながら、迫ってくるのがわかった。過去の経験からすると、間もなくそれに呑み込まれる。すでに認知能力は失われていたが、不器用な手つきでハンドルを切り、出口の傾斜路を塞がないよう車を右側に寄せた。ふらっと右に泳いで隣の車からクラクションを鳴らされたが、その音さえが遠くくぐもっていた。視界は薄れつつあった。無我夢中でブレーキを踏んで車を停止させ、ギアをパーキングに入れ、車の流れの妨げにならないのを祈った。つぎの瞬間、邪悪なイメージが戻ってきて、かすめ去ったはずのライトに真正面からとらえられたような衝撃を受けた。

手がだらりと膝に垂れた。前方をじっと見据える目はまばたきを忘れ、なにも映さないまま、完全に内向した。

息が荒くなり、かすれた音が喉元にせり上がりはじめているが、当の彼女には聞こえていなかった。ゆっくりと右手が持ち上がり、なにかを握っているような拳の形になった。拳が引きつったように三度振られる。ぎりぎりまで切りつめられた、突き刺す動作。そしてまた動かなくなった。表情を失った顔は彫像のように固定され、空っぽの目は一点に向けられた。

運転席側のウィンドウを鋭く叩く音で、マーリーは引き戻された。困惑と疲労に包まれ、自分がだれで、どこにいて、なにをしているのかわからない恐怖の一瞬《ほう》だった。この世のものとは思えない青い光が目のなかで躍っている。ぼんやりと惚けた顔を、輝くものでウィンドウを叩きながら、腰をかがめてなかをのぞき込んでいる男に向けた。男がだれで、なにが起きているのか、まるで理解できなかった。見ず知らずの男が自分の車に入り込もうとしている。鮮烈なパニック感で、口のなかがピリピリした。

と、そのとき、喜ばしい自己の認識がいっきに押し寄せ、現実感を取り戻させてくれた。男がガラスを叩くのに使っていたきらめく物体が懐中電灯の形を取った。胸元で輝いているのはバッジ、険しい顔に命令口調。警官だ。車のまえには、進行をさえぎるように停車された血のように赤い色を放射するパトカーがあった。

いまだ恐怖のイメージは近くにあり、ぞっとするほどリアルだった。それを遮断しなければ動けないのはわかっていた。自制心をはたらかせなければならない。漠然とした脅威の感覚に脅かされ、いくらかの記憶は表面近くを漂っているが、はっきりとした形は取っていない。もやもやとした不安を必死に押しやり、震える手でウィンドウを下げた。たかがこれだけの動作でも、力を掻き集めなければできない。骨の髄まで疲弊して、全身が麻痺し、筋肉が粥《かゆ》のように柔らかくなっている。

開いたウィンドウから蒸し暑い空気が流れ込んできた。警官は懐中電灯で車内をまんべんなく照らした。「どうかされましたか、マダム？」

思考力が鈍って脳が綿のようになっているが、うっかり真実を漏らさないほうがいいくらいはわかった。そんなことをすれば、幻覚作用のあるなんらかのドラッグの影響を疑われ、いますぐ連行されてしまう。これが、いま感じている漠然とした脅威の原因なのだろう。ふつうの人でも、夜中に留置所に入れられたらぞっとしない。マーリーの場合、とりわけいまのような状態では、悲劇的な結果を招くのは目に見えていた。

どれくらいの時間が経過したのかわからなかったが、自分がげっそりと青ざめて見えるのはわかっていた。「あの……すいません」声まで震えている。信じてもらえそうな釈明を必死に探した。「わたし――癲癇《てんかん》があって。めまいがしたので道の脇に寄ったんです。軽い発作だと思うのですが」

懐中電灯の光が顔に向けられ、上下左右に動いた。「車から出てもらえますか、マダム」

震えが戻ってきた。ちゃんと立てるかどうかわからなかった。それでも車から降り、支えとして開いたドアにつかまった。青い光が目に突き刺さり、思わず顔をそむけた。照りつける光に釘づけにされ、はた目にもわかるほど激しく震えながら立っていた。

「免許証を見せてもらえますか？」

　手足が重く、ハンドバッグを引き寄せるだけでもひと苦労だった。手にした先から取り落として、中身の半分を車内に、もう半分を地面にぶちまけた。ありがたいことに有害なものはいっさい入っていない。アスピリンの瓶や煙草のパッケージさえなかった。六年たってもまだ、精神に与える影響を恐れて一般市販薬が買えなかった。

　手足の自由を奪う疲労を押しとどめ、なんとか財布を拾って免許証を出した。警官は黙ってそれを見ると、彼女に戻しながら尋ねた。「お一人で大丈夫ですか？」

「ええ。ふ、震えてはいますけど、き、気分はよくなりましたか、から」歯の根が合わない。

「ち、近くなんです。自分で帰れます」

「うしろからついていって、無事にお宅までたどり着くのを見届けましょうか？」

「お願いします」感謝を込めていった。病院に収容されないためならどんな嘘だって平気でつくが、常識を失ったわけではない。信じられないほど疲れていて、記憶にあるかぎり、余波としては最悪だった。それに、まだ悪夢のイメージが残っている。感知したのか、過去の映像なのかわからないけれど、とりあえず脇に押しやった。いまそれを考えるわけにはいかなかった。少なくとも帰宅するまでは、明晰《めいせき》に話し、まっすぐ立ち、身動きが取れる状態を保つという、当面の仕事に集中しなければならない。

　警官の手を借りてバッグの中身を拾い集め、数分後にはふたたび運転席についた。車を舗道に戻し、体が思うように動かないので、慎重のうえにも慎重を期して運転した。途中二度、無意識の黒い波に洗われて、目を閉じかけているのに気づいた。

やがて自宅に着き、私道に車を入れた。なんとか車を降りて、警官に手を振った。車体にもたれて、走り去るパトカーを見送り、車が角を曲がって見えなくなると、ようやくわが家に入るという仕事にとりかかった。さあ、避難所へ戻るのよ。

まずバッグを落とさないように、震えて力の入らない指でストラップの部分を首にかけた。しばらく休んで力を蓄えてから、玄関ポーチの方角に体を送り出した。送り出すといっても、滑稽《こっけい》なほど力に欠けている。足が酔っ払いのようにもつれて左右に振れ、視覚は薄れる一方だった。生物のように成長を続ける疲労感に筋力を奪われ、どんどん動けなくなってくる。ポーチに至る二段の段差のまえまで来て、立ち止まった。ゆらゆらと前後に揺れながら、ふだんならなんの苦もなく上れる二段のステップにかすむ目を据えた。足を上げて一段めを踏もうとしたが、なにも起こらない。足が上がらないのだ。鉄のウェイトでもぶら下げているように、足は地面から持ち上がろうとしなかった。

体に震えが走りだした。やはりいまとは異なる暮らしをしていた当時、よく起きていた反応だった。数分内にうちに入らないと、完全に意識を失ってしまう。

崩れ落ちるようにして膝をついたが、その痛みもぼんやりと遠く感じられた。荒く苦しげな自分の息遣いが、うつろに響いている。迫りくる闇を押しやりながら、苦行のようにじわじわと段を這い上がった。

やっとの思いで玄関のドアまで来た。鍵。なかに入るには鍵がいる。頭がはたらかなかった。黒い霧のかかった脳は痺《しび》れ、鍵をどうしたのか思い出せなかった。バッグのなか？　車に置いてきた？　それともどこかで落とした？　引き返すことはおろか、あとどれくらい意識を保てるかわからないような状態だった。キー・リングが見つかるのを祈って、バッグのなかを掻きまわした。感触でわかるはずだ。ブレスレットのように手首にかけておける、伸縮性のあるもの。金属が手に触れるのに、つかめない。

ブレスレット……それなら手首にかけてある。意識しないほど身についた習慣だった。震えが激しくなってきた。手首からキー・リングをはずしたが、鍵穴に鍵を入れることができない。闇にほぼおおいつくされて、目が見えなくなっていた。絶望的な気分で再度挑戦した。まったくの手探りで鍵穴を探りあてると、残る力を振り絞って鍵穴に鍵を導くという怪力を要する仕事にとりかかった……あった！　息をはずませながら、カチッと鳴るまで鍵を回した。できた。鍵が開いた。

鍵を忘れないこと。鍵穴に残したままにしてはいけない。キー・リングを手首に戻してドアノブを回すと、ドアが大きく開いて遠ざかった。ドアにもたれていた彼女は、支えを失って戸口に倒れ込んだ。体の半分は外、半分は内側に入っていた。

もう少し。自分を叱咤《しった》して、手と膝に力を入れた。ドアを閉められるくらいなかに入ればいい。それだけよ。

もはや這っているともいえなかった。体を引きずりながらすすり泣いていたが、その音ももう聞こえていなかった。ドア。ドアを閉めなければ。それがすんだら、初めて暗闇に身をまかせられる。

腕は弱々しく波打っただけで、ドアには届かなかった。脚に命令を送ると、なんとかそろそろと持ち上がり、宙を蹴《け》った。ひどく力のない蹴りだったものの、ドアはゆっくりと弧を描いて閉じた。

そして彼女は闇に呑み込まれた。

身じろぎもせずに床に横たわるうちに、時は刻々と過ぎていった。淡い夜明けの光が部屋に射し込んできた。窓越しに射し込む光の軌道によって、朝の時間が印されてゆく。陽光は壁を下がり、床を這って、いつしか彼女の足元に達した。そうなってようやく暑さからのがれようと身動きを繰り返し、深い昏睡状態はより正常な眠りへと移行した。

目覚めに近づいたのは、午後も深まったころだった。床は眠るのに適した場所とはいえない。位置を動かすたびにこわばった筋肉は不満を漏らし、彼女を覚醒へと導いた。そのうちにほかの肉体的な苦痛も自覚できるほどに強まってきて、声高な不満の声が執拗《しつよう》に響きだした。喉の乾きもひどい。

どうにか四つん這いになった。頭はレース終了直前のマラソン選手のようにだらりと垂れた。膝が痛い。得体の知れない鋭い痛みに、息をあえがせた。どうしてこんなに膝が痛いの？　それに、なぜ床なんかにいるんだろう？

茫然とあたりを見まわすと、そこは安全で見慣れた自宅だった。小さなリビングの居心地のよい調度に囲まれていた。体になにかがからみつき、立ち上がろうとするたび邪魔をする——ねじれたストラップをどうにか首からはずして、床に叩きつけた。顔をしかめたのは、それも見慣れたものだったからだ。バッグだ。なんでバッグのストラップが首にかかっていたの？

どうでもよかった。砂のように重い疲労感があった。骨まで空洞になったようだ。

手近な椅子を支えにして、ゆっくり立ち上がった。運動機能に問題が生じている。千鳥足でトイレに向かった。足取りも目的地も酔っ払いそのものね、と思って少しおかしくなった。もっとも切迫していた要求を満たすと、グラスに水を汲み、喉を鳴らして飲み干した。顎に水が垂れたが、気にしなかった。これほど口の渇きを覚えたのは、記憶にないことだった。それをいえば、これほどの疲労感もだ。いままでで最悪、六年まえよりも——

彼女は硬直した。突如恐怖に駆られた瞳が、鏡に自分の姿を探した。こちらを見返している女はマーリーの顔をしているが、心を安らげてくれる、慣れ親しんだふだんの顔ではなかった。それは六年以上まえの顔、永遠に別れを告げたと考え、願ってきた時代の顔だった。

顔色は青白く、肌は緊張に張っていた。目の下に黒い隈《くま》ができ、青い瞳が濁って見えた。いつもはきちんとしている濃い茶色の髪は、ぼさぼさになって顔にかかっていた。二十八歳という実年齢よりも老けて見える。見なくていいものを見、経験しなくていいものを経験してきた人間の顔だった。

寒々しい血まみれの映像と、邪悪で暴力的な感情の突風を思い出した。そのせいで精神は制御を失い、あとには疲れきって空っぽになった自分が残された。ビジョンのあとはいつもこうだった。もう過去のものだと思っていたのに、勝手な思い込みだったのだ。ドクター・ユーエルも間違っていた。ビジョンは戻ってきた。

それともフラッシュバックだったのだろうか？　二度と再現されてほしくないと願ってきたものだけに、むしろその可能性に怯《おび》えた。だが、にわかにその疑いが濃くなった。そうでなければあんなものを見るだろうか？　ナイフの刃がきらめき、切り払い、切り刻むその刃から赤い血が滴る——

「考えちゃだめ」鏡をのぞき込みながら、声に出した。「考えるのをやめて」

まだ精神のはたらきは鈍かった。まだ取り憑《つ》かれているうえに、長い昏睡状態の後遺症が重なっているからだ。ということは、フラッシュバックでも、ビジョンと同じ影響が出るのだろう。いま現実だと思い込めば、身体へのストレスはより強まる。

ドクター・ユーエルに電話しようか？　だが二人のあいだには六年という年月が空白として横たわっており、それを埋めたいとは思わなかった。かつてはほぼ全面的にドクターに依存していた。彼はどんなときでも支え、守ってくれたけれど、いまはなんでも自分でするのに慣れていた。他人に頼らないほうがしっくりくる。人に取り囲まれ、息苦しいほど厳重に保護されていた生まれてからの二十二年間のあとだっただけに、自分しか頼るもののなかったこの六年間の一人暮らしがひときわ新鮮に感じられた。フラッシュバックだって自力で対処できるはずだ。

2

玄関の呼び鈴が鳴っている。デーン・ホリスター刑事は片目で時計を見るなり、悪態をついて目を閉じた。土曜日の朝七時。しかも、今月最初の非番の週末だというのに、呼び鈴を鳴らす不届きものがいる。相手にしなければ、どこぞのだれかもあきらめて帰るだろう。

まただ。今度はごていねいにノックまで続いた。やっぱり悪態をつきながらからまったシーツを払い、裸体をベッドから押し出した。昨夜脱ぎ捨てたよれよれのズボンをつかみ、足を突っ込んでジッパーを上げ、ボタンは留めなかった。意識しないほど身についた習慣のなせる技で、ベッドの脇にある小テーブルから九ミリ口径のベレッタを手に取った。郵便物の回収だろうとなんだろうと、丸腰で応対に出たことは一度もない。最後につき合った女――警官の不規則な勤務に振りまわされるのを嫌って長く続かなかったが――から、バスルームまで武器を持ち込む男なんてあんたぐらいなもんよ、といやみをいわれたくらいだ。

男の武器はどうすんだ、と混ぜっ返してやろうと思ったが、シャレのわからない女だったのでやめにした。彼女とのセックスには未練があったものの、別れを切り出されたときはホッとしたくらいだ。

デーンはブラインドの薄板を上げて外をのぞき、今度も悪態をつきながら、ロックをはずしてドアを開けた。猫の額ほどのポーチにいるのは、友人でもパートナーでもあるアレックス・トラメルだ。彼は優雅な黒い眉をそびやかせ、皺《しわ》だらけのコットンパンツを見下ろした。

「いかしたパジャマをはいてるな」

「いま何時だと思ってる?」デーンは野太い声でいい返した。

トラメルはおもむろに腕時計を見た。極薄のピアジェだ。「七時二分。それがなにか?」といいながら、つかつかとなかに入ってきた。デーンは乱暴にドアを閉めた。

するとトラメルは立ち止まり、遅まきながら尋ねた。「だれかいるのか?」

デーンは髪を掻き上げ、顔をごしごしやった。がさついた手の皮膚に髭があたって、ジャリジャリいう。「いや、一人だ」あくびをしてパートナーを見ると、例によって今日も非の打ちどころのない格好ながら、目の周囲に黒ずみがあった。

もう一度あくびをして尋ねた。「夜更かしと早起きのどっちだ?」

「どちらでもある。ひどい夜だよ、ちっとも眠れないんだから。で、ここで朝食をいただこうかと思って立ち寄ったわけさ」

「不眠症のお裾《すそ》分《わ》けとは、いい心がけだ」文句をつけつつ、足は台所へと向かった。ひどい夜の経験なら、デーンにも相応にある。一人でいたくない気分もわかるし、そんな気分になったとき、トラメルはいつも相手をしてくれた。「コーヒーをセットしといてやるから、好きにやったらいい。おれはシャワーを浴びて、髭を剃《そ》ってくる」

「コーヒーならおれがいれる。飲めなきゃ意味がないんでね」

口答えはしなかった。デーンのコーヒーは、いれた本人には飲めるのに、ほかに飲めた人がいたためしがない。味に無頓着なのは認めるが、そのとき欲しいのがカフェインの刺激なら、味は二の次になるものだ。

コーヒーをトラメルにまかせて、よたよたと寝室に引き返した。ズボンを脱ぎ、さっきあった床の上に脱ぎ捨てた。それから十分ほど、壁のタイルに片手をついてほとばしるシャワーを頭で受けるうちに、目覚めの兆候が現れた。髭を剃るとすっかりその気になったが、顎に切り傷のおまけつきだ。またもや悪態をつきながら、血を手でぬぐった。経験によると、剃刀《かみそり》で傷をつくった日は最初から最後までついていない。しかも顔に小さな切り傷のない日はまずないというのだから、恐れ入る。剃刀の使い方がなっていないのだ。電動シェーバーにしたらどうだ、と一度トラメルからけだるげに忠告されたが、それでは刃物に負けたことになる気がして、懲《こ》りることなく頑固一徹という名の祭壇にわが身の血を捧げつづけている。

服を着るのは簡単だった。最初に手に触れたものを身につけるだけだ。たまにネクタイを忘れるので、車には予備のネクタイが入れてあった。そのせいで衣類とネクタイがちぐはぐになることもあるが、彼にしてみればネクタイはネクタイであり、大切なのは格好よりも精神のほうだ。市警本部長がネクタイの着用を望むなら、それにしたがうまでのこと。ときにトラメルからおぞましげな目を向けられるが、相手はイタリア製のシルクスーツを好む伊達《だて》男《おとこ》なので、まともに取り合う必要はなかった。

トラメル以外の警官がそんな格好をしたり、彼のような車を乗りまわしていたら、くさいものが大好きな内務部から、肥《こえ》溜《だ》め扱いされて嗅ぎまわられるのがオチだ。ところがトラメルには、働かなくてもやっていけるだけの資産があった。キューバ人の母親からかなりの財産を相続したうえに、休暇中にマイアミで彼女と恋に落ちたきり、フロリダに根づいたニューイングランド出身のビジネスマンの父親からも、複数の儲け口を引き継いでいる。ゆうに百万ドルはする豪邸に住み、生活を切りつめる努力には縁がなかった。つまりデーンのパートナーは、不可解で、いけ好かない野郎なわけだが、トラメルがそんな暮らしをするのが、好きなライフスタイルを支えるだけの財力があるからなのか、内務部の連中の神経を逆撫《さかな》でしたいからなのかは、判断のむずかしいところだ。ただデーンは後者だとにらみ、そんなパートナーの生き方を悪くないと思っていた。

　デーンとトラメルは多くの点で正反対だった。トラメルは鞭《むち》のように細くしなやかで、猫のように超然としていた。どんなときも優雅で洗練されていて、りゅうとした身なりを崩さなかった。しかもオペラやバレエを、実際に愛好しているのだからたまげる。その対極に位置するデーンは、筋骨隆々のたくましい体に合わせて高価なシルクのスーツをあつらえたとしても、どことなく粗野に見える男だ。好きなのはスポーツとカントリー・ミュージック。トラメルがジャガーだとしたら、デーンはピックアップトラック、四輪駆動車だった。

　ところが顔は逆ときてる、とデーンは台所に戻りながら思った。自然が体の埋め合わせを企てたらしい。じかに会うトラメルは物腰の柔らかなハンサムだが、写真の顔には険しさがあった。その一方で子どもや小動物——違いがあるとしたら——を怯えさせるはずのデーンの顔が、カメラには愛された。トラメルはカメラアングルのせいだという。カメラ好きの彼はつねにカメラを携帯してさかんに写真を撮り、そのパートナーとして常時行動をともにするデーンは自然と登場回数が増える。高く突き出した猛々しい頬骨、落ちくぼんだ眼窩《がんか》、割れた顎。そのすべてが写真だとたんなる粗野では片づけられない、みょうに人を惹きつける魅力となり、折れた鼻までがある種の好ましさを感じさせた。じかに会うと、顔は傷だらけで厳めしく、なにも見のがさない、老成した警官の目をしているというのに。

デーンはコーヒーをついでテーブルについた。トラメルはまだ調理の最中だった。なにをつくっているのか知らないが、うまそうなにおいがしている。

「朝めしはなんだ?」デーンは尋ねた。

「全粒粉のワッフルに、生のイチゴだ」

デーンは鼻を鳴らした。「うちには全粒粉なんか置いてないぞ」

「わかってるよ、それくらい。だから、わざわざ持参したんじゃないか」

健全な食べ物。デーンはそれでもかまわなかった。他人が料理してくれるものなら、だいたいはつべこべいわずに食べることにしていた。勤務中は手軽で安易なジャンクフードに頼りがちだから、時間があるときくらい栄養価が高くて低脂肪の食事でバランスを取るのも悪くない。なんと、近ごろでは、もやしまで食べるようになった。もやしはまだグリーンのピーナッツ、地面から掘り出したばかりの、成長しきっていない殻の柔らかいピーナッツのような味がした。子どものころはグリーンのピーナッツをよく食べた。殻をむかなくていいので、成熟したものより好きなくらいだった。

「それで、昨晩の不眠の原因は?」デーンは訊いた。「なにかあったのか?」

「いや。うとうとするたびに、ひどい夢を見た。そういう夜だったってことさ」

夢というものは、本人の意思とは無関係に現れたり、現れなかったりする。どんな警官でも夢は見るが、デーンとトラメルは何年かまえ、銃撃戦の直後の一時期、それでひどい目に遭った。毎夜、夢にうなされる日が続いたのだ。多くの警官は勤務中に銃器を発砲することなく定年を迎えるという幸運に恵まれるものの、デーンとトラメルにはその幸運が授けられなかった。

当時、尋問のため発砲事件の容疑者を探していた二人は、頭に血が昇ったその容疑者の情婦の手引きによって、ほかでもない容疑者本人が取り仕切る大がかりなドラッグ売買の現場に踏み込んだ。往々にして悪党はこんなふうにしてつかまる。厳重な捜査の目をすり抜けておきながら、密告によって追いつめられるのだ。

悪党どもはその日にかぎって、手近な窓から飛び出して巣穴に逃げ込むよりも、弾丸を放つことで危機を回避する道を選んだ。デーンとトラメルは身を伏せてべつの部屋に飛び込み、追い込まれたまま人生最長の五分間を過ごした。〝銃撃戦に巻き込まれた〟というデーンの無線連絡を聞いた現場周辺の全警官が、制服私服を問わず援護に駆けつけたときには、三人の悪党と女が倒れていた。情婦と、男の一人が死亡。デーンは跳ね返って砕けた弾丸の破片で背中をやられていた。さいわい脊椎はそれていたものの、あばらの一本が折れ、右肺に穴の開く重傷だった。すでに意識が朦朧《もうろう》としていたデーンだが、傍らのトラメルが止血しようと悪戦苦闘しながら延々と悪態をついていたことだけは記憶に焼きついている。三日間の集中治療を含む十五日間の入院ののち、職場に復帰するにはさらに九週間を要した。そう、二人が執拗な悪夢に悩まされるようになったのは、その事件後のことだ。

トラメルがワッフルを皿に載せたのと、電話が鳴ったのは同時だった。デーンが受話器に手を伸ばすや、トラメルのポケベルがわめきだした。「チッ！」二人は顔を見合わせた。「なんだよ、土曜日だってのに！」デーンは受話器に怒鳴った。「今日は非番なんだぞ」デーンが相手のいい分に耳を傾けているあいだに、トラメルは大急ぎでコーヒーを流し込んだ。デーンが溜息をついていった。「ああ、わかったよ。トラメルならここにいる。これから二人で向かうよ」

「休日返上の理由はなんだ？」玄関を抜けながらトラメルが尋ねた。

「ストラウドとキーガンはべつの現場に出払って留守。ウォーリーからは今朝、病欠の連絡。フレディは歯が化膿して歯医者だとさ」いまさらカッカしたっていいことはない。「おれが運転するよ」

「それで、目的地は？」

車に乗りながら住所を告げ、トラメルが書き留めた。「ある男から女房が怪我をしたと通報があった。救命士の要請があったが、巡査のほうが先に現場に到着した。巡査は救命士をキャンセルして、殺人課に電話をかけた」

現場まで車で十分ほどかかったが、目あての家はひと目でわかった。通りはパトカーに救命士のバン、その他数台の公用車で、封鎖されたも同然だった。制服警官に取り囲まれた狭い芝地の外側に、近隣の人々の小さな人だかりができ、ちらほらと寝間着姿も混じっていた。デーンの目はおのずと野次馬に引き寄せられた。この場に不適当ななにか、よそ者らしき人物、あるいは多少なりと過剰な興味を示している人物がいないかどうか確認するためだ。現場付近をうろついている殺人犯は意外に多い。

デーンは濃紺のスーツをひょいとはおり、後部座席にあったネクタイをゆるく結んだ。そのときになって、トラメルがいつの間にやらピシッとネクタイをしていたのに気づいた。あらためて見なおして目を丸くした。なんて格好だ！　非番の日だというのに、さすが伊達男、イタリア製のダブルのシルクスーツを着ている。うちを出るときになにげなく着込んだのだ。

こんなときだ、トラメルの精神状態が心配になるのは。

二人が玄関の警護に立つ警官にバッジを見せると、警官は脇によけて通り道をつくった。

「クソッ！」デーンは犯行現場を見て低くうめいた。

「ありとあらゆる排泄物だらけだ」やはり驚きの声でトラメルが応じた。

殺人現場というのは、どれも似たようなものだ。警官になってしばらくすると、暴力犯罪が彼らなりの日常に組み込まれ、刺殺や銃殺がありふれたものになる。これが三十分まえなら、おれとトラメルはなにがあってもおおむね動じないだけの場数を踏んできた、とデーンも答えていたろう。

だがこれは例外だった。

どこもかしこも血まみれだった。壁や床にとどまらず、天井にまで血痕がこびりついていた。蛇行した血の跡は、彼の視界のうちにある台所からリビングへと延び、さらに短い廊下へと続いて消えていた。派手に飛び散った血痕から、壮絶をきわめたであろう揉《も》み合いのさまを思い描こうとした。

玄関の警護に立つ制服警官を振り返った。「鑑識はまだか?」

「まだです」

「クソッ!」また悪態が口をついて出た。科学捜査ラボ、つまり鑑識の到着が遅れれば遅れるほど、犯罪現場は危険にさらされる。鑑識の担当者が被害者を発見して現場を確保しないかぎり、ある程度は避けようがないことだ。だがまだ鑑識は到着しておらず、屋内には制服、私服の警官があふれ返り、証拠となる液体に泥をなすりつけている。

「イバンのチーム以外は、なかへ通すな」デーンは巡査に命じた。鑑識チームの責任者であるイバン・シェファーがこのありさまを見たら、頭から湯気を立てて怒るだろう。

「ボネス警部補もこちらへ向かっておられます」

「じゃあ、警部補もだ」そう応じて、デーンは口元をゆがめた。

事件現場となった家は中流家庭のもので、どことい って目新しい点はなかった。リビングにはカウチとそれに似合いの椅子　必需品のコーヒーテーブルとそれに似合いの正真正銘の合板のランプテーブルが置かれ、大きな茶色のリクライニングチェアはテレビのまえという特等席をあてがわれている。いまそのリクライニングに坐っているのは、茫然自失したようすの四十代後半から五十代前半の男で、たぶん被害者の夫なのだろう。制服警官の質問にひと言、ふた言で短く答えていた。

被害者は寝室にいた。デーンとトラメルは人込みを掻き分けて狭い寝室に入った。ひと足先に到着したカメラマンが仕事を始めていたが、やはりいつもの平静さを失っているのが見て取れた。

全裸の女性がベッドサイドテーブルと壁のあいだの窮屈なスペースに倒れていた。繰り返し刺されている――めった刺しといっていい。逃げようとして寝室に追いつめられ、なおも抵抗したことが、腕に負った深手からわかった。首は皮一枚でつながり、胸部には無数の刺し傷、それに指がなくなっている。デーンは室内を見まわしたが、切り落とされたほうの指は見あたらなかった。血痕は飛び散っているものの、ベッドに乱れはなかった。

「凶器は見つかったのか?」デーンは尋ねた。

巡査がうなずいた。「遺体の脇にありました。台所にあったギンスのナイフです。彼女は一式揃いで持ってました。宣伝にたがわず、どれも役に立つらしい。うちの女房にも何本か買ってやるかな」

もう一人の巡査が鼻を鳴らした。「よく考えてからにしろよ、スキャンロン」

デーンはたちの悪い冗談を聞き流した。警官たちはみなこうした冗談を口にすることで、日常的に目にする邪悪さを中和しようとする。「被害者の指はあったか?」

「いいえ。一本も見つかっていません」

トラメルが溜息をついた。「旦那に話を聞いたほうがいいみたいだな」

殺人事件の多くは、通りすがりのギャングに誤って撃ち殺される場合をのぞくと、友人や隣人、同僚、縁者といった被害者を知る人物によって引き起こされ、被害者が女性のときはさらに容疑者のリストが絞り込まれる。十中八九は夫か恋人の犯行だからだ。さらに、遺体発見者として通報してきた人物が犯人であるケースがきわめて多い。

トラメルとともにリビングに戻ったデーンは、被害者の夫から話を聞いていた巡査に頭で合図して脇に呼んだ。

「なにか聞き出せたか?」デーンは尋ねた。

巡査は首を振った。「なにを訊いても、ほとんど答えなくて。かろうじて聞き出せたのは、奥さんの名前がネイディーンで、彼の名前がアンセル・ビニック、それとここに住んで二十三年になるってことだけです。あとはいっさい口をつぐんでいます」

「あの旦那が電話してきたんだな?」

「そうです」

「わかった。今度はおれたちが訊いてみる」

ミスター・ビニックに近づいた。デーンはカウチに、トラメルはもう一脚の椅子を引き寄せて坐った。これで両方からミスター・ビニックをはさむ格好になった。

「ピニックさん、わたしはホリスター刑事、こちらがトラメル刑事です。あなたにいくつかお尋ねしたいことがあります」

ミスター・ピニックは床を見つめ、大きな両手を詰め物をした椅子の肘掛けにだらりとかけていた。「どうぞ」よどんだ声でいった。

「あなたが奥さんを発見されたんですか？」

黙って床を見ている。

トラメルが口をはさんだ。「ピニックさん、おつらいのはわかりますが、われわれはあなたの協力を必要としています。あなたが警察に通報したんですか？」

ミスター・ピニックはゆっくりとかぶりを振った。「電話したのは警察じゃない、九一一だ」

「何時に電話しました？」デーンは尋ねた。通報時刻は記録されているが、些末な事実に足元をすくわれる犯罪者は少なくない。被害者と結婚していたがために、いまのピニックは疑われる立場にあった。

「わからない」ピニックはつぶやき、大きく息をついた。集中しようと努力しているようだった。「七時半ぐらいだったと思う」震える片手で顔をぬぐった。「仕事は七時に終わって、うちまで車で二十分から二十五分かかる」

デーンはトラメルの軽い目配せをとらえた。多くの死を見てきた二人には、ミセス・ピニックが亡くなってから五、六時間たっているのがわかっていた。三十分や一時間でこうはならない。検死官が死亡推定時刻を割り出し、ミスター・ビニックがその時刻に職場にいて、職場を離れなかったという証言が得られたら、ほかの線を追及しなければならない。あるいは被害者には恋人がいて、夜勤中の夫にかわってベッドを温めていたのかもしれない。

「どちらにお勤めですか？」

返事はなかった。デーンはもう一度訊いた。「ビニックさん、お勤めは？」

ビニックはブルッと身震いして、地元の配送会社の名を告げた。

「お勤めはいつも夜間ですか？」

「ああ。集積場でトラックの荷物の積み降ろしを担当している。貨物の多くは夜のうちにやってくる。昼間に配送するためだ」

「昨晩は何時に家を出ました？」

「いつもと同じ、十時ごろだ」

やっと軌道に乗って、答えが聞き出せるようになってきた。「会社ではタイムカードを押すんですか？」トラメルが尋ねた。

「ああ」

「会社に着いてすぐ？　それとも、勤務時間が始まるのを待って？」

「着いてすぐだ。仕事は十時半から始まる。途中、食事休憩が三十分あって、七時に解放される」

「食事休憩の時間も、記録することになっているんですか？」

「ああ、そうだ」

どうやら、ミスター・ビニックの夜は隅々まで説明がつくらしい。もちろん話の裏は取らねばならないが、問題になりそうな点はまったく見受けられなかった。

「今朝、不審に思われたことは？」デーンが尋ねた。「家に入るまえに、ってことです」

「べつに。いや、ドアの鍵がかかってたな。いつもなら目を覚ましたネイディーンがおれのためにまず鍵をはずしてから、朝めしの支度にとりかかる」

「ふだんは玄関と、勝手口のどちらから入られるんですか？」

「勝手口」

「ドアを開けたとき、なにが見えました？」

ミスター・ビニックの顎が震えだした。「最初はなにも。シェードが下がって、明かりはついてなかった。暗かった。ネイディーンのやつ、寝坊したな、と思った」

「それで、どうしたんです？」

「台所の明かりをつけた」

「なにが見えました？」

ビニックはごくりと唾を呑んだ。口を開いたが、声が出なかった。目を手でおおった。

「ち、血だ」ようやく絞り出した。「全部——そこらじゅうに。でも——ケチャップだと思ったんだ、最初は。あいつがケチャップの瓶を落とした、瓶が割れて、中身が飛び散ったんだと。しばらくして——わかった。おれは震え上がった。あいつがうっかりして、ひどい怪我をしたんだと思った。大声であいつの名前を呼びながら、寝室に走った」ビニックはそれ以上話せなくなって、黙り込んだ。ふたたびガタガタ震えだし、デーンとトラメルが席を立ち、彼を悲しみと恐怖のなかに取り残して去ってゆくのにも気づかなかった。

助手を引き連れたイバン・シェファーがバッグを持って登場し、殺害現場から救い出せるだけの証拠を回収すべく寝室へ消えた。相前後してゴードン・ボネス警部補が到着した。ドアを入ったところで急停止し、ギョッとした顔でつぶやいた。「嘘だろ、おい！」

「意見の一致をみたようですね」警部補に近づきながら、デーンの隣でトラメルがいった。

ボネスは悪い男ではない。カリフォルニア出身で、ときにとっぴなアイディアを持ち出すものの、課の運営に最大限の公平を心がけているところはデーンも大いに買っているし、部下の刑事たちの奇癖や働き方にたいしてもうるさくなかった。

「わかったことを教えろ」ボネスはいった。

「めった刺しにされた女性被害者が一人。旦那は仕事に出ていました。アリバイのチェックはこれからですが、おれの心証ではシロです」デーンが答えた。

ボネスは溜息をついた。「とすると、恋人か？」

「そこまではまだ」

「よしわかった。至急調べろ。それにしても、すさまじいな、この壁は」

寝室に入るなり、警部補は青ざめた。「嘘だろ、おい！」またいった「こりゃ異常だ！」

デーンはうかがうような表情で警部補を見た。胃がわしづかみにされ、怖気《おぞけ》が背中を這い上がってくる。異常。そうだ、異常だ。そう思ったとたん、過去に例のない強い不安感が襲ってきた。

そしてイバンの脇にしゃがみ込んだ。長身痩軀《そうく》のイバンは、繊維なり毛髪なり、秘密を打ち明けてくれそうなものを熱心に探していた。「なにか見つかったか?」

「分析してみないことにはなんとも」イバンは周囲を見まわした。「被害者の指が見つかると助かるんだがね。爪に皮膚の組織が残されている可能性がある。いま近隣のゴミ箱をあさらせてるとこだ。ここに生ゴミ処理機がないってことは、外に持ち出されたってことだからな」

「強姦されてるのか?」

「どうかね。精液は残っていないが」

デーンの胸騒ぎはひどくなった。当初は血なまぐさいながら単純に見えた事件が、複雑な様相を呈しつつあった。彼の悪い予感はほぼ的中する。すでに警戒シグナルはオーケストラ並みの騒々しさで鳴り響いていた。

トラメルとともに流血の跡を逆にたどって、出発地点となる台所へ戻った。狭いけれど暖かみのある室内に入り、あたりに視線を走らせた。ネイディーン・ビニックが料理好きだったのがひと目でわかる。台所はほかの部屋にくらべ近代的だった。ピカピカの調理器具と、小さな調理台。その調理台から、よく磨き込まれてはいるが使い古された感のある各種ポットと鍋《なべ》がぶら下がっている。カウンターの片隅に寄せ木細工のまな板があり、その上に、一本だけ抜けたギンスのナイフセットのラックが置いてあった。

「クソ野郎はどうやって侵入した？」デーンはつぶやいた。「侵入跡を探したやつはいるのか？　旦那がやったと決めつけて、だれも調べていないのか？」

デーンと組んで長いトラメルには、彼の考えていることがわかった。「また感じるのか？」

「ああ。悪い予感ってやつだ」

「被害者に恋人がいたとは思わないのか？」

デーンは肩をすくめた。「それはどちらとも。ただ、警部補の『異常だ』って言葉が引っかかる。たしかにそうだ。それで急にみょうな胸騒ぎを覚えた。いいから、調べてみよう。どうやって侵入したか、わかるかもしれない」

たいして時間はかからなかった。予備の寝室を調べてみると、ある窓の網戸の下に小さな切り口が見つかった。網戸ははずして立てかけてあり、窓のロックはかかっていなかった。十年間閉めきっておいても困らない場所だ。トラメルがいった。「イバンを呼んでこよう。指紋か繊維が見つかるかもしれない」

胸騒ぎがいっそう悪化した。これが侵入跡ならば、状況は一変、第三者の犯行の可能性が浮上する。しかし物取りがミセス・ビニックとばったり出くわしたがために、一転して凶行におよんだとは考えにくい。物取りならまず逃げるし、攻撃するとしても、その場しのぎのもののはずだ。だが被害者への攻撃は執拗かつ徹底している。やはり、異常だ。

デーンは台所へ引き返した。ここが遭遇現場だったか、あるいは侵入者に気づいたミセス・ビニックが勝手口をめざして逃げながら、台所まで来てつかまったか。彼はそこに答えがあるとでもいうように、調理器具を凝視した。軽く眉をひそめ、コーヒーメーカーに近づいた。カウンターを占領しないよう上の吊り戸棚の下段に置いてあり、ガラスの容器に五カップ分ほどのコーヒーが入っている。指の背でガラスに触れてみた。冷たい。二時間で耐熱皿のスイッチが自動的に切れるタイプだ。カウンターにはなみなみとコーヒーの入ったマグがある。口をつけたようすはない。黒い液体に指をひたした。冷めている。

ポケットから手術用の手袋を出してはめた。金属製の取っ手を避け、キャビネットの木製扉の縁に手をかけてそっと開けた。二枚めの扉を開けたところで、カフェイン抜きのコーヒーの容器を見つけた。当家の主婦は夜遅くにも、眠れなくなる心配をせずにコーヒーを楽しめたというわけだ。

彼女は台所でポットにコーヒーをたてていた。マグに一杯めをつぎ、ガラス容器を耐熱皿に戻した。リビングに続くドアは背後右手側にある。デーンは一連の動作を追い、コーヒーをついだつもりで彼女の立っていたであろう位置に立った。マグのある場所からして、コーヒーメーカーよりは少し左だったはずだ。彼女が侵入者に気づいたのはそのとき、ガラス容器を戻した直後だ。コーヒーメーカーに外づけされた時計の文字盤が鏡のように黒光りしている。デーンがミセス・ビニックとほぼ同じ高さまで腰を落とすと、文字盤に開いたドアが映った。

彼女はつぎたてのコーヒーの入ったマグを手に持つ間もなかった。文字盤に映った人影に気づき、忘れ物をした夫が取りに戻ったのだと思って振り返った。間違いに気づいたときには、すでに犯人の手に落ちていた。

あらゆる可能性を考慮するだけの経験を積んだデーンにも、彼女が裸で台所に立っていたとは考えられなかった。そこでまた胸がざわついた。だが犯人に息の根を止められたときは裸だったから、始まったときもやはり裸だったと考えていい。

となるとこの台所で、ナイフで脅されて強姦された可能性が高い。精液の有無はこの際なんの意味もない。時間がたっているし、激しい揉み合いが長く続いたとしたら、その判定を出せるのは検死官だけだ。それに、絶頂に達しないレイプ犯はきわめて多い。なにもオルガスムを得るために強姦するわけではない。

強姦ののち、犯人はナイフを用いる作業に移った。その瞬間がくるまで、彼女は怯えつつも、犯人が目的を達したら消えるという希望をいだいていた。ナイフで切りつけられてようやく殺意に気づき、生き延びるための戦いを始めた。彼女は逃げた。いや、犯人がわざと逃したのかもしれない。鼠をもてあそぶ猫のように、逃げられるとぬか喜びさせては、軽々とつかまえる。寝室に追いつめられるまでに、この異常なゲームが何度繰り返されたことか。

彼女はなにを着ていたのだろう？　記念品あるいは戦利品として犯人が持ち帰ったのか？

「どうかしたか？」トラメルは戸口から、黒い瞳でパートナーを見据えて静かに訊いた。

デーンは顔を上げた。「衣類はどこだ？　彼女はなにを着ていたんだろう？」

「ビニック氏が知っているかもしれない」と、トラメルはいなくなり、一分せずに戻った。

「彼が仕事に出たときは、もうネグリジェ姿だったそうだ。色は白。青い飾りがついた白いネグリジェだったといっている」

二人はネグリジェ捜しを開始した。拍子抜けするほど簡単に見つかった。トラメルが開けたある両扉の奥に洗濯機と乾燥機があって、捜し物は乾燥機の上に置かれた洗濯物籠《かご》のいちばん上に鎮座していた。ところどころに血痕がついているが、血まみれにはなっていない。やはり、ナイフでの殺傷が始まったときは身につけておらず、床に投げ捨てられ、放置されていたところに、血が飛んだと考えていい。

デーンはネグリジェを見つめた。「強姦して殺してから、こいつを洗濯物籠に入れたってことか？」

「強姦？」トラメルは訊き返した。

「賭けてもいい」

「おれは扉の取っ手には触れなかったから、イバンが指紋を検出できるかもしれない。予備の寝室からは収穫がなかったらしいが」

デーンはまたもやある予感、これまで同様、悪い予感に打たれた。「どうやら、どこをどうついても、なにも見つかりそうにないな」暗い声で告げた。

3

あれはフラッシュバックではなかった。

本物のフラッシュバックに悩まされた時期があるからこそ、彼女にはそれがわかった。再現される恐怖の記憶に押し流され、圧倒され、自分を取り戻したときには疲れきって動けなかった。

あの悪夢のようなできごとなら、自分の顔と同じように、隅々まで知り抜いていた。だがいま脳裏に閃いている映像はそれとはべつの新しいものだ。午後意識が戻ったときには、ナイフのきらめき程度のことしか覚えておらず、まだぐったりしていてなにもできそうになかった。そこで早々とベッドにもぐり込み、夢も見ずに眠ったが、明け方になって細部の映像が浮かび上がってきた。

一連の記憶は一日じゅう再現されつづけた。まだまえのショックが尾を引いているうちにつぎの映像が襲ってきて、またもや鮮明な映像に意識を奪われた。以前のビジョンとは勝手が違う。圧倒的で、打ちのめされるような感覚は同じながら、まえは見たらすぐにその内容を思い出せた。ところが今回は困惑と、疲れからくる無力感しか残らない。この間、何度かった。

ドクター・ユーエルに新しい展開を伝えたい誘惑に駆られたが、なぜか電話に手が伸びなかった。

ある女性が殺された。現実に起きたことだ。どうしてだかわからないけれど、マーリーの感知能力は復活し、ただ以前とは質が異なるために、どう対処したらいいかわからないでいる。ビジョン自体はより鮮烈なのに、被害者の身元や事件の発生現場の見当がつかない。少なくとも以前は、出てくる人物や場所を暗示するもの、手がかりとなるものが見えたのに、今回はそれがまったくない。自分を見失っていて、信号を感知できないまま意識が暴走するその感じは、ありもしない磁極を探して回転するコンパスの針のようだった。

殺害の場面は繰り返し立ち現れ、そのたびに風が厚い霧を少しずつ追いやるように、細部が明らかになった。そしてビジョンから目覚めるたびに疲労と恐怖が深まった。

マーリーは犯人の目でその場面を見ていた。

あのときは犯人の精神に乗っ取られていた。その激しい憎悪によって、なにも感じないでよかった空白の六年は吹き飛ばされ、ふたたび超感覚的な感知の世界に引きずり込まれた。犯人が好きこのんでマーリーを標的にしたわけではない。精神エネルギーの大量放出は無目的、無作為に行なわれるものだから、本人には放出している自覚さえない。ふつうの人々は想像だにしていない――この世にマーリーのような人間、感覚が鋭敏すぎるために他人の思考の電気信号を拾い出し、現場に浮遊する遠い過去のできごとのエネルギーパターンを読み取り、形成されつつあるパターンからまだ起きていないできごとを予知するような人間がいることを。ふつうとはいっても犯人には超感覚的な感知力がないだけだが、マーリーがずいぶんまえに立てた独自の分類によれば、ふつうの人とは感知力のない人のことだった。彼女は感知力を持つがゆえに孤立を強いられてきた。六年まえ、いまだ悩まされる悪夢のようなできごとを経験するまでは。そのときのトラウマで感知能力をつかさどっていた部分の脳が活動を停止し、以来ふつうの人間として暮らしてきた。その暮らしを楽しみ、この先も続くことを願ってきた。年月を重ねるうちに、もう感知力は戻らないのだと信じるようにさえなった。だが甘かった。精神の治癒には時間がかかったが、感知力は戻ってきたのだろう。以前よりもずっと強く、極度の消耗をもたらす激しさで。

しかも、犯人の目を通して見るなんて。

だが、まだ心の片隅で願っていた……なにを？　これが現実でなくて、頭がおかしくなったとわかること？　感知力が戻って、安らかで平凡な暮らしが終わるぐらいなら、妄想のほうがましだと本気で思っているの？

日曜日の新聞にざっと目を通したが、強烈な記憶が頻繁によみがえるせいで、集中できなかった。反応が呼び覚まされるような殺人事件の記事は見あたらなかった。見のがしたのかもしれないし、近隣の事件ではないのに、たまたま殺人犯の精神信号をキャッチしてしまったのかもしれない。あの女性がタンパやデイトナの住人なら、オーランドの新聞には載らないから、女性の身元や住所はわからずじまいになる。

マーリーはどこか臆病にもなっていた。事件を知って巻き込まれたくなかった。彼女がこコオーランドで築いてきたのは安全で堅実なもの、巻き込まれれば破壊されてしまうものだ。どうなるか、よくわかっていた。まずは疑われ、物笑いの種にされる。それでも真実を突きつけられたとき、人々は警戒心と恐れをいだく。彼女の能力を利用しようとはしても、友人にはなりたがらない。みんなから疎まれ、怖いもの知らずの幼い子どもたちは窓からうちをのぞき込んでは、彼女が振り返るのを待って悲鳴を上げて逃げる。より年長の子どもたちからは〝魔女〟と呼ばれるだろう。狂信的な宗教の信者たちは〝悪魔のしわざ〟とつぶやき、家のまえにはたびたび人だかりができる。よほど愚かでないかぎり、だれが好きこのんでそんな目に遭おうとするだろう。

だが、被害者となった女性のことを気遣わずにおれなかった。名前だけでもいい、彼女のことを知らなければならない。命を落とした人がいる。せめて名前なりと知らなければ、彼女が生きていたかすかな証《あかし》、命の継続性が失われる。あの人は存在した。名前がなければ、その存在は無に等しい。

マーリーは極度の疲労に震えながらテレビをつけ、朦朧としたままローカルニュースの始まりを待った。何度もうたた寝しそうになったが、体を揺すって意識を保った。

「事件なんかなかったのかも」声に出してつぶやいた。「あなたの頭がおかしくなりかかってるだけ」みょうなもので、そう思うと安堵感《あんどかん》があった。恐怖の対象は人によって異なる。彼女には狂うことのほうが、正しいと証明されるよりもましだった。

アナウンサーがつぎの話題に移るたび、画面がちらついた。今度はたっぷり一分かけて安価な濃縮コカインがスラム地区の非行グループに与える影響を検証している。マーリーは急に怖くなってまばたきした。視覚イメージによって内的イメージが喚起されるのを恐れたのだ。以前は目にした相手の感情をとらえるとそうなった。だがなにも起きず、心は空白のまだった。やがてリラックスして溜息をついた。なにもない。絶望や、自棄といったむなしい感情はなかった。それで気持ちが軽くなった。まえのように映像からその心象を受信できないとしたら、やっぱり頭が少し変になりかかっているだけなのかもしれない。

なおもテレビを見るうちに、また眠くなってきた。おしまいまでニュースを見ようと思いながらも、疲れに負けて眠りの世界へ引き込まれそう――

「……ネイディーン・ビニック……」

ハッとして目を覚ました。頭の内外でその名が鳴り響いた。内的な知覚によって、アナウンサーが口にした名が増幅された。カウチに沈みかけていた体をあわてて起こした。心臓が激しく肋骨を叩いている。自分の苦しげな呼吸を聞きながら、食い入るように画面を見た。

「オーランド警察はいまだ捜査中とのことで、ミセス・ビニックの殺傷事件についてなんら発表を行なっておりません」

被害者の写真が映し出された。ネイディーン・ビニック。マーリーがビジョンに見た女性だった。聞いたことのない名前なのに、否定しがたい認知の感覚があった。テレビから名前が流れただけなのに、耳元で拡声器を使われたように音が反響している。

やっぱり実際に起きたこと、現実だった。あのすべてが。

感知力が戻った。

そして行動を起こせば、ふたたびマーリーの人生は踏みにじられる。

月曜の朝、デーンは寒々しい犯行現場の写真をながめていた。思考を狭い領域に押し込めることなく、あらゆる細部を念入りに検討した。重大ななにか、これまで見落としていたなにかが浮かび上がってきて、どんな方角でもいいから、捜査の道がつくことを願っていた。いまは動こうにも、まったく手がかりがなかった。向かいの住人によると、十一時過ぎに犬が吠えるのを聞いたような気がするが、犬は鳴きやんだし、警察から尋ねられるまで気にもとめていなかったという。ミスター・ビニックはたしかに仕事に出ていた。同僚とともに荷物の積み下ろし作業に従事しており、説明のつかない時間はなかった。検死官は死亡時刻を確定できなかった。そもそも目撃者でもいないかぎり不可能だが、残念ながら検死官の提示した時間帯と、ミスター・ビニックが出勤するまえの三十分が重なった。それでもデーンは、夫ではないという、当初の勘を信じた。ミスター・ビニックの仕事仲間によると、出勤してきた彼は平素どおりさかんにジョークを飛ばしていたという。これで彼が犯人なら本物の怪物もまっ青だ。妻を惨殺したあと、血を洗い流して着替え、なに食わぬ顔で出勤したことになる。

精液はなかったが、検死の結果、膣内に性交を強要されたことを示す傷が確認された。外部から持ち込まれた繊維は――オーランド市警の人間が持ち込んだもの以外――見つからなかった。陰毛を含む毛髪サンプルはなし。指紋もなし。ついでにネイディーン・ビニックの指も見つかっていない。

「ないないづくしってわけか」デーンはつぶやいて、写真の束をデスクに投げた。

トラメルが同意のうめき声を漏らした。二人とも疲労のきわみにある。ビニックの家に足を踏み込んでから、これで四十八時間ぶっ通しで働きづめ。しかも時間が経過するほど、犯人逮捕の見込みは薄くなる。早急に解決されない犯罪は、迷宮入りしやすいのだ。「廃棄物の調査結果を見てくれ」

デーンはトラメルから手わたされた廃棄物のリストに目を走らせた。典型的なゴミ一覧。残飯、空の牛乳パックとシリアルの箱、とくに興味を引かないダイレクトメールの束、複数の店舗の買い物用ビニール袋、コーヒーフィルターの使い滓《かす》、食べ残しのピザが二切れ入ったままのピザの箱、汚れたペーパータオル、古い買い物リスト、前週のTVガイド、二つの電話番号が走り書きされた紙切れ、電話会社宛ての無効小切手、中身のない各種スプレー缶、それに、ビニック家がリサイクルに励んでいなかった証拠として、およそ一週間分の古新聞。

おやっと思うもの、変わったものはまるでなかった。

「電話番号は調べたのか？」デーンは訊いた。

「さっき電話してみたところだ」トラメルは椅子の背にもたれ、イタリア製の革靴に包まれた足をデスクに載せた。「ピザ屋とケーブル会社だった」

デーンはうなり、椅子の背にもたれて、やはりデスクに足を載せた。グッチじゃなくてダンポスト、しかもボロボロに擦りきれている。なんたるざま。二人は四本の足と二つのデスク越しに顔を見合わせた。これまでにも何度か、この体勢で最高の頭脳労働を行なった実績がある。

「ピザの配達を頼んだのなら、他人がうちにやってくる。ケーブル会社が修理工を派遣した可能性も五分五分ってところだ」

トラメルの贅肉《ぜいにく》のない黒い顔には、考え深げな表情が浮かんでいる。「修理工が来るとしても、夜ってことはないよな」

「それをいったら、ミセス・ビニックが夜遅く一人で大食いするために、ピザを頼んだというのも希望的観測にすぎる。胃の残存物の分析結果によると……」デーンは右腕を伸ばし、散乱する書類を掻き分けて、乱雑なデスクから必要な一枚を探し出した。「さあ、これだ。検死官によると、ピザどころか、少なくとも四、五時間はなにも口にしていなかった。となると、ゴミ箱のピザはそれ以前、遅くても昼めしの残りだ。一日、二日まえって可能性もある」ピザの配達員はたびたび登場するが、デーンの経験上犯人ではありえなかった。

「ビニック氏に訊けば、ピザを注文した日時を特定できる」

「修理工をビニック家に派遣したかどうかも、ケーブル会社に訊けばわかる」

「これで一人は確実に、可能性としては二人の人物があの家を訪れたことがわかった。ピザを配達してた小僧がなかに入らなかったとしても、被害者を見ることはできた。修理工のほうは、家に入ったとも考えられる」

「女ってのは、修理工とおしゃべりをするものだ」デーンは目をすがめて、その理由をたどった。「たとえば彼女が修理工に夜勤の夫が寝室で眠っているから、静かにしてね、と頼んだとする。修理工は、ぼくも夜中に働いたことがある、大変ですよね、とかなんとか相づちを打ち、ご主人はどちらにお勤めですか、と尋ねる。彼女は会社の名前を告げ、ついでに出勤時間や帰宅時間をポロッと漏らすかもしれない。どうってことない、立派な市民でなかったらケーブル会社に雇われないと思っているから、平気で修理工を招き入れて、仕事中に洗いざらいぶちまけちまうわけだ」

「よし」トラメルは帳面を引き寄せて脚に置いた。「一、ミスター・ビニックにピザの配達時刻を尋ねる。できれば配達の小僧の特徴も聞き出すこと」

「小僧たって、女かもしれないぞ。ケーブルの修理工だってそうだ」

「はいはい」トラメルは受け流した。「もし女性でなかったら、ピザ屋に名前を訊き、そこを起点として捜査を進める。二、ケーブル会社についても同様のこと」

デーンは気分がよくなった。曲がりなりにも働いていて、着手できる糸口が見つかったのだ。

そのとき彼の電話が鳴った。内線だ。ボタンを押して、受話器を取った。「こちらホリスター」

「デーンか」ボネス警部補だった。「トラメルを連れてわたしのオフィスまで来い」

「すぐにうかがいます」受話器を置いた。「警部補がお呼びだ」

なっている。

トラメルはさっと足を降ろして立ち上がった。「今度はなにをしでかした?」詰問口調に

肩をすくめて答えた。「べつになんも」映画に出てくる暴力警官タイプというわけでもないのに、デーンには他人のつま先を踏みつけて怒らせる才能のようなものがあった。またやったらしい。ほら吹きを相手にすると、すぐにぶち切れてしまう。

警部補のオフィスの間仕切りには、大きな窓が二つあった。一人の女性がドアに背中を向けて警部補と向き合っているのが見えた。「だれだ、あの女?」デーンはつぶやき、トラメルは首を振った。デーンがガラスを叩くと、警部補が手招きした。「さあ、入ってドアを閉めろ」

警部補は二人がオフィスに入るなり切り出した。「こちらはマーリー・キーンさん。こっちがピニック事件を担当しているホリスター刑事と、トラメル刑事です。キーンさんが興味深い情報をお持ちくださったぞ」

トラメルは机をはさんで警部補の向かいに、ミス・キーンと距離を置いて坐った。デーンは彼女の顔が斜めから見える、トラメルとは逆側の壁にもたれた。女はちらりとも二人を見ず、かといって警部補を見ているわけでもなかった。外向きの窓にかかったブラインドに焦点を合わせているようだ。

いっとき室内が静まり返り、女は身がまえたようだった。デーンは好奇の目を向けた。筋肉のこわばりが見えるほど、極度に緊張している。彼女にはどこかしらそそられるもの、彼

の目を惹きつけるものがあった。美人というわけではない。ただ、人並みの容姿で、見苦しくはないのに、注目を集めるのを避けているようなところがある。ヒールのないシンプルな黒い靴に、ふくらはぎの中ほどまでの細身の黒いデニムスカート、上はノースリーブの白いブラウスだ。清潔感のある濃い茶色の美しい髪は、そっけなく一つに束ねている。デーンの見るところ三十前後。警官の目は自動的に年齢をはじき出す。坐っているので正確にはわからないが、身長は平均かそれより少し低い程度。彼の好みからすると少々痩せすぎで、体重はおよそ百二十ポンド。骨っぽい女より、ふっくらした女のほうがいい。

手を膝の上で固く握り合わせている。気がつくと、デーンはその手を見つめていた。いっさいの装飾品を排した、ほっそりと形のいい手は、その緊張を端的に表していた。彼女の静けさが緊張によるものと気づいていなかったとしても、この手を見ればわかったろう。

「わたしは霊能力者です」女はずばりいった。デーンはせせら笑いそうになった。トラメルと目が合い、きらっと光ったその目に同じ思いを読んだ。おやおや、また警部補のカリフォルニア流が始まったぞ！

「先週の金曜の夜、映画館でレイトショーを見て車で帰宅する途中でした」続ける女の声は淡々として単調だったが、低くかすれていた。喫煙者の声、とデーンは思った。ただし、賭けてもいい、この女は煙草なんぞ喫わない。こういうまじめ一辺倒のタイプは、まかり間違っても安易な悪癖に染まらないものだ。「映画館を出たのが十一時半ごろ、高速道路を出た直後に、人が殺されている場面が見えました。それは……圧倒されるビジョンでした。わたしはどうにか車を脇に寄せました」

続けるのをためらうように、彼女は口をつぐんだ。デーンが注視していると、まっ白になるほど両手を握りしめ、大きく息をついだ。

「わたしは犯人の目で見ていました」抑揚のない声。「彼は窓をよじ登って侵入しました」

デーンはギクッとして女の顔を見た。トラメルが同じように注意を喚起されたのが気配でわかった。

詳述はゆっくりと一定のペースで進み、聞いていると朦朧としてくるようなところがあった。見開かれた女の目は焦点が合っておらず、内側を向いているようだった。「部屋のなかは暗い。女が一人になるのを待つ。夫に話しかける女の声が台所から聞こえる。夫が玄関を抜け、車が私道を出てゆく。いよいよだ。ドアを開け、足音を忍ばせて歩きだす。獲物を狙うハンターのように。

だが餌食としては安直な相手だ。女は台所でコーヒーをついでいる。彼はそこにあったナイフを一本手に取って待つ。そう、女が物音を聞きつけて振り向くのを。女は『アンセル？』といってすぐ、彼に気づいて悲鳴を上げようとする。

けれど女との距離は近い。さっと手を伸ばして口を押さえ、喉元にナイフを突きつける」

マーリー・キーンの話が途切れた。デーンはその顔に注目していた。気がつけば蒼白になった顔のなかで、唇だけが艶《つや》やかさを保っていた。薄気味の悪い現在形で語られる話に、いつしか彼の首筋の毛は逆立っていた。いましも殺しが始まろうとしているような臨場感がある。

「続けて」警部補がうながした。

わずかな沈黙ののち、彼女は再開した。いっそう抑揚を抑え、語る内容とのあいだに距離をおこうとしているようだった。「彼に命じられて、女はネグリジェを脱ぎ、涙ながらに、傷つけないでと懇願する。いい気味だ。女の卑屈さは快感をもたらす。いうことを聞けば無事だと思わせておきたい。そのほうが楽しみが倍増する――」

最後までいわずに口を閉じ、しばらくして、ふたたび話しだした。「コンドームを使うと女は感謝して礼をいう。穏やかに、思いやりさえ感じさせる態度で接してやる。女はまだめそつきながらも、しだいにリラックスしてくる。この人は自分を傷つけたりしない、これが終わったら帰る、と思っている。そんな愚かな女の思い込みが手に取るようにわかる。

ことがすむと、手を貸して立たせてやる。女の手を握り、腰をかがめて頬にキスする。と、女は突如ナイフの感触に気づく。最初のひと切りはごく浅くしなければならない。なにが起きているかわからせ、その目にパニックの色を確認するため。これから始まる鬼ごっこをだらけさせるほどの深手を負わせてはならない。それではおもしろみが半減してしまう。

女はパニックを起こす。悲鳴を上げて逃げようとし、彼は憎悪を解き放つ。ここまでこらえてきたのは女を欺き、その恐怖と屈辱を楽しみ、希望を持たせるため。やっと解き放てる。ようやく目的が果たせる。これこそが彼の望み。女の目に浮かぶまぎれもない恐怖、そして征服感。もう思うがままだ。彼には絶対の力があり、それを見せつけてやれる。女にとって彼は神。その生死は彼の選択、彼の決断にかかっている。といっても、死以外の答えはありえない。それこそが、最大の楽しみなのだから。

女は抵抗するが、痛みと出血で動きが鈍くなっている。寝室へ逃げ込み、そこで倒れる。情けない女だ。もっと抵抗すると思っていたのに。女の弱さに腹が立ってならない。かがみ込み、喉を切ってとどめを刺しにかかる。と、性悪女は反撃に転じる。隙をうかがっていたのだ。女の拳が飛んでくる。さっさとケリをつけようという気が吹き飛ぶ。こうなったら、ぺてんにかけようとした女にお仕置きしてやらねばならない。憤怒が熱く赤い風船のようにふくらんで全身を満たし、疲れるまで繰り返しナイフをふるう。いや、疲れるまでではない。こんなことで疲れるほどやわではない。そう、飽きるまで。幕切れはあっけなく、女はみずからの非を学んだ。願ったほどの喜びはもたらされなかった」

沈黙が続いた。何秒かして、デーンは話が終わったのに気づいた。彼女は椅子のなかで身をこわばらせたまま、視線をブラインドに固定していた。

ボネス警部補は二人から反応がなくて拍子抜けしたのだろう。じれったそうに、「どうだ?」と声をかけた。

「どうっていいますと?」デーンは壁から体を起こした。静かな声で淡々と語られる独白を聞くうちにじょじょに形成されていった怒りの感情はあったが、それは冷ややかで、抑制された怒りだった。この嘘つき女がここまで出向いてきた理由はわからないながら、一つだけたしかなことがある。読心術者でなくともわかる、彼女は現場にいたのだ。直接手を下したかどうかはべつにして、惨劇の最中にその場にいたのは疑いようがない。どう控えめにいっても共犯者ではある。そんな女が大胆なホラ話を持ち込んで警察の鼻面を引きまわし、同時にマスコミにもてはやされるつもりだとしたら、気の毒だが、巻き込もうとした相手が悪すぎた。

「どう思うかと訊いてるんだ！」ボネスは業を煮やして、声を荒げた。

デーンは肩をすくめた。「霊能力者ですよ、警部補、勘弁してください。こんなにハレンチなホラ話は聞いたことがない」

マーリー・キーンは身じろぎし、組んでいた手をぎこちなく解いた。ゆっくりと顔を上げ、初めてデーンを見た。冷酷な怒りにとらわれていたにもかかわらず、デーンの胃の筋肉は敏感に反応した。ボネスがこの女の口車に乗ったわけだ！　彼女の瞳は底なしの海を思わせる紺碧だった。こんな目をのぞき込んだが最後、男は自分を見失う。深い色合いもさることながら、どこか謎めいたところがある。超越的といったらいいのだろうか。だが目の表情のほうは簡単に読めた。デーンの魅力に参っていないのだけはたしかだった。

彼女は立ち上がってデーンを見、いがみ合うかたき同士のように肩を怒らせた。まるで西部劇だ。静かで、みょうによそよそしい表情だった。「わたしは実際に起きたことをお話ししたまでです」言葉を選び、はっきり告げた。「信じる、信じないはご勝手に。わたしには関係のないことですから」

「いや、あるはずだ」デーンも慎重に応じた。

反応を待ったが、彼女は理由を尋ねなかった。かわりに口元を軽くゆがめ、いやみな笑みを浮かべた。「わたしが第一容疑者になったようね」小声だった。「どちらにとっても時間のむだだから、住所と電話番号をお伝えしておくわ。ヘーゼルウッド二四一一、五五五‐九九〇九よ」

「さすが」デーンは茶化した。「手順をよくご存じだ」彼女ににじり寄った。これで彼女は仰ぎ見ないと目を合わせられず、領域を侵されて萎縮《いしゅく》するはずだ。「それとも、おれの心を読んだのか？　霊能力者だそうだから」最後をわざとらしく強調する。「あんたになら、つぎの手順もわかるだろ？　それとも水晶玉がないと、おれの心を読めないか？」

「あら、そんなことなら、心を読むまでもなくてよ。斬新なお考えとは思わないけれど」言葉を切り、例のいやみな笑みを浮かべた。「町を離れる予定はないわ」一歩も引かない彼女をまえにして、また胃がキリキリしだした。最初は自分を魅力的に見せるだけの自信のない、つまらない女だと思ったのに、その目をのぞき込んだとたんに意見の変更を余儀なくされた。この女は自信がないどころか、頭一つ分背の高い男に詰め寄られても頑としてひるまない。そのとき、彼の知覚がなにかを察知した。まいった。彼女のにおいだ。香水とは異なる、純粋に女の肉体がもたらす甘くたおやかな香り。心ならずも反応して、そんな自分にますます腹を立てた。

「その点はくれぐれもお願いするとして」低いかすれ声でいった。「水晶玉にはもう映ってないのか？　おれに伝えなきゃならないことが」

「あるわよ」満足げな口ぶり。青い瞳によぎったきらめきが、まんまと罠にはまったわね、といっていた。「地獄に堕ちろですって、刑事さん」

4

「どういうつもりだ、ホリスター！」ボネスはデーンをにらみつけた。「なぜあんなに突っかかった？　あの女性は協力するつもりで来てくれたんだぞ、驚異的な話を持って――」

「驚異ですよ、実際」デーンは話の腰を折った。まだふつふつと怒りが煮えたぎっていたが、その半分は自分に向けられたものだ。「直接手を下さないまでも、彼女は現場にいた。つまりは犯人か、共犯者だ。そんな女が、荒唐無稽な霊能力話をでっち上げて、おれたちに挑戦状を叩きつけに来たんですからね」

「単独犯にしろ、複数犯にしろ、彼女は犯人でなければ知りえないこまかな情報を握っていました」トラメルがきびきびいった。「いいですか、霊能力者とやらがビジョンとか呼んでいるインチキ話なら、聞いたことがあるはずです。『キの文字が浮かびました』」声音を変える。『キの文字になんらかの関係があるものです。そして濡れている……そう、そうです、死体は水の近くにあります』」

「ちっとも役に立たないものです」デーンはまとめにかかった。「だから、彼女が語ったのは霊能力によるビジョンではなくて、目撃者の証言です。事件発生当時あのご婦人は現場にいた。それで、みずから容疑者リストの先頭に躍り出たんです」

「あの女性にそんなことができるものか」ボネスは見るからにガックリしながら、力なく反論した。

「ええ、一人では」デーンは同意した。「それだけの力があるとは思えませんからね」

「彼女を調べるべきです」トラメルがいい添えた。

警部補は溜息をついた。「とっぴに聞こえるのは承知でいうが、わたしはこれまでに何度か、霊能力者の助けを借りて事件を解決したことがある」

デーンは鼻息を荒くした。「おれにいわせれば、霊能力者なんてのは精神異常の一種です」

「わかった、わかった」ボネスは不本意そうだったが、手を振って二人を追い払った。「そこまでいうなら、彼女のことを調べてみるがいいさ」

トラメルはデスクへと戻るデーンの背後に張りついた。「どうしちまったんだ、いったい?」小声で訊いた。

「なにが? 彼女を信じるふりをすればよかったのか?」

「そのことじゃない。でっかくなったあんたの夜警棒のことさ。しかも、あんまり近づくもんだから、彼女の腹を突っつきそうになってたぞ」辛辣《しんらつ》きわまりない。

デーンは振り返ってパートナーをにらみつけたものの、返す言葉がなかった。どうしたことか、紺碧の瞳を向けられたとたん、猫の爪も立たないくらいあそこが硬く勃起して、いまだに痙攣《けいれん》が収まらないくらいだ。「知ったことか」そういうのがやっとだった。

「そんなに盛りがついてるんだったら、彼女の周辺をうろつくまえにかゆみを抑えといたほうがいいぞ、相棒。あのご婦人か、そのお友だちかが、ナイフの名手なんだから。おれがあんたなら、彼女の目を引くようなものは突き出さないがね」

「おれの下半身の心配なら無用だ」デーンはぴりゃりとはねつけた。「それより、マーリー・キーンのことを洗いざらい調べ上げるぞ」

腹を立てるなんて初めてだった。疑惑と嘲笑には慣れていたし、これまではそんなときでも、自分の能力を信じて役立ててもらいたい、こちらの主張に耳を傾けてもらわなければとひたすら願った。しかしホリスター刑事相手では願うどころじゃない。あのネアンデルタール人がなにを考えようと——そんな複雑なプロセスが可能だとして——知ったことじゃないわ、という気分になる。

こんなふうに思うのは、最初から乗り気じゃなかったせい？　警察に行けば石を積むようにして築いてきた生活が破壊されるのは、よくわかっていた。それとも、わたしが変わったのだろうか？　とにかく、あの男から頭ごなしに拒否されたときは怒りしかなく、居残って信じてくれと訴えようとはこれっぽっちも思わなかった。どうせ会社には遅刻していたし、職場にはそう連絡してあったけれど、こんなことならつらいのを我慢して来なければよかったと後悔したくらいだ。苦痛を承知でビジョンを再現して聞かせたのに、あの図体のでかい馬鹿男ときたら、なによ、ホラだなんて！

彼女は混雑した通りをぎくしゃくと走り抜けながら、事故を起こしたくない一心で気を鎮めた。これまでにも、馬鹿男なら、たくさん相手にしてきた。その意味ではあの刑事もその一人にすぎないが、あれほど接近してきて、野蛮な巨体で脅そうとした馬鹿は初めてだった。あんな男に迫られたら、よほど気合いを入れてかからないと負けてしまう。あの男は女がよく知らない大男に上からのしかかられたらひるむのを知っていて、肉体を武器に使った。しかも丸太から生まれて、朝食に爪をバリバリ食べそうな肉体を持った男がだ。警官には善玉と悪玉の役割があるが、あの外見では悪玉以外演じようがない。まともな人なら、あんな男から哀れみや思いやりを期待しないものだ。

彼が近づいてきたときは、あやうくパニックを起こしかけた。彼の肉体から放たれて、二人のあいだの空間を満たした熱気が、まだ感じられるほどだ。男相手でもあんなことをしただろうか、と思うとよけいにむかむかした。きっとしていない。あれは男が女にたいしてだけ使う戦術、いじましい恐喝にほかならない。単純で下劣なことが、これほどの恐慌を引き起こすのだからいやになる。

一と、マーリーは身震いした。あのとき彼に触れられていたらとても耐えられなかった。一目散に逃げ出していただろう。

出勤時間に大幅に遅れているせいで、勤務先の銀行の駐車場には空きがなかった。駐車場を三巡した末、ほかの人に先を越されないよう、急いで客の車が出ていったあとのスペースに車を入れた。しばらく運転席に坐ったまま、深呼吸して平常心を取り戻そうとした。銀行の建物を見つめていると、その堅牢さに気持ちが安らいでくる。彼女の仕事は経理という、感情とは縁のない安全なものだった。この仕事はフロリダに越してきたとき自分で選んだ。思考や感情を持たない数字は訴えかけてこず、ゼロはあくまでゼロだった。彼女に期待されているのはそんな数字を欄に連ね、コンピューターに入力し、貸方と借方の推移を追うことだけだ。

それに、そんな必要がないとわかっているとはいえ、自活するのは気分がよかった。いまや大切なわが家となった小さな家屋は、ワシントンの対極に位置するフロリダに住むと決めたとき、無条件で買い与えられたものだ。彼女が望めば、ドクター・ユーエルは、毎月小切手を受け取れるよう手配してくれただろう。だがマーリーは自立の道を選び、協会のあらゆる支援システムの手をしりぞけた。いまこのときでも、電話をかけてドクター・ユーエルに助けを求めさえすれば、必要な援助が与えられる。あれは彼のせいでも、ほかのだれのせいでもなかったが、ドクターはいまだ六年まえのできごとに責任を感じていた。

マーリーは溜息をついた。給料は時給計算なので、ここで坐っている分だけ、支払い小切手からさっ引かれる。思いきりよくホリスター刑事を頭から追い出し、車を降りた。

「ハーイ、坊や、おもしろいものは見つかった？」フレディと呼ばないと返事をしないフレデリカ・ブラウン刑事は、うしろを通り過ぎざま軽くデーンの頭を叩いた。痩せて背の高いフレディは、人好きのする朗らかで率直な性格で、見る人の笑みを誘うにこやかな表情を絶えず浮かべている。一般に女性が警官として働くのはむずかしく、刑事となるとなおさらだが、フレディには天職だった。幸多き結婚生活の伴侶はハイスクールのフットボールコーチで、妻を少しでも怒らせる人間をまっぷたつに引き裂きかねない大男だった。フレディは適度なはすっぱさと、母親っぽさとで、自分以外の刑事をすべて夫のチームに所属する十代の少年同様に扱った。

デーンはしかめ面を向けた。「ほんとなら、あんたが担当するはずの事件だぞ。おれたち、先週末は非番だったんだから」

「お気の毒さま」フレディは明るくいなし、電話から顔を上げたトラメルに笑顔を投げた。トラメルは朝からほぼ電話のかけづめだった。

「それで、歯の具合はどう?」デーンは尋ねた。

「だいぶまし。冗談抜きで、抗生物質と痛み止めで上顎までいっぱいよ。化膿してたから、根管治療中なの」

「厄介だな」同情は本物だった。

「死にゃあしないわ。それより、大変なのはウォーリーよ。あたしの治療が終わるまで運転を一手に引き受けなきゃなんないんだから」ウォーリーは彼女のパートナーだ。「手伝えることある? 手がかりがあれば調べるわよ。あたしらもいくつか事件を担当してるけど、土曜日の午前中の現場はホラー映画そのものだったんですってね?」

「たしかに、見て楽しいもんじゃなかった」デーンなりの控えめな表現だ。フレディは今度は彼の肩を叩いて仕事に戻った。デーンもデスクに向きなおって仕事に戻った。

刑事の仕事というのはおおかたが退屈なものだ。ひっきりなしに電話をかけ、書類を繰り、出かけていってじかに話を聞く。デーンもこの何時間か電話と書類仕事に追われていた。いつもなら、より我慢強いトラメルがこの種の仕事をうまくさばいてくれるが、今回はデーンもしゃかりきになっている。第二のネイディーン・ビニックを出してはならないと思っているところへマーリー・キーンから情報をちらつかされて、すっかり頭に血が昇っていたのだ。

「まだ、なにも出てこないのか？」トラメルはいらだちを滲《にじ》ませて、電話を切った。「ピザ屋とケーブル会社はあてがはずれた。あの通り一帯でケーブル故障が起きていたが、一ブロック先の屋外工事で修理したから、どの家にも入る必要はなかった。ピザの配達員は十六の娘。しかも支払いに出たのは旦那だとさ。行き止まりだな」

「おれも収穫なし」デーンはぶつくさいった。「いまのところは」これまで調べたかぎりでは、マーリー・キーンは逮捕歴があるどころか、駐車違反さえ犯していなかった。だが、これであきらめると思ったら大間違いだ。〝マーリー・キーン〟が偽名ということも考えられる。だが、なにがなんでも情報をつかんでやる。社会保障番号や所得申告書など、身元を突き止める方法はいくらもある。すでに彼女の職場と車種はわかっているし、方々に情報の提供を要請してある。たとえば電話の発信、受信記録といったものだ。調査が完了するころには、ブラジャーのサイズまでわかっているだろう。

ブラジャーのサイズなら、いまでもかなり正確につかんでいる自信がある。八十五のCだ。

尼僧のような白いブラウスのせいで、最初はせいぜいBカップだと思ったが、そのうちに魅惑的な丸みが目について――

いいかげんにしろ！　セックスのことを、しかも彼女と結びつけて考えるのは、やめなければならない。彼女が語った不気味な死の情景を思い出すたびに、怒りで息が詰まりそうになる。ネイディーン・ビニックは言語を絶する地獄を味わって死に、マーリー・キーン――本名としたら――はそれを余興に変えようとしている。オーランド市警は霊能力者を使って犯人捜しをしているのか、といつ地元のマスコミから問い合わせがきてもおかしくない。どんな理由にしろ、マーリー・キーンが注目を集めたがっているとしたら、つぎに接触するのはマスコミのはずだ。

それにしても、彼女の鉄面皮ぶりには舌を巻く。デーンはまったく例の霊能力者話を信じていなかった。彼女の話には、その場に居合わせた人間でなければわからないことが含まれていた。殺害があの話どおりに実行されたという裏づけはないが、こまごまとした部分は完璧に合致していた。なおかつ警察の目を引く度胸があるのは、自分を犯罪に結びつける証拠がないという自信があるからだ。犯行はきわめて計画的なもので、ごく小さな繊維の一本すら見つかっていない。だからこそ、スリルを味わうために警察をあざけり、こまかな情報をひけらかし、なおかつ警察が手出しできないのをおもしろがっている。

彼女がナイフをふるったのではないという確信はあった。つまり殺害を行なったのは彼女の知り合い、兄弟や恋人といったごく近しい人物、拷問や殺人を分かち合えるほど気心の知れただれかだ。彼女がミセス・ビニックを切り刻んだ悪党とベッドに入っていると思うと、胃がキリキリ痛んだ。

　だが彼女はデーンをからかうという間違いを犯した。彼女が殺人犯との仲介者であるからには、事件を解決するまで手放すわけにはいかない。

　立ち上がって上着に手を伸ばした。「出かけよう」トラメルに声をかけた。

「出かけるって、どこへさ?」

「ミズ・キーンの近所に聞き込みだ。彼女に恋人がいるのがわかるかもしれない」

　恋人はいなかった。引退後オハイオから越してきたという左隣の老夫婦は、その点、自信たっぷりだった。ビルとルーと自己紹介したこの二人によると、マーリーは物静かで親切で、夫妻がマシロンの娘を訪ねるときは新聞や手紙の回収、猫の餌やりを引き受けてくれるという。そんなお隣にはなかなか恵まれないものだ。

「家に出入りしている人物はありませんか?　客が多いとか?」

「あたしの見たかぎり、全然。そりゃあ、いつも坐ってマーリーの家を監視してるってわけじゃありませんけどね」ルーは憤慨ぎみに正当な意見を吐いた。そのとおりのことをしている人の口ぶりだ。「ええ、お客さんを見たことは一度もありませんよ。ビル、あなたはどう?」

　ビルは顎を掻いた。「ないなあ。そりゃあもう、理想的なお隣さんでね。会えば話をするが、よくいる厚かましいタイプじゃない。庭の手入れも行き届いているしね」

デーンは顔をしかめ、警官ならかならず持っている小さな手帳にメモを取った。「一人も来たことがないんですね？」念を押した。「これまで一度も？」

ルーとビルは顔を見合わせ、力なく肩をすくめて首を振った。

「家族はどうでしょう？　兄弟とか、姉妹とか？」

今度もいやいやをしている。

「女友だちは？」うめくように尋ねた。

「来ませんよ」ルーの口調が刺々しくなった。「だれもです。庭仕事もご近所の坊やにまかせず、ご自分でなさってるくらい。見かけたことがあるのは郵便屋さんだけですよ」

行き止まり。正直、これには参った。トラメルを見ると、軽く顔をしかめている。やはり当惑しているのだ。世間に背を向けて生きる男はちょくちょくいるが、女にそのタイプは少ない。デーンは質問を変えてみた。「じゃあ、彼女がよく出かけるとか？」

「いいえ、めったに。たまに映画を見にいくくらい。あの娘さんがなにかに巻き込まれるなんて、信じられませんよ。二年まえビルが足を折ったときだって、あたしが外出するたびに、ビルにつき添ってくれた人ですからね」と、ルーはデーンをにらみつけた。怒りの矛先はもっぱらデーンで、トラメルには向かないらしい。

デーンは手帳を閉じた。「ご協力、感謝いたします」ほんと、助かったよ。

右隣も大筋で同意見だったが、こちらのご婦人の脚には騒々しい幼児二人がまとわりついているので、隣家の出入りに目を光らせているとは思えなかった。やはり訪問客は見たことがないとのことだった。

　デーンとトラメルは車に戻ってシートに坐ると、憮然《ぶぜん》とした表情でヘーゼルウッド二四一一を見つめた。すっきりした頑丈そうな建物で、五〇年代に建てられた典型的な小住宅だ。全体は落ち着きのある砂色だが、木造部分はデーンいうところのアイスクリーム色、女やゲイしか呼び名を知らない色に塗り分けられていて、女性ならではの華やぎを感じさせる。玄関ポーチには二鉢のシダと、いくつかのピンク色の花の鉢がどれもフックで吊り下げてあった。おれたちがここで見聞きしたのはなんだ？　最重要容疑者が修道女さながらの暮らしをしているってことだけか？

「おれたちがいま聞いた大音響は、行き止まりの壁にぶちあたった音らしいな」トラメルが重い口を開いた。

　ムッときたが、反論の余地はなかった。失望と怒りに駆られつつ、その奥にたしかにあるこの感情は……安堵《あんど》？　なぜ、ほっとしてる？　事件が大きな頭痛の種となり、最大の手がかりからなにも得られないとわかったから？

　デーンはいった。「彼女は現場にいた。じゃなきゃ、あんなに知ってるはずない」

　トラメルは肩をすくめた。「可能性はもう一つある」

「たとえば？」

「たとえば、彼女が霊能力者だとか」おどけたように指摘した。

「おい、なにをいい出すんだよ」

「だったら、ほかの説明を聞かせてもらいたいね。おれにはできないけどな。おれたちはさんざん考えたし、彼女のことも調べたが、事件とのつながりはまったく見つからなかった。だとしたら、ぞっとしない話だが、なにかがあるってことじゃないか」

「ああ。宇宙人がホワイトハウスの芝生に降り立とうとしてるのかもな」

「いいかげんに観念したらどうだ、相棒？　隣家のご婦人はピザ屋の配達までいちいち確認するタイプだぞ。マーリー・キーンが外出したり、来客があったりしてみろ。気がつかないわけがない」

「まだ職場の友人がいる。昼めしを一緒にとる相手だ」

「まあな。それじゃあ、最後までつき合うか。行き止まりに出くわしたとき、それを認められる人間としてね」

5

マーリーは銀行を出るなり彼に気づいた。彼女のほうを向いて、一人車内に坐っていた。傾いた陽射しがフロントガラスに反射して顔はちゃんと見えないけれど、だれだかすぐにわかった。ホリスター刑事。危機を察知する原始的な自衛本能が、盛り上がった肩と頭の形だけで彼を見分けたのだ。

刑事は車内にとどまったまま、声もかけずに、ただ彼女を見ていた。

マーリーは知らんぷりを決め込み、さっさと自分の車に向かった。車を駐車場から出すと、彼がすぐあとを追ってきた。

刑事はぴたりと背後につけ、いつもと変わらぬ午後の往来をすり抜けてくる。こんな子ども騙《だま》しで揺さぶりをかけられると思っているとしたら、吠え面をかくのは刑事のほうだ。マーリーはこれよりはるかに過酷な状況で精神力を試され、なおも生き延びてきた。

今日は用事があった。あの悪夢のようなビジョンのせいで週末に片づけられなかったのだ。刑事の登場ごときで取りやめるつもりはなかった。終業後の暮らしぶりを確認したいなら、どうぞお好きに。本物のスリルを教えてあげる。まずクリーニング店に立ち寄り、汚れた衣類を預けて、クリーニング済みの衣類を受け取った。つぎが図書館で本を二冊返却。それから近所の食料品店に回った。車を停めるたびに、刑事はぎりぎりまで近づいて停まり、泰然と彼女の戻りを待った。買い物袋を四つ乗せたカートを押して食料品店を出たときも、彼の目が待っていた。マーリーは自分の車の背後に回り、足でカートを押さえてトランクを開けた。

ホリスター刑事は車を降り、ドアを閉めるや彼女の隣に立った。マーリーがさっと顔を上げたときには大柄で厳めしい刑事がそこにいて、雷雨のような存在感を放っていた。色の濃いサングラスで目が隠れている。サングラスを見るといつもなんとなく不安になる。今朝と同じように、その肉体の圧迫感が拳のように飛んできて、思わずあとずさりしそうになった。

「ここでなにをしてるの？」マーリーは冷淡に問いかけた。

ぬっと突き出された大きな手がカートの買い物袋を軽々と持ち上げ、トランクに移した。

「手伝おうと思って」

「いつも一人でやってることよ、刑事さん。手伝っていただかなくてけっこう」

「どういたしまして」といって浮かべた刑事の笑顔は、温かみのかけらもないまがいものだった。残る三つの紙袋を最初の袋の脇に収めた。「礼はいらない」

マーリーは肩をすくめた。「あらそう？」くるっと彼に背を向けて、運転席に乗り込んだ。刑事にはカートを残して前方の駐車スペースが空いているので、後退する必要はなかった。刑事にはカートを残してあげることにして、空いている前方を走り抜けた。疲労と落胆と怒りとで、お愛想を振りまく気分じゃなかった。なにより、恐怖に取り憑《つ》かれていた。ホリスター刑事にではない、彼は腹立たしいだけ。もっと根深い恐怖だ。

怖いのは、ネイディーン・ビニックを殺した怪物。

そして自分が怖かった。

食料品店の駐車場を出てから二つめの信号で止まったとき、また刑事の車につかれた。車の流れをすり抜ける天性の才能があるらしい。

自宅が見えてきたが、いつもほど浮き立った気分にならなかった。初対面で彼女に嫌悪をいだいたらしいあの根性曲がりの大男に、大切なこの場所が荒らされるのは目に見えていた。疑われるのには慣れているが、嫌われるとなるとまたべつだ。彼の態度にそれほど傷ついたわけでもないのに、そんなふうに感じる自分が意外だった。ホリスター刑事は赤の他人だから、人には本来、他人からよく思われたいという願望があるのだろう。

案のじょう、刑事は彼女がエンジンを切るより先に私道に入ってきた。車を降り、サングラスをはずしてシャツのポケットにしまった。不安を掻き立てられるはずのサングラスなのに、かけていてくれたほうがまだましだった。それほどに、夕焼けに照り返る褐色を帯びた緑色の目は辛辣で、縮み上がるほど険しかった。

「今度はなんなの？」マーリーは声をかけた。「買い物袋を運ぶために、わざわざついてきてくださったのかしら？」

「おれの手を借りなくても運べるんだろ？　少し話ができないかと思ってね」

隣家からだれかが出てきた。マーリーが顔を上げると左隣のルーがポーチから興味津々でようすをうかがっている。手を振って挨拶すると、刑事まで手を振りだした。

「さっきはどうも」刑事はいった。

マーリーは癇癪《かんしゃく》を起こしたいところを、ぐっとこらえた。この男が近所の聞き込みをしないわけがない。今朝の段階ですでに彼女への疑念をはっきりと口にしていたのだから。

彼女が車のトランクを開けると、あんな憎まれ口を叩いたくせに、刑事は買い物袋をすべて取り出して両方の腕に二つずつかかえた。「どうぞお先に」行儀よくいった。

こうなってはお手上げだ。買い物袋を運んでもらうには、うちに入れるしかない。玄関の鍵を開け、ドアを押さえて彼を通した。あとから入って奥のキッチンまで先導すると、刑事はテーブルに買い物袋を置いた。

「ありがとう」

「さっきはいわなかったのに、どういう風の吹きまわしだ?」

彼女は眉をそびやかせて答えた。「あら、礼は無用だといったのはあなたよ」さっそく、買ってきたものの片づけにかかった。「それで、なにを考えてるわけ、刑事さん?」

「殺人のこと」

ネイディーン・ビニックの死にまつわる状況は軽々しく口にできることじゃなかった。マーリーは顔を引きつらせてひと言いった。「わたしもよ」見開かれた瞳に苦悶の色があふれた。

デーンはキャビネットにもたれて、かがんだり、伸び上がったりしながら、しかるべき場所にしかるべき物を収めてゆく彼女を目で追い、その顔に緊張の色を認めた。

周囲を見まわした。いい台所だ。期待していなかった分、穏やかな居心地のよさに、身の置きどころを失った。彼の自宅の台所は実用一点張りだし、トラメルの台所には触れたら噛みつかれそうな最新機器があふれている。それがマーリー・キーンの台所だとくつろげる。シンク奥の窓枠に並んだ小さなハーブの鉢はすがすがしい香りを放ち、足元の白いタイルは淡い青と緑の模様入り。開いた鎧戸《よろいど》もやはり淡い青色。テーブルのま上には白いファンがあった。

「それで、今日、わたしのことでおもしろいものは見つかった?」刑事に背中を向け、缶詰を棚に詰めながら尋ねた。

デーンはむっつりと彼女の背中を見つめた。捜査の進捗《しんちょく》状況——というか遅滞状況——を彼女に教えるつもりはなかった。

「あててみましょうか?」彼女は軽やかに続けた。「わたしには逮捕や駐車違反の前歴がなく、目ざといご近所でさえ交際相手や来客の覚えがなかった。請求書の期限は守り、クレジットカードは使わず、図書館に返却遅れの本もない。今日返さなかったら遅れるところだったんだけど」

「金曜の夜のことをもう一度聞かせてくれ」彼女から今日一日を手際よく要約されたのにむかっ腹を立てて、無遠慮に切り出した。一日じゅうくすぶっていた怒りは抑えてあるものの、かろうじてだ。彼女にはむかっ腹の立つことばかりだった。

　彼女の肩がこわばった。「どの部分を聞きたいの?」

「すべてだ。おれを納得させてくれ。最初からもう一度頼む」

振り向いた彼女は、今朝と同じようにまっ青な顔をして、両脇で手を拳に握っていた。

「話したくない理由でもあるのか?」容赦なく追い打ちをかける。そうであってほしかった。良心の呵責《かしゃく》を感じているのなら、告白する可能性もある。自白はたんなる愚かさや、ゆがんだプライドによって導かれることのほうが多いとはいえ、そんなケースもなくはなかった。

「ええ。あなたは聞いていて平気なの?」

「見るよりはましだろうね」

「そうよ」つぶやくや、謎めいた紺碧の瞳に浮かんだのは苦痛と怒り。だがなによりもその目に現れた孤独感が彼の胸を突いた。

　両手を握りしめ、手を差し伸べたい衝動をこらえた。いまにも倒れそうなほど、弱々しく見える。演技かもしれないぞ、と自分をいさめ、容疑者にいだくべきではない純粋な心配を抑え込んだ。「金曜の夜のことを話してくれ。きみはなにをしていたんだっけ?」

「映画に行ったわ。九時の回よ」

「どこの映画館?」

　シネマプレックスの名を告げた。

「見た映画は?」

マーリーは映画のタイトルを告げてからいった。「そういえば――まだチケットの半券があるかも。いつもポケットに入れるんだけど、あれから洗濯していないから、残ってるはずよ」身をひるがえして台所を出ていった。デーンはその場で耳をそばだてて動きを追った。こうしていれば逃げるつもりでもすぐにわかる。車は自分の車でブロックしてあるし、逃亡の意図があるとも思わなかった。そんな必要があるか？　彼女は不利な証拠がないのを知っていて、不愉快なことに、そのとおりなのだ。

彼女は一分ほどで戻ってきた。差し出した半券を、接触を避けて彼の手に落とし、さっと二、三歩あとずさった。デーンはその動きに気づいて口をへの字にした。近づきたくないと伝えるのに、これほどあからさまな方法があるだろうか。手の半券を見下ろすと、コンピューターで作成されたチケットには映画のタイトル、日付と時刻が印刷されていた。だがこの半券で証明されたのは彼女がチケットを購入したことで、実際に映画を見たかどうかではない。デーンはその映画を見ていなかったので、内容に関する質問はできなかった。

「映画館を出た時刻は？」

「映画が終わったとき。十一時半ぐらい」彼女はしゃちこばったようすでテーブルの脇に立っている。

「帰宅時の道順を教えてくれ」

出口番号まで挙げて答えた。

「それで、きみのいうビジョンとかいうのが始まったのは、どのあたりだった？」

彼女は唇を引き絞ったが、平静を保ったまま淡々と答えた。「今朝話したでしょう、高速道路を出た直後よ。ビジョンが始まるといつもひどく……空っぽになってしまうから、道路の脇に寄ったの」

「空っぽってのは？」

「意識を奪われること」そっけなく答えた。

ホリスターは眉を持ち上げた。「意識を奪われる」不信感まる出しでおうむ返しにしたので、マーリーは平手を食らわせてやりたくなった。「ストレスで気絶するってことか？」

「そうじゃないわ」

「じゃあ、どうなんだ？」

彼女が困ったように肩をすくめた。「ビジョンに乗っ取られるのよ。そうなると視覚も聴覚も奪われて、われを失ってしまう」

「なるほど。それできみは車に坐ったままビジョンが終わるのを待ち、それからおもむろに車を出して帰宅し、ベッドにもぐり込んだ。きみがほんとうに霊能力者なら、ミス・キーン、警察に通報するまでに二日もかかったのはなぜだ？　なぜすぐに連絡しなかった？　きみが連絡してくれたら、まだ近所に、あるいは家のなかにいた犯人を逮捕できたかもしれない」

あてこすりに満ちた低い声の奔流にさらされるうちに、顔から血の気が引いていった。六年まえの事件を説明しなければ、細部が混沌としていてフラッシュバックなのか感知力が戻ったのかすぐには判断できなかったと話しても通じない。こんな男に自分をさらけ出し、心を裸にして恐怖のすべてを、自分の脆弱《ぜいじゃく》さを見せたくなかった。マーリーは彼の話のなかで反論できる点に絞って答えた。

「ち、違う」こんなときに言葉に詰まる自分がいやで、深呼吸してもろさの跡を消した。「まっすぐ帰宅したわけじゃないわ。巡査がわたしの車に気づき、不審に思って調べにきたの。車を脇に寄せてから、警官が窓を叩く音でその状態から脱するまで、記憶にあるのはビジョンのことだけよ。体が震えていたから、警官には癲癇症で軽い発作を起こしたと説明した。たぶんいぶかしく思ったんでしょうね、車から降りるようにいわれたから。でも結局は解放して、無事に帰宅できるよう、うちまでついてきてくれた」

刑事はキャビネットにもたれたまま動かなかったが、全身をこわばらせていた。「何時のことだ？」

「わからない」

「だいたいでいい。きみは十一時半に映画館を出た。で、ビジョンが始まったのは何時ごろだ？」

「はっきりいえないけど、十一時四十分から四十五分のあいだだと思う」

「じゃあ、帰宅した時間は？　ビジョンはどれぐらい続いた？」

「わからないわ、そんなこと！」怒鳴って、くるりと背を向けた。「帰り着くだけで精いっぱいだった。帰るなり倒れ込んで、土曜の夕方まで目を覚まさなかったわ」

デーンは硬直した彼女の背中を見つめた。ごくかすかにではあるが、震えているのがわかった。揺さぶりがかかったのを喜んでよさそうなものなのに、慰めてやりたくてむずむずした。

「また連絡する」出し抜けに告げ、誘惑に屈するまえに退去した。なぜか彼女といるとこうなる。股間はうんざりするほど重く、彼女が振り返っていたらひと目で見破られていたろう。さいわい彼女は頑として振り返るまいとしていた。危機に瀕すると勃起する警官がいるという話は聞いたことがあるが、彼にはそんな経験はない。それがなんたるざまだ。

車に乗り込みながら、ここへ足を踏み入れるのはまずい、少なくともトラメルがいないときは避けるべきだ、と痛感した。二人は今日の仕事を切り上げたのに、デーンは居ても立ってもいられずに彼女の勤務先の駐車場に張り込んだあげく、自宅まで押しかけてきた。非常識もはなはだしい。彼女が警部補にいやがらせをされたと通報したら、どう申し開きをするつもりだ? 警部補は彼女を調査する許可は与えたが、この午後の行動が許されないのは当のデーンにもわかっていた。

だがこれで、調査すべきことが一つできた。巡査が不審車を調べたのなら、たやすく裏が取れる。場所と日にちは特定されているし、夜勤中のできごとだったのもわかっている。ちょろいもんだ。

署に戻るなり電話に飛びつき、一時間後には巡査の名前を突き止めた。ジム・ユーアン。職歴六年のベテランだ。さっそくユーアン巡査の自宅に電話してみたが、あいにく応答はなかった。

さらに一時間粘って四度電話したが、いずれも空振りに終わった。腕時計を見ると間もなく八時。腹が減ってきていた。明日早起きすれば勤務明けのユーアン巡査をつかまえられるが、欲しいものがあると待っていられないたちだ。かまうものか。あと三時間もしないうちに巡査は出勤してくるから、そのあいだに空腹を満たし、署に戻って今晩のうちに巡査から話を聞こう。どんな話にしろ、夜のうちに考える材料ができる。

デーンは自宅まで車を走らせ、お手軽にサンドイッチを二組つくって、もぐもぐやりながら留守電のメッセージをチェックし、シーズン開始直後の野球の結果を確認した。まだサンフランシスコ・ジャイアンツへの腹立ちは収まらず、それ以外のチームならどこが勝ってもよかった。

だが野球もたいした気晴らしにはならず、いつとはなしに物思いはマーリー・キーンへ、墓地よりも濃い影を宿した紺碧の瞳へと引き戻された。彼女がなにを企んでいるとしても、それにためらいを感じているのはたしかだった。金曜日の夜のことを話せば話すほど、動揺の色を深めていったのが、その証拠だ。たとえオスカーの主演女優でも、今日の午後の彼女のように顔色を蒼白に変えることはできない。

震えていた華奢《きゃしゃ》な体が目に浮かび、今度も彼女に腕を回したい気持ちが込み上げた。ぎゅっと抱いて、心配しなくていいといってやれたら。なぜこんなに守ってやりたいと思うのだろう？　これまでも女性をかばいたいという願望は、男の自然な本能として受け入れてきた。危ない目に遭おうとしている女がいたら、大きくて力のある自分が楯になって守るのが当然だろう？　女が階段を上り下りしていたら、不安定なハイヒールでいつ転ぶかわからないのだから、いつでも助けられるよう準備するものだ。時間の許すかぎり、女のために骨折り仕事をしなくてどうする？　パトロール警官のころから、交通事故の現場に出向くたび、考えるまえから女、子どもの心配に走った。しかしそんな彼でも、殺人事件の容疑者を守ってやろうと思ったことはなかった。

デーンは警官で、彼女は容疑者だった。どんな形にしろ、彼女に触れるわけにはいかなかった。例外は業務上必要と見なされる場合のみで、彼女を抱きしめるのはそのかぎりではない。

だが、そうしたかった。困ったことに。彼女の頭を肩に抱き、頬や首を撫《な》で、さらに手を下にずらして胸や腹部の丸み、股間の柔らかな割れ目に触れたかった。

デーンはがばっと立ち上がって自分をののしった。今朝出会ってから、彼女のことが頭から離れない。古式ゆかしい病とやらに、こんな形で見舞われることになるとは。

時間を見ると、九時十五分だった。署に戻ってユーアン巡査を待ったほうがいいかもしれない。あわただしい場所にいれば、彼女への思いもまぎれるというものだ。しばらくせかせかとうろついてから、車のキーを持って計画を実行に移した。

彼の願いが通じて、ユーアン巡査はおおかたの警官と同じように早めに出勤してきた。勤務のまえにゆっくりと制服に着替えたり、コーヒーを楽しむ時間を取って、心の準備をするためだ。ジム・ユーアンは身長、体重、顔立ちを含むあらゆる点で、ごく平均的な男だった。

だがその目は警戒を怠らない醒めた警官の目、予見をしりぞけてあらゆるものを見るよう訓練された人間の目だった。

ユーアン巡査は金曜夜の一件をはっきりと記憶していた。

「少し気味が悪かったものですから」言葉を選んで、巡査はいった。「あの女性は彫像のようにじっと坐ったまんま、目を開いて一点を凝視していました。てっきり死体だと思って、懐中電灯を向けたんです。でも怪しげなものはなかったし、呼吸があるのもわかりました。それで懐中電灯で窓を叩いたんですが、彼女がこちらを向くまでにはかなり時間がかかりました」

デーンは背中に不安がせり上がってくるのを感じた。「気を失っていたのか?」

ユーアン巡査は肩をすくめた。「自分の経験ですと、あんなふうに視点が固定されるのは死体か精神異常者だけです。ただの気絶ならまぶたが閉じます」

「それで、どうなった?」

「どうやら本気でとまどっていて、最初は怖がっているようすでした。麻酔から覚めた直後のように、動きがぎこちなかったのを覚えています。ですが、しばらくすると苦労して窓を下げ、癲癇症があるから発作だろうと説明しました。自分が車から降りるようにいうと、したがいました。全身がたがたと震えていましたが、アルコールのにおいはしないし、なにかをやっているようすもありません。すでに車のナンバーの照会はすませ、問題ないのがわかってたんで、それ以上、拘束する理由がないですよね。さっきもいったとおり、ひどく震えていたので、念のために自宅までついていきました」

「何時のことだ？」

「そうですね、当日の書類を調べれば正確な時刻がわかりますが、たぶん真夜中少し過ぎ、十二時十五分くらいだったと思います」

「ありがとう」デーンはいった。「非常に助かったよ」

「お役に立てて光栄です」

デーンは自宅に戻り、ユーアン巡査から聞いた話を念入りに検討した。ごく短い面談ながら、多くのことがわかった。

まず一つ。マーリー・キーンはネイディーン・ビニックが殺されたとおぼしきころ、ビニックの住居から遠く離れた場所にいた。

そしてユーアン巡査の証言はマーリーのいう〝ビジョン〟状態の正しさを明確に裏づけていた。

これでわかったのは、彼女をもう容疑者とは見なせないこと。どこかが安堵にゆるむのを感じた。彼女は現場にいなかった。アリバイがあった。殺人事件と彼女を結びつけるものはない……残るは彼女の言葉だけだ。彼女が殺害を〝見た〟のは間違いない。それ以外に考えられないからだ。問題はどうやって見たか。

マーリー・キーンはまだなにかを隠している。彼女の目を陰らせているのはそのなにか。その秘密、今回の殺害事件と彼女を結びつける秘密を突き止めなければならない。本物の霊能力者ならば話の筋は通るが、そんな説明を受け入れられるわけがない。少なくともいまは。永久にではなくとも……まだ、信じることはできない。

6

去りゆく女への怒りが燃え上がるのがわかったが、ほかのすべてと同じように、感情もまたしっかりと抑制してあった。いまは怒りをあらわにすべき時ではなかった。なにごとにもしかるべき時がある。女から提出された苦情書を見下ろすと、頬をゆるませて名前を確認した。ジャクリーン・シーツ、サイプレス・テラス三三一一。報復の保証は一定の平穏をもたらしてくれる。ついで、自分の体でアネットの視線をさえぎり、あとで廃棄するよう、苦情書をポケットに滑り込ませた。そのへんに放置して、お節介な連中に見られたり記憶されたりするのは、頭の悪い人間のすることだ。当人の考えるキャロル・ジェーンズは頭が悪いどころか、むしろその逆で、些細なことまで気配りできるのを誇りにしていた。

「あんないわれ方をしても、平然と対応できるなんてすごいですね、ミスター・ジェーンズ」背後からアネットの小声がした。「あたしだったら、一発殴りたくなっちゃう」

彼の表情は平静そのものだった。「いつかあの女性もそんな目に遭うさ」アネットのことは気に入っていた。同じ苦労を強いられる立場にある彼女は、彼がいやな思いをするといつも同情を示した。たいていの人はそこそこ礼儀をわきまえているものの、少数ながら身のほどを知らない人間もいるものだ。そんななかにあって、アネットはつねに謙虚で、彼のことをミスターをつけて呼んだ。チビで、浅黒くて、ブスというぱっとしない娘だが、気だては悪くなく、多くの女がそうであるように、愚かさや気むずかしさで彼の神経を逆撫でしたりはしなかった。

キャロル・ジェーンズは軍人のような姿勢を心がけていた。軍隊に最適な人材だとよく思ったものだ。もちろん、士官としてだ。どんな士官学校だろうと、入れさえすれば、最高の成績を収めたろう。だが不幸なことに士官学校の入学には欠かせないコネがなく、コネのない人間にはなから門戸が閉ざされている。それが既得権を守る上流階級のやり方だ。下士官として入隊するのは問題外だったし、士官学校の亜流でしかない予備役将校訓練部隊や幹部候補生学校も願い下げだった。ただ、天職だったはずの栄《は》えある軍人になるかわりに、高級デパートの苦情処理係という下劣な職についてはいるものの、みずからの規範を放棄するいわれはなかった。

身長は百八十センチに満たないが、姿勢がいいのでだいたいはもっとあるように見られるし、一般的に好男子だと見なされているとの自負もある。週に二度のジム通いで鍛えた引きしまった体。カールした豊かなブロンド。それに整った目鼻立ち。服装には金を惜しまず、身なりの手入れも怠りない。細部への気配りが成功と失敗を分ける。その点をつねに肝に銘じてきた。

彼がふさわしい時がくるまで完璧に隠し、制御している力を知ったらアネットはなんというだろう、とときどき思う。だがアネットはもちろんのこと、だれからも疑われたことはなかった。すべての人の目を完璧に欺いているのだと思うと、計りしれないほどの満足を覚えた。頭の悪い警官どもを、まんまと出し抜いているのだ！

アネットが昼食に出るのを待って、コンピューターまで行った。ジャクリーン・シーツの支払い口座が登録されているかどうか確認するためだ。嬉しいことに、口座はあった。とっかかりとなるこの情報にアクセスできると、ことはずっと簡単になる。支払い記録はどうでもよかった。顧客のクレジット請求フォームは各ファイルの先頭にあり、ここに配偶者の名前と職業も記入されている。ジャクリーン・シーツは離婚していた。男との関係を維持できないとは、哀れな女だ。彼は舌打ちした。

だからといって、一人暮らしとはかぎらなかった。子どもや恋人、あるいは同性の恋人と一緒かもしれないし、母親というのも同居相手になりうる。同居相手がいれば仕事はやりにくくなるが、不可能になるわけじゃない。彼としては勇気や知性をテストする絶好の機会として、難問をむしろ歓迎したいくらいだ。罪人が立てつづけに現れるのはまれなことだ。トレーニングで能力を高める運動選手と同じように、自分の鋭さに磨きがかかっているかどうか多少なりと興味があった。力強さ、機敏さ、明晰さ、爆発力。そのいずれもが強化されているといいのだが。

仕事を終えて外に出ると、早くも期待に胸がうずいた。心地よい興奮に背を向け、ふだんどおりに行動した。いまはまだその時ではないから、興奮を高めてはならなかった。待つからこそ、放ったときの喜びもまた格別なものになる。だから、自宅のアパートまで車を走らせ、新聞を読み、レンジディナーを電子レンジにセットした。料理が温まるあいだにテーブルにマットとナプキンを出し、必要なものをしかるべき場所に配置する。一人暮らしだからといって、みずからの規範を放棄するいわれはなかった。

おもむろにオーランド地区の地図を取り出したのは、とっぷりと日が暮れてからだった。サイプレス・テラスの位置を調べ、アパートからの道筋を黄色の蛍光マーカーでたどりながら、曲がり角を記憶に刻みつけた。思いのほか近く、車なら十五分足らずだろう。交通至便。

続いてゆったりと快適なドライブに出かけ、穏やかな春の陽気を楽しんだ。一度めになる今回の偵察は、家のありかを突き止めて頭に叩き込むのが目的なので、車で近所を流す程度にする。現地へ行けば隣近所との距離、ペットを飼っている家の多寡、どれくらい子どもがいるかといった、こまかな点が確認できる。庭を囲むフェンスやガレージの有無、私道に停められた車の台数もだ。もろもろのこまかな情報。細部。偵察はその後も繰り返し、そのたびになにかを発見して、じょじょに情報を積み上げてゆく。いよいよ最後の偵察となったら、家に侵入して間取りを調べる。この段階になれば喜びを許容できる。あるじのいない家のなかをうろつくのは、なんともいえず愉快なものだ。女の持ち物に触れ、クローゼットやバスルームの戸棚をのぞく。彼はもう内側に入り込んでいるのに、女はそれに気づいていない。あとは最終幕が切って落とされるのを待つばかり。

サイプレス・テラス三三一一のまえを通り過ぎた。ガレージはなく、一台分の狭い駐車スペースに五年まえの型のポンティアックが停めてあった。それ以外に車、自転車やスケートボードといった、子どもの存在を示唆するものは見あたらなかった。明かりがついていたのはひと部屋きりだから、一人しかいないか、全員がその部屋に集まっているかのどちらか。だいたいは前者と考えてよかった。

そのブロックを一巡して、もう一度家のまえを通り過ぎた。一回の偵察で二度まではよしとしていた。今回は心配なさそうだが、だれかに見られた場合、二度めは道に迷ったのだと見なされ、三度めは疑いを招く。二度めで家の左側にあるカーポートの逆側のフェンスが壊れているのに気づいた。フェンスは最適の目隠しになる。家の右側はひらけていていただけないが、おおむね環境は適しているというか、非常にいい。すべてが適所に収まりつつあった。

マーリーはカウチに丸まって軽めの本を読むうちに、しだいにリラックスしてくるのを感じた。昨日のようにホリスター刑事が駐車場で退社を待ちかまえていたらどうしようかと、今日は気の休まる暇がなかった。あんなふうに敵意に満ちたやり取りをまた繰り返せるかしらと不安になる一方で、退社するときは不思議と流れに身をまかせる気分になっていたが、いざ出てみると彼はいなかった。災難が再現されるのではと怯えていたのに、肩すかしを食らったような気分だった。

カウチにもたれて目を閉じると、彼の顔がまぶたの裏に浮かんだ。ごつごつした顔、折れた鼻、落ちくぼんだ眼窩《がんか》にはまった緑がかったハシバミ色の瞳。世慣れた人間の顔立ちではなかった。もっとふつうの顔だったとしても、目の表情が決定的に違った。警戒を怠らない、獲物を追うものの刺すような目だ。彼が法律の側について、オーランドの住民は運がよかった。そのおかげで彼は住民をではなく、犯罪者を本来の獲物としているのだから。彼固有のあくの強さに加えて、警官特有の表情がある。万事にわたって冷笑的で、人とのあいだに距離をおき、法の執行に携わるものとその恩恵をこうむるものとのあいだに壁を築く。

マーリーはこれまでに数多くの警官と出会ってきたが、その全員から同じものを感じた。警官がくつろげるのは同類といるときだけ、同じものを見、同じことをする仲間といるときだけなのだ。日々目にしている卑劣さ、邪悪さを、帰宅して配偶者に話す警官など一人としていない。食卓の話題にはうってつけ！　警官の離婚率は高く、そのストレスたるや、想像を絶するものがある。

どの警官も彼女を扱いかねた。当然ながら、最初は彼女の話をまともに取り合わない。だがほんとうだとわかると、びくびくして近寄りたがらなくなる。彼らにたいしても霊能力は有効だからだ。警官の気持ちは警官にしかわからないというのが既定の事実だとする。ところが彼女には怒り、恐怖、嫌悪といった彼らの感情が手に取るようにわかる。つまり彼女とのあいだには壁が築けないわけで、警官としては身ぐるみはがされたような心許なさを感じずにいられなくなる。

そして六年まえ、マーリーはふつうの人々のように、他人の気持ちを推し量る方法を学ばなければならなくなった。ちょっとした身ぶりや口調、表情から、そこに現れた手がかりを拾ってゆく。それまで視覚的な手がかりに頼ったことがなかった彼女にとっては、赤ん坊が言葉を覚えるようなものだったし、当初はただ沈黙のなかで安らぎたいと願いもした。しかし人間は一人きりで生きるようにできていない。世捨て人にしても、多くは動物に慰めを見いだすものだ。いったん本能的に安全だと悟ってからは、他人を観察してなにがしかを読み取れるようになった。でも、ホリスター刑事を読むのはむずかしい、とマーリーは皮肉っぽく口元をゆがめた。見ているだけで息苦しくなる相手だからかもしれない。不快というのとは違った。厳めしい顔立ちではあるけれど、不快なのではなく、強烈すぎるのだ。あんなふうににらまれ、忘れたい記憶を思い出すよう無理強いされたら、落ち着かない気分になって当然だ。

だが恐れてはいなかった。彼がどうがんばろうと、ネイディーン・ビニックの殺害に結びつけられる心配はなかった。結びつけるものがないのだから。いくら彼でも、ない証拠は見つけられない。だからわたしが不安なのは――

体がこわばり、目がパッと見開かれた。焦点を内側に向けて、這い上がってくるものの正体を探った。ビジョンではなく、圧倒されるような感覚もない。だが漠とした憎悪、悪い予感のようなものをたしかに感じる。

急いで立ち上がり、うろうろしながら状況を理解しようとした。いったい、なにが起きたの？　感知力がほんとうに戻ったのか、ストレス過多によるごく一般的な反応を起こしているだけなのか？

ホリスター刑事のことを考えていたら、突然、どこからともなく不安と恐怖が押し寄せてきた。彼が恐怖の源だとしたら簡単に説明がつくし、ふつうはそう考えるだろう。だがマーリーは自分の感情を分析しなおし、捜査のいかなる過程でも刑事にいっさい恐怖を感じていなかったと結論した。

まただ。より強烈な憎悪にひっぱたかれた。吐き気が込み上げてきて、喉が詰まった。なにかが起きている。なにが、なにが起きているの？　刑事に関係があること？　ホリスターが危険な目に遭っているの？

体の揺れが止まり、手が握りしめられた。電話をかけて彼の無事を確認してみるべきだろうか。でも、なにをいえばいいの？　なにも。話す必要はなかった。彼が電話に出れば、無事だとわかる。そうしたら、電話を切ればいい。

子どもじみた行為だけれど、正体不明の脅威に胸がむかついている。体には汗が噴き出し、心は千々に乱れた。そこでふいに、かつての本能的な感覚に呑み込まれた。やみくもに手を伸ばして心のうちにホリスターを捜し、もやもやとした不吉な雲の正体をとらえようとした。霧のなかを手探りで歩くようなもので、はっきりしたものはなにも見えなかった。

うめき声を漏らして、カウチに身を沈めた。なにを期待しているの？　この六年できなかったこと、以前でさえ困難だったことだ。なのにたまたまビジョンを見たり、ぼんやりと脅威を感じたからといって、むかしの能力がすっかり戻ったとでも思って？　二度と戻ってほしくないと願っているくせに！　それでもいまこの瞬間、あの能力を、いま感じているパニックを鎮めてくれるものを必要としていた。

彼が意識を失っていれば——浮かび上がりつつあった〝死〟の文字を急いで打ち消した——彼の精神信号はキャッチできない。それでよけいに逆上して、今度は彼のパートナーのアレックス・トラメルの姿を思い描いた。トラメルにはあまり注目していなかったが、顔くらいは思い出せる。目を閉じて意識を集中し、切れぎれになった浅い息遣いを耳にしながら、一人の人物に焦点を合わせ、必死で自分に命令した。トラメルのことを考えて！

むだだった。なにも浮かんでこなかった。

小声で毒づいて電話帳をひっつかむと、Hの項に指を走らせてホリスターを探した。なんで同じ名字の人がこんなにいるんだろう。あった、これだ。デーン・ホリスター。受話器を取って、迷いが生じるまえに番号を押した。

たちまち彼の無事を察知した。

以前とは違った。彼の感情に同調するまでもなく、そもそも精神的な障壁が感じられなかったのだ。ただわかった。心の目に彼が浮かんだ。裸足で上半身裸の彼がテレビのまえに陣取り、野球中継を見ながらビールを飲んでいる。ぶつくさいいながら電話に手を伸ばす——

——「もしもし」

マーリーは跳び上がった。心に映し出された彼が口を開くと同時に、その声が耳に飛び込んできた。「いえ、あの……ごめんなさい」口ごもり、そそくさと受話器を架台に戻した。

茫然と電話を見つめた。電話の向こうに、野球中継の音が聞こえた。

デーンはムッとして肩をすくめ、電話を切った。画面から一瞬目を離した隙に、アウトの場面を見そこなった。不満たっぷりに溜息をついて腰を下ろし、素足をコーヒーテーブルに載せて足首を重ねた。久しぶりにのんびりしていた。シャツも靴も脱ぎ捨て、手には口がひりつくほどよく冷えたビールがある。

電話の相手は女だった。即座に察知したものの、ひどくかすれた低音だった。喫煙者の声。マーリー・キーンの顔が浮かんだ。彼女の声も軽くかすれていた。あの声を耳にすると、毎回あそこが硬くなる。あわてて股間に目をやった。大あたり。

電話に手を伸ばした。

「いま電話したか?」ぶっきらぼうに尋ねたのは、番号案内に短い問い合わせをした直後のことだ。

「ええ……そう。ごめんなさい」

「なんか用か?」

電話線を通じて、彼女の荒い息遣いが聞こえた。動揺している。「心配だったの」長い沈黙ののち、彼女はいった。

「心配って、なにが?」

「あなたがなにか困ったことに巻き込まれている気がしたんだけど、わたしの勘違いだった。

ごめんなさい」もう一度謝った。

「へえ、勘違い？」おうむ返しにして、不信感を強調した。「きみがね」

デーンの耳に、受話器を叩きつける音が響いた。怒りに顔をゆがめてリダイヤルボタンを押しかかったが、やっぱりやめておいた。皮肉る暇があったら、動揺の原因を探るべきだった。ネイディーン・ビニックのことで悩んでいたのかもしれない。まだ本人には伝えていないものの、ユーアン巡査によって証言は裏づけられたが、デーンはいまだ彼女が犯人を知っているとにらんでいた。なのにいらぬ憎まれ口のせいで、せっかくのチャンスを潰してしまった。当分口をきいてもらえそうにない。

そのとき、デーンは二人とも電話で名乗らなかったのに気づいた。おたがいに相手を察知したのだ。

それに、悔しいけれど、彼女のいったことは一部あたっている。これが困りごとでなくてなんだ？　今度も股間に目をやった。大問題だ。

電話したくて、じりじりしてきた。テーブルにビール缶を叩きつけると、缶の口から泡が飛んだ。おのれの愚かさを呪いつつ、受話器を取ってリダイヤルボタンを押した。

「なによ？」最初の呼び出し音も終わらないうちに、険のある声が耳に飛び込んできた。

「いったいどうしたんだ？　おれに話してみろよ」

「わたしになにをいわせたいのかしら？」甘ったるい調子で彼女は尋ねた。

「電話をかけてきた、ほんとうの理由についてってのはどうだ？」

「さっきもいったとおり、なにか悪いことが起きていると思ったからよ」

「なぜそう思った？」抑えようとしても、疑っているのがついつい声に出る。

彼女は気持ちを鎮めるように、大きく息をついた。「じゃあいうわ。いやな予感がして、あなたのことが心配になった。でもわたしの思い違いだった」

「なぜおれに関係のあることだと？」

完全黙秘。待てど暮らせど返事がない。しかも完全に静まり返って、息遣いさえ聞こえなくなった。恐怖に駆られてあわてて尋ねた。「大丈夫か、マーリー？」沈黙。「なんでもいい、ベイビー、しゃべってくれ。黙ってると、押しかけるぞ」

「だめ！」絞り出すような声だった。「だめ――来ないで」

「なんともないのか？」

「ええ、平気よ、わたしなら。ちょっと――考えごとをしていただけ」

「どんな？」

「あなたには関係のないことだと思う。だれかほかの人のこと。考えなくちゃ。さよなら」

「切るな」彼は命令した。「頼むから、マーリー、切らないでくれ――チッ！」発信音が耳にこだましていた。受話器を叩きつけ、急いで立ち上がった。彼女のうちへ行って、この目で確認してやる――

――なにを確認できるというんだ？　ドアを開けてもらえる見込みさえないというのに。ユーアン巡査の証言によって彼女の身の潔白は証明されたのだから、そもそも出かけていく理由がなかった。今日は一日悶々としていた。新しい展開がないかぎり——およそ期待できそうにないが——マーリーと話す理由はなくなった。加えて、ビニック事件のほうもまったく見通しが立っておらず、因縁のない人間の犯行という、迷宮入りの可能性の高い純粋な謎になりつつあることに、デーンは本気で腹を立てていた。それではミセス・ビニックが気の毒すぎる。

それに、マーリー・キーンに会えなくなるのも気に入らなかった。公式には認めざるをえないが、もし彼女が事件に関与していないのなら、なにかべつの手を考えるしかない。われながら厄介だとは思うものの、無視するには強烈すぎる思いだった。

マーリーは室内を行きつ戻りつしながら、悪態をついては涙をぬぐい、涙をぬぐっては悪態をついた。なによ、ホリスターなんて！　こんなにわたしを怒らせて、いまここにいたら、思いきりぶん殴ってやるのに。だが全体から見ると、彼は微々たる問題でしかなかった。以前とは少し異なるが、やはり感知力は戻っていた。まえよりもエムパス能力は少し弱まり、透視力は少し強まったようだ。でなければ、ホリスターが野球中継を見ていたのを察知できたり、瞬間的に答えを予測できたりした説明がつかない。以前にはなかった現象だ。

あのときは彼のことを考えていた。好きこのんで考えていたわけではないけれど、頭に彼のことがある状態で、なにか不安な感じ、危険の予感がかすめた。それでとっさにその感覚を彼と結びつけたが、実際は違っていた。彼のことが頭にこびりついていたせいで、二つのことに関連がないのに気づかなかったのだ。だとすると、問題は二つ、いや三つある。一つめは超感覚的な能力が戻り、気まぐれに発揮されること。嬉しくはないけれど、戻ってきたものには対処するしかない。マーリーはそう認めて、いったんその問題を脇に置いた。人生への影響を考えると最大の問題だろうが、残る二つのほうが切迫している。

二つめは、ホリスター刑事が非常に厄介な存在になりつつあることだ。いや、もうそうなっている。彼は本人にその気がないときでさえ、過去に出会っただれよりも彼女を怒らせた。あの図体ばかりでかいネアンデルタール人、疑り深い皮肉屋は、熱を感じるほど激しい怒りを向けてきて、あまりのことに目にするたび手で顔をおおいたくなる。彼には女が目を回して逃げ出したくなるような、強烈な男っぽさがあり、男性経験が少ないながら、マーリーだって馬鹿ではないので、自分が彼に過剰反応しているという自覚はあった。そしていまいちばん避けたいのが、性的な誘惑と闘うことだ。不毛な関係であれば、なおさらだった。マーリーは彼のほうも抵抗しつつ誘惑に駆られているのに気づいて、うめき声を上げた。だから〝ベイビー〟なんて呼んだのだ。いまは猜疑心《さいぎしん》が抑止力になっているのだろうが、証拠がないのだからそうそうは続かない。あの手の男は欲しい女がいたらなりふりかまわず突進してくる。ビニック事件への関与の疑いが晴れたら、今度は彼をかわすという試練が待っている。

そして、三つめ。苦痛が大きすぎるために、考えるのをあと回しにしていた問題だ。感じ取るやマーリーを不安に陥れた邪悪な念には……ネイディーン・ビニック殺害の夜に感じたエネルギーと同じ感触、同じ個性があった。同じ男だ。いまだあの男があたりをうろつき、その邪悪な意思をだれかにぶつけようとしている。まだ未発達なので反響をわずかに感知できたにすぎないが、ふたたび動きだそうとしているのはたしかだった。そして警察や被害者になりつつある人にとって希望を託せる相手、犯行を食い止められる人間がいるとしたら、マーリーだけだった。

追跡できるものはなかった。名前も、顔もわかっていない。だが、いずれは彼に焦点が合い、追っていればいつかは身元を明らかにするようなあやまちを犯すだろう。

警察に協力するしかないらしい。それはホリスター刑事と力を合わせることでもある。めんどうで、厄介な状況になるのは目に見えているが、選択の余地はなかった。巻き込まれたが最後、逃げ道は閉ざされている。

7

翌朝、身支度をすませた直後、マーリーは玄関から聞こえた重いノックの音に跳び上がり、いらだちと警戒心に顔をしかめた。朝の七時二十分に彼女の家のドアをノックするような人間は一人しかいない。特殊な能力がなくてもわかることだ。

だが彼に応対する最善の方法は、こちらの反応をいっさい気取られないようにすることだ。怒りを見せれば弱さと受け取られ、抗《あらが》いがたく惹かれているのがバレたら、あとは天に祈るしかなくなる。押しの強い男だ、どちらにしてもつけ込んでくる。

招き入れる気はなかった。出勤しなければならないし、ホリスターのために遅刻するなんてまっぴらだった。ハンドバッグと車のキーを持ち、威勢よく玄関に向かった。ドアを開けるとほぼ正面に彼がいて、太い腕をつっかえ棒にしてドア枠にもたれ、残る片手をもう一度ノックしようとかまえていた。マーリーはあまりの近さに息を呑んだが、とっさにその反応を隠そうとして外に出、彼に背を向けてドアを閉めた。だが、あろうことか彼は一歩も引き下がらず、熱く硬い筋肉の檻《おり》に閉じ込められる格好になった。これでは抱かれたも同然。これで腕を巻きつけられたら、完全に身動きが取れなくなる。

そんな状況を無視したくて、鍵をかける作業に専念した。一瞬目に入った表情から機嫌の悪さは察していたが、こうなってみると、雄として過敏になっているのがわかる。発情期の雌馬に反応する種馬みたいだ。

みょうにぴったりの場面を想像したせいで、鼓動が激しくなってきた。彼に背を向けて強情な錠前と格闘するうちに、突然、お尻に押しつけられた彼の肉体を意識した。歴然とした肉の盛り上がり。太くて、硬くて、ぶしつけなもの。

ようやく鍵がかかった。マーリーはどうしたらいいかわからなくて、身動きがとれなかった。動けば彼にすり寄ってしまうし、動かなければ誘っていると見なされそう。振り向いて彼に無言の許可を与えたいという衝動を、目を閉じて抑えた。そんなことをしてもむだだ、六年分の恐怖が襲いかかってきて硬直するだけだ、というたしかな予感だけが彼女を押しとどめていた。もう二度とあんな思いには耐えられそうにない。

無理やりに声を出した。「なにがお望みなのかしら、刑事さん」口にしたとたん、舌を嚙みたくなった。こんなときに、なんてことを訊いたの？　大きくふくらんだものがしつこくお尻をつついているのだから、訊くまでもないでしょう？

二秒ほど間が空いた。彼の胸がせり上がり、ゆっくりと呼吸したのがわかった。ついで、ありがたいことに、一歩後退した。「刑事として来たわけじゃない。きみの無事を確認したくて立ち寄っただけだ」

わずかな距離ができたことで、性的な緊迫感がゆるみ、かせから放されたような解放感があった。ほっとしすぎて目がくらみ、それを行動で埋め合わせた。「元気よ」そっけなくい い、邪魔の入るまえにさっさとステップを下りた。なによ、あれ。車が私道に入り込んだ彼の車に通せんぼされている。立ち止まって自制心を呼び戻してから、彼に向きなおった。

「もう出ないと、遅刻してしまうんだけど」

刑事は腕時計をチェックした。「車なら十五分だから、時間はたっぷりある」

「なにかあるといけないから、早めに出ることにしてるの」

この説明に動じたようすはなかった。半分まぶたの閉じたハシバミ色の瞳を彼女に向けたが、表情は読めなかった。「昨晩のきみはなにかを怖がっていた」

「怖がってなんていなかったわ」

「そうかな」

「怖がってなんていなかったわ」同じせりふを、今度は歯を食いしばっていった。彼の意固地さが早くも癇《かん》にさわってきた。いますぐこの男から離れなければ。

「いや、たしかに怖がっていた。いまもだ」ふたたび視線で彼女をひと嘗《な》めする。「いまはべつの理由だが」穏やかにいい、まぶたを持ち上げた。男としての自信に満ちたその目が貪《どん》欲《よく》な輝きを放った。

ある直観が閃《ひらめ》いて、すくみ上がった。彼には霊能力はないとしても、鋭い男性的な本能がある。これでは行動の端々に現れる、隠しきれない反応を察知されてしまう。思っていたよりずっと、はぐらかすのがむずかしい相手だ。そのとき刑事がポーチを下りて近づいてきたので、マーリーは急いで自分の車へのがれた。ドアを引いて背後に回り込み、即席のバリケードに仕立てた。

彼は開いたドア越しにマーリーを見つめた。鋭さを増した視線が体に突き刺さるようだ。

「落ち着けよ」刑事はつぶやいた。「そうつんけんするなって」

そんな彼をにらみつけた。神経の高ぶりは限界まできている。いますぐ立ち去ってくれないと、自制の糸が切れてあとで後悔するようなひと言を投げつけてしまう。支えがわりにドアを握りしめ、関節が白く浮いた。「車を動かしてちょうだい、刑事さん。それから、令状がないかぎり、うちには二度と来ないで」

やってくれたな、ホリスター。デーンは激しくおのれをののしった。じっとデスクを見下ろしたまま、がやがやと重なる人の声や、途切れることのない電話の音を閉め出していた。男としても警官としても欲求不満の塊だった。ビニック事件の手がかりや証拠は皆無。捜査は行く手を阻まれ、マーリー・キーンへの思いも同じ運命をたどろうとしている。

なにを期待していた？　尻にすりつけた一物に彼女が気がつかないと思ったのか？　悲鳴を上げられなかったのが不思議なくらいだ。

彼女が出てきたときに下がるべきだったのに、うっかり触れてしまったとたん、接触部に全神経が集中して、その場に根が生えてしまった。耐えがたいほどの快感と同時に、欠乏感に火がついてもっとほしくなった。彼女を裸にして一物をうずめたかった。彼女の脚にからみつかれながら、組み敷いた体に走る痙攣《けいれん》を感じたかった。抵抗する力を奪って支配したい、思うがままにして、どこへなりと連れ去ってしまいたい……そして、なにからも、だれからも、彼女を守ってやりたい。今朝、のこのこと彼女の自宅まで出かけたのはそのためだった。昨晩はひと晩じゅうまんじりともできなかった。彼女がなにかに怯《おび》えているのはほぼ確実で、心配して電話をかけても歓迎されないのは確実だった。夜が明けたとき我慢は限界を超え、自分の目で彼女の無事をたしかめずにいられなくなった。

で、おまえはなにをした？　彼女をさらに遠ざけただけだ。初っぱなから彼女の扱いを間違え、いまだにどうすればいいかわかっていない。ユーアン巡査の証言でネイディーン・ビニック殺害の現場にいなかったのはたしかめられたが、彼女はなにかをつかんでいて、わざわざ警察まで出向いた。容疑者か目撃者か？　論理を追えば前者だが、本能はしきりに後者を指し、彼のムスコはその点まったくおかまいなしだ。

「おや、やけに浮かない顔をしてるな」トラメルはのんびりと声をかけ、椅子の背に体重をあずけて、デーンの表情をうかがった。

デーンはうめいた。そのとおりなので、否定できなかった。

「最近マーリーと話をしたかい？」

ムッとしてトラメルをにらみつけた。「今朝」短く答えた。

「それで？」

「それでって、べつに」

「べつに？　じゃあ、どうして彼女に電話をしたんだい？」

「電話はしてない」手慰みに鉛筆を回転させた。「訪ねたんだ」

「ほお。パートナーに隠しごとか、うん？」

「なにも隠しちゃいない」

「じゃあ、どうして訪ねたんだか教えてくれてもいいだろ」

根ほり葉ほり訊かれるうちに、やたらピリピリしてきた。過去にもトラメルと二人がかりで何時間も尋問した容疑者に共感をいだく瞬間はあったが、あくまで一瞬のことだった。

「理由はない」かたくなにシラを切りとおした。トラメルが理由を知っていようとかまうものか。

「ほお、理由はないのか？」トラメルは楽しんでいた。黒い瞳が大喜びしていた。良きパートナーのデーンが女で苦しむという椿事《ちんじ》を、一分一秒まで味わいつくしてやるつもりだった。デーンは女で困ったことがなかった。彼よりも相手の女のほうが熱を上げるせいで、つねに有利に立っていた。むろん女を痛めつけるような男ではないが、女からほとんど影響を受けないとはいえる。不規則な勤務時間が気に入らないなら、いいさ、好きにしろよ。デートをすっぽかしたからって、それがなんだ？　仕事を最優先するために、女の肉体以上のものには決して執着せず、職業上はきわめて優秀な警官の一人だった。仕事と女性の板挟みでもがくほかの警官たちを尻目に、彼一人がロマンスという荒海をほぼ無傷で泳ぎわたってきた。だからよけいに、いまのもだえぶりがおもしろいのだ。

もうひと押ししてやろう。トラメルは尋ねた。「彼女はなんだって?」

デーンは眉をひそめ、いまいましそうにパートナーを見た。「なんでそう鼻を突っ込む?」

トラメルはしれっとした顔で両手を左右に開いた。「おれたち、今回の事件を一緒に担当してるんだよな」

「事件にかかわる情報なんか、おれは持ってないぞ」

「そうか? じゃあ、なんで彼女のうちに行った?」

「彼女のようすを確認したかった」

トラメルはこらえきれず含み笑いを漏らし、笑い声がやまないうちに、電話が鳴った。受話器を取ったのはデーンだった。「こちらホリスター刑事」とがなった。

「あんたから照会のあったキーンって女のことだが、ちょっとしたもんを見つけたぞ」そっけない声が受話器から流れてきた。「おもしろい。かなりのもんだ」

キーンの名が出た瞬間から、デーンは全身をこわばらせて身がまえていた。「それで、どんな情報だ?」

「ファックスして、直接、読ませてやるよ。あんたがこんなでたらめな騒ぎに巻き込まれてるなんて知らなかった。でもまあ、きれいな女だよな」

「まあな」考えるまえにいっていた。「ありがとよ、ベーデン。恩に着る」

「手帳につけとくよ」ベーデンは陽気に応じた。「じゃあな」

電話を切ったデーンは、トラメルの視線に気づいた。からかうような雰囲気は消え、鋭さを帯びている。「どうした？」

「ベーデンがマーリー・キーンに関する情報をファックスしてくれるそうだ」

「意外だな」トラメルは眉をつり上げた。「彼女に裏があるとは思わなかったよ」

「さあ、来たぞ」部屋の片隅に置かれたファックス機がうなり声を上げ、用紙を吐き出しはじめた。デーンは厳めしい顔で立ち上がり、機械に近づいた。正直いって、見たいかどうかわからなかった。二日まえなら、嬉々として彼女に関する情報を受け取っていただろう。だがいまは違った。前夜彼女から電話があってからは、その影響を否定することさえやめていた。そう、彼女が欲しかった。だから潔白であってもらいたかったし、月曜日の証言にもなんらかの説明が可能だと思いたかった。トラメルがやってきて隣に並んだ。デーンを見守る黒い瞳は謎めいていた。

一枚めが出てきた。新聞記事のコピーだ。急いで見出しに目を走らせた。〝十代の霊能力者、行方不明児を発見〟

トラメルは口笛を吹いた。短く軽い口笛だった。

ファックス用紙はぞくぞくと続いた。どれもマーリー・キーンの精神的な能力を共通のテーマとして扱っていた。そのいくつかは心理学雑誌や、超心理学関連紙に掲載されたとおぼしき記事だった。数枚ある粒子の粗い写真には、いまよりも若く、幼ささえ残るマーリーが写っていた。大半は〝著名な霊能力者〟マーリー・キーンが警察に協力して解決したさまざまな事件を報じる新聞記事だった。すべて北西部の新聞なのにデーンは気づいた。オレゴンとワシントンが大多数を占めるが、アイダホの記事が二件、それにカリフォルニアとネバダのものが一件ずつある。

彼女はときに〝若き透視者〟と称され、〝愛らしい〟という形容詞が一度、〝非凡な〟というのが二度登場した。どの記事にも共通する論調がある。地元警察はまず彼女の才能を疑い、嘲笑し、最後には彼女が能力を証明してみせる。行方不明者の発見が中心だが、誘拐事件の解決を報じたものもあった。何度か言及されているのは、事件に関与していないときのミス・マーリーがコロラド州ボールダーにある、超心理学研究所に所属していること。研究所の責任者であるドクター・スターリング・ユーエルの名も数度出てきた。

トラメルはデーンの脇に控え、あとを追うようにファックスを一枚ずつ読んでいった。二人とも無言だった。そんな情報を白黒の印刷物で読むのは、落ち着かないものだった。

やがて、くっきりした大見出しが目に飛び込んだ。〝霊能力者、殺人犯に襲われる〟デーンは用紙をつかんで引っ張り、二人して出てくるはじから読んでいった。

ワシントンの片田舎で連続児童誘拐事件が起きた。子どもの一人が遺体で見つかり、残る二人はいまだ見つかっていなかった。マーリーは地元保安官の要請で当地におもむいた。以前べつの町で、その保安官とともに、行方不明児を発見したことがあった。彼女が到着する直前に、もう一人子どもがさらわれ、同じ日に彼女のことを報ずる大きな記事が載った。

アーノ・グリーンがモーテルの部屋にいたマーリーを誘拐し、最後にさらった五歳の男の子を閉じ込めてある場所に運んだのは、その夜のことだった。だが、その折りグリーンは目撃されて、保安官に連絡が入った。小さな町のことなので、保安官事務所はすぐに犯人をグリーンと特定して追跡を開始したが、現場に到着したときには子どもはすでに息絶えており、マーリーは救出されたもののひどい暴行を受けていた。

あと追い記事で彼女の〝悲惨な〟状態が報じられ、それを境に報道はふつりと途絶えた。デーンが最後の記事の日付を確認すると、六年と少しまえだった。マーリー・キーンはまる六年にわたって文字どおりおおやけの場から姿を消した。なぜフロリダに越してきたのか？疑問に思うなり脳裏に地図が浮かんで、答えがわかった。国内にあって、ワシントンからもっとも離れた場所がフロリダだからだ。となるとつぎの疑問は、六年間も無名の市民として平凡な生活を送ってきたのに、なぜいまになって警部補のオフィスまで出向いてピニック殺害の場面を話したのか。

「覚悟がいっただろうな」トラメルはつぶやいた。デーンと同じ思考経路をたどったのは明らかだった。「最後にこんな目に遭っているのに、また協力するなんてさ」

デーンは髪を掻き上げた。彼のある部分は、残っていた疑念が払拭されて狂喜していた。これで彼女が事件のことを知っていた説明がつき、まだ手放しでは信じられないにしても、疑いを先延ばしにすることはできる。つまり彼女に距離をおかなければならない理由がなくなったわけで、当初から反応していた体の望むままに追いまわしてよくなった。しかしべつの部分は、いま読んだ内容を拒絶したがっていた。現実と事実を大切にする彼の気質に反するから単純に気に入らないのが半分、あとの半分は警戒心だ。ほんとならどうする？だれにも自分の心は読ませたくない。だが考えてみると、話さなくても女が自分の思いを理解してくれるのは、やはり便利だと認めざるをえなかった。

だがそれではすまない。デーンは警官だ。女に知られたくないものを見聞きし、行なう立場にある。同じ警官でなければ理解できないたぐいのものをだ。職業が刻印となって、警官は市民から孤立する。心に巣くって、墓場まで持っていくしかない事件もあれば、まぶたに焼きついた被害者の顔もあった。

そんな心象をのぞき見されるのは願い下げだった。たとえマーリーにでもだ。デーンの悪夢は彼だけのものだった。

デーンはファックス用紙をひとまとめにした。「この情報について、いくつか調べてみたいことがある。ドクター・ユーエルに連絡して、六年まえのことを訊いてみるつもりだ」

トラメルはあっけにとられながらも、同情混じりの好奇心のほうがまさった表情をしていた。デーンはそんな彼をにらみつけた。たがいに深く理解し合うのを前提とするパートナーといると、たまに霊能力者と暮らしているような気分を味わわされる。この野郎。女に振りまわされるおれを見て喜ぶ程度の残酷さはあるってわけか。

「なにがそうおもしろいんだ?」デーンは噛みついた。

トラメルは肩をすくめた。「いやあ、おれたち彼女と一緒に働くことになりそうだなと思って。あんたが彼女のご機嫌を取って、最後に二人はねんごろになるとこを想像してたのさ。逆も考えられるけどな」

デーンはデスクに戻り、電話に手を伸ばした。刑事職を志願した当時を思い出し、微苦笑に唇をゆがめた。あのころは刑事というのはせっせと出歩き、あいまいな証拠をシャーロック・ホームズみたいに組み立てて事件を解決するものだと思っていた。実際の刑事は長時間電話にかじりつき、せいぜいタレコミ屋程度の捜査能力しかない。そして腕利きの刑事は進んでだれかを貶《おとし》めようとする卑劣な人間、情報屋を自分の手駒にしている。残念ながらビニック家界隈に、デーンのタレコミ屋はいなかった。

番号案内でボールダーにある超心理学研究所の番号を調べ、一分もしないうちに、ドクター・スターリング・ユーエルに電話がつながった。

「ドクター・ユーエルですか？　オーランド市警のデーン・ホリスター刑事と申します」

「なにか？」

デーンは眉をひそめた。そのひと言にたっぷりの用心深さが込められていた。「マーリー・キーンさんのことでいくつかお尋ねしたいことがあります。そちらの研究所に所属していたことがあると、うかがったものですから」

「悪いが、刑事」ドクターは冷淡だった。「わたしは電話では、仕事仲間に関する情報を流さない方針でね」

「べつにキーンさんが事件を起こし――」

「むろん、そうだろうとも」

「こちらは、ただ以前のことを確認したいだけです」

「いったとおりだよ、刑事。悪く思わんでくれ。わたしにはきみの正体を確認する手だてがない。ありとあらゆる警察署の名をかたって、情報を入手しようとするタブロイド紙の記者の多いことときたら」

「オーランド市警に電話して――」デーンは手短に頼んだ。「わたしを呼び出してください」

「それはできない。ミズ・キーンの話を聞きたいのなら、直接出向いてもらうほかない。蛇足ながら、正規の証明書を持参するように。では、失礼するよ、刑事」

回線の切れる音を聞き、デーンは悪態をつきながら受話器を置いた。トラメルが尋ねた。

「だめか？」

「ドクターが話してくれない」

「理由は？」

「電話での情報提供はお断りだそうだ。マーリーのことを知りたければ、ボールダーまで出かけてじかに訊くしかない」

トラメルは肩をすくめた。「それがなんだ？　ボールダーへ飛んでけばいいだろ」

じれったそうな顔でデーンは答えた。「彼女が本物の霊能力者だとわかったら警部補は大喜びだろうが、容疑者でもない人間の経歴をチェックするために航空券の購入許可を出すと思うか？」

「やってみなければ、わからないさ」

十分後、デーンは予想どおりの返事を得た。にらんだとおりマーリーが本物だとわかったボネスは鼻高々で、自分にも多少の超能力があるのだとほのめかす始末。これにはデーンもあきれ顔を隠すのに苦労した。しかしデーンにコロラドまでの出張費を認めるほど甘くはなかった。なぜチェックする、証明なら十二分にあるだろう？　警部補にしたら六年間の空白など重要ではなかった。かぎられた予算はすべて犯人を追跡するためのもので、無辜《むこ》の市民の個人生活をのぞき見するためのものではない。

しかしデーンにとっては重要な六年だった。「では、明日休みを取って、一人で行くとしたら、許してもらえますか？」

ボネスは狐につままれたような顔になった。「自腹を切るっていうのか？」

「ええ、そうです」

「うん、まあ、それなら問題なかろう……ただ、殺人事件の捜査中でもあるし」

「関係のあることです。それに、捜査はゆきづまっています。証拠も、動機も、容疑者もいないんですから」

ボネスは溜息をついた。「いいだろう、休みを許可する。ただし明日一日だ。金曜の朝には出てこいよ」

「そうします」

デーンはデスクに戻り、トラメルに経緯を説明してから、再度電話に取りついた。三社かけて、ようやく目的の便を見つけた。航空券を予約すると、ふたたびドクター・ユーエルに電話をかけ、到着時刻をきびきびと告げた。

ベレッタがないと丸裸にされた気分だが、デーンは公的な資格で出張に出るわけではないから、いやでも自宅に置いていくしかなかった。だが丸腰ではとても旅行に出られず、ふつうより多少大きめのポケットナイフを持参した。一見すると平凡なナイフだが、刃は鋼以上の強度を持つ合金製で、投げるのには欠かせないバランスの面でも完璧だった。ナイフ投げは、いつか役に立つという彼なりの理論から、独学で身につけた技術だ。拳銃とは比較にならないながら、丸腰よりはましだ。

飛行機のなかの彼は神経質そのものだった。空を飛んでいるせいではなく、おおぜいの見ず知らずの人間といっしょに狭いスペースに閉じ込められる緊張のためだった。身についた習慣は置いてこられず、非番と当番のあいだに境界は引けなかった。しょせんは同じ人物。平穏無事な状態であっても、人がいると自然と観察し、無意識のうちに異常な行動を記憶にとどめ、外見に注意し、常時そのときどきの状況を確認してしまう。警戒を怠ると、とたんに災難が降りかかる。それが彼にとっての世界の不文律だった。

乗ったのはいちばん早い便だった。コロラドとのあいだには二時間の時差があり、デンバーに到着したのは昼時の直前だった。荷物はないのでレンタカーのデスクに直行し、一日契約で車を借りた。ボールダーはここから二十五マイル北西、インターステーツで一本だった。

ボールダーに入ると、研究所の所在地を確認して道順を尋ねた。途中何度か迷い、研究所にたどり着いたときには十二時を三十分回っていた。柵もゲートもなかった。警官の目から見ると、どう控えめにいっても貧弱な警備だった。ドアには一応警報装置が取りつけられているが、簡単に解除できる三流品だった。両開きのガラスドアには、きちんとした太い大文字で〝超心理学研究所〟とあった。デーンがドアを押し開いても、警告音は鳴らなかった。勝手にお入りください、といっているようなものだ。

廊下を五、六メートルほど行くと、左側にオフィスがあってドアが開いていた。ドアに近づいて室内をのぞき込み、上品な中年のご婦人がイヤホンで音を聞きながら、コンピューターのまえで一心にキーボードを叩いているのを黙って観察した。しばらくして咳払いすると、女性が顔を上げた。その顔が、陽光を浴びたように明るい笑顔に輝いた。「あら、いらっしゃい。長いことお待ちになって？」

「いえ、いま来たばかりです」あんまり朗らかな女性なので、自然と笑みを返していた。警備の手薄さに比例して、堅苦しさにも縁の薄いところらしい。「わたしはデーン・ホリスター刑事、オーランド市警のものです。ドクター・スターリング・ユーエルにお目にかかりたくて参りました」

「電話をかけて、あなたがいらしたのをお知らせしなくちゃね。いらっしゃるとわかってましたから、あの人、ランチを買ってきてるのよ」

飾らない口ぶりに、今度も笑みを誘われた。彼女の茶色の瞳がいたずらっぽく輝いた。

「わたしの夫なの」打ち明けた。「だから、好きなときに権威を引きずり降ろせるんですけど、あの人、ちっとも気にしなくて」受話器を取り、二桁の番号を押した。「スターリング、ホリスター刑事がいらしてますよ。ええ、わかりました」

電話を切っていった。「彼のオフィスへどうぞ。わたしがご案内できるといいんですが、今日は目が回りそうな忙しさでしてね。この先の廊下を右に曲がって、いちばん奥の右側ですよ」

「どうも」立ち去り際にウィンクすると、愉快なことにウィンクが返ってきた。

ユーエル教授は背の高い、胸板の厚い男だった。豊かな白髪の下には、重ねてきた年月を恵みと感じさせる、皺《しわ》の寄った顔がある。彼の伴侶同様、非常に朗らかで、堅苦しさをあまり重んじないタイプらしい。古ぼけたチノパンに色の褪《あ》せたシャブレーのシャツを着、足を守っているのはすり減ったブーツだ。デーンはひと目で、服装にかなり低い優先順位しか与えていないドクターに親近感をいだいた。青い目は知性と茶目っ気で輝いているが、デーンを長々と観察する目つきは鋭かった。やがてその目から、正体不明のなにかにたいする疑惑が消えていった。

デーンは衝撃とともに気づいた。「タブロイド紙の記者云々は嘘だったんですね。なぜなら、あなたは……」デーンはいい差して口を閉じた。ドクターを責めるのに、自分が信じていないものを持ち出すのは不本意だった。

「霊能力者だね？」ユーエル教授は空白を埋め、坐り心地のよさそうな椅子に大きな手をやった。「さあ、お掛けなさい」デーンがしたがうと、ドクターも席についた。「それほどのものじゃないよ。わたしの仕事仲間の何人かとは、くらべものにならない。ささやかな才能があるとしたら、直接会った人間の洞察力に優れていることぐらいでね。だから電話では情報を提供しない。距離が離れるとからきしだめなんだ」悲しそうに微笑んだ。

「心を読むといったたぐいの能力じゃないんですね？」

教授は喉で笑った。「そうとも、リラックスしてもらってけっこうだ。わたしに精神感応《テレパシ》力がないのは、家内も喜んで証言してくれるだろう。さあ、マーリーの話をしよう。元気にやっているかね？」

「彼女の情報を求めているのは、わたしのほうです」デーンはそっけなくいい返した。

「きみはまだなにも頼んでおらん」教授は指摘した。「わたしはした」

デーンはじれったさとユーモアで引き裂かれた。この善きドクターには、こまっしゃくれた六歳児のようなところがある。結局ユーモアに軍配を上げ、期待満々で待ちかまえるドクターに先を譲った。「わたしにどんな話ができるかよくわかりません。彼女のお気に入りというわけではありませんから」告白して、顎を撫でた。「昨日の朝会ったときには、令状を持参しないかぎり、敷地内に足を踏み込むなとまでいわれました」

ドクターは嬉しそうに溜息をついた。「それでこそ、マーリーだ。一生トラウマから解放されないんじゃないかと心配しておったのだが。マーリーはいざとなれば相当辛抱強くなれるが、同時に大変な癇癪持ちでもある」

「教えてください」デーンはつぶやき、ドクターの口から出たばかりの言葉をとらえた。「そのトラウマについてです。グリーンに誘拐されたときのことを指していらっしゃるのですか?」

「そう。あれは恐ろしい事件だった。マーリーは一週間にわたって緊張性の症状に見舞われ、ほぼ二ヵ月は口をきかなかった。わたしを含む全員が、彼女の心霊能力は失われたと思った」明るく青い瞳がデーンの反応を探っている。「きみが興味を持ったところをみると、彼女の能力は戻ったのだな?」

「あるいは」この段階では、あらゆる意味で限定を避けたかった。

「ああ、なるほど、懐疑というやつか。それでも飛行機でわたしに会いにこずにおれないほど、彼女の話にそそられた。いいんだ、それで。疑うのは当然だし、むしろ健全ですらある。いわれたことをすべて頭から信じるようじゃ、かえって心配なくらいだ。第一、それでは警官としての資質を疑われる」

デーンは強引に話を本筋に戻した。「うかがいたいのは、誘拐のことです。彼女が暴行を受けたと報じた記事がありました」あえて具体的な想像は自分に禁じた。暴行の結果をさんざん見てきただけに、そんな目に遭った彼女を思い描くのはつらすぎる。「それ以降、彼女に関する記事は途絶えました。つまり、彼女は重傷を負ったせいで――」

「いや、そうじゃない」ドクター・ユーエルは口をはさんだ。「彼女の怪我を軽んずるつもりはないが、傷のほうはふたたび話すようになるまえに完全に癒えていた。このケースにおける最大の被害は、精神的なトラウマだった」

「具体的には、なにがあったんでしょう?」

ドクターの表情が曇った。「超心理学について、どの程度の知識をお持ちかね？」

「綴りを知っているだけです」

「そうか。とすると、きみの知識はテレビ番組と、農産物・家畜品評会の占い師の寄せ集めといったところだな？」

「そんなところです」

「だったら、まずいま知っていることをすべて忘れてもらいたい。わたしはかねてよりその基礎はきわめて単純なもの、すなわち電気エネルギーだと考えてきた。すべての動作と思考には電気エネルギーが使われ、電気自体は検出可能なものだ。蜂に刺されたとき過敏に反応する人がいるように、エネルギーに過敏な人間もいる。感度には個人差があって、漠然と感じる人もいれば、ごく少数だが極端に敏感な人もいる。それがなぜ奇術と混同されなければならんのかわからんが、心霊能力がケツに取り憑《つ》いても気づかないようないかさま師というのはたしかに存在する——」ドクターは言葉を切り、恥じ入った表情でデーンを見た。「すまんな。脱線が多いと家内からよくいわれておるんだが」

　奥さんのいうとおりだ。デーンは笑みを浮かべた。「わかりました。それで、マーリーのこと——」

「マーリーは別格だ。大半の人間には超感覚的な知覚があり、虫の知らせや胸騒ぎ、母親の本能といった、本人にとって収まりのいい名称で呼ばれている。こういうのは穏やかな能力だ。もう少し敏感な人たちもいるし、ごく少数の人たちには検出可能なほど鋭い能力が備わっている。そして、ごくごくまれな例として、マーリーのような人間がいる。彼女はわたしが出会ったなかでも最高の受信体だった。そうだな、比較のために例を挙げよう。大半の人が複葉機だとすると、少数はセスナ機、マーリーは高性能の戦闘機といったところだ」

「彼女をテストされたことがあるんですね？」

「というより、テスト漬けの日々だったといっていい。しかも四歳のときから！　当時から、気むずかしさの片鱗はあった」愛情深く語った。

「正確にいうと、彼女は——どんな才能の持ち主なのでしょう？」

「おもには共感力、エムパスだ」

「といいますと？」

「エムパス、感情移入する能力のことだ。彼女は他人の思いを感じ取る。共感する力が強すぎて、混雑した道をごくふつうにドライブしているだけで耐えられずに悲鳴を上げるほどだった。ありとあらゆる感情に四方八方から襲われ、彼女によれば、最大ボリュームで発される悲鳴と空電が混じり合ったようなものらしい。最大の問題はその能力を抑えること、ふつうの活動を続けられるようにわが身を防御することだった」

「おもに、とおっしゃいましたね？　ほかにはなにができるんですか？」

「サーカスの動物のことを尋ねるような口ぶりだな」教授は非難がましい口調で感想を述べた。

「悪気はないんです。まるごと信じていると嘘をつくつもりはありませんが、興味はあります」彼にとっては、最大限に控えめな表現だった。

「やがてはきみも意見を変える」ユーエル教授は意地悪な満足感とともに予言した。「マーリーとある程度つき合うと、きみたちはみなそうなる」

「きみたち、とは、だれを指していらっしゃるんでしょう?」

「警察官だよ。きみたちは世界一のすね者ぞろいだが、しばらくすると彼女の能力を否定しきれなくなる。最前の質問に戻ろう。マーリーには透視能力もなくはないが、エムパス能力とは比較にならない。エムパス能力を遮断するには集中力を要し、ときには防ぎきれないことさえあったのに、透視能力のほうは集中しないと発揮できなかった」

「彼女には将来のできごとが見えるということですか?」

「いや、それは予知能力だ」

デーンは額を撫でた。頭痛がしてきた。「どうやら、わたしにはよくわかっていないらしい。透視というのは水晶玉をかかえて、未来を予言することだとばかり思ってました」

ドクター・ユーエルは声を上げて笑った。「それはペテン師だ」

「わかったぞ。ええと、エムパスというのは他人の感情を受け取ったり感応したりする能力」

ドクターはうなずいた。「透視は離れたところにある物体やできごとを察知する能力。予知はこれから起きるできごとを知る能力だ。そして念動は心的な力で物体を動かすこと」

「スプーン曲げですね」

「あれは、だいたいがペテン師だ」スプーン曲げの超能力者は、潮が引くように消えていった。「念動力がなかったと断定できないものも一人、二人いるが、まあ、あらかたはたんなる見世物と考えていい。超感覚的な能力というのは、本来が明確な分類になじまない。リーディングの能力と同じで、個々人によって能力が異なるのでね」

「そして、彼女固有の能力の組み合わせが、行方不明者を探すのに適していた？」

「うむ、めざましい成果を上げた。非常に強い感応力を持っていたために、彼女は特定の人物に焦点を合わせると……そう、彼女は〝ビジョン〟と呼んでいるがね、その間のようすを観察したわたしにいわせれば、そんな穏当なものではなかった。ビジョンなら解釈は容易だ。むろん実際は違うが、精神遊離といったらいいか。ところが彼女の場合は完全にそのできごとに支配される。つまり対象の精神に感応するあまり、ほかのいっさいを知覚できなくなる。あれでは精根尽きはてるのも当然で、そのあとは文字どおり卒倒したものだ。だが対象とつながっているあいだは、周囲の環境を観察して場所を特定し、地元捜査機関の担当者に細部を伝えられるよう、ぎりぎりまで消耗を引き延ばそうとした」

「アーノ・グリーンのときは、なにがあったのです？」

ドクター・ユーエルの表情が一変し、苦痛と嫌悪にあふれた。「グリーンは怪物だった。小児性愛者にしてサディスト、そして人殺しだった。好物とする幼い少年を誘拐して人里離れた場所に連れ去り、性的に虐待を加えたのち、一、二日すると殺した。不幸なことに、小さな町には秘密というものがない。保安官がマーリーに支援を要請すると、その日のうちに町じゅうの人間に知れわたり、翌日の地元紙には彼女のことを報じた大きな記事が載った。過去の業績とともに、到着日までが報じられた。グリーンは待ちかまえ、彼女が一人になったところを、すかさずつかまえた」

「さっきいわれた感応力があるなら、どうして彼女は犯人に気づかなかったんでしょう？」

「そのころには、彼女も遮断方法を習得し、町に入ると同時に自動的に遮断する癖がついていた。正常に活動するには、そうするしかなかったんだ。それに、なかには自分の電波を苦もなく消せる人間がいる。グリーンにもそれができたのかもしれないし、たんなる社会病質者で、たまたま感知できるエネルギーが出ていなかっただけかもしれない。その点、彼女はなにもいっていない。というか、事件のことには、いっさい口を閉ざした」

デーンのなかに醜い想像が広がりつつあった。いかにも起きそうなことだ。「犯人は彼女をレイプしたのですか？」低いかすれ声で訊いた。

ドクターは首を振った。「できなかった」

デーンはふうっと息をつき、一瞬目を閉じた。

「だが、そのつもりはあった」ドクターは自分の手を見下ろし、口元をこわばらせた。「グリーンは最後にさらった子どもを閉じ込めていた隠れ家に彼女を連れていった。その子はひどい虐待を受けてベッドに縛りつけられていた。グリーンはマーリーを床に突き飛ばし、裸にして犯そうとした。だが、彼女は男の子ではないから、犯そうにも肝心のペニスが反応しない。犯そうとして失敗するたびに彼女を殴り、さらなる怒りを駆り立てようとした。あるいは、苦しみを与えればその気になると思ったのかもしれない。しかし、それでもうまくいかないとわかったとき、激昂した犯人は子どもに襲いかかり、彼女の目のまえで刺し殺した。その子の顔や胸、腹には、合計二十七の刺し傷があったそうだ。そのあいだずっとマーリーはその子どもと精神的につながれ、死にゆく彼の意識に感応していた」

8

デーンは内臓が掻きむしられるような思いだった。マーリーの体験を理解するのに、想像力の助けを借りる必要はなかった。警官として、想像力で細部を補足しなくてもよいだけの現実を見てきたからだ。殴打がどういうもので、刺し傷がどう見えるか、身を持って知っていた。どれだけの血が流れ、血だまりが広がって、なおも広がって、すべてをおおいつくし、夢までが血まみれになるのも知っていた。男の子のすすり泣きや悲鳴の声や、その恐怖や絶望、苦しみ、救いのなさは、ほかの子どもたちの声に聞き、顔に見てきたものだ。

マーリーはそれに耐えてきた。ネイディーン・ビニック殺害時のビジョンを見たとき、そうしたイメージに苦しめられたのではなかったか？　二つの事件はおぞましいまでに似ていた。

ドクター・ユーエルと話すうちに、いつしかデーンの健全な猜疑心《さいぎしん》は消え、かわって可能性の芽が植えつけられた。認めたくないと思いつつ、マーリーがミセス・ビニックの死を〝見た〟という事実も受け入れた。たまたまだったのかもしれない。ドクターによると、心身の傷から回復したとき、マーリーは超感覚的な能力をことごとく失っていた。こうしてようやく彼女はつねづね願ってきたとおり、ふつうの生活を送れるようになったが、その代償は法外なものとなり、六年たったいまもまだ支払いは続いている。彼女になぜ恋人がいないのかわかるというものだ。

そのせいで、おれが状況を変えてやる、という意気込みがいっそう強くなった。

客観的に見ると、デーンには、心を曇らせ、気持ちを惑わせるいまの一連の難題をどこかおもしろがっているところがあった。どんなときでも対象に少し距離をおく癖があるので、おかげでほかの警官なら苦しむであろう心配ごとにも、おおむね影響を受けずにすんできた。だが主観的には、おもしろがるどころの騒ぎではなかった。これまでは超常現象のたぐいを信じないのみならず、信じる連中を大笑いしてきた。それがいまやなかば信じかけているばかりか、マーリーを使ってミセス・ビニックの殺害犯を見つけようと頭をひねっている。

この最後の思いが、もう一つの懸念を呼んだ。デーンとしては彼女を守ってやりたかった。どのような形であれ、彼女を新たな殺害事件に巻き込みたくなかった。しかし、あらゆる情報源を使って事件を解決するのが警官の職務であり、今回のように残虐な事件ならなおさらだった。犯人は人目を避ける必要さえなく、なんの疑いも持たない人々にまぎれ込んでいる。そして、男としての本能はマーリーを遠ざけろと告げているにもかかわらず、可能であれば自分が彼女を使うのはわかっていた。彼女を守るためならなんだってするが、なんとしても犯人を見つけ出して排除しなければならない。残酷きわまりないその手口は、医師の認める異常者でないかぎり、死刑判決に値するものだとデーンは確信していた……そのためには、まずつかまえることだ。

もう一つの難題は、男としての用心深さに起因する。デーンの知るかぎり、女性との精神的なつながりがもたらす不安や束縛を喜んで受け入れる男はおらず、その点では彼も例外ではなかった。デーンは自分の人生が気に入っていた。どんな女にも縛りつけられたくなかった。どこでなにをしていたのか説明したり、相談しないとしたいことができないのはいやだった。だがいまはマーリーがいて、しかも、危機だとは感じていない。惹かれた女は数えきれないが、こんなのは初めてだった。ボネスのオフィスで初めて会った四日まえ以来、彼女への欲望が熱病のように取り憑いて追い払えなくなり、彼女のことを知れば知るほど、深みにはまっていくのがわかった。なにより癪《しゃく》にさわるのは、向こうにはまったく誘うようなそぶりがないことだ。気張っているのは彼だけで、彼女からはことごとく抵抗に遭っている。

グリーンから滅ぼされそうになってから、マーリーは恋愛や性的な対象となる男性をすべてしりぞけてきた。ここはいったん引いて、彼女に時間と空間を与えて信頼を育んだほうがいい、と一応自分にいい聞かせてみたが、逆立ちしてもできそうになかった。ただ坐って待つのは柄じゃない。彼女を一刻も早く手に入れたかった。セックスを恐れているだろうことは容易に想像がつく。それが快感にもなりうることを教える男は、ほかのだれでもない、デーンでなければならなかった。これまで無縁だった嫉妬で、いまは頭がおかしくなりそうだった。グリーンにではなく、マーリーの謎めいた紺碧の瞳に魅せられるであろうすべての男にだ。彼女を傍らに抱き寄せて、彼女を見つめようとする不届きものをにらみつけてやれる権利を手に入れたかった。

なんたる運命のいたずら。トラメルはさぞかし喜ぶことだろう。これまでは仕事を最優先し、性生活と仕事を難なく分離してきたデーンが、ここへきて、殺人犯にいちばん近い女に惚《ほ》れたのだから。

九時三十分に飛行機が着陸したときには、疲労がずしりと重かった。夜明けに目覚め、大陸をほぼ一往復したのだからあたりまえだ。空港の公衆電話でトラメルに連絡を入れ、翌朝会ったときにすべて報告すると伝えた。

電話が終わると、その場でしばらく考えた。おれは疲れている。服装も疲れている。不機嫌でもある。こんなときは自宅に戻って眠り、情報を整理すべきだ。すべきことはわかっていたが、したいことは違った。マーリーに会いたかった。めんどうを避けたいはずなのに、炎に突進する蛾《が》のようなもので、巻き込まれたくてうずうずしていた。

五度めのノックでドアが開いた。マーリーは戸口に立ちはだかり、立ち入りを拒否する姿勢を示していた。「いま十時半よ、刑事」冷たくいい放った。「令状を持ってないんなら、うちのポーチを離れて」

「わかったよ」デーンはあっさり応じ、まえに進み出た。予想外の大胆な奇襲に面食らい、マーリーはとっさに下がって彼の入り込む余地をつくってしまった。すぐに気づいてドアに手を伸ばしたが、ときすでに遅し。刑事は敷居をまたいでいた。

デーンは彼女に目を向けたまま、うしろ手にドアを閉めた。マーリーはカットオフジーンズにルーズなソックス、それにブラジャーをつけていない胸を皮膚のようにやさしくおおう薄手の古いTシャツという格好だった。なんてきれいな胸だ。デーンは目のやり場を隠そうとしなかった。高く盛り上がった胸のまんなかに、布地を押し上げる陰った小さな乳首が浮かんでいる。口がカラカラになり、股間が窮屈になった。彼女に近づくたびこうだ。いままではそれを予期し、心待ちにし、楽しむようにさえなっていた。

衝撃だった。こんな格好をしていると、かえってふだん彼女がまとっている見せかけがはっきりする。そんな見せかけの背後には、息を呑むほど性的魅力にあふれる女がいた。なんと巧妙に隠していたものか。首を振るほどもったいないと同時に、ほかの男が騙《だま》されてきたのを神に感謝したくもあった。

彼女はタマネギよりもたくさんの皮をかぶり、それをみずからつくり出した刺だらけの殻でおおい隠し、いまは皮膚が縮みそうなほど辛辣《しんらつ》な目つきで彼を見ていた。だが敵意は傷つきやすさゆえのものだと、デーンは本能的に見抜いていた。以前の彼の猜疑的な態度や、喧《けん》嘩《か》腰の詰問に腹を立てているのはもちろんだが、いまの狼狽《ろうばい》はおもにぶしつけな視線のせい。味気ない扮装で武装していないところをまじまじと見られているせいだった。

忍耐では彼女に対抗できない。相手は自分を隠し、守るのに慣れてきた女だ。その防御をかいくぐり、デーンがそばにいるのを認めさせせなければならない。その方法を決めると、血が熱くたぎった。

彼女の体にゆっくりと視線を這《は》わせた。ほどいた艶《つや》やかな髪が肩にかかっている。きれいだ。むき出しの脚は……新たな欲望が突き上げてきた。みごとな脚線美。そして、ひどくそそられる胸。唾が湧いてきて、よだれが垂れそうになった。もう欲望を隠すつもりはなかった。彼女のほうに慣れさせる番だ。

しつこく胸を見ていると、マーリーは腹立たしげに頬を赤らめた。喧嘩腰半分、防御半分で、胸のまえで腕を組んだ。「正当な理由もなしにこんなことをしたんなら、警察に苦情を申し立てさせてもらうわよ」彼女は警告した。

デーンはつと視線を上げた。「ボールダーへ行ってきた」唐突に告げた。「一時間まえに戻ったばかりだ」口を閉ざして、彼女の顔に変化を探った。表情はほとんど変わらなかったが、こんなときは目を見ればいい。彼女も目の表情までは隠せなかった。「ドクター・ユーエルと話した」

瞳孔が広がり、困惑があらわになった。肩を怒らせてデーンをにらんだ。「で?」

デーンは自分の熱を感じさせ、大きさで威圧できる距離まで近づいた。これは以前彼女を問いただしたときに使った意図的な戦術だが、彼の態度には大きな違いがあった。会話はいまも重要だが、基本にあるのは自分を男として認めさせたいという強力な欲求だ。マーリーが近づいた肉体にショックを受けたのがわかった。体がぐらつき、頬に赤みが差し、目に警戒の色が浮かんだ。引き下がろうとはしなかったが、ふと静まり返り、彼の皮膚から立ち上る熱い体臭に気づいてかすかに鼻腔を動かした。

デーンは女らしい香りにふわっと包まれ、さらに引き寄せられた。清潔感あふれる石鹸のにおいがするから、入浴して間がないのだろう。そこに、女の温かな甘さが混じっている。頭を下げて首筋に鼻をすり寄せたい。かすかなにおいをその源泉までたどり、そのにおいが漂っているであろう魅惑的な場所を隅々まで探りたかった。

まだ早い。いまやったら性急すぎる。

「立派なドクターから、興味深い話をいろいろと聞かせてもらった」小声でいい、ゆっくりと彼女の周囲をめぐりだした。彼女の体をかすめ、軽く触れるたびに神経に電気が走るようだった。雌馬をめぐる種馬よろしく、自分との接触やにおいになじませてゆく。愛撫《あいぶ》するようなものだ。「どうやらきみは驚異のエスパーらしいな。その手のことを信じるとしたら、だが」

マーリーは唇を引き絞り、ふたたび防御を固めた。歩きまわる彼には一瞥《いちべつ》もくれず、かすかに触れる腕や胸、太腿を無視した。「どうせあなたは信じないんでしょうね」

「そうさ」平然といった。あながち嘘ではないが、少なくとも半分信じかけているのは黙っていた。怒っているほうが反応を引き出しやすく、いま欲しいのはその反応だ。「きみが証明できないかぎりは。ほら、やってみろよ、マーリー。おれの心なりなんなり読んでみるがいい」ゆっくりめぐる。接触と熱からマーリーをのがしてはならない。

「できないわ。空っぽの心から、なにかが読めるわけないでしょう?」

「いいぞ。だが、それじゃなにかを証明したことにはならない」小声のまま、なだめるようにいった。「おれを信じさせてみろよ」

「わたしは占い師じゃないわ」挑発に乗ってマーリーがいい返した。近くにある肉体が神経にさわり、どんどん緊張が高まってきている。

「自分の無実さえ証明しないつもりか?」追い打ちをかけた。「念のためにいっておくが、これは遊びじゃないぞ、ベイビー」

マーリーは栗色の髪をなびかせて振り向くと、紺碧の目を猫のようにすがめて彼を思いきりにらみつけた。「あなたをヒキガエルに変えてやりたいけど」デーンをためつすがめつして、肩をすくめた。「もうだれかに変えられちゃっているから、無理ね」

デーンは唐突に大笑いし、彼女をひるませた。「きみは古い魔女番組の見すぎだ。それは魔法で、ESPじゃない」

周囲をめぐられるのに耐えられなくなって、マーリーが突然キッチンへと逃げた。デーンは引き止めず、すぐあとを追った。「コーヒーか」穏やかにいった。「いいね」

もちろん彼女には、コーヒーをいれる予定などない。逃げ出したかっただけだが、思ったとおり、喜んで与えられた仕事に飛びついた。動揺を鎮めようと必死なのだ。彼女にとって自制心がいかに大切なものか、デーンにもわかってきていた。ただ、残念ながら、いつまでも自制心にしがみつかせておくわけにはいかない。

マーリーはキャビネットの扉を開け、コーヒーのキャニスターを取り出した。手が震えていた。と、作業を中断し、背を向けたままそっとカウンターにキャニスターを置いた。「心は読まない」ぽつりと漏らした。「テレパシーはないから」

「違うのか？」ドクター・ユーエルの話とはかならずしも一致していない。やったぞ、とデーンは思った。彼女が抵抗するかわりに話しだした。彼女の体に腕を回して抱き寄せ、記憶のトラウマから守ってやりたいのはやまやまだが、まだその段階ではなかった。彼の肉体を意識してはいるものの、まだ怯えからくる敵意がぬぐいきれていないからだ。

「ええ――いわゆるテレパシー能力者ではないわ」と、キャニスターを見下ろした。彼女の手はまだ震えていた。

「じゃあ、きみはなんだ？」


じゃあ、きみはなんだ？　その質問がマーリーの耳にこだました。フリークという人もいれば、ペテン師という呼び名を好む人もいる。もっと行儀の悪かったホリスター刑事は詐欺師扱いし、共犯者の可能性までほのめかした。もちろん、馬鹿げた話だ。証拠も、機会も、動機もないのだから、すでにその考えを放棄していていいはずだった。だが刑事はマーリーを調べ上げ、ボールダーまで出かけてドクター・ユーエルに面会してきた。いまはマーリーのことがわかっている。信じてはいないにしろ、やみくもに非難するかわりに尋ねるまでになった。どの程度わかっているの？　ドクター・ユーエルはその気になれば外交官に思慮分別を教えられる人だけれど、警官といえども、見ず知らずの他人にどの程度打ち明けるだろう？　すべてが知られていませんように。知っていれば尋ねられ、いまあのときのことを持ち出されたら耐えられそうにない。なぜかむき出しにされたような、心細い感覚があり、神経の末端がビリビリしている。彼のせいだ。大きな体を無理やり近づけ、その熱でマーリーの皮膚を焦がし、わざと軽く触れ、しげしげと胸を見た。

これ以上彼を意識したくなかった。一人ならば身の危険を感じずにすむ。

「きみはなんだ？」デーンは静かな声で重ねて訊いた。

マーリーは回れ右をして彼と向き合った。考えた末のゆっくりした動作だった。試練から身を守ろうとするように、肩を怒らせた。「わたしは透視能力のあるエムパスよ。過去のことかもしれないけれど」唐突に打ち明け、額を撫でた。「でも、たぶんいまもそう」

「でも、むかしは人の心が読めた」

「そうね。正確には違うけれど」他人とつながっている感覚、相手の感情から思考を解釈できる感覚を説明するのはむずかしい。ときには、つながりが強すぎることもあった。

デーンは慎重に言葉を選んだ。「ドクター・ユーエルはきみのことを、いままで出会ったなかで最高の受信体だといっていた」

マーリーはげんなりした顔で彼を見た。「受信体だなんて、ものもいいようね。わたしは感情や、動作に伴うエネルギーをとらえる――いえ、とらえていた。思考をとらえることもあったけれど、いわゆる思考より、感情のほうが多かった。その騒々しさときたら、信じられないほどだった」

「それでドクター・ユーエルの研究に協力した。管理された環境を手に入れるためにだ」

マーリーは唇を噛んだ。「そうよ。わたしは車で通りを走ることも、ショッピングモールに入ることも、映画に行くこともできなかった。何千という叫び声がいちどきに聞こえるみたいだった。多くの人は自分を隠そうとさえせず、ショットガンでも撃つように、目にしたものをつぎつぎと取り上げて、あたりかまわず吐き散らした」

「だが、きみは研究所には住んでいなかった」

「ええ。ボールダー郊外に小さな家があった。静かでくつろげる場所だったわ」

「六年まえになにがあったか聞いたよ」

そっけないひと言が、眉間に打ち込まれたようだった。その衝撃によろめき、キャビネットにもたれた。刑事が近づいてきた。巨体に似合わぬ、猫のように優雅で、危険な身のこなしだった。茫然としながらも、ギョッとして彼を押しやろうと手を伸ばした。だがあっけにとられるほど簡単にその手は払いのけられ、彼の腕に抱き取られた。

押しつけられたがっちりした体の感触に目がくらんだ。衣服でへだてられているにもかかわらず、その体は焦げつきそうなほど熱く、たくましい腕は鋼《はがね》の帯のようだった。その腕に引き寄せられると、太腿に彼の太腿が重なり、胸は畝の浮いた硬い腹で潰れた。力が抜け、認知力が落ちた。気持ちを落ち着かせようと、とっさに彼の二頭筋に爪を立てた。

「怖がらなくていい」デーンはささやき、頭をすりつけてきた。首筋に鼻がすり寄せられ、温かな吐息に耳をくすぐられた。耳の下の小さなくぼみを母親のようなやさしさで吸われ、興奮に体が震えた。「二度ときみをそんな目に遭わせない。きみが男に臆病なのはもうわかってる、ベイブ、おれにまかせろ。きみをまるごとめんどうみてやる」

マーリーは頭を倒して彼を仰ぎ見た。大きな瞳にパニックの色を浮かべ、「なにをいっているの?」弱々しい悲鳴を上げた。急展開に怯え、大きな肉体を恐れていた。過去とその不快さに、こんな形で向き合わされたくなかった。これまで二人は相手に惹かれつつ抗ってきたのに、なぜかデーンはそんな経緯を無視して、二人の関係を変えるべく迅速な行動に出た。もう刑事の顔ではなかった。ただの男として、欲望のままにハシバミ色の目をきらめかせていた。

デーンがこめかみに唇を押しつけてきた。「ベッドでだ、ベイビー。愛し合うときに」

マーリーは体をこわばらせ、厚い肩を力いっぱい押した。びくともしない。「そんなこと、わたしは望んでいないわ。放してよ!」

「黙って」デーンはきっぱりいい、さらに彼女を抱き寄せた。「おれはかかえてるだけだよ、マーリー。それだけだ。月曜の朝、初めてきみに会ったときから抱きたかった」

「刑事が容疑者に接触する場合は、なにか規則があるはずよ」武器が欲しい一心でいった。

「わたしが泣き寝入りすると思ったら――」

デーンがさえぎった。「きみは容疑者じゃない」唇がゆがんだ。「もっと早くに話すべきだったかもしれないが、金曜の夜きみに会ったという巡査が、たしかなアリバイを提供してくれた。きみが同時に二ヵ所にいられるんならべつだがね」

マーリーは押し黙り、聞かされたばかりの話に集中した。視線は彼に固定されている。まずいことに、その目には有無をいわせない雰囲気があった。「いつ巡査と話したの？」

案のじょう、のっぺりした口調だった。デーンは内心顔をしかめた。「えーと……火曜の夜だ」嘘をつくべきだった。第一、いま持ち出す話題じゃなかった。少なくともこんな場面で。黙っていれば——

彼女が嚙みついた。拳はある程度予測していたし、やられても当然なので、それで気がすむなら喜んで一発殴られるつもりだった。一方で、抱きかかえているから、どうせたいしたパンチじゃないと高をくっていた。彼女もそれに気づいたのだろう、顔を彼の胸に寄せて、歯を突き立てた。

「いて！」デーンは鋭い痛みに驚いて大声を出した。ブルドッグのように食らいついている。とっさに身を引くと激痛が走ったので、動くのをやめた。「なにする、放せって！」

彼女は放した。あわてて引き下がって胸を撫でるデーンを、さも満足げに見守った。シャツには嚙み跡を示す濡れた箇所があった。

出血したかもしれない。恐るおそるシャツのボタンをはずして胸を見た。見て気分のいいものではないものの、鋭く小さな歯の跡がくっきり残っているだけで、傷にはなっていなかった。「教授から癇癪《かんしやく》持ちだとは聞いてたが」ぶつくさいった。「人肉が好きだとは知らなかった」

「当然の報いよ。わたしの話が嘘じゃないのを知ってて、二日間もいたぶったんだから」

デーンはばつの悪そうな顔で、まだ胸をさすっていた。「口実が欲しかった」

「なんのために？」

「きみに会うため」

「そういえば、わたしがほだされるとでも？」痛烈な皮肉を述べ、彼に背を向けてコーヒーのキャニスターをキャビネットに戻した。「コーヒーはいれないから、さあ、帰って」

「明日の夜、食事でもどうかな？」

「お断りよ」

デーンは腕を組んだ。「じゃあ、おれは帰らない」

マーリーはカウンターをバシッと叩き、ぐるっと向きなおって彼を見た。「あなたって、ひょっとして鈍いわけ？　わたしはこんなこと望んでないの。あなたからは、どんな申し出も受けないってこと」

「嘘つけ」

ハシバミ色の目がまたきらめいた。今度は強情な輝きだ。強情なのははなからわかっていた。雄牛がキッチンに入り込んで、押しても引いても動かないようなものだ。

「きみだって、おれと同じように感じている」デーンは遠慮なく続けた。「おれに惹かれてるのに、それが怖くてしかたがない。グリーンの一件のせいだ」

彼女の顔から表情が消えた。「グリーンのことは話したくない」

「それも当然だろうが、やつにおれたちの邪魔をさせるわけにはいかない。やつは死んだんだ。もうきみを傷つけられない。人生には背を向けるには惜しい喜びがたくさんある」

「わたしの知らない喜びを教えてくれる男があなたって、そういうこと？」念入りにいやみをいった。

「わかってるじゃないか、ベイビー」

マーリーは腕組みをしてキャビネットにもたれ、彼から身を守った。「ベイビーやベイブって呼ばれるのって、むかしから大嫌いなのよね」感想を述べた。

「そっか。じゃあ、きみの好きなように呼ぶよ」

「どんな呼び方でも、あなたには呼ばれたくないわ。これでわかったでしょう、石頭の刑事さん。わたしたちのあいだにはなにもない。完全な行き止まり。おしまい」

そのとき、デーンが突然にっこりした。厳めしい顔を一変させる奇跡をまのあたりにして、マーリーの心臓はぴょんと跳ねた。「おれたちには、すでになにかがある。たとえば、ほら、おれくらいきみを怒らせる人間はいるか？」

「そんな人、そうそういるわけないでしょ」

「だろう？　おれも同じだよ。月曜の朝きみに出会ってから、おれの機嫌は最悪さ。きみが容疑者だってことに腹を立て、それなのにきみに惹かれちまった自分に腹を立てた」

「それって、ひどく相性が悪いってことじゃないの？」

「おれはそうは思わない」ちらっと股間を見やった。「逆だって証拠があるから」

マーリーは必死で視線を上に保った。昨日の朝、ポーチであんな目に遭ったばかりなので、見なくてもなにがあるかわかっている。彼にはそんな自分の体の反応をかすかにおもしろがっているふうがある。そんなところについつい好ましさを覚えつつ、必死で感情を隠した。気取られるわけにはいかない。彼はいまでも容易に引き下がらないかまえを見せているのに、これで彼女の本心を知ったらどうなることか。マーリーはずっとだれかとあたりまえの関係を結びたいと望みながら、最初はみずからの能力のために、つぎはグリーンによって、孤立を強いられてきた。

「無理よ」口に出していった。

デーンはまた下を向いた。「そう思うか？　どうかな」疑わしそうにいった。「おれには、じゅうぶん役に立つように見えるけど」

なんて男だろう！　マーリーはプッと噴き出し、あわてて口を押さえた。今度も彼はにっこりして、彼女の心臓を勢いよく跳ね上がらせた。わたしを笑わせるなんて、恐れていた以上に危険な男だ。

「できないわ」急いでまじめな口調に戻した。静かな声に隠しきれない内心の嘆きが出ていた。「グリーンは――」

デーンは大股で二歩近づいてきて、両手で彼女の腰をつかんだ。おどけたような調子は消えていた。「グリーンは死んだ。それでも傷つくとしたら、あとはきみの心の問題だ」

「そんなに簡単なことだと思う？」

「いいや、簡単だとは思ってない。おれは警官だ。レイプ被害者が苦しむのを見てきた」

「わたしはべつに――」

「レイプされてないっていうんだろう？　知ってるよ。だが相手はその気で、思いどおりにならないときみを叩きのめした。きみにとっては、実際にレイプされたのと大差ないはずだ」

またマーリーは笑ったが、今度は乾いてひび割れた声だった。「いいえ、少し違うわ、わたしはむしろレイプされたかったんだから！　眠れない夜、横たわったまま思うの。もし彼があのとき勃起していて、わたしがあんなに抵抗しなかったら、あの坊やは死なないですんだのに、って。でも現実のグリーンはどんどん逆上し、わたしは抵抗しつづけた。彼は急にわたしを放り出し、坊やに襲いかかった」しばらく沈黙が続いた。「坊やはダスティンといって、ご両親はダスティって呼んでいたわ」

デーンは一瞬彼女の腰にあった手に力を込め、そしてゆるめた。「きみが悪いんじゃない。いかれた男がつぎになにをするかなんて、だれにも予測できないからね。それでも、つらい体験だったのはわかる」しんみりいった。抑え込んだ感情で胸が張り裂けそうだった。彼女の髪をそっと撫で、温かくすべすべした頭の重みを大きな手で受け止めた。「その夜のことを、これまでだれかに話したことは？」

マーリーは首を振った。「いいえ、こまかいところまですべて話したことはないわ。だって……醜すぎる」

「いま、おれにした話はどう？」

「ないわ」目にとまどいを浮かべて、彼を見上げた。「どうして話したのかしら？」

「おれたちに、なにかがある証拠さ。きみにも、否定しきれないはずだぞ。いまはまだ一緒にいるとじたばたしちまうが、そのうち慣れる。待つよ。愛し合うのも、きみの準備ができるまでおあずけだ」

なにをいっても聞かないデーンの頑固さ、強情さにがっくりきて、マーリーはかぶりを振った。笑ったものか、泣き叫んだものか、わからなかった。「自信家ね」

「おれを信じろ」デーンはささやいて彼女の首筋を揉《も》み、知らず知らずのうちに凝っていた筋肉をほぐした。「おれとのことを考えてみてくれ。考えれば考えるほど違和感がなくなり、そのうちに今度は興味が湧いてきて、おれとつき合ったときのことを想像するようになる。人生を立てなおしたきみの努力は認めるが、きみは賢い人だ。ベッドで男を信じられるようにならないかぎり、グリーンの影響を脱しきれないのがわかっているはずだ。だとしたら、つぎにすべきことは明らかだろう？　約束してもいい、きみとベッドに入る男がいるとしたら、それはおれだ」

この無謀なほど自信満々の発言に返事をするより先に、デーンはマーリーの手を取ってリビングに連れていった。彼の手のひらはごつごつとして、指は硬く温かだった。自分の力を知っている男の、相手を痛がらせまいと力を抑えた、やさしい握り方だった。その手から思いやりと、自信と、確信がそこはかとなく伝わってくる。彼自体は危険なのに、彼といるとなぜか安心できた。

「さあ、坐って」デーンからカウチに押しやられた。椅子のほうへのがれようとしたが、引っ張られてカウチの隣に坐らされた。彼は手を握ったままカウチにもたれ、引きしまった長い脚を投げ出し、安堵《あんど》の吐息を漏らした。「飛行機の座席ってのは、百七十センチ以上の人間用にはできていない。まだ筋肉が縮こまってるみたいだよ」

「家に帰ったらどうなの？」疲れた声でいった。「もう遅いわ」

「まだ話さなきゃならないことがある」

首を振って彼の手をのがれようとしたが、むだな努力だった。「あなたと話すことなんてないんだけど」

「金曜の夜のことで、いくつか質問があるんだ」

マーリーは硬直した。あの邪悪さを思い出すたび、心のなかのなにかが凍りつくようだった。「すべて話したわ。それに明日は仕事だから、いくらか眠りたいの」

「ほんの数分ですむ」彼女をなだめて、にこりとした。その軽く曲がった唇がまたもや心臓のリズムに亀裂を生んだ。こんなに荒っぽい顔から、こんなにチャーミングな笑顔が生まれるなんて信じられない。わたしの身の安全のためには、彼には仏頂面以外を禁止してもらわないと。

「飛行機のなかで、ずっと考えていた」デーンはいい、彼女の沈黙を黙認と解釈した。「きみは容疑者じゃなくて目撃者、じつのところ、ただ一人の目撃者だ。こちらには手がかりも、証拠も、どんな相手を捜しているのかもわかっていない。二つあった可能性もすでに潰れた。超常現象云々を全面的に信じるとはいえないが、きみが手がかりを提供してくれるんなら、捜査に活用したい。で、訊きたいんだが、犯人がどんな男だったかわかるか?」

マーリーは〝超常現象云々〟という侮蔑的な表現に目をつぶり、ただ首を振った。

「まったくか? 参ったな、殺害場面のほうはつぶさに描写してくれたのに」

「でも、わたしは犯人の目を通じて見ていたのよ。たしかにすべてを見たわ……彼以外はね」

「犯人の手を見たか?」

にわかにある映像が浮かんだ。ナイフに手を伸ばす手。その手が、ナイフをふるって切りつける——

「ええ」ささやくような小声でいった。

「いいぞ」彼女の目の焦点が合わなくなってきている。驚かせたくなかったので、できるだけ穏やかな声で訊いた。「肌の色は白っぽかったか、黒っぽかったか?」

「わからない」

「考えろ、マーリー」

「無理よ! 手袋をはめていたんだから。手術用の手袋。それに長袖を着てる」口をつぐみ、内面をのぞき込む。「衣類は黒っぽい」

「レイプのときも、手袋を取らなかったのか?」

「ええ」

「わかった。じゃあつぎは身長だ。ミセス・ビニックの身長はわかっている。それと比較して、どれくらいだった？」

マーリーは内心、警官の目のつけどころに舌を巻いた。身長なんて思いもよらなかった。首をかしげて、心的映像に焦点を合わせようと精神を集中した。

「最初にキッチンでつかまえたとき、犯人は彼女をかかえ込んだ。片手にナイフを持ち、もう一方の手で彼女の口を押さえた」手を上げて、口述する情景を動作で示した。「口を押さえた手は……こんなふう。彼の肩と同じ高さよ」

「それが彼女の口の高さだ。てことは、犯人の身長は百八十センチ前後。首の長さは不明だから、前後数センチの誤差はあるとしても、だいたいそのくらいだ。声はどうだ？　声についてなにか覚えてないか？」

マーリーは目をつぶった。「とくになにも。ごくふつうの男性の声で、とりたてて高くも低くもなかった」声は印象になかった。荒れ狂う暴力や嫌悪といった感情のほうに圧倒されていたからだ。

「アクセントは？　アクセントの区別がつくか？」

「南部じゃない」即座に答えて、目を開けた。「すごい。でもここはオーランドで、わたしを含む住民の半分はよそ者よ」

「もう少し絞れないか？　特徴のあるアクセントはけっこうある。ニューヨーク、ボストン、オハイオ、シカゴ、ミネソタ、それに西部とか」

彼が列挙するうちに、早くも頭を振りだしていた。「特定できないわ。たいしてしゃべらなかったのか、わたしが拾い上げられないのか、わからないけれど」

「じゃあ、つぎに移ろう。犯人の体について、印象に残ったことは？」

　彼女の顔を嫌悪の表情がよぎった。

　デーンはあわてていい足した。「体重のこと、体つきを訊きたいんだ」

　マーリーは顔をしかめた。「中肉だと思う。それにとても力が強かった。怒りやアドレナリンのせいだったのかもしれないけれど、彼女はまったく太刀打ちできなかった。犯人はそれを見てせせら笑い、得意になっていたわ」

　マーリーは急に疲れを感じてうしろに倒れたが、背後にはいつの間にか彼の腕が伸びていて、カウチにもたれると同時に腕に抱かれる格好になった。とっさに身を起こしたが、肩に回されたたくましい腕に引き戻された。彼の顔が間近にあった。

「シッ。あわてなくていい」デーンはくぐもった小声でささやいた。「おれの手はまだきみに握られているし、もう一方はきみの背後にある。心配しなくていいんだ」

「握ってるのはわたしじゃなくて」デーンをにらみつける。「あなたよ」

「ささいな違いだ。きみにキスしようと思うんだが、マーリー――」

「まだ嚙まれ足りないわけ？」すかさず警告を与えた。

　デーンはこともなげに肩をすくめた。「分別より勘にしたがうほうでね」かすめるように彼女の唇を奪った。

　そよ風のように、ごく軽いキスだったけれど、彼の味わいを予感させる刺激はたっぷりだった。ふたたび動悸が激しくなったが、予測していた恐怖が形づくられるまえに彼が身を引いた。マーリーは軽く眉をひそめた。

デーンはようやく彼女の手を放し、彼女の顎に手を添えた。がさついた親指の腹でふっくらとした下唇をなぞり、その指を目で追った。

「いやな記憶がよみがえった？」さっき以上にくぐもった、やさしい声だった。

「いいえ」

「だったら……」

今度は唇がぐずぐずととどまった。もうつかまえられていないから、強制されている気はしないのに、離れようとしてもなぜか体の自由がきかない。彼の唇はむっちりとして温かく、そのくせ圧迫感はなかった。軽く動かしながら、彼女の唇を自分のものに合わせてゆく。マーリーは太い手首を両手でつかみ、閉じたまぶたをひくつかせた。

唇を重ねるうちに、やんわりとした快感で目がくらんできた。彼にこんなにこまやかな心遣いができるなんて意外。それに、わたしがこんなに興奮するなんて。困惑に小さなうめき声を漏らすと、彼はすぐに顔を上げた。

「大丈夫か？」

「え、ええ」どぎまぎして、まばたきしながら目を開いた。

「よかった」顔を下げてキスに戻った。舌が入ってきた。深くはなく、味わってみろよと誘っているようだった。どうしたらいいの？　いま行なわれているのは、自分には無理だと思ってきたものとは大違いだった。だいたい、ちっとも怖くない。あのときとは全然違う――といっても、いまは彼の名前さえ頭に浮かばなかった。余分なことを考えるには貴重すぎる喜び、はためくような喜びだった。

長く使っていなかった本能を信じて、おずおずと誘いを受け入れ、軽く舌を吸った。とたんに彼の全身に震えが走った。びっくりして、もう一度試した。今度は声が漏れた。胸に反響する低いうめき声。わたしにもこんな力があるんだわ。喜びが小さな花をつけた。

と、突然デーンが身を引いてカウチにもたれた。赤らんだ頰が引きつっていた。「もういい、やりすぎたぐらいだ。歯止めが利かなくなるまえに帰るよ」

マーリーはとろんとして焦点の合わない目をぱちくりさせていた。なにがなにやらわかっていないのかもしれない。デーンにしても、わかっているとはいえなかった。ただのキスでこんなに興奮したのは十五歳のとき以来。そのときは十七歳のチアリーダーが相手で、スタジアムの外野席で童貞を失った。

デーンは重い腰を上げた。ここでやりすぎて帰る気が失せたらおおごとだ。今夜はマーリーの唇を奪った。まだ物足りないけれど、彼女にはこれ以上耐えられないだろう。おおむね、満足できる夜だったといっていい。

「明日、電話する」いいながら、玄関に向かった。ついてくるマーリーの目には、正気が戻りつつあった。彼女にウィンクした。「電話でも、きみのセクシーな声を聞くとグッとくるよ」

彼女の顔から、火が消えたように穏やかな表情が消えた。「気に入ってもらえて嬉しいわ」辛辣な口調。「坊やがグリーンに殺されたときに叫びすぎて、声が涸《か》れたの。それっきり元に戻らないわ」

9

気力が充実しすぎて、苦しいほどだった。キャロル・ジェーンズは自分のなかでじょじょに期待が高まり、力が蓄積されて、燃え上がらんばかりになっているのを感じた。これほどの力が他人には見えないのだから驚くが、多くの人間は度しがたいほど愚かなものだ。

決行は今夜だ。前回は先週の金曜日だった。二週続けてというのは異例だが、今回は簡単すぎて、延期する理由がなかった。それに、消えゆく前回の輝きと重なるようにして、新たな力が蓄積されていくのは、心地のよいものだった。むろん、罰したいほど無礼な人間はそうそう現れないから、こんなことが毎週続くとは思っていない。それに通常はもっと引き延ばして、一カ月ほど空けることが多いといっても、それは克服しなければならない課題や、解決しなければならない難問があるからで、ジャクリーン・シーツにはそれがなかった。一人暮らしの彼女は、息苦しいほど型どおりの生活を送っていた。そう、待つ理由がないのだ。

無礼者にはなぜか女が多かった。一人、二人罰さざるをえないほど無礼な男もいたが、男をやるのはどうも気が進まなかった。力が強くてむずかしい、などという唾棄《だき》すべき軟弱な理由からではない。ジェーンズには大半の人間をねじ伏せる腕力があり、その力を維持できるようみずからを律してきた。ようは、男だと、じっくりなぶりながら力をみなぎらせてゆく喜びがないので、正直いって退屈なのだ。それにゲイではないから、楽しみの半分は最初から奪われている。男を犯すなどもってのほか。ときに男の無礼さに多少寛大になるとしても、決定権はジェーンズにある。彼が女のほうがいいと思うなら、だれに気兼ねがいるものか。

その日は一日じゅう鼻歌を口ずさんでいたせいで、アネットに機嫌のよさを指摘された。「週末にいいことがあるんですね？」ジェーンズはその声に無意識の妬《ねた》みを感じ取った。いい気分だ。アネットが自分に憧れているのは知っていたが、いくら思われても、どだいが無理な相談だ。タイプじゃない。

「デートだよ」期待に声が震えようと、隠す必要はなかった。彼女の空想もふくらむというものだ。

ジェーンズのほうは、自分を待つジャクリーン・シーツを思い描いた。家に入ったので、正確に再現できた。彼女が坐ってテレビ——生活の中心にある——を見る場所も、どんな寝室でどんな格好をして眠るかも知っていた。いかにも彼女らしい、実用一点張りのパジャマだった。ネグリジェのほうが好ましいが、パジャマのズボンは問題にならない。顔にきらめくナイフをつきつけてやれば、みんなが彼のためにズボンを脱いでくれる。

台所もチェックした。ナイフ類は、バナナもまともに切れないほど刃がなまっていた。あまり料理をしない証拠で、料理好きならもっと手入れしている。ジェーンズはしかたなく肉切りナイフを自宅に持ち帰り、二晩かけて念入りに研いだ。粗悪な道具で仕事するのは大嫌いだった。

夜が待ち遠しかった。夜になったら儀式が始まる。父が教えてくれたことだ。無礼な人間には、罰を与えてやらなければならない。

デーンは朝七時にマーリーに電話をかけ、おはようと挨拶して、よく眠れたかと尋ねた。いらだった彼女の声に笑いが込み上げた。心はまだ抵抗しているが、肉体のうえでは望むべくもない進展があった。キスされて怖がるどころか、楽しんでさえいた。彼女の過去を考えたら、これはきわめて大きな一歩だった。

デーンは馬鹿みたいににやつきながら署に向かった。おれはマーリーにキスした！　そりゃあ、ごくふつうの十代の小僧なら、退屈で気絶しかねないキスだったろう。だが十代の小僧になにがわかる？　力まかせに胸を揉んだり、何度か腰を振るしか能のない連中だ。さいわい、デーンにはゆっくりやるほど快感が高まるという知識を体得するだけの経験があった。いざマーリーを抱くころには、じれったさで頭が壊れているかもしれないが、昨夜の一件でそんな日がくると確信できた。嬉しさに目がくらみ、期待が胸のなかでシャンペンの泡のように躍っていた。

出勤すると、すでにトラメルは来ていた。椅子にもたれたまま、眠そうな黒い目で、近づいてゆくデーンを見ている。周囲には騒々しい同僚がいて、電話はひっきりなしに鳴り響き、ファックス機とコピー機は休みなく紙を吐き出している。あいもかわらぬ一日の始まりだが、デーンにとっては違っていた。にやにやしたままコーヒーマシンに向かい、二つのカップにコーヒーを入れた。片方からコーヒーをすすりながらデスクに戻り、もう片方をトラメルに手わたした。「こいつがいりそうな顔をしてるぞ。ひどい夜だったんだろう?」

「どうも」トラメルは慎重に味見して、カップの縁越しにデーンをながめた。「長い夜ではあったが、ひどくはなかった。それで、昨日はなにかおもしろいもんが見つかったのか?」

「ああ、とびきりね。第一に、おれはまえほど懐疑的じゃなくなった」

トラメルは天を仰いだ。「マーリーは? 彼女はこの六年、どうしてたんだ?」

「回復につとめた年月」デーンは簡潔に答えた。「アーノ・グリーンは彼女に暴力をふるい、犯そうとし、だめだったんで、彼女の目のまえで子どもを殺《や》った。ドクター・ユーエルは、そのトラウマで彼女の超感覚的な能力がひどく損なわれたか、あるいは破壊されたと考えた。ビニック殺害のビジョンは、その後初めて現れた能力の兆しってことになる」

「心霊力とかいうのが戻ったってことか?」

デーンは肩をすくめた。「どうかな。ほかに証拠はないから」ありがたいことに。「昨日の夜、彼女と話してみた。ビジョンの内容を二、三尋ねたら、いくつか覚えてることがあった」

「たとえば?」

「犯人は百八十前後。きわめて強健な、南部以外の出身者」

トラメルが不満げに鼻を鳴らした。「それは、それは。ずいぶんと犯人像が絞れたじゃないか」

「新たにわかったことだ」

「たしかに。なにもなかったんだから、なんだって新発見になる。それも、霊能力者の証言を採用すると仮定しての話だ。裁判所は絶対にそんなものを証拠として認めない」

「ほかに手があるか？　なにもないんだぞ。犯人は手がかりを残さなかった。おれはどんな手がかりだって追う。立証できるかどうかは、犯人を見つけてから考えればいい」

「実際は」トラメルは小声でいった。「おれたちはすでにその特徴に合致する人物から話を聞いてる」

「ああ、わかってる。アンセル・ビニックは雄牛のようにたくましく、フロリダに住んで二十年になるが、まだ中西部のアクセントが残っている」珍しいことではなかった。南部育ちでないかぎり、正確なアクセントはまず身につかず、その点、映画やテレビは絶望的だった。

「だが、おれの勘がやつじゃないといってる」

「ビニックには機会があった」

「だが動機はない。被害者に恋人はいなかった。保険もかかっていない。なにもだ」

「夫婦喧嘩の果ての犯行だとは考えられないか？」

「殴打を示す青痣《あおあざ》はなかった。それにただの殺しじゃなくて、惨殺だ」

「テキストの記述にしたがえば、刺傷が多数におよぶときは、犯人には被害者にたいする怨恨がある。そのために長時間を要したとなれば、犯人は近くに住んでいる可能性が高い。あんただって、確率の高さは知っているはずだ。女性が殺害されたときは、八〇パーセントが夫もしくは恋人のしわざ。しかも、多くの場合、警察に遺体を〝発見した〟と通報してきた人間が手を下している。ビニックはそのすべてに該当する」

「最初の一つを除いてだ。二人がいい争っていたという証拠はないんだぞ。二人は日ごろからうまくいっていたようだし、近所の人もなにも聞いていない。それに、その夜、職場に出たビニックはふだんどおりで、被害者は強姦されているのに、精液が見つかっていない。マーリーは犯人がコンドームを使ったといっているが、ビニックなら気にする必要ないだろ？　なんたって、女房なわけだから、精液が見つかっても罪には問われない。それより気になるのは――」デーンはいいつつ、頭をはたらかせた。「彼女の指だ。なぜ彼女の指を切り落とした？　しかもまだ出てきていない。指を切るなんてふつうじゃない。ただし――」

「――引っかかれていたらべつだ」トラメルが最後を引き取り、黒い瞳をキラッと輝かせた。「被害者は犯人を引っかいた。DNA鑑定を知っていた犯人は指を切り落として、爪の下から皮膚のサンプルを採取できないようにした」

「あの朝、ビニックは半袖のシャツを着ていた」デーンは記憶を探った。「引っかき傷を見たか？」

「いいや。胸や二の腕に傷がないとはかぎらないが、引っかくんならふつうは手から肘までのあいだだ」

「それに、寝室の網戸が切られていたのも腑《ふ》に落ちない。ビニックが侵入跡を偽造するなら、もっと派手にやるんじゃないか？　そもそも、小細工ができるようなタイプには見えなかった。それにマーリーの証言は現場の状況とぴったり一致している。やっぱりビニックは犯人じゃない」

「待てよ」とトラメル。「マーリーは指のことをいってなかったんじゃないか？」

デーンは考えてから、首を振った。「ああ。うっかり忘れるようなたぐいのことじゃないが」この省略が気になったので、夜になったら彼女に尋ねようと記憶した。

「なんにしても、おれはもう一度ビニックと話したほうがいいと思う」トラメルは主張した。

デーンは肩をすくめた。「おれはかまわないぞ、時間のむだだとは思うが」

その日トラメルは忙しい仕事の合間を縫って、何度もビニックに電話を入れたが、毎回空振りに終わった。そこで勤務先の配送会社に電話すると、ビニックは一週間の休みを取っており、会社のほうでは事情が事情なので、少なくとももう一週間は休むと見ていた。

「葬儀は昨日だったから」デーンはいった。「友人連中と一緒かもしれない。考えてみたら、あのうちにはいたくないはずだ。鑑識の現場検証は終わってるが、おまえならあそこで眠りたいと思うか？」

トラメルは苦い顔をした。「ごめんだね。ただ、だとしたら、どうやって連絡を取ったらいい？」

「近所に尋ねてみるさ。知ってるかもしれない」

午後遅く、二人はビニック家のまえにたどり着いた。人を寄せつけない、荒涼とした雰囲気があった。黄色い立入禁止テープはもう取り払われているが、そこで繰り広げられた惨劇のために、永遠に隣近所から切り離されてしまったような趣がある。デーンは私道に停まる一台の車に目を留めた。先週の土曜の朝あったのと同じ車だ。「いるぞ」

二人は玄関のドアをノックした。応答はなく、内部で人の動く気配も感じられなかった。トラメルは勝手口に回ってみたが、結果は同じだった。カーテンはすべて閉じられ、窓からなかをのぞき込むこともできなかった。

どちらのドアにも鍵がかかっていた。二人はもう一度ドアを叩いて身分を名乗った。返事はなかった。

デーンは隣家を訪れた。ノックすると、一人の女性がポーチに出てきた。

「ホリスター刑事です」身分証明書を提示した。「ビニックさんを見かけませんでしたか？車はあるんですが、どなたもお出にならないもので」

彼女は顔をしかめ、目にかかった髪を押し上げた。「いいえ、最後に会ったのはお葬式のときよ。ご近所で連れ立って参列したんです。あそこの奥さん、いい方だったから。ご主人の車が戻ってきたのには気づかなかったわね。昨日の夕方はなかったんですけど、今朝起きてみたら駐車してあって」

「来客はないんですね？」

「ええ。一日じゅうここにいるわけじゃありませんけど、あたしの知るかぎりじゃあ、お客さまはありませんでしたよ」

「ご協力感謝します」デーンは軽く会釈していとまを述べ、ビニック家に戻った。トラメルにいまの話を報告してからいった。「どうも気になる。不法侵入ってのはどうだ?」

「この際、必要な措置だろうな」トラメルはまじめに応じた。「もし間違ってたら、地面に這いつくばって謝って、賠償金で片をつけるさ」

二人は裏に回った。勝手口のドアの上半分には、小さなひし形のガラスが並んでいた。デーンはベレッタを取り出し、台尻を使ってドアノブにいちばん近いガラスを割った。毎回、こんなことがあるたびに、窓をぶち破る大変さを思い知らされる。割れたガラスの破片が内側のタイルの床に飛び散った。手をすっぽりとハンカチでくるみ、内側に伸ばして錠をはずした。

家のなかは熱く、封印されていた死のにおいが鼻をついた。重い沈黙が垂れ込めていた。デーンは手からハンカチをはずし、それで鼻を押さえた。「クソッ」つぶやいてから、声を張り上げた。「ビニックさん? 刑事のホリスターとトラメルです」

返事はなかった。

ハンカチ越しに、においが染み入ってくる。腐敗した肉体から放たれるむかつくような甘ったるいにおいではなく、人間の排泄物のツンとしたにおいと、金属的な血のにおい。そう、新旧の血のにおいが混じり合っている。胃が収縮するのを感じながら、デーンはもう一度小声で悪態をついてなかに入った。

思ったとおり、リビングにはいなかった。壁には飛び散ったミセス・ビニックの血痕が残り、茶色に変わっていた。

ミスター・ビニックは寝室にいた。

ここも掃除されていなかった。彼女の遺体の形を示す、チョークの線が部屋の隅に残っていた。ミスター・ビニックはその隣に寄り添い、頭の脇に小ぶりの拳銃が落ちていた。ミスター・ビニックは失敗の余地のない方法を選んだ。だれであれ、自分の口に銃口を突っ込む人間の決意は固いものだ。

「クソッ」トラメルは疲れた声でいった。「連絡してくる」

デーンは遺体の脇にしゃがみ込み、どこにも触れないように注意した。見たところ自殺以外の死因は考えられないが、現場をみだりに乱さない癖が身についている。

あたりに目をやると、ベッドに紙が一枚置いてあった。シーツが引きはがされたベッドはマットレスがむき出しになり、マットレスも紙も白かったせいで、すぐには気づかなかったのだ。のぞき込まなくても文面は読めた。

〝ネイディーンが死んで、家族がいなくなった。もうどうでもいい。生きていたくない〟日付と署名、それに時刻まで書き入れてある。十一時三十分。彼の伴侶《はんりょ》が殺されたのとほぼ同時刻だった。

デーンは首筋を撫で、口を引き絞った。むごい話だ。この男は妻を埋葬してから、その殺害現場に舞い戻り、自分の頭に鉛の弾をぶち込んだ。

トラメルは戻ってくると、デーンの隣に立って遺書を読んだ。「罪悪感と絶望感のどっちだろうな?」

「わかるもんか」

「クソッ」トラメルはまた悪態をついた。死に取り憑かれたこの家には、コメントを短くて乱暴なひと言に変えてしまうなにかがある。痛ましいことだ。

現場の確保と、死体の搬出と、書類仕事が終わると、間もなく九時になんなんとしていた。デーンはマーリーに電話しようかと思ったが、やっぱりやめた。上機嫌とはいいがたいし、ロマンスにうつつを抜かす気分でもなかった。デートの約束があったトラメルも、まったく同じ心境から、断りの電話を入れた。結局二人して警官御用達のバーに出かけ、ビールを何本かやることにした。警官の多くは帰宅まえに一、二本、あるいは三本ほどひっかける。高ぶりを鎮めるいちばん手っとり早い方法だし、事情に通じている仲間に話をして緊張を肩がわりしてもらえば、妻子の待つわが家に戻ったとき、なにもかも順調でうまくいっているふりができる。

「もしあいつが犯人なら、これでお手上げだな」トラメルはぼそっといい、上唇の泡を吸った。

トラメルのどこが好きといって、気取ったワインではなくビールを飲むところぐらい好きなところはない。イタリア製のスーツやシルクのシャツ、グッチのローファーは受け入れられても、ワイン好きとはどうも相性が悪い。トラメルがなぜ突然アンセル・ビニックを第一容疑者に祭り上げたのかわからないが、気まぐれがあぶくのように浮かぶのは、警官ならよくあることだ。「おれはやつがやったとは思わない。かわいそうに、カミさんがあんなふうに殺されて、生きていく勇気がなくなっただけだ」

「あいつが犯人だって確信してるわけじゃないんだ」トラメルは気むずかしげに否定した。「おれたちが関係のない藪《やぶ》をつついてたせいで、あいつを逃しちまった、と思いたくないだけだ」

デーンはビールを飲み干した。「無罪にしろ有罪にしろ、彼は逃げたわけじゃないさ。もう一本やるか？」

トラメルはグラスに残ったビールの量をたしかめた。「いいや、これでじゅうぶんだ」口を閉ざした。まだ琥珀《こはく》色の液体をにらんでいる。「なあ、デーン……」

彼の声は小さくなって途絶え、デーンは物問いたげに眉をつり上げて続きを待った。「うん、なんだ？」

「例のあんたの勘のことだよ。あんたの直感がよくあたるのは、みんなが知ってる。それで、考えたことあるか……自分とマーリーは似たようなものかもしれないって？」

ロにビールが残っていたら、テーブルにぶちまけていたところだ。一瞬喉が詰まり、カッとして「なんだと？」といったつもりだったが、吠えたようにしか聞こえなかった。

「考えてみろよ」トラメルは自分が持ち出した話題に勢いづき、身を乗り出してテーブルに肘をついた。「おれたち警官は直感がはたらくし、その直感にしたがって先に進む。大半の事件のホシはかわいい小鳥よろしく、そこに坐ってチュンチュン鳴いてくれるから、直感に頼らなくても解決できるが、ちょくちょく謎めいた事件も起きる。それでだ、おれたちの直感と、マーリーのそれとどこが違うんだ？」

「それは屁理屈ってもんだ。直感ってのは、まだ考えるに至っていないものを、無意識のうちに気づくっていう、ただそれだけのもんだ」

「それって、霊能力者のやってることと大差ないんじゃないか？」

デーンはうんざりした顔でトラメルを見た。「ビール二本でへべれけらしいな。おれたちは目に見える証拠や、考慮できる状況に基づいて、直感をはたらかせる。霊能力者の場合はなにも調べず、状況も理解せず、印象みたいなものをつかまえるだけだ」

トラメルは頭をさすって髪を乱した。冗談ではなく、ビール二本が多すぎたのかもしれない、とデーンはなんとなく心配になってきた。こんなに手に負えないトラメルは初めてだった。唯一の例外が銃撃戦に巻き込まれてデーンが銃傷を負ったときだが、あれは情状酌量されてしかるべき状況だった。

「なにを信じていいかわからなくなった」トラメルがつぶやく。「論理学と確率論にしたがえばアンセル・ビニックが第一容疑者になる。だがマーリーは指のこと以外すべて知っていた。本物じゃないとしたら、どうやって知った？　彼女が本物ならビニックは潔白で、おれたちは振り出しに戻る」グラスを持ってぐっとあおり、乱暴にテーブルに戻した。

「振り出しか。まさにそこだな、おれたちのいる場所は。できることがなさすぎて、自分が能なしに思えてきたよ」

「証拠なし、目撃者なし、動機なし。それに知ってるか?」

トラメルのほっそりした半人半獣神《ファウヌス》面があんまり陰気なので、口のなかを嚙まないと、あやうくにやつくとこだった。「いや、なんだ?」

「おれはアルコールをうまく代謝できない」しゃれ者のパートナーは深刻な口調で、おごそかに宣言した。

「ほう!」デーンは両手で頬をぴしゃりとやった。「それはそれは、存じあげませんで」内心は、舌を嚙まずに〝代謝〟なんていえるのは、まだ酔っ払っていない証拠だと思った。

「いつもはもっと気をつけてるんだ……嘗《な》めるようにして」

「嘗め飲み選手権に出たら、優勝間違いなしだ」

「そりゃどうも。ただ、運転はあんたに頼みたい」

「だな。そろそろ帰るか?」

「あんたがその気になったらいつでも。寝かしつけてくれなくていいから、運転だけは頼む」

「おれも、おまえには運転させたくないよ、相棒。さあ、行くぞ」

トラメルは足取りはたしかながら、鼻歌なんぞ口ずさんで、デーンは噴き出しそうだった。『愛しのクレメンタイン』とは、イメージ倒れもはなはだしい。「二日酔いになりそうか?」物珍しさから尋ねた。ビール二本で二日酔いとは笑止千万だ。

「なるもんか」トラメルはいった。外に出た二人は、煙っていない空気を胸いっぱいに吸った。「こんなのは大学時代以来、久しぶりだよ」

「そりゃよかった」

「このこと、だれにもいわないよな？」

「わかった。約束する」そそられるものの、秘密にすることにした。しゃべったら卑怯だとは思わないが、本人にはどうしようもないことだし、知られれば仲間たちから一生なぶりものにされる。それに黙っていれば、トラメルの首根っこを押さえる材料になる。二人して車に乗り込みながら、デーンは陽気に口笛を吹いた。機嫌はすっかりなおっていた。


儀式は安らぎをもたらす。自分が指揮を執っている以上、なにごとも毎回、同じ手順で進めたかった。ルーチンになるほど頻繁には行なっていないが――力を弱めることになるから――準備の内容を決めておけば安定感が出る。この準備をしていれば、警察にはつかまらないという自信が、歓迎すべき力の感覚を与えてくれる。警察につかまるのは愚かなあやまちを犯す、愚かな人々だけ。彼はあやまちを犯さない。一度として。

近づきつつある夜への期待は高まる一方だったが、準備に専念するため、しっかり抑制してあった。

まずブロンドの巻き毛のカツラをはずした。非常にできのいいカツラだった。べらぼうに高かったが、それだけの価値はあり、カツラだと見破られたことは一度もなかった。ブロンドは地毛と同じ色だから気にさわらず、しかもブロンドの巻き毛は記憶に残りやすいという利点がある。非常に目に留まりやすい髪型なのだ。

むろん自前の髪に問題があるわけじゃない。そう思いながら、後退の兆しがないかどうかこめかみを調べた。ただ、身元を特定する証拠になる毛髪を残してくるのは馬鹿げている。彼は頭に剃刀《かみそり》をあてた。最近剃《そ》ったばかりなので短いが、時間をかけてていねいに剃った。

頭を剃るのは快感だった。シェービングジェルのひんやりして、ぬるぬるした感じや、皮膚を滑る剃刀の感触がたまらない。セックスと同じくらいよかった。

つぎが髭だ。ざらざらした顎で女性を引っかくようでは、紳士といえない。ついで胸に移った。胸毛はかっちりとしたひし形で、濃さには自信があるが、やはり剃り落とすしかなかった。

そのあとに脚と腕をつるつるにした。女が脚を剃る気持ちがわかる。頬をすりつけたくなる肌触りだった。

最後が股間だった。収集して調べ上げられ、相手を喜ばせる縮れ毛は、一本たりと残してはならない。この部分にはとりわけ慎重を要する。小さな切り傷が一つあっただけで、知らないうちに血痕が残ることもあるからだ。断じて許されないことだ。精液のほうは、かならずコンドームをして残さないようにしてきた。コンドームが破れるという不測の事態への備えもあるが、いまのところ、備えのままですんでいた。

精液から人物を特定できない男が一部いる、という話をどこかで読んだことがあった。

"非分泌型"といって、男性五人につき一人の割合でいるとか。二〇パーセントのなかに入っているのがわかれば嬉しいが、いくらなんでものこのこ研究所に出かけていって、自分の精液がどちらに分類されるのか尋ねるわけにはいかない。それにコンドームをつけるのは苦になならなかった。罪人のなかに精液を放つのはぞっとしないからだ。

準備の第二段階は衣類だった。革だ。これなら布地のように繊維が証拠として残らない。いつもは紙製の衣装箱に入れ、ほかの衣類と分けてある。車の座席にはビニールのシートを広げ、床にはビニールのマットを敷きつめる。つねにマットの上以外に足を置かないよう気をつけているから、靴に絨毯《じゅうたん》の繊維がつく心配はなかった。細部にこだわること。それがすべてを制する鍵だ。残してくるのは処罰した人間だけだから、警察には彼が特定できない。

ホリスター刑事が電話をしてこなかった。てっきり電話がかかるか、例によって前触れもなく突然現れるものと思っていた。電話か来訪を予期してやきもきするうちに待ちくたびれ、そうなると今度は腹が立ってきた。どちらにしても、わが家で過ごす静かな夜は彼のせいで台なしだ。

映画館へ行くという案もしばらく検討した。ホリスターが電話をかけてきたとき出る人がいないなんていい気味。だが結局はやめにした。先週の金曜の夜の一件が、記憶に新しかったからだ。あれからまだ一週間？　一カ月のように感じる。そうね、来週は行くかもしれないけれど、今夜はまだそんな気分になれない。

夜遅いニュースはパスして、いつもより早く、十時まえにベッドに入った。この一週間緊張しっぱなしで、疲れがたまっていた。つぎの朝仕事に行かなくていい、好きなだけベッドにいられると思いながら目を閉じるのは、なんて贅沢《ぜいたく》な気分だろう。マットレスに身をまかせると、筋肉から力が抜けて、眠りに誘われるのがわかる……

——静かに家のなかを移動する。にぎやかなテレビの音が気配を消してくれている。一瞬戸口で立ち止まり、背中を向けて古い映画を見ている女を見つめるうちに、軽蔑でいっぱいになる。おまえは簡単すぎる。引き延ばすことに喜びを感じながら、ゆっくりと、時間をかけてまえに進む。ちらちらするテレビの映像が、湾曲した細身のナイフの刃のうえで躍る——

低い、動物めいた咆哮《ほうこう》が胸の奥からせり上がってきて、マーリーは叫ぼうと、締まった喉から必死に警告を発しようとした。神さま、助けて。悲しげに鼻を鳴らしながら、上掛けをはねた。ベッドを出たかった。鮮明なビジョンだったために、暗がりからぎらつくナイフを持って男が近づいてくるのだと錯覚していた。

——彼はまうしろに立ち、女を見下ろす。この愚かな性悪女はわたしがここにいるのに気づいていない。なんと愉快ではないか。映画が終わるまでここで立って待っていても、女はまるで気づかないだろう——

マーリーはベッドから飛び出し、シーツに足を取られて転んだ。からまったシーツを必死に払いのけて立ち上がり、左右に大きく揺れながらよろよろとドアに向かった。パニックのせいで視界に膜がかかり、脳がはたらかない。違う、そうじゃない。明かりがついていないせいだ。そのとき斜めに壁にぶつかったが、激しい衝撃でかえって気持ちが落ち着いた。壁を手探りした。照明のスイッチは見つからない。

――たやすすぎる。にやっとして、女の首筋に手を伸ばす――

マーリーは思ってもみなかった場所で、またべつの壁にぶちあたった。がたがた震えながら立ちすくんだ。位置がまったくわからない。ここはどこなの？

一台の車が通過し、ヘッドライトに一瞬室内が照らし出された。リビングルームだ。どうやってここまで来たの？　寝室を出ようと思ったのは覚えていたが、ドアまでたどり着けた記憶はなかった。だがこれで照明のありかがわかった。

わななく手でスイッチを入れ、あやうくスタンドを倒しそうになった。突然あふれ出した光の洪水にくらっときた。電話。電話がすぐそばのテーブルにあった。

番号は、彼の番号は何番？　思い出すことも、考えることもできない。そうだ、リダイヤルボタンがある。あの夜、彼に電話をかけてから、だれかに電話をした？　わからなかった。どうでもよかった。だれでもいい、つながりさえすれば。受話器を取ると、震える手でこめかみに押しあてて支え、リダイヤルボタンとおぼしきボタンを押した。ビジョンで視覚がぼやけ、位置がはっきりしなかった。

最初の発信音が耳に響いた。われを失ってはだめ。目を閉じてこらえた。

二度め。急いで。お願い、急いで、早く、早く、早く。

三度めの発信音が途切れ、不機嫌で眠そうな低い声が聞こえた。「こちらホリスター」

「デ、デーン」か細く、弱々しい声だった。

「マーリーか?」眠気がいっきに吹き飛んだ。「マーリー、どうした?」

話そうにも喉が締まって、声が出ない。大きく、あえぐように呼吸していた。

「マーリー、いったいどうした? なにかいってくれ!」デーンは怒鳴った。

近づいてきた。もうだめ、これ以上押しとどめられない。震えは激しさを増し、ビジョンが流れ込むにつれて、視界が暗くなってゆく。叫ぼうと必死に声を絞り出した。ささやき声だった。「あの男が……また……やってる」

10

電話はつながっているのに、彼女からの声が途絶えた。デーンはそのへんにあったものを着込み、ランニングシューズに足を突っ込んだ。ベレッタが入ったままの肩掛けホルスターは体に装置する手間を省いて、手に持った。電話に出てから一分もしないうちに、家を飛び出そうとしていた。

心臓が痛いほど肋骨に打ちつけていた。彼女はなんといった？　か細い声だったので、ほとんど聞き取れなかった。だれかが、なにかをしているとかなんとか。

だが内容は二の次だった。電話線を介して、彼女のパニックがひしひしと伝わってきた。なにか、大変なことに巻き込まれているのだ。

小雨が降っていた。路面が滑り、ワイパーを使わなければならないので、思ったほど飛ばせないが、それでもできるかぎり速度を上げた。急がなければという思いが、アクセルを踏ませる。停止標識はほとんど無視し、赤信号も往来が途切れるや突っ切った。

高速道路の途中で事故現場に遭遇したときは、中央分離帯を乗り越えた。来た道を引き返してルートを変え、貴重な時間を浪費した。マーリーの家の私道に車を入れたのは、出発からほぼ二十分後のことだった。いつもと同じ場所に彼女の車があり、リビングの明かりはついていた。低い二段のステップを飛び越してポーチに立ち、ドアをノックした。

「マーリー？　デーンだ。開けてくれ」

室内は深閑としていた。その日の午後訪れたビニック家と同じで、生命の気配がいっさい感じられなかった。デーンの血は凍りついた。かすれ声でもう一度彼女の名を呼び、拳骨でドアを叩いた。

割ろうにも玄関のドアにはガラスがはまっておらず、裏に回って勝手口のドアを調べる余裕もなかった。うしろに下がって、ドアを足で蹴《け》った。四度めのキックで錠前が壊れて木製の枠が砕け、内側に開いたドアがすさまじい音を立てて壁に激突した。飛び込むまえに状況を確認すべきなのはわかっていたが、慎重さよりも恐怖のほうがまさった。ベレッタをかまえてなかに突進した。

「マーリー！」

彼女はスタンドの照明があたるカウチにただ坐っていた。壁龕《へきがん》に据え置かれた彫像のようだった。開いた目は動かず、なにも見ていない。顔色はまっ青で、微動だにしなかった。そんな彼女を見た瞬間、デーンの呼吸は止まった。苦痛が拳のように飛んできて、心臓にめり込んだ。

そのとき、最初は死んでいるのかと思ったという、ユーアン巡査の証言を思い出して、息を吹き返した。これでどうにか動けるようになったが、恐怖にまだがっちりと抑え込まれている。ベレッタを脇に置いて、カウチのまえに膝をついた。膝にあった彼女の手の片方を取って胸に抱き、華奢《きゃしゃ》な手首に二本の指を押しつけて脈拍を探った。よかった。遅いながら安定している。皮膚は冷たいが、表面をおおう冷たさの下に温もりが感じられた。

「マーリー」そっと声をかけたが、今度も返事はなかった。

彼女を念入りに調べてから、周囲に目を転じた。見たかぎりでは、乱闘の跡も傷もなかった。彼女も少なくとも肉体的には無事なようだ。

カウチに坐る彼女の脇に発信音の漏れる受話器があった。それを電話の架台に戻した。

彼女の状態が示すものに気づいたとき、デーンは唾を呑み込んだ。またビジョンに襲われて、まだその状態を脱していないのだ。今度はなんだ？　また殺しか？　巷《ちまた》にドラッグや暴力が横行していることを思うと、彼女が始終トランス状態にないのが不思議なくらいだ。もっといいもの、楽しいひとときを感知したことはないのか？　子どもと遊んだり、あほくさい冗談に馬鹿笑いしたり。人生に付随する怒りや嫌悪ばかりを押しつけられているとしたら、それで、どうやって生き延びてきた？

マーリーは薄手のタンクトップとパンティしか身につけておらず、さわると脚が冷たかった。デーンは立ち上がって壊れたドアを閉め、寝室へブランケットを取りにいった。ほかの部屋と同じように、小さな寝室はこぢんまりとして居心地がよかった。彼女はわが家を避難所に仕立て上げ、外の世界を閉め出している。部屋のまんなかに立って見わたし、状況をうかがい知る手がかりを探した。ダブルベッドの上掛けがひどく乱れて半分床に落ちている。

ビジョンが始まったときはベッドにいて、上掛けのもつれはそのときの彼女の狼狽《ろうばい》ぶりの現れなのだろう。

ロッキングチェアにかぎ針編みのカバーがかかっていた。それを持ってリビングに戻り、彼女にカバーをかけてむき出しの腕と脚をくるんだ。彼の見るかぎり、さっきから少しも動いていない。ただ胸だけは呼吸に合わせて、軽く上下を繰り返していた。

待つ以外にできることはなさそうだ。キッチンに行き、コーヒーをしかけた。ビジョンを抜けた彼女が欲しがるかどうかはさておき、彼のほうが無性に飲みたかった。

カウチに腰掛けて、隣の彼女を見つめた。最初の印象どおり、彫像のようにうつろで空っぽの顔だった。自意識といったものが微塵も感じられない。目は開けているが、意識を失っているか……どこかへ出かけているか。

彼女のうつろな顔に見入った。横から見ると、これまで気づかなかった超俗的な清らかさがあった。起きているときは、どうしたって舌鋒の鋭さと、謎めいた紺碧の瞳に宿る鋭敏な知性に気を取られがちになる。むろんそれだけとはいわないが、いま彼女が起きていたら、半裸の体にカバーなど絶対にかけさせてもらえなかったろう。デーンはなだらかなカーブを描く唇に視線をやり、その感触と味わいを反芻《はんすう》した。全身どこをとっても、彼を熱くさせ興奮させる女性ならではの優美さ、たおやかさ、丸みにあふれていた。

十分が過ぎた。液体が沸騰し滴る音が台所から聞こえなくなったから、コーヒーができあがったのだろう。

カップにコーヒーをつぎ、マーリーの隣に戻って、スタンドの載った小卓にカップを置いた。そっと彼女を抱き上げて、膝に載せた。

「マーリー。起きられるか？　さあ、起きて、ハニー」顔を撫で、肩をつかんで揺さぶった。彼女の口から鼻にかかった小声が漏れた。睫毛《まつげ》が震えている。

「さあ、起きろ、マーリー。デーンだ。目を覚まして、なにがあったか話してくれ」頭が彼の肩に倒れかかった。彼女をかかえたまま、空いた手で二の腕や肩をさすった。硬い手のひらにあたった皮膚は、ひんやりとしてなめらかだった。もう一度、彼女が不快に思う程度に、軽く揺さぶった。もう目は閉じているから、少なくともさっきよりは自然な眠りに入っているのだろう。

「マーリー！」鋭い声で呼びかけた。「起きて、話をするんだ！」

彼女はうーんとうめいて、彼を押しやるしぐさを見せたが、体がいうことを聞かないのだろう、すぐに手が重たげに膝に落ちた。ついでしゃくり上げるように何度か息を吸い込んでからまぶたを持ち上げたが、力なくまた閉じてしまった。

「マーリー、おれを見ろ」意識して名前を連呼し、手の届かない闇から光のほうへ呼び戻そうとした。

さっきからだれかが必死にわたしの名を呼んでいる。疲れきった彼女の精神は、溺《おぼ》れかけの人間が救命浮輪にしがみつくように、聞き覚えのあるその声にしがみついた。渦巻く悪夢の霧のなかで、その声が自己の感覚を与えてくれる。最初は遠かったのに、いまは頭のすぐ上で声がして、ゆっくりと現実が戻ってくる。でも、そこにはありえないもの——だれかにもたれて、抱きかかえられているような感覚がある。その恐ろしく異質な感覚にとまどっていた。他人には触れさせないようにしてきた。じかに触れると精神への介入度合いが強まり、混乱をきたすからだ。でも……靄《もや》のかかった記憶を探った。だれかに抱かれたことがある。そうだ、デーンに。少し意地悪で、強情で、わたしの話を信じなかった男……そうよ、デーンだわ。

重いまぶたをゆっくりと開くと無骨な顔があり、ハシバミ色の瞳が気遣わしげにのぞき込んでいた。頭の横にはドキドキいう心臓があり、その安定したリズムに丸まってすっぽり包まれたくなった。大きな体から発される熱がお尻や脇腹から押し寄せ、体の芯に取り憑いた冷気を追い立ててくれる。どうしてこんなに寒いんだろう？

ぼんやり周囲を見まわした。リビングだ。でもなぜデーンがここにいて、彼の膝に載っているの？　それにひどくだるい。デーンは約束したのに電話をかけてこなかった。それでわたしはベッドに入って——

デーンに電話をかけた。マーリーは硬直した。なにを差し出しても思い出したくない記憶が、身の毛のよだつ細部の映像とともに奔流となって押し寄せ、疲弊しきった精神が対処しきれずにもがいていた。

「デーン」彼のシャツに手をやり、生地をねじり上げた。

「大丈夫だ」デーンはつぶやいて、後頭部を撫でた。「おれがいる。またビジョンを見たんだな？　なにを見た？　とにかく少しゆっくりして、気を鎮めたほうがいい。コーヒーでも飲まないか？」

デーンが口元にカップを運んでくれたので、コーヒーをすすった。少しでも時間を稼ぎたかった。脳裏にあるものを整理して、できるだけ多くの情報を彼に伝えなければならない。しかしコーヒーは過去最悪の味で、ふたたびカップを近づけられたときは、しかめ面をそむけた。

「彼がまたやった」少し間延びした声で、マーリーはいった。

「彼って？」もうひと口コーヒーを飲ませようとしていたデーンは上の空で尋ね、彼女は顔をそむけた。

「あの男が、今夜またべつの女性を殺したわ」また震えが始まり、体の芯から全身が揺さぶられた。

筋肉のこわばりで、デーンが緊張したのがわかった。「ネイディーン・ビニックを殺したのと同じ男なのか？」彼は慎重に尋ねた。

「ええ。彼が現場に出かけて、見ていたのは知っていた……少しだけ感じたから。あなたに電話をかけた晩のことよ」すべていってしまおうと、つかえながら言葉を吐き出した。

「それで怖くなったのか？」

マーリーはうなずいた。デーンの肩のくぼみで彼女の頭が小さく動いた。

その体をぎゅっと抱きしめ、受話器を取って通信指令部へ電話をかけた。ホリスター刑事と名乗って、「女性の刺殺事件の通報はあったか?」と尋ねた。

「いいえ、今日は静かなもんですよ。雨のせいで湿りがちだったんですかね。なにか、こちらでつかんでいない情報をお持ちなんですか?」

「まだわからないんだ。いいか、そういう事件の通報があったら、おれのポケベルを鳴らしてくれ。何時でもかまわない」

「わかりました」

電話を切り、マーリーを見下ろした。「通報はないそうだ」

マーリーはシャツをつかんだまま、遠い目をしていた。月曜の午前中、抑揚のない単調な声で恐怖の物語を語ったときと同じ目だった。震えはいっそう激しくなっている。デーンはその華奢な体を両腕で抱き、波紋のように伝わってくる衝撃を自分の体でやわらげようとした。

「赤毛の女性だった」蚊《か》の鳴くような小声でいった。「とてもきれいな人。テレビを、古い映画を見ていて、ほかの人がいるのに気づいてなかった。彼はその背後に忍び寄って、彼女を見下ろした。いったいいつになったら、自分の存在に気づくのだろうって、おもしろがっていた。全然気がつかなくて、その愚かさに彼のほうがうんざりしだした。彼女の首筋に手を伸ばした。左手よ。彼女が悲鳴を上げるまえに口を押さえた。彼は相手が最初に恐怖を感ずるこの瞬間を愛している。右手のナイフを喉元に突きつけた」

「同じ男だっていうのは、たしかなのか?」デーンは尋ねた。たしかじゃない、と答えてほしかった。

「たしかよ。映画はまだ続いていて、その音がしていた。彼はパジャマを脱ぐように命じ、床に横たわらせた。窮屈なカウチは好みじゃない。コンドームを使ったわ。精液を与えるのにふさわしい女ではないから。ゆるやかに、ゆっくりと、ゆるやかに、ゆっくりと……女から過度の恐怖を取りのぞき、安心させるため。彼女を傷つけてはいけない。いまはまだ、その時期じゃない」

デーンは彼女を抱く手に力を込めた。守られていると感じさせたかった。だがマーリーは恐怖の目撃談に意識を奪われ、なにも感じていない。デーンの背筋に冷たいものが走り、首筋の毛が逆立った。ああ、神よ。

「彼はことを終え、彼女の傍らに膝をついた。彼女が見上げる。目は恐怖に見開かれているけれど、そこには希望の光もある。それでいい、それでいいんだ。彼が笑顔を向けると、馬鹿な女は痙攣する唇に笑みらしきものを浮かべる。彼を狂人扱いして、笑顔にならなくてはと思っている。生きる価値のない性悪女。退屈きわまりない女。前回の女のほうがまだましだった。少し刺激を与えてやるか？　軽く刺したら、ブタみたいにあさましい鳴き声を上げて、逃げようとするかもしれない。ぐるぐる回れ、マルベリーブッシュ」

「ああ、マーリー」呼ぶ声がしわがれた。「もういい、わかった」

彼女はまばたきして、デーンのほうを向いた。その目に浮かんだ表情を見て、叫び出したくなった。疲労が石膏のマスクとなって顔を白くおおっていた。

「あの男をつかまえて」彼女はのろのろといった。

「わかった。つかまえるよ、ハニー。誓う」

マーリーが肩に顔をうずめて目を閉じた。腕のなかで脱力するのがわかる。見ると、深くゆるやかな寝息をたてていた。あっという間に寝入ったのだ。だがデーンは驚かなかった。家に踏み込んだ直後にくらべたら、むしろ正常そのものに見えた。

デーンは不気味な展開に顔をしかめ、腰掛けたまま数分が過ぎた。ようやく立ち上がると、腕に抱いたままのマーリーを寝室に運び、そっとベッドに横たえた。投げ出されていたシーツを引っ張り上げ、身じろぎ一つしない彼女をくるんだ。

それから熱々のコーヒーをカップにつぎ、さっきまで坐っていたカウチに腰掛けて今晩のできごとを振り返った。気に入らないことだらけだった。

時計を見ると、真夜中を過ぎていたが、かまわずトラメルに電話をかけた。

受話器を手探りで取る物音に続いて、女性らしい声が「もしもし」と応じ、同時にトラメルの「出るな！」という怒鳴り声がした。ビール二本で彼の全身がよれよれにならなかったのもたしかなら、いったんは断ったデートが実現したのもたしかだ。

トラメルは女性のお友だちから受話器を取り上げていった。「はい？」

だが、からかっている場合じゃない。「マーリーが今夜またビジョンを見た」デーンは前置きなしにいった。「同じ男だ。また殺《や》ったと彼女はいってる」

トラメルはたっぷり二秒黙り込んだ。やはりこの展開がショックなのだ。「場所は？」と尋ねた。

「まだ通報がない」

トラメルは沈黙ののちいった。「なんにしろ、これで彼女が本物かどうかわかるな」

「まあそうだ。いま彼女はひどく参ってる。なにかあったら、おれは彼女の家だ、こちらに連絡してくれ。発見の通報がありしだい、通信指令部から連絡が入ることになってる」

「了解。もし彼女のいうとおりなら……クソッ！」

まったくだ。デーンはコーヒーを飲みながら考え込んだ。マーリーのビジョンが正しいとして、ネイディーン・ビニックを殺害した犯人がべつの女性を同じ方法で殺したとしたら、これは正真正銘の重大事件になる。デーンは犯人の逮捕を願うのと同じくらい、これが一度かぎりの犯行で、犯人がミセス・ビニックの顔見知りであることを願ってきた。つまり個人的な動機にもとづく犯行だと考えようとしたわけだが、それを示す証拠はまったく見つかっていない。被害者に多数の刺傷があった場合は、怨恨による殺害と考えるのがふつうだ。

しかし、べつの被害者が同じ手口で殺されたとなれば、オーランドにはサイコパスがいることになる。連続殺人犯。良心の呵責《かしゃく》を覚えることなく、みずからが定めた不気味なルールにのっとって行動する人間のことだ。さらに悪いことに、今回の犯人は知恵がまわるらしく、あとに証拠を残さないよう気を配っている。どんな状況でも連続殺人犯をつかまえるのはきわめて困難だが、ことに頭の切れるやつだと、ほぼ不可能といっていい。テッド・バンディがいい例だ。致命的なミスを犯すまでの長いあいだに、どれだけの人が殺されたことか。

いまデーンにできるのは待つことだけだった。殺人も、報告されなければ捜査できず、遺体が見つからなければ事件にならない。被害者が現れるまでは、疲労とトラウマに痛めつけられた霊能力者のビジョンしかない。それでも彼は第六感の閃《ひらめ》きのままに彼女を信じた。それ自体、ぞっとしない感覚だった。いまも冷静な理性は脳の片隅から、結果を待てと語りかけてくるが、胃にできた結び目は理性ではほどけない。

ある用語が浮かんだ。亢進性の性的連続殺人犯。ネイディーン・ビニックのまえに、オーランドで未解決の刺殺事件があったろうか？ 似たような事件は思い浮かばなかった。となると、犯人は犯行を始めたばかりか、よそから転居してきたかだ。各地を点々としながら、あちこちの管轄区で殺人事件を起こしているとしたら、比較すべき同じ手口を知らない警察は連続殺人だと気づかないのではないか。

ミセス・ビニックが最初の被害者で、間隔をあけずにまた殺したのだとしたら、犯人は文句なくいかれているとみていい。となると、早晩オーランドは大量虐殺の舞台になる。亢進性の性的連続殺人犯はゆっくりとスタートを切り、つぎの事件を起こすまでに数ヵ月あけることが多い。殺害間隔はその後しだいに狭まるが、これは興奮する方法がほかに見いだせなくなるからで、求める頻度はどんどん高まる。一週間をおかずに被害者が出たのは、狂乱状態の始まりを意味する。

そして、デーンには待つことしかできない。

遺体があるとしたら、いつ発見されるだろうか？ ミスター・ビニックのように、旦那が夜勤に出ているのかもしれない。ひょっとすると、連れ合いが夜留守にするというのが共通点なのか？　だとしたら、発見は朝の六時から八時。だが、被害者が一人暮らしの女だと、不在に気づいて調べるまでに二、三日、あるいはもっと長くかかる恐れがある。デーンは死んでから数週間発見されなかったケースをいくつも見てきた。

待つしかない。

もう一度時計を見た。二時五分過ぎ。コーヒーはなくなった。流し込むはじから効きめが切れるので、すっかり飲み過ぎてしまった。疲労で体が重く、目はサンドペーパーでこすられているみたいにざらざらした。

マーリーのカウチを見やり、鼻を鳴らして却下した。デーンの身長百九十センチ強にたいして、カウチはおよそ百五十センチ。しかも、マゾっ気には縁がなかった。

小さな家のなかでまだ見ていない部屋をのぞいた。予備の寝室かもしれないと思ったが、半端な家具や旅行カバン、本の入った箱の置き場だった。デーンがふだん使っている部屋よりは、よほど整頓されている。

いまマーリーが眠っているのが唯一のベッドだった。自宅に帰るという選択肢もあるが、彼女を一人にしたくない。ドアは壊れているし、何時間眠るか知らないが、マーリーが目覚めたときそばにいたい。

迷ったのはほんの数秒だった。隣におれが寝ていると気づいたら、マーリーはなんていうだろ？　そう思いながら、肩をすくめて寝室に入った。見たところ、彼女はさっきからまったく動いていなかった。

パンツ一枚になると脱いだ衣類をロッキングチェアにかけ、拳銃はサイドテーブルに置いた。ポケベルは拳銃のすぐ隣。テーブルは一つしかなく、マーリーがベッドのそちらの側にいた。彼女の体を逆側に押しやり、躊躇《ちゅうちょ》なくベッドにもぐり込んでスタンドの明かりを切った。

いい気分だ。安堵感《あんどかん》が体じゅうに広がり、その温かさでここ数時間の懸念が溶けてゆく。デーンほどの大男だとダブルベッドは窮屈なものだが、それさえマーリーがそばにいるという満足につながった。彼女に腕を回し、その頭を肩のくぼみに載せて抱きかかえた。ほっそりした体は華奢でたおやかで、その寝息が軽く彼の胸をかすめていた。

彼女が二度と今晩のような目に遭わないですむなら、一生だって寝ずの番をしたいくらいだ。マーリーから、ユーアン巡査から、ユーエル教授から聞いていたのに、この目でじかに見るまで、それがどれほど衝撃的で、彼女を深く傷つけ、犠牲を強いる体験なのかわからなかった。

なんという重荷だろう！　日夜、陰惨な光景を目にする人間が精神に負う傷の深さはデーンも知っていた。程度の差はあれ、警官なら例外なくそんな傷を負っている。並みの感受性しか持たない人間ですらそうなのだ。彼女のように痛みや激怒、嫌悪を残らず感じるとなると、想像を絶するものがある。きっと感知力を失ったときは、拷問から解放された気分だったろう。その能力が戻ったのがはっきりしたいま、なにを感じている？　抜き差しならぬ状況に追いやられた絶望感か？

股間が欲望に脈打っていた。彼女に近づくとかならずこうなる。だが性欲よりも、強い願望があった。彼女のそばにいて、内外から押し寄せる恐怖から守ってやりたかった。

デーンは八時まで眠り、目覚めるなり気づいた。夜のうちにポケベルが鳴らなかったことと、マーリーが身動きしなかったことだ。彼女はぐったりと彼にもたれて眠っている。その静かな寝姿が重い疲労の証《あかし》だった。いつもはどのくらい昏睡状態が続くのだろう？バスルームやタオルを使っても許してくれるよな。勝手に判断してシャワーを浴び、彼女の剃刀を拝借して髭を剃り、傷をつくって自分をののしった。ついで台所へ行き、新たにコーヒーをしかけた。マーリーの家で自宅同様にくつろぎはじめている。コーヒーができるのを待つあいだ、壊した玄関のドアを交換するためサイズを測った。電話が鳴ったのは、その直後のことだった。

「連絡はあったか？」トラメルだった。

「いいや」

「マーリーはなんといってる？」

「そのことについちゃなにも。昨晩ビジョンを見てから、ほとんど眠りっぱなしだ。ビジョンの内容をおれに伝えると、すぐに気を失っちまったよ」

「おれも昨日の夜、あれから考えてみたが、もし連続殺人ってことになったら……」

「大問題だ」

「ボネスに伝えたほうがいいのかな？」

「だろうな。なんやかやいっても、まっ先にマーリーを信じたのは警部補だ。殺害が実証されるまでできることはないが、ボネスには話を通しておいたほうがいいと思う」

「これで被害者が見つからなかったら、おれたち、馬鹿みたいだな」

「そう願うよ」デーンはまじめにいった。「心の底から、地上最大の馬鹿者になりたいもんだ。もう片方の結果より、何百倍もましさ」

トラメルが溜息をつく。「ボネスにはおれから話しておく。で、マーリーのところにはいつまでいるつもりだ？」

「まだわからない。少なくとも、彼女が自分で動けるようになるまではいたい。週末いっぱいは、いることになるんじゃないか」

「ぐったりしてるのか？」

「そんな生やさしいもんじゃない」そこであることを思い出した。「今日外出したついでに、ドアを持ってきてくれ。ここのドアがいま危なっかしいことになってる」

その声が執拗《しつよう》につきまとって、休ませてくれなかった。声は辛抱強く、けれど容赦なかった。聞き覚えのある声だと意識の片隅でわかっているのに、声の主が認知できない。ひどく疲れていた。ただ眠って、忘れたかった。なのにこの声が忘我の境地から引きずり出した。

どうしてほうっておいてくれないのだろう？　掻き乱される疎ましさにいらつき、慰めを与えてくれる無の境地に戻ろうとした。

「マーリー。さあ、マーリー。起きるんだ」

声はやもうとしない。雑音から遠ざかろうとしたが、なにかに押さえつけられていた。

「いいぞ、ハニー。目を開けて」

降参するほうが簡単そう。闘うエネルギーがない。石のように重いまぶたを苦労して押し上げると、ベッドの傍らに腰掛ける男が目に入り、困惑に顔をゆがめた。シーツの上から、彼女の両脇を押さえつけていた。この腕のせいで動けなかったのだ。

「やっと起きた」デーンは静かにいった。「やあ、ハニー。心配したぞ」

頭がはたらかず、すべてが混沌としていた。どうしてデーンがわたしを動けないようにしているんだろう？　とまどいが顔に出たのだろう。彼はにっこりすると、もつれた彼女の髪をそっと顔から払った。「心配しなくていい。きみがあんまり寝っぱなしだったもんだから、いつものことなのかどうか不安になって起こしてみたんだ。苦労したぞ」デーンはいたずらっぽく、最後につけ足した。

「どうして……なぜ……あなたがここにいるの？」口ごもりながら、体を起こそうとした。デーンがシーツから手を放したので、どうにかベッドに起き上がれたが、痛みがひどくてひと苦労だった。どこか悪いの？　病気……流感かも。それなら、節々の鈍痛も説明がつく。でも、どうしてデーンがここにいるの？

「きみのいまの状態を代弁させてもらうと」デーンはなだめるような、重みのある低い声でいった。「まずは下半身の水分を抜くべきじゃないか？　トイレまで自分で行けるか？」

そのとおりだ。こくりとうなずいて、ぎこちなくシーツを払いのけた。デーンが立ち上がったので、両脚をベッドの脇に下ろした。恥ずかしい格好。端に腰掛けてむき出しの脚を見下ろしながら、そんな思いが頭をよぎったが、頓着する気力がなかった。

いったん立ちかかったところで、腰が重たげにマットに戻った。デーンがかがみ込んで、軽々と抱き上げてくれた。頭が彼の肩と首のあいだのくぼみにはまった。あんまり快適なので、そのままおとなしくしていた。

空調の音が虫の羽音のように聞こえる。むき出しの皮膚にあたる空気は冷たく、彼女を抱きかかえた大きな肉体から放たれる熱の気持ちよさといったら――どこかに運ばれるんだわ。マーリーは目を閉じた。

「だめだ」たしなめるデーンの声がして、床に立たされた。重いまぶたを開くと、バスルームだった。「がんばってみろよ、ハニー。それともおれがここに残って、手を貸してやろうか？」

疲れはてていて、馬鹿いわないでよ、という目つきさえできなかった。デーンが喉で笑った。「平気よ」いってはみたものの、耳に届いた自分の声は弱々しかった。しゃんとするのよ。自分でやれるでしょう、いつもそうしてきたんだから。

「わかった。ドアのすぐ外で待ってるから、なにかあったら声をかけてくれ」

彼の去った狭いバスルームにふらふらと立ち、物欲しげにバスタブを見つめた。シャワーを浴びるあいだくらい、立っていられるだろうか？　いたいけな赤ん坊のように、裸の自分をデーンにゆだねることになったらバツが悪い。

でもそのまえに片づけなければいけないことがある。喉の乾き以上に差し迫った欲求だ。マーリーはまずその欲求を満たすと、水を立てつづけに二杯あおり、立ったまま冷たいガラスに額をつけた。まだ頭に霧がかかっていて、意識しないと考えられない。思い出さなければいけないことがある。焦りはあるのに、それを思い起こすだけの持続力がない。ただ眠りたかった。眠りに逃げて、思い出したくなかった。

やっぱりシャワーを浴びたい。

蛇口をひねった。着衣のまま水しぶきを浴びるのがいちばん手っとり早いと結論して、そのとおりにした。目が覚めるのを承知で、シャワーの温度は生ぬるささえ感じられない温度に下げた。起きたくないという願望を、起きなければという責任感でねじ伏せた。冷たいシャワーの下で顔を上げてしぶきを受け止め、霧が晴れるにまかせた。記憶が戻ってくる。熱くしょっぱい涙を洗わせ、その小さな流れを大きな奔流で押し流させようとした。

押し流しきれないまま、顔を手に伏せ、肩を震わせて嗚咽《おえつ》を漏らした。

「マーリー……？」心配でじりじりした声が、一転して静かで安定したものになった。「わかってるよ、ハニー。つらいんだな。だが、きみはもう一人じゃない。おれがついてる」

シャワーの音がやみ、力強い大きな手が彼女をバスタブから導き出した。マーリーは水を滴らせてマットに立ったが、頬に涙を伝わせたまま目を閉じていた。

「ずぶ濡れじゃないか」デーンは今度もまったく動揺を感じさせない、穏やかで安定した声でいった。「着てるものを脱げよ――」

「いや」絞り出すようにいった。

「濡れたままってわけにいかないだろ？」

「自分で着替える」

「ほんとか？」

うなずいた。

「わかった。じゃあ、おれのために目を開けてくれ、ハニー。目を開けて、自分でやれるといえたら、おれは着替えを持ってきてきみにまかせる。でもそのまえに、きみの目を見ておきたい」

マーリーは唾を呑み、涙を抑えようと二度深呼吸した。大丈夫だと自信が持てたところで、思いきって目を開けて彼を見上げた。「できるわ」

デーンは射抜くような目つきで彼女を観察し、軽くうなずいた。「着替えを持ってくる。なにがいいかいってくれ」

考えようにも、なにも浮かばなかった。「なんでもいい。適当に持ってきて」

彼に適当の部分をゆだねた結果、パンティと、コットンのローブが運ばれてきた。デーンを外で待たせて濡れた衣類を脱ぎ、ぎこちない手つきで体を拭き、与えられたものを身につけた。タオルで髪を乾かしていると、もういいと判断したデーンがドアを開けた。

「あとはおれにまかせろ」彼女からタオルを取り上げ、便器の蓋《ふた》を下ろした。そこに彼女を腰掛けさせ、髪の余分な水気をすべて丹念に吸い取ると、櫛《くし》を手に持って髪のもつれを残らずときほぐした。マーリーは子どものようにただ坐って奉仕されながら、小さな心遣いにいままで感じたことのない安らぎを覚えた。ぼんやりした頭で、彼のいったとおりだ、と思った。今回は一人じゃない。デーンが一緒だ。昨日の夜もいまも、そばにいて世話を焼き、無力な自分に力を与えてくれている。

「いま何時？」かなりして尋ねた。平凡な事柄だけれど、人は些細でつまらないものを生の拠りどころとし、一定不変のものに安定を求める。

「もうすぐ一時だ。きみになにか食べさせなきゃな。台所へ行くか？　きみのために新しいコーヒーと朝めしを用意してやるよ」

デーンのコーヒーの味を思い出し、おぞましそうに彼を見た。「コーヒーは自分でいれる」慣れているせいもあって、デーンは彼女の拒絶をすんなり受け入れた。マーリーが最悪の状態を脱した。コーヒーへの文句ぐらい、好きなようにいってくれ。だいぶしゃんとしてきたが、目の下に隈のできた顔は青白く引きつっている。彼女の腰に手を回して、キッチンまでゆっくりと導いた。

マーリーはキャビネットにもたれてコーヒーをセットすると、椅子に腰を下ろして、彼がてきぱきとトーストとベーコン、それにスクランブルエッグを支度するのを見ていた。卵とベーコンを二口ほどずつ、それにトーストを一枚食べ、あまりはデーンが平らげた。

マーリーが精神の均衡を崩したときは、デーンが黙って膝に抱き上げ、泣きじゃくる彼女の支えとなった。

11

午後の四時ごろ、トラメルはみずから借り物のピックアップトラックのハンドルを握り、荷台に交換用のドアを乗せてやってきた。デーンはトラメルとトラックという組み合わせのちぐはぐさをしばし味わってから、ドアを降ろすのを手伝うため外に出た。「このトラックは?」

「フレディのご主人のだ」それぞれドアの端を持って荷台から降ろした。通報の有無は尋ねなかった。あればどちらの耳にも届いている。隣のルーがポーチに出てきて、疑いもあらわに二人を見た。デーンはわざと手を振った。ルーは手を振り返しつつも、とがめるように顔をしかめた。窓から外をのぞいて、朝いちばんに見つけたのがマーリーの私道に停まっていた彼の車だったというわけだ。この一件で聖女マーリーの評判に傷がついたのは確実だ。

「新しい女友だちか?」デーンはドアをポーチに運びながら、遠まわしに尋ねた。

「うん、どうかな」今回のトラメルはみょうに寡黙だ。デーンはピンときた。トラメルは熱い夜の営みを逐一報告して職場を湧かせるタイプではないが、いつもなら、交際相手の名前を打ち明ける程度の社交性はある。

「デートは中止になったと思ってた」

トラメルは咳払いをした。「向こうが押しかけてきたんだ」

「おれに話しておくことはないのか？」

「ないね、たぶん。いまのところは」

デーンが優秀な刑事であるのには、それなりの理由がある。なぜトラメルは相手の身元を隠しておきたがっているのか。答えはおのずと二つに絞られる。一つめ、相手が既婚の場合。だがトラメルは他人のものに手を出す男じゃないから、既婚者は彼の守備範囲に入っていない。二つめ、相手が警官の場合。そうだ、これならわかる。デーンはさっそくつぎつぎと顔と名前を思い浮かべ、昨晩聞いた声と合致する女性を探った。スロットマシンに三つのサクランボが並ぶように、すべてがガシャンと音を立ててそろった。巡査帽にきちんと収めた淡いブロンドの髪、きまじめな表情、温和な茶色の瞳。いわゆる美人ではないが、しっとりとした落ち着きがある。職場をにぎわせる騒々しいゴシップの餌食になるのを喜ぶタイプではないし、そんなふうに扱われるべき女性でもない。「グレース・ローグ」デーンは彼女の名前を口にした。

「この野郎！」トラメルが手を放したつぎの瞬間、ドアの片側が大きな音を立ててポーチに落下した。彼はデーンをにらみつけた。

デーンはもう少し控えめにドアを置いた。「悪いな、おれは優秀なんだ」肩をすくめた。

「で、おれになにをいわせたい？」

「なにもだ。この件に関してはいっさい口をつぐむと約束してもらおうか」

「わかったよ。だが、おまえも苦労だな、おれに二つも秘密を握られて」

「ふん、いいさ。しゃべらなきゃあんたの気がすまない、プレッシャーに耐えられないっていうんなら、ビールのことをぶちまけたらいい。ばれたって、おれは生きていける。ただ、グレースを巻き込むのはやめてくれ」

「はいはい、おおせのとおりに。彼女はいい警官だもんな、おれも好きだ。おまえの秘密は漏らしても、彼女を悲しませるようなことはしないよ。ただし、気をつけろ、相棒。おまえのほうが上官だ。問題視されてもおかしくない」

「セクハラを心配してるんなら、おれたちはそんなんじゃない」

「おまえや彼女がそのつもりでも、官僚的なやつらは違う見方をするかもしれないだろ?」

心から心配する一方で、大いに楽しんでもいた。そんな彼をトラメルは黒い目を石炭のようにカッカさせてにらみつけた。ざまあみろ。マーリーの件で苦境に陥ったおれをせせら笑った報いを受けるがいい。「いつからだ?」デーンの勘では長くない。でなきゃ、もっとまえに気づいていた。

「二、三日まえだ」トラメルはぶすっと答えた。

「急展開みたいだな、相棒」

トラメルは開きかけた口を途中で閉ざし、ぼそりとつぶやいた。「おれは違う」

その口調があまりに情けなかったので、デーンはプッと噴き出した。どんな気分かよくわかるってもんだ。「また一人、善良な男が討ち死にしたってわけだ」

「違うって！　そんなに深刻な間柄じゃないんだ」

「勝手にいってろよ、相棒。そうやって呪文を唱えてりゃ、教会でもパニックを起こさずにすむ」

「だから、違うっていってるだろう？　そうじゃなくて──」

「ただの遊びか？」眉毛をつり上げて詰問した。「セックスフレンド？　それ以上の意味はない相手だってか？」

トラメルが思いつめたような顔になった。「いや、そうじゃない……ああ、もう。ただ、ウェディングベルはない。おれは結婚したくない。結婚なんてまっぴらだ」

「ようし、信じてやろう。ただし、おれを付添人にしなかったら、いたく胸を痛めるってことは覚えとけよ」ぶうぶういうトラメルに笑顔を投げて、スクリュードライバーを取りに戻った。トラメルがあとからついてくる。マーリーはカウチで丸くなって寝ていた。それを見下ろすと、デーンは軽い上掛けを足の下にたくし込んだ。青白くて、縮んでしまったようだ。痛めつけられた精神の回復過程にある彼女は、どこまでも無防備な姿をさらしていた。

トラメルは彼女を見るより、デーンの表情を読んだ。「あんたも深みにはまってるみたいだな、相棒」静かにいった。

「ああ」デーンはつぶやいた。「まったくだ」深すぎて、二度と浮上できそうにない。

「熱くなってるだけだと思ってたが、それ以上みたいだな」

「ああ、困ったことに」

「ウェディングベルが鳴りそうか？」

「たぶん」ねじれた笑みを浮かべてデーンは続けた。「まだ彼女のいちばんのお気に入りじゃないから、まずはそこをなんとかしないと。それに、犯人逮捕が先決だ」

続いてキッチンに進み、キャビネットの抽斗《ひきだし》を順番に開けてスクリュードライバーを探した。どんな台所にもがらくたを収めておく抽斗があるものだ。マーリーがいわゆるツールボックスを持っているとは思えないから、スクリュードライバーがあるとしたらそんな抽斗のはずだと踏んでいた。整頓好きのマーリーに幸あれ。彼女のがらくた用抽斗はデーンの食器類よりよほど整理されていて、そこに透明のプラスチックケース入りのスクリュードライバーのセットが入っていた。彼女の姿が目に浮かぶ。適した大きさのドライバーを慎重に選び出し、使い終わると買ったときの順番が崩れないように元の場所に戻す。デーンはそのケースと、同じ抽斗にあった小ぶりの金槌《かなづち》を手に取った。

二つめの留め金からピンを叩き出している最中にマーリーが目を覚ました。カウチに起き上がり、カーテンのように厚く顔にかかった髪を押しやった。目は腫《は》れぼったく、疲労とショックの残るよそよそしい表情をしている。彼女を値踏みするように一瞥《いちべつ》したデーンは、しばらく一人にしておくことにした。彼女は黙って腰掛けたまま、壊れたドアが取りはずされ、新しいドアがとりつけられるのを軽い好奇の目で見ていた。

作業が終わったとき、初めて困惑げに尋ねた。「どうしてドアを交換したの？」

「まえのが壊れた」デーンは簡潔にいって、道具類をまとめた。

「壊れた?」顔をしかめる。「どうして?」

「昨日の夜、おれが蹴破った」

マーリーはじっとしたまま記憶の断片を組み立てた。「わたしが電話したあとのこと?」

「そうだ」

また黙り込んだ。「ごめんなさい」長い沈黙の末いった。「心配かけるつもりはなかったんだけど」

心配なんてもんじゃなかった。デーンが陥っていた状態は、胃がでんぐり返るようなパニックだ。

「おれのパートナーを覚えてるか? アレックス・トラメルだ」

「ええ。こんにちは、刑事さん。ドアの交換を手伝ってくださってありがとう」

「どういたしまして」トラメルは平素以上に穏やかな声でいった。彼女が混乱から立ちなおろうともがいているのがはた目にもわかるからだ。

「まだ知らせはないの?」彼女は尋ねた。

男二人はちらっと目配せを交わした。「ああ」デーンが答えた。

彼女の目に、遠くを見るような表情が浮かぶ。「彼女は横になってるわ。家族にも、友だちにも気づいてもらえないまま。みんなはそれぞれの生活に夢中で、彼女は横たわって見つけてもらうのを待っている。どうしてだれも電話をかけたり、立ち寄ったりしてあげないのかしら？」

デーンはいたたまれない気分になり、トラメルもやはり、しきりに足の体重をかけ替えていた。二人にとっての死体は客観的な物体だった。まだ発見されていない死体となればなおさらだ。死後硬直の始まった死体をたくさん見すぎたために、死体を個人としてより被害者として見るのが癖になっている。新たな被害者の可能性が二人を不安にするのは、ここオーランドに連続殺人犯が跋扈《ばっこ》しているのを意味するからだ。しかし精神を守る内壁のないマーリーにとっては、ごく私的なことだった。

「おれたちには手の打ちようがないんだ」デーンはいった。「きみに名前や場所を教えてもらえればべつだが、捜そうにも手がかりがないからね。もし事件が起きていれば、早晩彼女は見つかる。いまはそれを待つのみさ」

マーリーは苦い笑みを浮かべた。笑みでさえなかった。「あれは実際に起きたことよ。起きてなかったなんて、絶対にありえない」

デーンは彼女の隣に腰を下ろし、トラメルは椅子にかけた。「昨日おれに話した以外に、なにか思い出せることはあるか？　殺人についてじゃなくて、場所についてだ。手がかりになるものを見ているかもしれない。一軒家とアパートのどっちだった？」

「一軒家よ」マーリーは即答した。

「きれいな家か、ぼろ家か？」

「手入れの行き届いた、立派な内装の家。台座に載った大型テレビがあったわ」そこで顔をしかめ、頭痛でもするように額を撫でた。デーンは待った。「サイプレス」

「サイプレスって、表に糸杉《サイプレス》があるのか？　それとも糸杉の植わった公園かなにかか？」

「わからない。見えてるわけじゃないから。彼がそう考えただけ」

「犯人の思考がわかれば、大いに助かる」デーンがつぶやいた。

「なにを期待しているの？」マーリーはぴしゃっといい返した。「犯人が『おれはいまから何々通り何番地の家に侵入して、某ジェーン・ドゥをレイプして殺してやる』とでも考えると思って？　人間の思考はそんなものじゃないわ。すべては無意識のうちに、もっと潜在的に処理される。それに、わたしにはテレパシーはないのよ」

「じゃあ、どうやってサイプレスを感知した？」

「わからない。ただ、そんな印象があっただけ。彼はものすごく強力な発信源なの」マーリーは説明しようとした。「非常に強力な電波を発するラジオ局と同じで、彼の信号はどんな信号よりも優先されて伝わってくる」

「いまも感知できるのかい？」トラメルが目を輝かせて、隣から口をはさんだ。

「いまはなにも。わたしはくたくただし、それにたぶん、彼のほうもなにも発していないんだと思う」

「詳しく」デーンは手短に頼んだ。

マーリーは一瞬彼を見て、視線をそむけた。全神経を彼女に傾けていた。強すぎるその力に屈してしまいそうだった。

「彼の内的緊張は殺害が近づくにつれて高まる。激烈な怒りを長時間保てないんでしょうね。そうなると、通常の営みに近いことができなくなるから。だから精神的なエネルギーがわたしにも感知できるほど強くなるのは、エネルギーが最高潮に達する殺害の直前とその最中だけ。そのあとすぐに見失って、どうやって現場を去ったのかさえわからないの」

「どうりで、指の話が出なかったわけだ」デーンがいい、トラメルがうなずいた。

「指って？」

「犯人がミセス・ビニックに引っかかれるのを見なかったか？」とまどったような彼女の問いを無視して、デーンは尋ねた。

ふたたびマーリーは視線を内向させ、目から表情が消えた。「はっきりとはわからない。彼女は抵抗して、彼を引っかこうとした。だから可能性はあるけれど、そのとき犯人が気がついたとは思えないわ」

そしてあとになって気づいた、とデーンは心のなかでつぶやいた。マーリーがミセス・ビニックの指のことを知らなかったわけだ。犯人はきわめて平静な状態で、意図的に指を切り落とした。殺害時の熱狂が収まるまで、ひっかき傷に気づかなかったからだ。被害者の指が切り落とされていたことはマスコミにも伏せてあり、マーリーにも伝えるつもりはなかった。彼女はそれでなくとも多くを背負い、悪夢の材料となるおぞましい光景を無数に目にしてきた。それに新たな場面をつけ加えるのは忍びなかった。

「きみはたしか、事件のまえに男の気配をとらえたといっていた」

「鮮明な映像ではなかったわ。映像でさえなかった。邪悪ななにか、害悪がもたらされる感覚だけがあった。彼女をつけまわしていたのかも……」声がしだいに細くなって消えた。彼がそのとおりのことをしていたのに気づいたからだ。あのとき犯人は怒りを抑制していたが、滲み出すような嫌悪と軽蔑を感じ取った。

ふたたびひどい疲れを感じて、自然とまぶたが閉じた。丸くなって眠りたい。一人にしてもらいたかった。彼の腕という聖域で肩の荷を降ろしたかった。すべてを望むと同時に、なにも望んでいなかった。疲れすぎていて心が定まらなかった。

そのときデーンの手を感じた。力強く揺るぎない手に横たえられ、ふたたび軽い毛布にくるまれた。「眠って」低い声が、深い安らぎをもたらす。「そばにいるよ」

大きく深呼吸すると、忘我の淵に落ちた。

トラメルは黒く長い顔におごそかな表情を浮かべて彼女を見つめた。「無力そのものだな。毎回こうなのか？」

「ああ。これでもいくらか回復してる。昨晩はもっとひどかったし、今日もさっきまではよれよれだった」

「だとしたら、犯人に彼女のことがばれないのを祈るばかりだ。犯人にしてみたら、これほどやりやすい相手もいない。強力な精神的エネルギーで離れたところから彼女を麻痺させ、彼女を標的だと仮定して、なにをするか考えるだけでいい。それだけで犯人は彼女をとらえ、とらえられたが最後、彼女は身を守る術《すべ》を失う」

「そのまえに犯人をつかまえる」デーンは決意に満ちた、厳しい声でいった。マーリーは絶対に守ってみせる。「ボネスにはもう話したのか？」

「連続殺人犯がいるかもしれないって話は、お気に召さなかったみたいだな。実際にべつの死体が見つかるまでは、慎重を期して胸にしまっておくってさ。ただし、マーリーに協力を仰ぐ件については、ガキみたいにはしゃいでた。もともと警部補の案だもんな。まったく、カリフォルニアの水にはみょうな薬物でも混入されてるんじゃないのかね？」

「人ごとじゃないぞ」デーンが忠告した。「おれたちもその一味なんだから」

「ああ。にしても、おれたちは嬉しさのあまり、ぴょんぴょん跳ねたりしないだろ？」

「ボネスはいいやつだ。とっぴなところはあるが、できはいい。おれはもっとたちの悪いやつの下についたこともある」

「そうじゃないやつなんているかよ」質問ではなく、陳述だった。

デーンはマーリーの寝顔に視線を泳がせ、眉を寄せてつぶやいた。「サイプレス」

すかさずトラメルはなにかあるのを察知した。「なにか考えてるんだろ」

「まあな。彼女はサイプレスといっただけだ。おれが勝手に結びつけただけで、糸杉《サイプレス》の木とはいってない」

「サイプレス。サイプレス」トラメルは唱えた。顔を見合わせるなり、二人は同じ筋道をいっきに駆け抜けた。「それはたぶん――」

「住所だ」デーンがあとを引き継ぐなり、立ち上がった。「地図を持ってくる」一警官として、彼も車に市街地の地図を常備していた。

一分後、二人は腰をかがめ、キッチンのテーブルに広げた地図を見ていた。デーンは通り名のアルファベット順リストにざっと目を通した。「なんだよこれは！　開発業者はほかに言葉を知らないのか？　サイプレス・アベニュー、サイプレス・ドライブ、サイプレス・レーン、サイプレス・ロー、サイプレス・テラス、サイプレス・トレース——」

「まだまだあるぞ」トラメルはほかの部分に目をやっていった。「これを見ろよ。オールド・サイプレス・ブールバード、ベント・サイプレス・ロード。なんだ、サイプレス・ヒルって名の大型アパートまであるのか？」

「ああ」デーンはうんざりして地図をたたんだ。「サイプレスを名前にした通りがいくつあるか見当もつかない。お手上げだ。一戸ずつ訪問して死体の有無を調べるわけにはいかない。応答がなかったらどうする？　蹴破るのか？」

トラメルは肩をすくめた。「あんたはすでにこの二十四時間で、二度もそいつをやってる」

「まあな。情状酌量の余地はあるにしてもだ」

「やっぱり、あんたのいうとおり、お手上げだよ。マーリーの感覚があたっている確信があるにしたって、そんな捜査はボネスが許可しない。市民が自宅でくつろぐ市長に電話をかけて、オーランドは警察国家なのか、こんなふうに市民の自宅を侵害する権利は認められていないぞ、と大騒ぎしたらことだ。実際そのとおりさ。そんなことは許されない」

「待ちの態勢に戻るしかないらしいな」

「どうやらね」

自力で解決できないことに気を揉《も》んでも得るところはない。デーンはしばし欲求不満に身もだえすると、方向転換を図った。「おれのうちに行って、着替えを取ってきてくれないか？　ひげ剃り道具も頼む。今朝はマーリーの剃刀を使うしかなかった」

「だろうと思った」トラメルは剃り傷の残るデーンの顎に目をやった。「お安いご用だ」腕時計を見た。「時間ならある。今晩はデートだが、電話から離れないようにするよ」

「グレースか？」デーンはすかさず尋ねた。

トラメルはいやそうな顔をした。「ああ、グレースだ。文句あるか？」

「なあに、ただ訊いてみただけさ」

「だったら、そのアホ面をさっさと引っ込めるんだな」

トラメルはマーリーの家を出てから一時間もしないうちに、デーンの着替えとひげ剃り道具を持って戻った。「あんたのワードローブは最悪だな」ぶつくさいいながら、椅子に着替えを置き、まだ眠っているマーリーに目をやった。「彼女なら、なんとかしてくれるかもしれない」

「かもな。でも、おれのワードローブのどこが問題なんだい？」無邪気に尋ねた。トラメルに熱弁をふるわせたかったら、これにまさる質問はない。

「逆に、どこに問題がないのか、訊かせてもらいたいもんだ」鼻息を荒くした。「ほとんどがボロジーンズばっかりで、スーツは一着きり。しかも救世軍の店で買ったような代物だ。

雑多な替えズボンとスポーツコートはひと組みとして、ぴたっと決まる組み合わせがない。それに、あんなにひどいネクタイのコレクションには初めてお目にかかった。あんなもの、ほんとに金を払って買ったのか？」

「ああ、そうだよ。だれもただではくれない」

「目ざわりなネクタイを店が金を払ってあんたに引き取らせたのかと思ったよ！」

デーンは笑いを噛み殺して衣類をかかえ、マーリーの寝室に運んでクローゼットに吊した。整理の行き届いた彼女のクローゼットにだ。吊された支離滅裂な衣類はいかにも場違いだったが、一歩下がってしばしその光景に見とれた。彼女のクローゼットにおれの衣類か、おれのクローゼットに彼女の衣類。悪くないぞ。先々のことを考えてみた。彼女の衣類をしまうなら、おれのクローゼットを片づけとかないとな。

トラメルが帰ってからは、テレビを見て過ごした。野球中継がなかったので、バスケットの王座決定戦《プレイオフ》にチャンネルを合わせ、彼女の眠りを妨げないようにボリュームを絞った。デーンはこれまで数えきれないほど張り込みに駆り出され、待つことに長い時間を費やしてきた。張り込みの際の二大問題が倦怠《けんたい》と小水の処理だ。待ち時間が定まっていないいまの状態は、張り込みに似ているが、ただその質が違った。いま待っているのは逮捕すべき犯人でも、阻止すべき犯行でもない。すでに犯行は行なわれており、その場所と被害者だけが特定できていない。だから待っているのは被害者が見つかること、心配するなり、なにかを疑問に持つなりした友人か隣人、あるいは親戚が、市内のどこかにある閑静な住宅に立ち寄ることだ。そのとき、いまの待機状態に終わりがくる。

「あのことを考えているんでしょう?」

マーリーの声でわれに返った。振り向くと、カウチに起き上がって悲痛な面もちでこちらを見ていた。もうすぐ八時だから、しばらくテレビのまえでほうけていたらしい。

「きみの頭からは、決して追い払えないものだ」

「ええ、そうね」だれよりも彼女にとってはそうだった。

デーンは立ち上がってテレビを切った。「腹減ってないか? ピザを頼もうと思うんだが」

マーリーは考えてから答えた。「少し」

「よかった。おれは腹ぺこだ。なにがいい? 全部載っかったやつにするか?」

「それでいいわ」あくびをした。「あなたが電話してくれる? わたしはピザが来るまでにシャワーを浴びてくる。しゃんとするかもしれない」

「今度は着ているものを脱げよ」忠告すると、マーリーが少し笑った。

「そうする」

水しぶきが心地よかった。水が心に巣くった蜘蛛《くも》の巣を払い、目撃した邪悪なできごとに汚され、辱められたという感覚を洗い流してくれる。ピザのことがあったので、ゆっくりと冷たいしぶきを浴びていたいという誘惑を振り切って、手早く体を流して髪を洗った。ドライヤーで髪を乾かすまねごとをしてから、なにを着ようか考えたものの、結局はデーンがさっき選んでくれた軽いローブに戻った。

バスルームを出たところで、ふと立ち止まった。乱雑なままのベッドが目に入ったのだ。意識がはっきりとしていたら、とうに気づいていたろう。乱雑なままベッドを放置してあるだけでもふだんとは大違いだが、その場に釘づけになったのはくぼみのできた二つの枕のせいだった。二人でここで眠ったたってこと？　小さな炎が体じゅうを駆けめぐった。デーンはわたしと一緒に、このベッドで眠ったんだわ。

今日一日、デーンの存在をすなおに受け入れてきた。一昨日の夜、自分から彼に電話をしたのがわかっていたからだ。だが、失われた時間に彼がいた場所まで頭が回らなかった。これでわかった。すぐそばに、同じベッドのなかにいたのだ。

押し寄せた官能の熱い波に目を閉じ、そのとろけるような感覚に身を震わせた。胸がドキドキして、乳房が張り、股間に押し寄せたほどけるような感覚のせいで、下半身から力が抜けた。性欲だ。わたしがそんなものを感じるなんて。その激しさに愕然とした。デーンが自分の無力さにつけ入ったと腹が立つより、隣に眠ったという事実に高ぶった。

デーンは一日じゅうやさしく世話してくれた。鉄のような力強さと荒々しさを抑えて、守られている感覚だけを与えてくれた。髪をとかしつけ、食べさせ、泣いたときは抱きかかえ、そしてなによりも、彼の存在そのものが慰めだった。今回は一人ではなかった。これまでは、研究所にいたときでさえ、いつも一人だった。ドクター・ユーエルを初めとするスタッフはつねに一定の距離を保つよう心がけていた。精神的なプライバシーを保つのが非常にむずかしいという事情があったため、彼女に自分なりの方法、自分なりのペースで回復させようとした。それがどれほど孤独で、恐怖に満ちたものだったか、こうなって初めてわかることだ。

デーンが軽くノックして、返事を待たずにドアを開けた。「ピザが届いたぞ」

いつものように、彼の登場は突風のような衝撃をもたらした。大きくて険しくて、ゾクッとするほど強い精力を放っている。この六年で初めて新たな可能性が芽生え、アーノ・グリーンに植えつけられた恐怖が弱まりつつあった。グリーンは頭のいかれた、サディスティックな獣《けだもの》だった。デーンは純粋で無骨で、周囲にいるものをくつろがせない猛烈で容赦のないところはあるけれど、一緒にいる女はベッドの中でも外でも守られていると感じることができる。

デーンの目が細くなった。「大丈夫か？」大股で二歩歩いてそばに来ると、マーリーの腰に腕を回して体を支えた。

「ええ」なにも考えずに、彼の首に手を回した。

デーンは遠慮なく考える隙を奪った。彼女が自分から誘ったのかどうか決めかねているうちに、勝手に誘いと受け取って行動に移った。もう手加減しなかった。欲望のままに唇を重ねてきて、その激しさ、貪欲《どんよく》さで彼女を縮み上がらせた。空いた手で顎をつかみ、深く舌を差し入れ、本能のままに舌をからませてきた。その驚きと刺激で彼にしがみつくと、がっちりとした体に引き寄せられ、お腹に勃起したものがあたった。これほど激しく、性急に男を求めたことはなかった。デーン・ホリスターのような男、こんなふうに感じさせてくれる男は初めてだった。

だが、男らしい肉体に触れたとたん、彼の肉体のことしか考えられなくなった。もっと触れたくて体をすりつけた。壊れそうなほど唇を攻め立てられているのに、まだ足りない。下半身は欠落感にうずき、物欲しさに濡れた。

胸に手が伸びてきた。喉が締めつけられる。親指で乳首を繰り返しなぞられた。最初は針で軽く刺されているような、物珍しい感覚しかなかったが、突然その感覚が強まり、鋭い快感となって乳首から股間に伝った。あえぎ声が漏れ、急速に自分の手を離れつつある肉体におののいた。

デーンが頭を起こした。襲いかかってきそうな、こわばった顔は、欲望のせいでどことなく獰猛《どうもう》ささえ感じさせる。唇はキスで濡れていた。その手はまだ胸にあり、手と胸を隔てているのは薄いローブのコットン一枚だった。呼吸はあまりに荒く、触れ合った皮膚から心臓の高鳴りが伝わってくる。「ベッドかピザか？」デーンは尋ねた。ひどくしわがれていて、かすかにしか聞こえなかった。「ピザなら、いますぐそういってくれ」

ベッド、といいたかった。本心はそうだった。いままで感じたことのなかった欲望だけに、その誘惑には抗《あらが》いがたいものがあった。彼がここにいる理由となった殺人事件を忘れて、肉欲に身をゆだねたかった。いままでできなかったことだ。いまもできないかもしれないけれど、初めてその可能性の芽生えを感じていた。

「ピ、ピザ」言葉を押し出し、目を閉じて心を鎮めようとした。臆病な自分への深い落胆が胸を刺した。

デーンは体をこわばらせ、深呼吸していった。「じゃあ、ピザだ」ゆっくりと手をほどいて、あとずさった。下半身にある大きくて露骨なふくらみが、いまやめるむずかしさを物語っている。ふつうなら彼女に尋ねようとさえしないだろう。

彼は無骨な顔をいっぺんに輝かせる、あの皮肉っぽくゆがんだ笑みを浮かべた。「おれが焦りすぎたかもしれないな、ハニー。悪かった。きみのこととなると、どうも引鉄が甘くなっちまう。銃器の話じゃないぞ」

その笑顔を見つめながら、マーリーの喉には大きな塊が詰まり、胸は締めつけられた。ある事実を自覚したショックで目がくらんだ。最初から彼に惹かれながら、その思いに抗ってきた。だが、彼の笑顔で崖っぷちから足を滑らせた。デーンを愛してしまった。人を愛した経験はなく、われながらそのパワーに圧倒されそうだった。ふらふらしながら支えを求めて手を伸ばすと、屈強で生命力にあふれたデーンがいた。溶けてしまいそうなほど熱い。彼が腕を回してきたので、頭を胸にもたせかけた。

「大丈夫だよ」彼がささやいた。「悪かった。怖がらせるつもりはなかった」

「そうじゃないの」彼がグリーンのことを思い出させたと誤解しているのに気づき、かすれ声でいった。恐れていた記憶は、案に反して、まったく浮かんでこなかった。一生消えないと思っていたセックスへの恐怖感がいざとなると実体化しなかったために、かえって足場を失ったような心許なさがあった。「あなたのせいじゃないわ。少しめまいがしただけ」どうにか笑顔を浮かべた。頼りない笑みだけれど、心からのものだ。「あなたが考えているよりも、あなたのキスには威力があるのかもね」

「そうか？」耳の下で声が響いた。「じゃあ、ピザのあとでもう一度試してみよう」

デーンは彼女をリビングのカウチまで連れていった。「坐ってろ。おれが飲み物を持ってくる。取り皿もいるか？」

「そうね……お願いするわ」

デーンが喉の奥で笑った。「ご婦人には欠かせないものらしい」

「ナプキンもよろしくね」ていねいに頼んだ。「指を嘗《な》めるのはいやだから」

デーンがウィンクを寄こす。「指ならおれが嘗めてやるよ」

　その返事に身震いしながら腰掛け、彼がキッチンでのんびりと準備するのを、ぼんやり坐って待っていた。わたしのうちのことがよくわかってるみたい。なんでこうなったんだろう？　マーリーはその速度と勢いに面食らっていた。二十四時間足らずですっかり彼に乗っ取られてしまった。一夜をともにして、そばから離れず、その笑顔の魅力で彼女の心を奪った。マーリーの防御を楽々とかいくぐる一人きりのＳＷＡＴチームみたいだ。

二、三分すると、冷たいソフトドリンクに彼女用の皿とフォーク、それに数枚のナプキンを持ってデーンが戻った。隣に腰を下ろしてテレビをつけ、野球中継が映ると嬉しそうにうめいた。彼女にピザをひと切れ取り分けてから、自分も手に持ち、さも満足げにカウチの背にもたれた。マーリーはそんな彼を見て目をぱちくりさせた。ここにいるのは、ほんとうにわたし？　笑ったらいいのか、泣いたらいいのかわからなかった。結局ピザに集中することにして隣に丸まり、試合を見るデーンの顔をながめた。

彼の巨体には圧倒されたり、慰められたりしたけれど、のんびり坐って観察するのは初めてだった。たしかに大男だった。思っていた以上に大きい。控えめに見積もっても身長は百九十センチ、体重は九十キロを超えている。コーヒーテーブルに載っかった足のサイズは三十センチ以上。肩幅があるので、カウチのほぼ半分が占領されていた。腕は太くたくましく、縄のように筋肉が巻きついて筋張っている。もう知っているとおり、胸板と腹部は岩盤のように硬い。まえに投げ出されている長い脚は木の幹のようだった。

髪は彼女の髪より色が濃く、黒髪に近かった。鼻梁と高い頬骨がアメリカ先住民の血筋を思わせる。髭は濃い。ま新しい剃り傷があるから、今朝、髭を剃ったのだろうが、ぽつぽつと剃り跡が浮いて顎全体が黒ずんでいた。

そのとき、彼が身を乗り出してもうひと切れピザを取ったので、手に視線が引き寄せられた。ほかと同じように大きな手。彼女の手の倍はあるのに、それでいて分厚いハムのような手ではなかった。筋肉質なのにすらりとして形がよく、爪は短く清潔だった。この手に抱かれていると、守られていて、安全だと思える。彼そのものは安全どころじゃないけれど、そんなことは彼女も望んでいない。十五分ほどまえに愛を自覚したショックで、まだ目がくらんでいた。

彼は暴力のなかに身を置くことで生計を立てる警官だった。原則として暴力をふるう側に回ることはないが、その後始末をするのが仕事である以上、絶えず危険にさらされている。

マーリーも彼が右手の近くに大きな自動拳銃を置いているのは、一日そばにいてなんとなく気づいていた。見ると、いまもカウチの背もたれに肩掛けホルスターがかけてあった。

右手の甲にあるのは？　彼が三切れめのピザに手を伸ばしたとき気づき、傷跡とわかって凍りついた。「その手の傷……どうしたの？　ナイフの傷みたい」

デーンは手をひっくり返して傷を見ると、肩をすくめてテレビに意識を戻した。「そうだ。いかれた小僧とひと悶着あった。まだパトロール警官だったときのことだ」

「深そうね」

「愉快な体験じゃなかったが、どうってことない。何針か縫ったら新品同様になったよ」

「グリーンはわたしにナイフをふるったわ」ふいに、口をついて出た。なぜこんなことをいうのか、自分でもわからなかった。話すつもりはなかったのに。

デーンははじかれたように振り向いた。穏やかさは跡形もなく消え、ハシバミ色の目に恐ろしげな表情が浮かんだ。「なんだと？」小声で尋ねて、ピザを置いた。親指でリモコンを操作してテレビを切った。「ドクターから聞いてないぞ」

マーリーは皿を傍らに置き、脚を胸に抱いた。「傷といっても浅かったから。グリーンはわたしをいたぶり、痛みと恐怖で参らせようとした。そうしないと、興奮できなかったからよ。だから少なくともその段階では殺す気はなくて、もてあそぶために生かしておくつもりでいた。もちろん、保安官が駆けつけなかったら、あとで殺されていたでしょうけれど」

「見せてくれ」うなるようにいうなり、手を伸ばして彼女の立て膝を崩し、ローブのまえに手をかけた。マーリーは一瞬身を引いたが、結局彼の手にゆだねた。デーンはローブを大きくはだけ、小さな薄地のパンティ一枚になった彼女を見下ろした。

六年まえの傷跡は彼女の美しさを損ねてはいなかった。時間がたてばもっと薄くなって、最終的には傷跡があることさえわからなくなるだろう。マーリーは一度もこの傷跡を気にしたことがなかった。ほかにくらべたら少しも重要ではないし、いまさらどうにもならないことに頭を悩ますタイプでもなかったからだ。傷跡はどれも銀色の小さな線にすぎなかった。右乳房の内側に一本、あとは腹部に集中している。もっとあってもおかしくなかったが、グリーンは作戦が功を奏しないとわかるや怒りを爆発させ、彼の望む反応を引き出すために、ナイフを野蛮な拳に切り替えた。

デーンはじっくり見ていた。マーリーは大きく震えながら、頬を赤く染めた。これまでになく、自分の裸体を強く意識した。デーンは結んだ口元に険しさをたたえ、乳房にできた傷跡を息遣いのように軽く指先でたどった。傷跡を一本ずつゆっくりとたどられるうちに、呼吸が切れぎれになった。彼のほうも震えている。自分の手の届かないところにいる男にたいする、やり場のない激しい怒りのためだった。

マーリーは彼の頭に手を伸ばし、温かく豊かな髪に指を差し入れた。「こんなのどうってことないわ」困惑を忘れて彼女はいった。「彼がしたことの全体を考えたら、ほとんどなんの意味もない小さな傷よ」

「傷跡のことじゃない」怒りにくぐもった声でいうと彼女を抱き寄せ、その頭を肩に押しつけた。「これは、きみが経験し、味わった恐怖の印だ。そのときのきみには、彼に殺すつもりがないのがわかっていなかった」

「そうね、殺されると思っていた。ある意味では、そのほうが楽だったかもしれない」

12

なぜかマーリーは彼の膝にかかえられ、ローブのまえから手を入れられていた。だが脅かされている感覚はなく、温かくたくましい体に城壁のように守られている安心だけがあった。これまで知らなかった贅沢な感覚。彼に身をゆだねて、新しい自由を味わいたかった。そう、いまの彼女には新しい未来の予感があった。ところがデーンは微に入り細をうがって話を聞きたがり、刑事ホリスターは我を押し通すのを得意としていた。脅しには抵抗できても、黙り込んで返事を待つ彼の緊張は肌でわかり、話さなければその緊張は解けない。マーリーは重い口を開き、いまわしい情景や、長年胸にしまってきた罪の意識を語ることにした。

頭を彼の肩に寄せ、顔を筋肉の壁のような胸に向けた。見たり見られたりしないその姿勢のほうが、なんとなく気が楽だった。

「彼はわたしを叩きのめして気絶させたわ」マーリーは語りだした。「意識を取り戻すと裸で床に仰向けに寝かされていて、手はパイプかなにかにつながれていた。古いラジエーターだったのかもしれない。やっぱり裸になったグリーンは手にナイフを持ってわたしに馬乗りになり、にやにやしながら目覚めるのを待っていた。ダスティは一、二メートル先の簡易べッドにしばられて、すべてを見ていた。ほんとうにかわいらしい坊やだった」記憶をたどる彼女の声は穏やかで、淡々としていた。「くるくるした赤褐色の巻き毛に、くりっとした大きな青い瞳。ひどく怖がって、ずっと泣き叫んでいたの」

デーンは自分の手を見下ろした。大きな手が彼女の腹をほぼおおっている。グリーンがこんな彼女を見て、ほっそりとした女らしく柔らかな体にナイフをふるったのだと思うと、こらえきれない咆哮《ほうこう》が胸を轟《とどろ》かせた。マーリーは過去に心を奪われて半裸状態なのを忘れているようだが、デーンのほうは意識せずにおれなかった。逆上しながらも、弾力のある丸い乳房や、その上に載ったやさしい桜色の乳首を見つめ、下半身が欲望にうずいた。だがそんな欲望を抑えつけ、無理やり脇に追いやって、彼女の話に耳を傾けた。これまでマーリーを抱いて安らぎを与えてやった人間はいるのか？　きっといなかった、と思ってますます頭に血が昇った。

「なぜあんなことをしたのか、自分でもよくわからない」マーリーは続けた。子どものように、彼の肩のくぼみに頭をあずけていた。「でも、わたしのなかに譲れないものがあって、彼に屈するわけにはいかなかった。彼の思いどおりになるくらいなら、死んだほうがましだった。彼は懇願させたがっていたけれど、わたしは拒否した。怖がらせようとしたけれど、わたしは恐怖を隠して表に出さなかった。彼のことを大声で笑ってやった。そう、笑ったのよ！　切りつけられながら、哀れな男の典型だとののしった。彼はわたしの脚を開いてなかに入れようとした」迷ったように、一度口をつぐんだ。「わかるでしょう——ナイフじゃなくて、あれをよ」

「わかってる」低い声で応じた。

マーリーは彼の首筋に顔を押しつけた。「でも彼はできなかった。わたしは大笑いしてやったわ。からかって、持ち物も彼自身もみじめなウジ虫だといってやった。これがグリーンを怒らせたの。彼が嫌悪と怒りにわれを忘れるのを感じたけれど、それでもわたしはひるまなかった。ダスティのことも感じていた。怯《おび》えきってわたしにすがり、悪い男に二度と痛めつけられないようにしてと頼んでいた。

だからグリーンを笑い倒し、必死で足を蹴《け》り出すと、それが偶然彼の股間にあたった。太腿をかすめたから打撃は与えられなかったけれど、これで彼は……完全に切れた。爆発したみたいだった。わたしの上にいたはずの彼がいなくなり、ダスティが絶叫した。あのときの絶叫が、まだ耳に残っている。ダスティの混じりけのない恐怖、その苦悶を感じた。それが黒い高波になって押し寄せて脳を満たし、いつしかわたしも絶叫していた。ずっと絶叫しつづけた。いたるところに血が……」いったん中断した。わずか数秒の中休みをおいて、あっさりつけ加えた。「あとはなにも覚えていないわ。ダスティは死に、わたしも一緒に死んだ」

その後の顚末《てんまつ》は教授から聞いて、デーンも知っていた。マーリーの悲鳴が保安官たちを導き、グリーンの殺意が彼女に向かうまえに彼を殺した。しかしダスティは救えず、その意味では、マーリーも救えなかった。ダスティと共鳴していたために、彼の死はマーリーの死でもあった。そのショックから立ちなおれたのは奇跡に等しい。

デーンは彼女の耳のうしろの髪を撫《な》でつけ、頬に触れた。「でもきみは戻ってきた」荒々しさを抑えていった。

「ええ、時間をかけて。感情や感覚を取り戻すのに長い時間がかかった。以前はあらゆる人の感情を感じていたのに、自分の感情さえわからなくて。なにも感じなくなっていた」

「きみは治ったんだ、マーリー。時間はかかったが、結局グリーンは勝てなかった。きみを破滅させられなかったんだから」

「あと少しでそうなるところだった」しばらくデーンにもたれて休んだ。「それにわたしがグリーンを追いつめず、彼の望むように振る舞っていれば、ダスティはいまも生きていたかもしれない」

デーンは鼻を鳴らした。「おれたちみんなに全能の力があればすばらしいが」彼女の素朴な罪悪感につき合っている気はなかった。彼女を軽く動かして、自分を見上げさせた。「おれは嬉しいよ。きみがここにいてくれて」あえていい足した。

マーリーはうっすらと笑みを浮かべた。「わたしもよ。そしてときどき、生きていることを喜んでいる自分が、ひどく冷淡な人間に思えるの。グリーンを大笑いしていたとき、わたしは先のことをまるで考えていなかった。わかっていたのは、彼にレイプされるのは耐えられないってことだけ。彼が入ってくると思うと嫌悪感でいっぱいになって、彼の感触に耐えるくらいなら、そのまえに自分を殺させようと思った。わたしに悪夢を授けるもろもろのもののなかで、いちばんたちが悪いのがセックスよ。テレビや映画でも暴力シーンならある程度耐えられるのに、セックスシーンはまだ見られない。それが愛の行為だとは思えないのね。グリーンの顔や口臭、怒鳴ったときに飛び散った唾を思い出してしまう。あの皮膚の感触を、脚のあいだにあったあの感触を思い出すと、いまだに吐き気が込み上げる」深く息をついた。「それでなくても、セックスがいいものだと思ったことはなかったし」正直に告白した。

「どうして？」詰問口調ではなく、髪をうしろに撫でつける手つきはやさしいけれど、ハシバミ色の目には厳しさがあった。

セックスの困難さを人に話したことはなかったが、頼もしい腕が外界を食い止めて守ってくれていれば、できる気がした。疲労とストレスの余波で夢見心地になり、現実感が薄れていた。「おぞましかったから。精神的に耐えられなくて、防御壁をつくってすべてのものから必死で自分を守らなければならなかった」説明した。「そうしなければやっていかれず、防御壁があっても部分的にしか守れなかった。生まれてからずっと、わたしはふつうになりたかった。だれかと愛し合って親しい関係を築きたかった。ふつうの人が持っているものを、わたしも手に入れたかった。一人はいやだった。親密さを喜びにしたかったけれど、わたしにはできなかった。肉体的な接触が深まれば、精神の防御壁が吹き飛ばされ、なにも防げなくなってしまう。精神への干渉は想像を絶したわ。感じるのは相手の男性の感情だけで、あるはずの快感がおおい隠された。しかも、ちっとも自惚《うぬぼ》れを満足させてくれなかった」口元をゆがめる。「相手はわたしへの愛情にあふれてたんじゃなくて、セックスしたかっただけ。風変わりな霊能力者とセックスした自分を誇らしく思っていたわ」

「ろくでもない男だ」デーンは静かにいった。

マーリーは片方の肩を小さくすくめた。「わたしは異様な人間だった。いまもそうよ」

「まったく、きみがセックスに臆病になるのも無理ないよ。醜い面ばかり見て、ロマンチックな幻想なんていだいたことがないんだろう？　きみが知っているのは女をたらし込んだり、レイプしようとした男だ。男を下劣なものだと思って当然だ」

「そうじゃない」マーリーは否定した。「わたしがかつてそうであったように、人の感情がわかると、そうは思わないはずよ。不快な男性がいるのと同じように、自分のことしか考えない、意地の悪い女性もいるわ。ただ、ことセックスに関しては、精神を防御したまま、ただ感じるってことができなかった。心の底からわたしを愛してくれるすばらしい男性と恋に落ちていたとしても、たいして違いはなかったはずよ。精神のはたらき方が変わらないかぎり、セックスを楽しめなかったと思う。

いま考えてみると、どうがんばってもロマンチックな関係は築けないんだと納得したんでしょうね。わたしは一人で山間地の小さなキャビンに住むようになった。ドクター・ユーエルもキャビンへの引っ越しに賛成だった。ふつうの生活を送る助けになると考えてのことよ。実際そうだった。すばらしかったわ。わたしはドクターの実験や論文作成に協力し、ときには行方不明者の捜索を手伝ったけれど、そういう仕事には重圧がつきものだった——こんなこと、あなたなら、よく知っているわね。グリーンの事件が起きるまえ、ずっとずっとむかしには、感知力を誘導することができた。特定の人物に焦点を合わせ、その人物を中心にビジョンを見られたの。でもいまは、まったく制御できないわ」

「以前のようになりたいのか?」

「もうビジョンを見たくなかったけれど」小声でいった。「それでも見えてしまうというなら、そうね、答えはイエス、制御できるようになりたい。いまのは——待ち伏せ攻撃みたいなものだもの」また眠気が押し寄せてきて、まぶたが下がった。

「二つのビジョン以外に、なにかエピソードはないのか?」

マーリーはデーンに初めて電話をかけた夜を思い出した。彼が電話に出たときには、彼がしていること、なにをいうかがわかっていた。「一瞬、透視力が発揮されたことはあったけれど、殺人には無関係だし、それきりよ。ちらっと感じただけだから。ビジョンが透視力に関係してるとも思わない。どこか……違うの。透視力のほうが感情に深く根ざしているっていうのかしら。だから、ないわね、ビジョン以外には」

「よかった」

デーンの声には、彼女には読み解けない深い満足感のようなものがあった。ついで、胸が温かな手におおわれた。この動作の意味なら本能的にわかる。マーリーが霊能力者だからではなく、女だから伸びてきた手だ。瞬時に眠気が吹き飛び、頭を倒して彼を見上げた。

「きみにセックスの喜びの一端を伝えるには、最適なタイミングじゃないかと思う」デーンはつぶやいた。ハシバミ色の目は決意に燃え、濃い緑色を帯びていた。「きみに感情が読めないなら、問題の一つは解決した。それにおれを恐れていれば、裸に近い格好で三十分近くおれの膝の上にいたりしないから、もう一つの問題も解決だ。あとはそこに横たわって、おれの手で快感を感じるだけだ」

身震いして、彼の視線を受け止めた。いまが最適なタイミング？ デーンが現れるまでは欲望を知らなかった。セックスは実験であり、希望であり、究極的には失望だけをもたらした。デーンを恐れてはいないけれど、また失敗する可能性が高い。彼への愛情は芽生えたばかりで、目を見張る感覚だけに損ないたくなかった。意気地がないのはわかっている。わかってはいるが、試さずにわずかな可能性をいだいているほうが、試してみて失敗するよりましだった。ひょっとしたら、なんて貧しい慰めだけれど、なにもないよりはずっといい。

「どうかしら」そわそわといった。「もしも――」

「心配するな」デーンがさえぎった。「横になって目を閉じて、あとはおれにまかせろ」
いうは易《やす》しとはこのことだ。決めかねたまま、不安そうに彼を見つめた。いろんなことがありすぎて、自分からは行動が起こせない。弱い自分にいやけが差して、涙が込み上げた。

約二秒の猶予ののち、デーンのほうが行動を起こした。パンティのウェストから手を滑り込ませ、股間の割れめまでねじ込んだ。驚いたマーリーは悲鳴を上げ、とっさに彼の手首をつかんだ。手をはさんで太腿をぎゅっと閉め、やつれた顔のなかで、目だけが異様に大きく見開かれた。だがデーンと見つめ合ううちに、頬に熱っぽい赤みが差してきた。

「おれを信じてるか？」デーンは静かに尋ねた。彼女を組み敷いてなかに入り、脈打つ股間を安らがせたくてたまらないはずなのに、なんの苦労も感じさせない声だった。

下唇を嚙むと、デーンはじれったさにうめき声を上げそうになった。「そうね、信じてるわ」

「じゃあ脚の力を抜いて。傷つけるつもりはないんだから。そうだな、きみも気に入るって、保証してもいい」

マーリーはおずおずとした笑みを浮かべた。「ほんとに？」

「絶対だ」頭を下げて、かすめるようにキスした。

体に震えが走った。彼女はいま分かれ道に立ち、どちらかの臆病さを克服しろと迫られていた。試して失敗するのも怖いし、かといって、いま彼を信用しなかったら、もうチャンスはないかもしれない。考えてみて、後者の恐怖のほうがまさると結論した。どうなってもいいから自分の体でデーンを包み込み、なかに入ってくる彼の力強さを感じてみたい。それに、少なくとも彼を喜ばせることはできる。デーンがまずマーリーに快感を与えるつもりなのはわかっていたが、そのあとは彼の番だ。これから行なわれようとしているのは熱烈なペッティングではなく、ちゃんとした性の営みなのだから。

ガタガタしながら、深く息を吸った。「いいわ。あなたが保証してくれるんなら」

「書類にして届け出てもいい」約束して、もう一度キスした。

全身をおおったこまかな震えは止まらないけれど、マーリーはもう一度大きく息をつき、ゆっくりと脚を開いた。閉じた柔らかな入口を彼の指がそっと撫でた。マーリーはつかんでいた手首を手放した。「さあ、力を抜いて」デーンはささやくと、たくみに彼女のものを開いて、長い指を忍ばせてきた。

腕のなかで身をこわばらせ、侵入してくる手を押しとどめようと、ふたたび太腿を閉じた。けれど、内部をゆっくりと探る指はのがれられない。衝撃に目がくらむ。ああ、助けて。

乾いてはいなかったが、待ちかまえているともいえなかった。摩擦のせいで指がペニスほどに感じる。神経の末端の大混乱を鎮めようとかすかに身じろぎしたが、思うようにならぬまま、しかたなく彼の胸に倒れ込んだ。

「それでいい」デーンはなだめるようにささやき、さらにもう一本指を入れてきた。腰が持ち上がり、すぐに沈んだ。押し広げられ、侵略されている感覚がある。体はもはやいうことを聞かず、眠っていた原始的な本能が目覚めて暴れまわっている。内部の筋肉はじょじょに状況に適応し、デーンの全身には震えが走った。

しゃがれ声が聞こえた。「とりあえずは、ここまでだ。もう起きてしまっているんだから、リラックスしていい。おれが痛い目に遭わせてるか?」

イエスでもあり、ノーでもあった。思いもよらない感覚だった。衝撃と快感とでなかば朦《もう》朧《ろう》としながら首を振ると、髪が彼の胸で水のように揺れた。こんなに激しい感覚に耐えられるなんて驚きだった。

「目を閉じて、ハニー。目を閉じて感じてみろ。考えるなよ、感じるだけだ」

抗《あらが》う術《すべ》もなく、いわれたとおりにした。目を閉じると、自分の体とそこに起きていることだけしかわからなくなった。まぶたの裏にさまざまな色が浮かんでは消える。全身がカッと熱くなったかと思うと、急に寒気が走った。ただしほんとうの寒気ではなく、苦痛なほどの快感がもたらすさざ波だった。張りつめた皮膚は過敏になり、乳首は硬く突き出して上を向いた。

指が奥深くに達し、柔らかな襞《ひだ》をこすった。ふたたび腰が持ち上がり、指をさらに深く受け入れた。触れやすいように脚は大きく開いている。心臓の鼓動が轟き、体がばらばらになりそうだった。無我夢中で彼のシャツをつかみ、指を肉に食い込ませて、荒れ狂う嵐に耐えた。

デーンがなにかいっている。耳のなかに反響する声を感じるだけで、なにをいっているのかわからなかった。内容などどうでもいい。いま必要なのは、その声に含まれる深い思いやりだけだった。そのとき指が抜き出された。苦痛にあえいで、お尻を彼にすりつけた。デーンはさっとパンティを脱がせると、ふたたび触れてきた。今度は自分から脚を開いた。股間が熱く濡れているのがわかる。いよいよ指が入ってくると安堵が込み上げたが、そう感じたのは一瞬だった。ゆっくりとした指の動きにより深く強烈な欲望を呼び覚まされ、安らぎよりも満たされなさがつのる。と、がさつく親指が柔らかな入口の上に伸び、性器の突端にある硬く膨張した小さな突起をとらえた。興奮が火花となって全身に散り、鋭い悲鳴とともに丸めた体を彼に押しつけた。

デーンは快感にもだえる体をぎゅっと抱き寄せ、その耳元に語りかけた。低いかすれ声で興奮を煽《あお》り、力強い腕で支えてくれる。いまも親指は円を描いて小さな突起をさいなみ、飛び散った火花は熱さを増した。股間がドキドキして、初めて経験するリズムを刻んでいるのがわかる。激情が目に見えない焼き印となって、肉体に印された。

「デ、デーン!」怒りに駆られたような悲鳴が飛び出した。頭を倒され、上向きになった唇に唇がかぶさってきた。指のように、舌でも繰り返し攻め立てられた。激しく、荒々しい圧迫感がある。もっと感じたい。手を伸ばしてがっしりした肩にしがみつき、より深く彼の舌を受け入れた。

そのときは急速にやってきた。渦を巻いて絞り上げられ、いっきに限界を超えた。一瞬全身が硬直するや、砕け散る波のように絶頂感が全身に行きわたった。抑えきれない痙攣で壊れそうだった。きつく抱きしめてくれるデーンが、大嵐のなかで一人ではないのだと教えてくれていた。細くかすれた叫び声は彼の口のなかでくぐもった。

頂点を超えても、衝撃のかけらが小さな波となって股間をひくつかせた。全身から力が抜け、彼の胸に顔をうずめて息をはずませた。体が動かされた。ついでデーンは筋肉をこわばらせ、腕に彼女を抱きかかえたまま立ち上がった。シャツをつかむ彼女をさっさと寝室に運び、ベッドに横たえた。肩にかかっていたローブを取り去ると、立ち上がって身につけているものを脱ぎだした。

寝室の明かりはつけなかったが、開いたままのドアから差し込んだリビングの明かりがベッドまで届いていた。マーリーは二度と動けそうにないほど重い倦怠感《けんたいかん》にくるまれ、じっと横たわっていた。この静かな夢のような時間のなかで、精神のはたらきは鈍って肉体の感覚だけが研ぎ澄まされ、全身に血を行きわたらせるゆっくりとした心臓の鼓動を一つずつ感じる。柔らかな部分はトクトクと脈打っていた。

がんばって重いまぶたを押し上げ、着ているものを脱ぐ彼を見た。荒々しくせわしなげな動きに焦りの色がありありと出ている。間もなく力強い裸体が現れるや、マーリーにのしかかってきて、硬い太腿で脚のあいだに割って入り、大きく押し広げて、体重をかけてきた。

体の内側にも外側にも、安らかな静けさがあった。あふれるような喜びと、若干の狼狽とともに、従順で柔らかな部分に硬くなったものが押しつけられるのを感じた。デーンは片腕で上体を支え、股間に伸ばした手でペニスを導くと、お尻に力を入れてゆっくりとなかに入ってきた。

喉に息がからまった。感覚が波のように押し寄せてくる。指で押し広げられたあとなのに、気が遠くなりそうなほど太い。濡れてはいても、彼の献身によって敏感な内側は充血していて、容赦なく根本まで押し込まれると、過敏になった膣がビクッとして締まった。苦痛に近い違和感に、うろたえた悲鳴が小さく漏れた。

デーンは深く差し入れたまま、動きを止めた。たくましい肉体がぶるぶる震えている。

「大丈夫か?」やっと聞き取れる程度の小さなかすれ声だった。

返事をしようにも、考えられなかった。彼への感情移入を起こすことなく、自分の体に集中していた。けれど腰を動かされたら、肉体のほうが耐えられそうにない。あまりに大きいので、ちょっと動いただけで内側の神経の末端をこすられ、その感覚に恍惚《こうこつ》と苦痛のあいだを行きつ戻りつしていた。空っぽの心に、彼を安心させてあげられそうな言葉は見つからなかった。

デーンは男であって、聖人ではなかった。男としての肉が内側で脈打っていた。この緊迫の瞬間、懸命に動きを抑えて返事を待った。だがなにも戻ってこなかったとき、忍耐は限界を超えた。喉の奥から荒々しい声を吐き出し、勢いよく腰を押し出して奥深くを突き、彼女の全身を揺るがせた。これでマーリーにも答えがわかった。腰を打ちつけられながら、死に物狂いでしがみついた。肉体のぶつかり合う鈍い音に、ざらざらとした彼の息遣いと、彼女の柔らかなあえぎ声が重なった。

デーンが欲しかった。欲しいのはいまのこの行為だった。固く目をつむって、一瞬一瞬をむさぼった。彼の獰猛《どうもう》さ、野蛮な飢餓感を愛した。体の奥から吐き出されるうめき声、狂ったように打ちつけられる肉体の熱と汗を愛した。これまでは他人との隔たりや、自分の異常さをつねに意識させられてきたけれど、デーンといるとごく平凡なただの女でいられる。なにものにも妨げられず、二人は激しく純粋な情熱を分け合う一組の男女となっていた。この瞬間が永遠に続けばいい、とマーリーは思った。

だが、そうはいかなかった。彼のせっぱ詰まった状態を考えたら、そもそも無理だった。急速にリズムは速まり、腰を持ち上げるや渾身《こんしん》の力を込めて突いた。と、彼女の脚は押し上げられ、足首を肩にかつがれた。あえぎながら、自分のなかでより大きく、硬くなってゆくものを感じる。デーンは最後のひと突きとともに雄叫びを上げ、激しく体を痙攣させた。

ブルッと身震いしたのを最後に震えが収まると、マーリーの腕のなかにぐったりと倒れ込んだ。その重みで体がマットレスに沈んだが、どうでもよかった。彼の鼓動にゆっくりと乳房を揺さぶられ、汗に濡れた黒い頭は同じ枕に並んでいる。顔を彼女のほうに向け、その温かい吐息が首筋をくすぐっていた。

デーンの背中を撫で、手のひらの下にある熱を帯びた皮膚の感触を慈しんだ。彼が眠りに押し流され、その体が重みを増してきても、気にならなかった。豊かな充足感に体はぐったりとしている。天国にいるみたい。横たわって愛の行為の余韻にひたり、愛する男が自分の体と腕にいだかれて眠っている。この時間だけは穏やかなまま、悪意の入り込めない場所に取りよけておきたかった。

そのとき、甲高い警報音が静けさを切り裂いた。

デーンは即座に反応し、一連の流れるような動作で彼女から離れて上体を起こした。スタンドのスイッチを入れてポケベルを止め、デジタルの表示板を一瞥《いちべつ》した。マーリーは横になったまま硬直し、彼は黙って受話器を取って番号を押し、頭と肩で受話器をはさんだまま、しわくちゃの衣類を身につけだした。「ホリスターだ」きびきび告げた。しばし耳を傾けてからいった。「十分で行く。トラメルには電話したか？　いい、おれがかける。その巡査に連絡して、現場を確保するように念を押してくれ」

続いてボタンを押し、つぎの発信音を発した。彼が二件めの電話をかけているうちに、マーリーはベッドを出てローブを手探りした。ローブはねじれて、片袖が裏返っていた。震える手で不器用に袖を直すと、体にはおってきつくベルトを締めた。デーンはベッドの片側に腰掛け、靴をはいていた。

「被害者が見つかった」小声で電話にいった。「向こうで落ち合おう」ちらりともマーリーを見ない。「サイプレス。サイプレス・テラス三三一だ」

胃が縮まって、冷たい塊になった。彼女にはわかっていたことだけれど、これでわずかに残っていた最後の疑いまでがぬぐい取られた。

彼は電話を切ってリビングに向かい、歩きながらシャツに袖を通した。マーリーは幽霊のようにそっとあとを追い、肩掛けホルスターを装着する彼を戸口に立って見守った。大きな拳銃が左腋に収められた。

おたがい相手に近づこうとしなかった。彼は玄関のドアで立ち止まって振り返った。「大丈夫か?」目も声もよそよそしく、すでに事件のことで頭がいっぱいなのがわかった。

「もちろんよ」恐怖と苦しみと淋しさを隠して答えた。自分の弱さのために、彼に足踏みをさせるわけにはいかない。

「一段落ついたら戻る」デーンは去った。

彼の車の音が聞こえなくなってから、しっかりした足取りで玄関まで行き、ドアに鍵をかけた。ついでピザの残りを片づけ、汚れた皿を何枚か洗った。リビングに戻ると、カウチの隅に落ちていたパンティを見つけた。拾い上げて、手のなかで丸めた。

ひどく疲れているのに、眠れそうになかった。引き返してきた恐怖と、そのために破壊された夜の喜び。どちらもいまは考えられなかった。カウチに腰を下ろし、刻々と過ぎてゆく夜を静かに見つめて、眠れない自分をかかえ込んだ。

13

遠くで稲妻が轟き、紫がかった黒雲の下腹が照り返った。日が昇るまでに、もうひと雨きそうだ。デーンは自動的に運転をこなしながら、心のなかからすべてを追い払いにかかった。ネイディーン・ビニックのことを考えれば、思い込みからありもしない類似を見いだす恐れがあり、マーリーのことを考えれば集中力がぶっ飛ぶ。これから見る現場への予見をしりぞけ、マーリーの証言を忘れるよう自分にいい聞かせる。すべては先入観を排して、曇りのない目で見るためだった。

まだ早い時間なので、道もそこそこ込んでいた。出口に気を取られてセミトレーラーの後部に近づきすぎた、ちょうどそのとき、牽引トラックの車輪の一つがぶれて、路面を引きずられるトレーラーが大きなワニの尾のように眼前に振られた。悪態をついて安全な距離まで下がったが、この突発事が考えまいとしていた事柄を期せずして吹き飛ばしてくれた。

十分と少しかかってサイプレス・テラス三三一一に到着した。いつもどおり、通りは公用車と見物客という取り合わせで込み合っていた。デーンは車を降り、人だかりに鋭い目を向けて見覚えのある顔を探した。同一犯による犯行ならば、ビニックの現場にいた男がここにいるかもしれない。だが、記憶にある顔は一つもなかった。

サイプレス・テラスはビニック家界隈よりも多少高級な住宅街だった。家屋の大きさは似たり寄ったりだが、どの家も十年ほど築年数が若い。被害者宅にはつくりつけの小さな簡易車庫があり、そこに制服警官の一団が集まっていた。玄関は巡査の一人が見張っている。デーンは勝手口にも、もう一人いることを祈った。

今週末の当番にあたっているフレディ・ブラウンと、そのパートナーのウォーリーは、すでに来ていた。フレディはデーンを見つけるなり、制服警官の群れを離れて近づいてきた。

「ハーイ、坊や」彼の腕を取って足止めした。「急ぐことないわ。あたしと少しお話ししましょう」

これがフレディでなければ、腕を振りほどいているところだ。しかし相手はフレディだし、この現場は彼女の担当だ。相応の理由がなければ、脇に引っ張ったりしないだろう。デーンは彼女を見下ろして、物問いたげに眉をつり上げた。

「刺殺された女性がいたら連絡しろって、頼んでたそうね」彼女はいった。

軽くうなずいた。担当事件に鼻を突っ込まれて、つむじを曲げていないといいのだが。

フレディは軽く腕を叩いて、安心させた。「納得いく理由がないかぎり、あんたがそんなことするわけないと思ったから、現場を確保しておいたわよ。そうね、誕生日プレゼントだとでも思ってちょうだい」

「現場を確保?」びっくりして、訊き返した。「だれも足を踏み入れてないってことか?」

「そういうこと。死体を発見した巡査は表彰ものよ。被害者の女性を見つけるなり家を出て、ドアノブ以外なんにもさわらずに現場を守ったんだから。あんたが経験したなかで、もっとも純粋に保たれた犯行現場でしょうね。それと、イバンはもうこっちに向かってるわ」

「彼の到着を待とう」デーンは即座に決めた。「ありがとう、フレディ。で、巡査が死体を発見した経緯は？」

フレディは手帳を開いた。「被害者の名前はジャクリーン・シーッ。離婚歴あり、子どもなし。別れた夫はミネソタ在住。彼女は大手法律事務所に秘書として勤め、きわめて優秀だった。やはり秘書の友人と食事に出かける約束をしていたのに、シーッは現れず、友人は電話をかけたが応答がなかった。ふだんのシーッは時間に厳しいし、ここのところ体調を崩していたこともあって、友人は心配してここまで車を走らせた。カーポートにはシーッの車があり、明かりもテレビもつきっぱなしなのに、だれも玄関に出てこない。友人は近所の電話を借りて九一一に通報。近くにいた巡査のチャールズ・マーバックとペリー・パーマーが救急車よりも先に到着した。二人はドアを叩いたが、応答を得られなかった。マーバックはドアを破り、入るなり被害者を見つけると、すぐに外に出た」手帳を閉じた。「被害者の友人の名前はエリザベス・クライン。いまはカーポートに坐ってるわ。一瞬死体を見てしまったせいで、動揺がひどいの」

ただでさえ混雑した通りに、もう一台の車が加わった。デーンはちらっとそちらを見て、トラメルだと気づいた。フレディも一瞬そちらに目をやってから、しかめ面でデーンを見返した。「さあ、今度はあなたがどういうことなのか話してくれる番じゃない？」

「ピニック事件との類似性を探りたい」静かにいった。「同一犯のしわざじゃないかと思ってる」

フレディが目をむいた。言外の意味に気づくと、そばかすの浮いた顔に恐怖がよぎった。

「ちょっと」ひと息ついた。「曜日まで同じじゃないの」

「おれが気づかなかったと思ってくれるなよ」〝土曜日のドス男〟の見出しが目に浮かぶようだ。死亡時刻が真夜中よりまえで、金曜日の事件だとわかったら新聞各紙はどんな見出しをつけて煽り立てるだろう？　〝金曜日の切り裂き魔〟か？

トラメルがやってきた。淡黄褐色のリネンのスラックスに、スカイブルーのシルクシャツで決めている。髪はきちんととかしつけ、人目を惹く顔はきれいに髭をあたってある。目につく皺《しわ》は一本もなかった。どうしたらこんなふうにいられるのか、デーンには想像もつかなかった。

デーンがこれまでの話をトラメルに伝えた。フレディが尋ねた。「あなたからお友だちに尋問する？」

デーンはかぶりを振った。「これはあんたの事件だ。おれたちは現場を見せてもらえればそれでいい」

「イバンを待つことないのよ」

「ああ。なるべくきれいな状態でイバンに見てもらいたいだけだ」

「それをいったら、こんなにきれいな現場はイバンにとっても初めてでしょうね」身についた母親のような態度で二人の男を軽く叩き、簡易車庫の一団に戻っていった。

「糸杉の木じゃなくて」トラメルはいわずもがなのことをいった。「住所がサイプレス・テラスだったんだな。いい線いってたってわけだ。これで、台座つきの大型テレビがあったら、いうことなしだ」

デーンはポケットに手を突っ込んだ。「おれたち、少しでもそれを疑ってるか？」

「おれは疑ってないよ」

「おれもだ。まったくね」

「さっき警部補に電話しといたから、そのうち現れるだろう」

イバン・シェファーが鑑識のバンに乗ってやってきた。ひょろっとした長身をほどいて運転席から出るイバンに、デーンとトラメルが近づいた。

イバンは不機嫌そうに二人をにらみつけた。「わたしが今回の事件を手がけなければならない理由を、聞かせてもらいたいもんだ。優秀な連中が当番にあたってるってのに、なんでフレディは強行にわたしに担当させたがった？」

さすが、フレディ。なんらかの異常を察知したのだろう。彼女にキスしたら、ご主人に鼻を潰されるだろうか。「これは特別だ」道具や備品を降ろすのを手伝いながら、イバンに伝えた。「第一に、現場は手つかずで、初めに入るのがあんただ」

イバンの動きが止まった。「わたしをかつぐ気か？」目がきらめいた。「そんな現場はあったためしがない」

「それが今回実現したってわけだ。こんな機会は金輪際ないと思ってくれ」

「わたしがそんなにおめでたい人間に見えるか？　で、二つめはなんだ？」

トラメルは冷静な目で、ひそひそとささやき合う野次馬たちを観察していた。「第二に、おれたちはネイディーン・ビニック事件と同一犯じゃないかとにらんでる」

「おい、おい」イバンは溜息をついて首を振った。「聞きたかなかったね、そんな話は。そんなことになったら、大騒動じゃないか。だが、どうやらおまえたちには自明のことらしいな？」

「いや、疑ってるだけだ。これで荷物は全部かい？」

「ああ、そうだ。よし、それじゃあ見にいくとするか」

デーンは同行するためマーバック巡査を呼んだ。いい仕事をしたのだから、伴ってしかるべきだ。マーバックは訓練を終えて間もない青年で、日焼けした顔が青ざめていたが、自分の取った行動を冷静な口調で克明に述べ、玄関のドアから死体までのおおよその距離も把握していた。

「ドアを開けると、死体が見えるの？」フレディは尋ねた。ウォーリーも合流していた。

マーバックは首を振った。「狭い玄関ホールがあって、右手がリビングです。一歩入ったところで遺体が見えました」

「わかった。さあ、イバン、出番がきたわよ」

イバンはドアを開けてなかに入った。残りはそのあとに続き、狭い玄関ホールに立ち止まってドアを閉めた。テレビは映画専用チャンネルに合わせられ、いまはフレッド・アンド・ジンジャーを放映中だった。ジャクリーン・シーツの耳の聞こえ具合を疑いたくなるほどうるさいが、犯人が被害者の悲鳴を掻き消すために音量を上げたのかもしれない。イバンが電源ボタンを押すと映像が消え、室内は心地よい静けさに満たされた。デーンとトラメルは、玄関ホールからテレビを見やった。ピカピカの新しい三十四インチテレビが台座の上に載っていた。

みなが口を閉ざすなか、イバンは黙って収集の儀式にとりかかった。

玄関ホールからは死体の上半身しか見えなかった。なにも着ておらず、胴体は野生動物に襲いかかられたようなありさまだった。血痕がカウチをぐるっと取り囲み、壁やカーペットにも飛び散っている。デーンはマーリーが使った奇妙な表現を思い出した。〝ぐるぐる回れ、マルベリーブッシュ〟。だがブッシュではなくて、カウチだった。なぜ彼女はあんなことをいった? 犯人がいった、あるいは考えたことなのか? 命からがら逃げまわるジャクリーン・シーツをおもしろがって?

背後のドアが開き、ボネス警部補が入ってきた。血塗られた現場を見たとたん、血相を変えた。「なんてこった」最初の現場のほうが壮絶だったが、あのときはほかになんの関連もない、一回かぎりの犯行だと思っていた。だが今回は前回知らなかったことを知っており、これが狂人のしわざで、警察が阻止しないかぎり同じことが繰り返されると思って見ている。

罪のない女性が殺され、その家族や友人の人生が踏みにじられつづけるのだ。しかも、連続殺人犯の逮捕はむずかしく、警察の勝算が低いのは明らかだった。

だが、犯人には予想できないことがある、とデーンは思った。こちらにはマーリーがついている。

ウォーリーがいった。「デーン、あんたとトラメルで調べてくれ。あんたたちは、なにを捜したらいいか知っている」

「だからこそ、あんたとフレディに調べてもらいたい」トラメルがいった。彼の思考はデーンと同じ経路をたどっていた。いつものことだ。「あんたたちが見つけたものを教えてくれないか。おれたちが調べるのは、そのあとにする」

ウォーリーはうなずき、フレディとともに屋内を順序よくてきぱきと調べだした。イバンの要請で駆けつけた指紋チームが、硬いものの表面という表面に黒い粉を振りかけていく。間もなく室内には人があふれ返り、大半は突っ立ったまま、作業する一部の人間を見守っていた。やがてジャクリーン・シーツの遺体は袋に収められて、運び出された。外のレポーター連中のかしましいがなり声が聞こえ、撮影用ライトのギラギラとした輝きが見える。この調子だと長くは隠しとおせそうにないが、これから一週間は二度めの刺殺も騒動を招かずにすむだろう。ただし、三度めの事件が起きようものなら、有能な記者たるもの、だれも偶然では片づけまい。たとえ事件に類似が認められなかったとしても、その実体がなんであれ〝特捜班〟の設置が許可されれば、いやでも関心が集まる。

ボネスはデーンとトラメルを脇に呼んだ。「同一犯の犯行の可能性があるようなら——」

「そうです」デーンは断言した。

「すべてマーリーが描写したとおりですね」トラメルはつけ加えた。「テレビの形まで一致してます」

「あらかじめ知っていたかもしれないだろう？　おい、そんな顔をしてくれるな」ボネスは両手を上げた。「彼女の力を借りられるかもしれないと最初に考えたのはわたしで、共犯者扱いしたのはおまえらのほうだ。しかし、一応訊いておかなければならん」

「いいえ」デーンが答えた。「一件めの殺人事件で彼女が現場に行けなかったことはすでに裏づけられています。そして昨夜は、おれが一緒でした。ビジョンが始まったときうちに電話があったんで、彼女の家に直行しました」

「わかった。明日の朝十時、全員わたしのオフィスに集まってくれ。これまでにわかっていること、イバンが新しく発見したことを洗いざらい検討したうえで、特捜班を編成する。本部長にはわたしから伝えて、市当局に話すタイミングと内容は本部長にまかせる」

「本部長に情報を止めておいていただきたい」デーンはいった。「市当局に渡ったら筒抜けですから」

ボネスは不興顔になった。「本部長の一存で隠しとおせる事件じゃないぞ。組織のトップに情報を伝えないまま、万が一マスコミにすっぱ抜かれでもしてみろ、首が飛んじまう」

「では、最低でも数日待っていただきたいとお伝えください。どちらの事件も金曜日から土曜日にかけて行なわれてます。そのパターンにしたがえば、あと一週間近く犯人は動かない。ひそかに追跡できる時間が長ければ長いほど、逮捕の可能性は高まります」

「伝えておこう」というのが、ボネスの返事だったが、じつはデーンもそれ以上は期待していなかった。

ウォーリーとフレディが合流した。「凶器はガイシャのものだったと思われる調理用ナイフ」ウォーリーが報告した。「台所にあったほかのナイフと同種のものでした。進入経路は客用の寝室。網戸が切られてました」

「昨晩は雨だった」デーンがいった。「窓の下に足跡はなかったのか?」

フレディがかぶりを振った。「まったくよ。用心深い男みたいね」

「雨が降りだすまえに入り込んで、寝室で待っていたのかもしれない」トラメルが指摘した。

そのひと言でフレディの顔から血の気が引いた。「いやだ、あたし、むかむかしてきた。それって、何時間も同じうちのなかにいて、被害者は気づかなかったってことよね」

「でも、その後はどうだったんでしょう?」マーバックが疑問を差しはさんだ。全員から振り向かれ、頬を赤らめた。「自分がいいたいのは、犯人が出ていくときには雨が降ってたってことです。そのときなら、足跡が残るんじゃないでしょうか?」

「侵入時と同じ方法で出ていけばな」とデーン。「犯人にはそんな理由はなかった。玄関から堂々と出たほうが、見られたときも疑われずにすむ。おれはそうしたんじゃないかと思う。庭の歩道と車廻しはコンクリートで足跡は残らない」

「襲われたとき、被害者がパジャマを着ていたのはたしかよ」フレディは手帳を見ながら先に進んだ。「血痕の付着したパジャマが洗濯用のバスケットに残っていたから。いま血痕を調べて、被害者のものかどうか確認させてるわ」

「連れ合いや、恋人の線はないのか？」ボネスが訊いた。

「その線はないわね。外にいるお友だちの話によると、ミネソタに別れたご主人が住んでいるけれど、離婚してもう二十年、彼と接触を断って同じくらいになるとか。現在交際中の相手もいません。さあいい、坊やたち、率直に訊くわよ。二人の女性を殺《や》ったのは、同じ男だと思う？」

「残念ながら」デーンは答えた。「被害者が頻繁に酒場やジムに出かけて、複数の男と接触を持っていたって事実はないのか？」

「そこんとこは、まだ未確認だ」ウォーリーがいった。「あんたらが到着するまえに外の友人に尋問したが、そこまで掘り下げて訊けてない。おれたちがここを調べてるあいだに、あんたたちで訊いたらどうだ？　どっちにしろ、入手した情報は共有するんだから」提案する彼の口ぶりから、捜査全般をデーンとトラメルに託したがっているのがわかった。

セメントブロック二つ分の低い塀が、カーポートの空きスペースを囲んでいた。エリザベス・クラインは背を丸めてその塀に腰掛け、周囲をうろつく制服警官の群れにうつろな目を向けていた。長身の彼女は艶《つや》やかなブロンドの髪をふわふわのショートにし、肩まで届きそうな長いイヤリングをつけていた。このイヤリング以外、とくに着飾った印象はなかった。

サンダルに黄色のスパッツ、前身頃に黄色と紫色の派手なオウム柄がついたぞろっと長い白いチュニックを着ている。指輪はいくつもはめているが、結婚指輪がないのがデーンの目を引いた。

デーンはブロック塀の彼女の隣に腰掛け、つねにより超然とした態度を取るトラメルは少し先にあるシーツの車にもたれた。

「エリザベス・クラインさんですか？」デーンは念のために尋ねた。

彼女は驚いたように彼を見た。隣に坐っているのに気づいていなかったようだ。「ええ。あなたは？」

「わたしはホリスター刑事」トラメルに手をやり、「彼はトラメル刑事です」と紹介した。

「お目にかかれて嬉しいわ」クラインはていねいにいったが、つぎの瞬間、その目に恐怖が浮かんだ。「ああ、あたしったら、なにをいってるんだろう？　刑事に会えて嬉しいだなんて。あなたたちは、ジャッキーの事件のせいでここにいる――」

「そうです、マダム。お悔やみ申し上げます。さぞかしショックを受けられたことでしょう。いくつかお尋ねしたいことがあるんですが、お答えいただけますか？」

「さっきべつの刑事さん二人にお話ししましたけど」

「わかってます、マダム。ですが、もう二、三お訊きしたいことがあります。教えていただければ、犯人逮捕に役立ちます」

クラインは動揺気味に息を吸い、腕を抱いて震える体を押さえた。暖かい霧の夜なのに、ショックに取り憑《っ》かれている。あいにくデーンは彼女に着せかけてやれるジャケットを身につけていなかったので、そばにいた巡査にブランケットを頼んだ。数分してブランケットが運ばれると、彼女の肩にかけてやった。

「ありがとう」彼女は肩をすぼめてしみじみといった。

「どういたしまして」とっさに、肩に腕を回して慰めてやりたいと思ったが、押しとどめるものがあって、背中を撫でるだけにした。いま抱いていい女はマーリーだけだ。彼女を手に入れることで、なぜかほかのすべての女性が永遠に遠のいた。そんなふうに感じる自分にまごつきながらも、その思いを意識下に押し込めた。時間ができてから検討すればいいことだ。

「ブラウン刑事にミズ・シーツには恋人がいないと話されたそうですね。最近だれかと別れたんですか？　あるいは一人、二人軽いおつき合いをされたことがあるとか？」

彼女は首を振った。「いいえ」

「一人も？　離婚してから、一人も恋人がいなかった？」

エリザベスは顔が上げられる程度に体を起こし、弱々しく、生気のない笑顔を彼に向けた。

「いたわ」苦い響きがあった。「勤務先の弁護士の一人と、十二年間不倫関係にあったのよ。弁護士は妻と別れたら結婚するとジャッキーに約束していたけれど、いざ離婚が成立したら、さっさと二十三歳の派手な女と結婚してしまった。ジャッキーはがっくりきてた。でも事務所には長く勤めていたし、最初からやりなおす余裕なんてなかった。男は不倫関係を続けようと持ちかけて、彼女は波風立てずに断った。少なくとも、彼もジャッキーを首にはしなかったわ。あたしにいわせれば、そんな理由もなかったからよ。二人の交際は公然の秘密で、事務所じゅうの人間が知っていたんですもの」

「それはいつのことです？」

「そうね。四年ぐらいまえだったかしら」

「それ以来、デートした相手はいないんですか？」

「まったくとはいいきれないけれど。そうね、弁護士と別れた直後に一、二度はあったかもしれない。ただ最低でもこの一年はなかったわね。健康を害して、そんな気分じゃなかったのよ。だいたい週に一度はあたしと外食して、それが気分転換になってたくらいで」

「健康を害するって、具体的には？」

「いくつかあったわ。ひどい子宮内膜症があって、一年ほどまえ、ついに子宮摘出手術を受けたの。それに胃潰瘍《いかいよう》でしょう、高血圧でしょう。どれも命にかかわる病ではないけれど、いちどきにどっときた感じだったから、ずいぶん落ち込んでしまって。ここんとこ、二度ほど気を失ったし。それが頭にあったもので、約束の時間にレストランに現れなかったとき、とても心配になったの」

昔の恋人の線はこれでなくなったが、予想どおりの結果でもあった。デーンとしては、すべてを一応確認しておきたいだけだ。「最近だれかに会った話をしてませんでしたか？　だれかと口論になったとか、つけられたとか？」

エリザベスは首を振った。「いいえ。ジャッキーはとても温厚な人で、だれとでもうまくやっていた。デービットが小娘と結婚したときでさえ、怒らなかったくらいだもの。そうね、最近、いちばんのおかんむりは、新しいシルクのブラウスが一度洗濯しただけでだめになったときね。おしゃれだったから、着る物にはうるさかったの」

「日常的に出かけていた場所、だれかに出会う可能性のある場所はご存じないですか？」

「あったとしても、食料品店ぐらいなものよ」

「どんな人にも日課というものがあります」やんわりと追及した。犯人が被害者を選び出した方法を突き止めなければならない。ネイディーン・ビニックとジャクリーン・シーツには犯人の標的にされるに足る共通点があった。住んでいる地域は違うから、それ以外のなにか。なんとしても捜査上その共通点を探り出す必要がある。「定期的に出かけるなじみの美容室とか図書館とか、そういった場所は？」

「ジャッキーはきれいな赤毛で、数週間おきに事務所に近い小さな美容室でカットしてたわ。ヘアポートってお店で、担当の美容師さんはキャシー。キャスリーンとか、キャサリンとか、そんな名前だったわね。あまり本を読まない人だったから、図書館はありえない。好きなのは映画で、ビデオをたくさん借りていた」

「どこで借りていたんでしょう？」

「スーパーマーケット。ビデオの品揃えがよくて、買い物のついでに借りられるから便利だって」

「どこのスーパーです?」

「フィリップスよ、ここから一マイルほど先の」

地域内の商業地だから、ネイディーン・ビニックがそこで買い物をしていたとは考えにくい。しかしデーンはすべてを手帳に書き留めた。ビニックの事件と詳細に突き合わせてみるまでは、なにが出てくるかわからない。

「では、あなたのことをうかがわせてください」前置きした。「ご結婚は?」

「夫とは死別して七年よ。最悪の時期にジャッキーが助けてくれたのがきっかけで、親しくなったの。おたがい同じ事務所に長く勤めていたから、以前から仲は良かったんだけれど、彼女のことを深く知るようになったのはそのときからね。彼女は——かけがえのない友だちだった」エリザベスの頰に涙が伝った。

デーンは彼女の背中を軽く叩いた。トラメルの謎めいた視線に気づきつつ、無視することにした。トラメルはデーンに質問役をまかせて、一度も口を開かなかった。たまに、なんらかの理由で、デーンのほうがうまく答えを引き出せると踏むとこうなる。

「ごめんなさい」エリザベスは嗚咽《おえつ》を漏らしながらいった。「たいしたことをお話できなくて」

「いいえ、助かりました」デーンはいたわった。「あなたのおかげで、いくつか可能性を排除できましたから、集中すべき線がわかりました。行き止まりの捜査に時間をかけずにすみます」正直いえば嘘だった。いま見えているのは行き止まりだけだ。だが嘘であろうとなかろうと、エリザベスには慰めとなるものがいる。

「警察署に出かける必要があるのかしら？　変ね」エリザベスは涙をぬぐい、痛々しくも笑みを浮かべようとした。「法律の仕事が最終的にどう決着するか、裁判所でどう処理されるのかは知っているのに、事件直後のことはちっとも知らないんだから」

「警察署に来ていただく必要はありません」彼女の不安を消してから、尋ねた。「ブラウン刑事に住所と電話番号をお伝えいただけましたか？」

「たぶん……ええ、お話ししました」

「でしたら、お帰りいただいてけっこうです。よろしかったら送らせましょうか？　ご友人かご親戚の方に電話をかけて、今晩一緒にいてもらいますか？」

エリザベスはとりとめなく周囲を見まわした。「車を置いてけないわ」

「かわりに運転してくれる人間をお望みなら、巡査の一人に運転させて、その巡査が乗って帰れるよう、もう一人にあとを追わせます。それでいいですか？」

だが彼女はショックの余波でまだなにかを判断したり、考えたりできなかった。かわってデーンが判断を下した。彼女を立たせ、巡査を呼んで自宅まで連れ帰る手筈を整え、彼女には夜一緒にいてくれるよう友人か親戚に電話で頼むよう指示した。宿題のやり方を教わる子どものように、彼女は従順にうなずいた。

「近所に姪が住んでるので、その娘に電話します」エリザベスはいうと、デーンを仰ぎ見た。友人ではなく姪でもいいかどうか、おうかがいを立てているようだった。デーンはよかったといって軽く肩を叩き、巡査の手に彼女をゆだね、デーンの投げたボールを受け取った巡査は迷子を相手にするようにやさしく接した。

デーンが見ると、あいかわらずトラメルは猫のように謎めいた表情をしていた。

「なんだよ?」突っかかるように尋ねた。

トラメルは眉を弓なりにした。「おれはなにもいってない」

「だが、なにか考えてる。クソでも食らったみたいに、顔がにやついてるぞ」

「クソを食らってる人間が、にやついたりするかな?」トラメルは揚げ足を取った。

トラメルのことは兄弟同然に愛しているが、正直いって、たまにそのかわいらしいご面相を叩きつぶしてやりたくなる。しかしトラメルはいったん黙ると決めたら、絶対に口を割らない。口がゆるむようにビールでも飲ませてやるか、と思ったが、しばらくほうっておくことにした。ビールはまたの機会に譲ろう。

あとは、フレディとウォーリーの手伝いに回って、こまごまとした仕事を片づけるだけだ。調査対象となるゴミを大袋に移したかどうか確認し、日記、電話帳や住所録、保険証書といった個人的な書類を捜した。ジャクリーン・シーツは死によってプライバシーを奪われた。ミセス・ビニックと彼女を結びつける偶然と運命の切れ端を求めて、クローゼットやキャビネットのなかが探られた。二人の被害者に共通する正体不明のなにかが、犯人につながる手がかりになる。哀れなアンセル・ビニックが自殺していなければ、重要なつながりを探り出す助けになり、妻を殺した犯人捜しを手伝うことが生きる糧になったかもしれない。〝災難《シット》・

発生《ハプンズ》〟というバンパーステッカーには、〟頻繁に〟の文字が隠されていると、こんなときデーンは思う。

イバンはわずかな収集物を持ち帰り、分析を開始した。検死官のオフィスにはミズ・シーツの遺体もあったが、死亡推定時刻以外に新たな発見はなかった。それに死亡推定時刻なら検死官の手をわずらわすほどのこともなかった。デーンはマーリーからの電話で死亡時刻を知っていたからだ。

ウォーリーは陰気な顔でミズ・シーツの死体の位置を示す線を調べ、警部補の顔に新たな皺を刻ませた。「明日十時、全員わたしのオフィスに集合だ」警部補はいった。「とりあえず、いったん帰宅してひと眠りしてこい」

デーンが腕時計を見ると、間もなく一時だった。急に前夜ほとんど寝ていないのを思い出した。

「マーリーの家に戻るのか？」トラメルが尋ねた。

戻りたかった。できるものなら。「いや。たぶん寝てるから、邪魔したくない」

出がけに見せた彼女の表情が目に浮かんだ。げっそりした顔に苦痛の色が戻っていた。デーンはキスさえしなかった。早くも殺害現場に心を奪われ、マーリーのことが抜け落ちていた。愛し合ったばかりだったのに、ポケベルでの呼び出しに応じて温かな体を離れ、キスさえせずに家を出た。「なにやってんだ、おれは」疲れの滲む声でつぶやいた。

「じゃあ、明日の朝また」トラメルは車に乗り込んだ。きっとグレース・ローグがまだ待っているのだろう。グレースも警官だから、トラメルが突然飛び出さねばならない状況を理解してくれている。しかしマーリーは警官ではなく、ずっと孤立を強いられ、ふつうの人の何倍もの苦しみを背負ってきた一人の女だった。驚くべき強靭《きょうじん》さを備えているために、破綻《はたん》することなく生き延びてきたが、肉体にも精神にも傷を負っている。愛し合うには大変な勇気がいっただろうに、おれはなにをした？　初めてのセックスをどたばた劇に変え、よかったよ、のひと言さえ、伝えていない。

おのれのケツを蹴り上げてやりたくなった。

きっとマーリーは眠っていない。カウチにぽつねんと坐り込んで、彼の帰りを待っている。なにも教えずにいても、そもそも彼以上によく状況を知っているマーリーを守ることにはならない。彼女は犯人の目を借りた内なる目撃者として、犯人が大はしゃぎでナイフをふるう場面を見ているのだ。

急いで車を走らせた。道はもうすいていた。雨が降りだし、ゆっくりと移動してきた嵐が市街地の上まで来ていた。濡れた路面を彼女の家に急いでいると、金曜日の夜が再現されたような気がした。

思ったとおり、リビングの明かりはついていた。私道に車を入れてエンジンを切った。彼が車から降りるより先に玄関のドアが開き、戸口に明かりを背景にした彼女のシルエットが浮かんだ。待っていてくれた。

薄いローブのままだったので、布地が光を通して体の線が透けて見えた。デーンは雨を突っ切り、低い二段のステップをひとまたぎにしてポーチに立った。マーリーは無言のまま、うしろに下がって彼を通した。なにを発見したのか尋ねる必要はなかった。

顔は疲れて青白く、目のまわりが黒ずんでいた。瞳には肉体を凌駕《りょうが》する疲れがあった。どこか他人行儀な雰囲気をふたたびまとっていた。

受け取ってもらえるものなら、デーンは彼女に慰めを与えたかった。彼女をいたわり、眠りという無意識の安らぎを与えたかった。守られているとわかれば、緊張もゆるむだろう。ひと晩じゅう抱きしめて、寄せ合う肉体がもたらす、原始的で動物的な慰めを感じてもらいたかった。

そのつもりだった。だが黙って彼女と顔を見合わせたとき、突然早鐘を打った鼓動のリズムが雨の音と重なり、高尚な意図は吹き飛んだ。わずか数時間まえに彼女を求め、欲望のままに抱いたが、二人のあいだには邪魔が入った。行為そのものは終わっていたものの、それを封じ込める作業は終わっていない。真の親密さは挿入や絶頂という行為にはなく、あとに続く静寂に、二つの肉体が触れ合うちょっとした瞬間にある。すべきことを残したまま出かけ、彼の原始的な本能はそれを無視できるほど鈍感ではなかった。

マーリーに視線をやったまま、ドアを閉めて錠をかけた。それから、焦ることなく彼女を抱き上げて、寝室に運んだ。途中、立ち止まってスタンドの明かりを消した。

腹立たしげな非難も、いやそうなそぶりもなかった。マーリーはベッドに降ろされると、その場に横たわったまま、もどかしそうに服を脱ぐデーンを待っていた。ローブをはいだ。

今夜二度め。暗がりに白い裸体がぼんやり浮かんだ。柔らかな息遣いが立ち上り、彼を受け入れようと脚を開くのがわかった。手のひらで彼女の頭をかかえ、渇望のままにゆっくりと唇を重ねながら彼女を探り、入口が柔らかく湿っているのを確認して腰を押しつけた。締まりのよい熱っぽい襞《ひだ》に触れるや一物が激しくうずき、彼女の口にうめき声を漏らした。「忘れさせて」懇願するささやき声は、絶望にひび割れていた。根元まで押し込もうと体をつかむと、背中を弓なりにして彼の大きさと力に合わせようとした。その口から湿った鼻声が漏れ、硬くなった乳首が胸にあたった。

できることがあるとしたら、情熱を傾けて彼女にすべてを忘れさせ、肉体で圧倒して快感を与えること。夜をなくすことはできないが、暗闇を二人の聖域に変えることならできる。荒れ狂う情熱を制御して二人で絶頂を迎え、穏やかな沈黙に身をゆだねてその余韻にひたる。自分の温かさと鼓動が感じられるよう夜じゅう抱きかかえ、一人じゃないと伝えるのだ。それならばデーンにもできる。

14

マーリーは身じろぎするなり、自分以外にベッドで眠っている人がいるのにギョッとして、ふいに目覚めた。すべて記憶にあるから相手は知っているのに、現実を受け入れるにはしばらく宙ぶらりんな時間があった。一昨日の晩も一緒だったけれど、あのときは気がついていなかったから、こんな目覚めは初めてだ。とっても頑強で温かい男が隣にいて、太い腕を彼女の腰に投げかけてベッドに押さえつけている。よかった。ベッドのスペースの大半を奪われているので、押さえつけてくれていなかったら、転がり落ちていたところだ。

裸の男とベッドで目覚めるという初体験にうっとりしながら、彼のほうを向いた。しかもここに裸でいるのはデーンなのだ。ささやかなオアシスを得たこの瞬間の幸せに酔いしれた。

霧雨の膜を通した柔らかな朝の光が、彼の肩の丸みを照らしていた。丸い関節をそっと手で包むと、弾力のある皮膚はひんやりして、緊張を解いた筋肉の力が伝わってくる。デーンはそんな手の感触に反応すると、マーリーの体を懐に抱き寄せ、うーんとうなってふたたび朝の夢に戻っていった。

皮膚は冷ややかなのに、健康な動物のような熱気を放っている。暖かくて心地よくて、いまはもつれて床に落ちているベッドカバーにくるまれているみたいだ。

マーリーはこれまで、内的なバリアに邪魔されて、肉体で感情を表現できずにきた。そのバリアはグリーンがもたらした精神的なダメージによって破壊され、そして昨夜、デーンはいまの彼女が肉体に没頭できることを、何度も力ずくで立証してみせてくれた。

いまはデーンによって開かれた新しい世界をまえにして、喜びにおののいていた。永久に縁がないと思ってきた世界だった。愛する男から肉体を求められ、彼もその肉体を捧げてくれた。ずっと暗闇のなかで一人だったのに、昨晩は違った。彼がその肉体と欲望を通じて語りかけてくるものを理解した。死は厳然としてあるが、その死と手を携えつつ生は続く。外の世界には悪意があふれていても、二人のあいだには希望が、原始的で喜びに満ちた生命と肉体の交歓がある。マーリーはこれまで世界からわが身を守り、自身の能力のせいで生まれたときから孤立を強いられてきた。たいするデーンは熱く鼓動するいまを喜び、支配してきた。精力を傾けてがむしゃらに突き進み、人生を自分に引き寄せて勝者となる。そんな彼とひと晩をともにすることで、彼女もまた、みずから定めていた制約から解き放たれた。

そしていまこのときも大きな乱暴者は、ベッドで無邪気に裸体をさらしている。この力強い肉体を好きなだけ探り、好きなだけ興奮していいんだわ。遊園地に出かけて、封印された宝の部屋のドアを開けようとしている子どもになった気分だった。見たいもの、やりたいことはたくさんある。そう思うと身震いするほど高ぶった。欲望に身をまかせ、その欲望の正体を突き止める——考えただけで、気が遠くなりそうだった。

彼の胸を撫で、手のひらにあたる濃く荒い巻き毛の感触を楽しんだ。胸毛の下は岩盤のように硬く、温かな筋肉の層だった。ついで小さく平らな茶色い円に目をやった。中央の小さな乳首にさわると、つんと立った。すっかり嬉しくなって、小さな突起を指先で撫でては、皮膚が粟立つのを観察した。

胸郭に低いうめき声が響いた。見上げると、デーンが目を覚ましていた。ハシバミ色の瞳は眠そうで、半分まぶたがかぶさっている。下にある性器がピクッとして持ち上がり、彼女の腹をつついた。「気に入ってもらえたか?」起き抜けの声は遠い雷鳴のようで、こもって聞き取りにくかった。

「とっても」彼女の声もふだんよりかすれている。

デーンはごろんと転がって、大の字になった。「好きなだけ見てくれ」

抗《あらが》いがたい誘惑だった。セックスは何度もしたけれど、闇のなかの行為だった。愛する人の肉体は見えず、ただ感じるだけだった。こうして許可を与えられたのだから、もう好奇心を抑えつけなくていい。マーリーは自分が裸なのを忘れ、膝立ちになって驚異に満ちた新しい領土に無我夢中で手を伸ばした。

胸に両手を置き、親指で円を描くように乳首をいじり、また硬くなるのを嬉しそうに見守った。彼を見上げた目は発見の喜びに輝いていた。「あなたも感じるのね?」

デーンはごくりと唾を呑んだ。息遣いが荒くなったせいで、厚い胸板が大きくふくらんでいる。「ああ、ものすごく」

その刹那《せつな》、ぱっと浮かんだ輝くような笑顔に、デーンの心臓は止まりそうになった。彼女はふたたび肉体に関心を戻し、頭を下げた。乳首の周囲に舌を這わせ、そっと吸い上げた。うめき声を嚙み殺した彼の全身に震えが走る。もう片側の乳首も同じように口で愛撫すると、両方の手を胸郭に沿わせて形状や感触を手に写し取り、皮膚の質感をたしかめた。デーンは息を詰まらせ、マットレスをつかんでこらえた。彼女に触れたいという思いの強さに押しきられそうだった。かつてない感覚だった。いま体を探っているマーリーは拷問のようなやさしさと、絶妙な苦しみをもたらし、悪いことに、さらにひどくなる予感があった。

マーリーの両手は上に滑り、たくましい男には不似合いなほど柔らかな腋毛の感触を楽しんだ。人目に触れない守られた部分の皮膚は、彼女のと同じくらいすべすべしていた。

胸に渦巻く体毛のマットは、細い線になって腹の中央を走り、小さな臍《へそ》を囲んで、股間に向かってまた広がっている。その毛の筋を一本指で下へとたどってゆくと、最後に手が勃起した性器をかすめた。そこで動きを止め、手を返してペニスに指を巻きつけた。デーンがしゃがれ声を上げて、両脚をもぞもぞさせたが、やがてそれも静まった。マーリーは残る片手も伸ばして両手でペニスを支え、興味津々で手のあいだにあるものをのぞき込み、対比のみょうに魅了された。焼ける鉄のように硬いものが、ひんやりとした柔らかな皮にくるまれ、太く勃起してドクドクと脈打っている。そんなものを自分のなかに入れるところを想像すると、否が応でもときめいて、鼻にかかった荒い息遣いが漏れ、血がたぎって、体が熱く張りつめた。

デーンの肉体は男性美の極致だった。重い陰嚢《いんのう》をそっと包むと、たくましい肉体が弓なりになり、震えが全身を貫いた。「主よ、ご慈悲を」喉に詰まった声でいった。

「主?」小声で尋ねる。「わたしじゃなくて?」自分の女としての力に陶然とした。

「きみだよ。いや両方。どっちでもいい」

秘められた場所は湿り気を帯びてふくらみ、欲情にうずいていた。昨晩の営みを含め、いままでセックスはだれかがマーリーに行なうものだった。今回はマーリーが自分と彼の肉体の両方を支配したかった。そうしなければならなかった。喜びを求めつつ喜びを与え、恐れも束縛もない一人の女として、確固とした性的自信を手に入れるために。束縛のなかで生きるのは、もうたくさんだった。

春のそよ風を思わせる柔らかな吐息を漏らし、彼によじ登ってまたがった。竿をつかんであてがい、ゆっくりと腰を沈めた。ひりひりする。彼のものに合わせて広げられる柔らかな肉の痛みに唇を嚙んだ。けれど呑み込むにつれて温かさ、硬さが奥まで届く感覚に魅せられて、ほんの少しずつ腰を下げた。そのえもいわれぬ感覚に味をしめ、抜ける寸前まで腰を浮かせては、ふたたびゆっくりと腰を沈める。その動作を繰り返した。

デーンはシーツを握りしめ、額には汗が噴き出した。彼女は半分ほど呑み込んでは腰を持ち上げる。こんなことが続いたら、そのうちにおかしくなって絶叫してしまう。それでも彼女には触れなかった。触れればわれを忘れてしまうが、このショーは彼女のものだ。デーンの肉体から得られる喜び探しに熱中しているマーリーは、夢見るような、おごそかな表情をしていた。自分の肉体の感覚のみに集中して腰を上下させているのに、無視されている感じはなかった。みずからの官能を手探りする姿にこれまでになくそそられ、と同時に喜びで胸が詰まった。

マーリーはあふれ出す情熱と快感に呑まれそうで目を閉じた。これにくらべたら前夜学んだことなど無に等しかった。体はこの先に待ち受ける絶対的な恍惚を予感しつつ、そこへ至る道をじっくりと味わっている。敵は最後の瞬間を求める彼女自身の性急さだった。腰を持ち上げればペニスが敏感な襞を引っ張り、そのあとには深く貫かれる快感が待っている。奥深いところで飛び散るそんな感覚の火花の一つずつを大切にしたかった。避けようもなく近づいてくる絶頂の予感に、あえぎ声を漏らした。でもまだよ、と朦朧《もうろう》とした頭で思う。いまの喜びを手放したくない。急がなくたっていいんだから。

デーンはシーツの上で身悶えしていた。これ以上じらされたら死んでしまう。腰が浅いところで動かされているせいで、先頭のふくらみに常時圧迫がかかっている。かすれたうめき声が胸の奥からせり上がった。深く貫きたいという強烈な性欲に突き動かされつつ、無理やりそれを抑えつけた。おれの欲望はあと回しでいい。いまはマーリーの時間だ。激しい快感に震えが走った。心臓が爆発する。少なくとも一物のほうは、間違いなくその時を迎えつつあった。

彼女の陰部は濡れそぼり、リズムが早くなった。ベッドをくるんでいたシーツは引っ張られてゆるみ、力のみなぎる体は弓なりになって、肩と踵《かかと》だけで支えられている。視界に靄《もや》がかかった。

「マーリー」ざらついた声が、切れぎれに吐き出された。なりふりかまわず懇願した。「お願いだ……深く。もっと深く。入れろ……奥まで……全部」

聞こえていたとしても、彼女は応じなかった。官能の渦に揉まれてわれを忘れ、ほかのすべてを顧みなかった。両腕を彼の胸について目を閉じ、腰を激しく動かしている。切れぎれのむせび声が口をつき、ブルッと身震いするや渦巻く快感の海原に投げ出され、全身を快楽の高波にゆだねた。

膣内のリズミカルな収縮が、最後に残っていた忍耐を打ち砕いた。かすれた咆哮とともにシーツを放すと、うねる彼女の腰をつかんで引き寄せ、腰を突き上げて貫いた。このひと突きで放出感が怒濤《どとう》のように押し寄せた。痙攣におののきながら、容赦ない残酷さで彼女を引きつけた。やがて二人にとっての終わりがきて、マーリーがぐったりと胸に倒れ込んだ。重なり合った心臓の鼓動が、二人を内側から揺さぶっていた。

もう二度と動けないかもしれないとデーンは思い、蠟《ろう》になって彼の上に溶けてしまいそうだとマーリーは思った。どちらにも体を引き離す力は残っていなかった。

デーンはほっそりとした背骨に手を這わせて骨格を感じた。これまで抱いた女の数はわからないものの、今回のこの快感がいちばん鮮烈なのはわかった。マーリーのような女はいなかった。そのすべてが新鮮だった。いままで女の体のこまごまとした部分、そのたおやかさや、女らしい香りに魅せられたことはなかった。それをいえば、一人の女にこれほど執着したこともだ。だからこそ、彼女の表情のわずかな変化を追い、動作の一つずつに込められた心理の襞を読み取ってしまう。出会ったときから、彼女の些細な動きを感じ取っては、体と感覚が反応した。最後の恋人の名前さえ思い出せず、頭にあるのはマーリーのことだけだった。

だが一日ここで過ごしたいとどれほど願おうと、ベッドの脇にあるデジタル時計の赤い数字は黙って時を刻んでいた。八時十五分。十時に市街に出勤するまでに、シャワーを浴びて髭を剃り、腹になにかを入れなければならない。

「行かなきゃ」デーンはつぶやいた。

マーリーは胸から頭を上げず、デーンはまだ背筋を撫でていた。「どこへ？」

「署だ。十時に警部補のミーティングがある」

こわばりはしなかったが、彼女の体が静けさに包まれた。「昨晩のこと？」

「ああ。やっぱり、同じ犯人だった」

「わかってる」いったん口をつぐむ。「それで、これからどうするの？」

「両方の事件でわかったもろもろの情報を突き合わせ、被害者の共通点を探って、犯人を逮捕するための特捜班が設置される。ＦＢＩに協力を要請することになるかもしれない」

マーリーはさらりといった。「もう一度証言する必要があったら、いって。するから」

それでどんな苦しみを背負うことになろうと、マーリーがすでに覚悟を決めているのがわかった。彼女は嘲笑と不信と嫌疑にさらされる。それはデーン自身が彼女に投げつけたものでもあった。惹かれていたにもかかわらず、彼女の言葉を額面どおりに受け取ろうとしなかった。彼女はどんな目に遭うか承知で、進んで飛び込もうとしていた。

彼女を抱きしめた。「きみをつらい目に遭わせたくない」

「でも、必要とあらば、あなたはするわ」

「ああ」

傷ついていないとわかってほっとした。避けられないこととして、受け入れてくれている。デーンは髪を撫でた。「話しておかなきゃならないことがある」気乗りしないまま、口を開いた。「新聞で読んだり、ニュースで見たりしてもらいたくないから」

悪いことだと察しつつ、マーリーは先を待っていた。いやでもこれ以上は引き延ばせない。昨日の彼女はニュースを見られる状態ではなかったが、今日はそうはいかないからだ。彼女が一人きりのときにわかるのは最悪だった。

「金曜の夜、アンセル・ビニックが自殺した」

マーリーは詰めていた息を、長い吐息にして吐き出した。彼の悲しみが自分のことのように胸を突いた。

「これで三人ね。一週間で三人が殺されたんだわ」

「犯人は逮捕する」デーンは請け合ったものの、二人ともむずかしいのはわかっていた。デーンはもう一度時計を見た。八時二十分。

彼女をかかえたまま体《たい》を入れ替え、そっと離れた。「一緒にシャワーを浴びるか?」

マーリーも時計を見た。「ううん、朝食を用意する。シャワーを上がるころには、できてるわ」

「わかった。嬉しいよ、ハニー」

料理してあげるという申し出を平然と受け入れたデーンをおもしろがりながら、身支度をしてキッチンへ向かった。いつもはシリアルと果物で簡単にすませているが、デーンほどの大男になると、もっと腹にたまるものがいる。コーヒーをセットして、めったに使わないワッフル焼き器を取り出した。温めるあいだにパッケージミックスで生地をつくった。どれくらい食べるだろう？　わたしなら一つでも多すぎるけれど、彼なら二つ、あるいは三つくらい、ぺろりと平らげそう。

シャワーの音と口笛が聞こえてきた。コーヒーメーカーからは、蒸気と滴る液体の音。そしてわたしはデーンの朝食を支度している。その家庭らしい雰囲気にびっくりして、腕が脇にだらんと下がった。いままでだれかのために朝食を、いや朝食だけじゃない、どんな食事も用意したことはなかった。

この六年、安全で安定した平凡な一人きりの生活を確立しようと努力してきた。だがわずか一週間でそんな生活はひっくり返され、いまも自分なりのバランスを見つけようともがいている。安全で安定した平凡な生活は脇に押しやられ、同時に孤独も持ち去られた。孤独をいらだたしく思ったことはなかった。自分のペースでものごとを運べるのを喜び、ときには徹夜で本を読み、そのとき食べたいものを口にしてきた。グリーンの事件があるまでは、他人との絆《きずな》や結婚、子どもをどれほど望んだことか。しかしその後は、静けさのなかに取り残されることだけを願ってきた。

ところが、いまある男が自分のシャワーを使っている。しかもただの男ではない、デーン・ホリスターがだ。厳めしくて、無骨で、あっけにとられるほど強引で、どこへ行くにも武器を手放さない刑事。そして、これまで出会っただれよりも寛大な男でもある。彼は想像もつかなかったしかたで自分をさらけ出し、最初の数回は敵意さえむき出しにした。金曜の夜、絶望に駆られて電話で助けを求めると、一目散に飛んできて、それ以来、彼から感じるのはやさしさだけだ。以前から惹かれてはいたけれど、愛を自覚するまでになったのはそんな惜しみない寛大さのせいだ。マーリーが必要としているから、そばにいる。単純明快だった。

シャワーの音がやんだ。髭を剃っているのだろう、洗面台に水を流す音がする。朝食の準備はすんだ。ワッフルに粉砂糖を振りかけ、新鮮なイチゴと、電子レンジで温めたシロップを添えた。カップにコーヒーをついでいると、彼がキッチンに入ってきた。ズボンしかはいていない。筋肉が畝状になった広い胸を見ると、膝がガクガクした。濡れた髪の下には髭を剃り立ての顔。顎に小さな剃り傷が二つある。マーリーは息を吸って、湿った石鹸のにおいと、軽い麝香《じゃこう》のような男らしい体臭を嗅いだ。

デーンは用意された朝食を見てにっこりした。「ワッフルか」ありがたそうにいった。「シリアルだと思ってた」

マーリーは声を上げて笑った。「ふだんのわたしはシリアルよ」

「ふだんのおれはドーナツか、ファーストフードのパンだ」そういってテーブルにつくと、いかにもおいしそうに頬張りはじめた。

マーリーはとがめるように舌打ちした。「脂肪とコレステロールの塊だわ」

「トラメルにもそういわれてる」

「二人が組んでどれぐらいになるの？」よく知らないながら、トラメルには好意を感じていた。優雅で人目を惹く外見や、そのしなやかさ、危険な力強さがヒョウを思わせた。

「九年だ。むかしは二人でパトロールに出て、同時期に刑事になった」デーンはふたたび熱心にワッフルに取り組んだ。

「一般の結婚生活より長いわね」

デーンはにやっとした。「ああ、だがもしあいつと寝てたら、一日ともたなかったろうな」

「結婚したことあるの？」ぽろっと質問が飛び出したとたん、マーリーは唇を噛んだ。プライバシーを守るのに苦労してきたせいで、自分からは立ち入ったことを訊かないようにしてきたのに。「気にしないで。答えなくていいから」

「どうして？」デーンは肩をすくめた。「べつにかまわないぞ。結婚歴、婚約歴ともなし」咳払いした。説明を加える必要があると感じているらしい。「ただし、同性愛の傾向もない」

「知ってたわ」あっさり受け流した。

デーンはまたもやにっこりして、ハシバミ色の目で愛しげに彼女をながめた。「記録によると、歳は三十四。両親はフォートローダーデールに在住。兄弟三人に姉妹二人。全員結婚してて、人口増加の一端をになってる。連中のおかげで、二歳から十九歳になる姪と甥が十八人。休暇で全員集まろうものなら動物園だ。全員フロリダにいるが、居場所はばらばら。おじや、おばや、いとこに関する詳細は省こう」大家族の概略を説明しながら、注意深くマーリーを観察した。彼女のような生き方をしてきた人間なら、これほどおおぜいの親戚がいると聞いただけで驚きだとわかっていたからだ。ガールフレンドをプライベートな領域に立ち入らせたいと思ったことはなかったが、マーリーだと気にならず、理由を突きつめてはいないながら、違いは受け入れていた。

　マーリーは彼のいう拡大家族を思い描こうとしたが、やっぱりできなかった。これまでどんな種類の関係も最低限に抑えるしかなかったし、この六年はそんな制限さえ不要だったけれど、いまだむかしの習慣で自分を無防備な状態に置くのを嫌う感覚が残っていた。

「わたしの母は、わたしが三歳のときに火事で死んだわ」マーリーは話しだした。「自宅に雷が落ちてね。わたしが覚えているのは大きな衝撃音だけよ。空気さえばらばらになりそうなくらいの大音響で、すべてが白い光におおわれた。お隣の人に助け出されてわたしは軽い火傷ですんだんだけど、母は雷が直撃した場所にいたの」

「雷雨なんかあると、神経質になるんだろうな」

「そう思うでしょう？　それが、雷雨を怖いと思ったことは一度もないのよ。母が死んだ直後からそうだった」もうお腹いっぱい。マーリーはフォークを置いてコーヒーのカップを持った。「稲妻には不思議な作用がある。ドクター・ユーエルの説によると、わたしは大量の電気を一度に浴びたせいで、通常の精神プロセスに変化を生じたか、強化されるかして、他人の発する電気エネルギーに敏感になったらしいわ。たぶん以前はふつうだったんでしょうね。その後は扱いにくい、癇性《かんしょう》の子どもになった」

「母親を失ったのが関係してるのかもしれない」

「かもね。でもだれにもほんとうのところはわからないでしょう? もともと能力があったのに、それが自覚できる年齢に達していなかったのかもしれないし。聞いた話によると、母はおっとりした物静かな人だったらしいから、母がいるあいだは落ち着いていられたのかもしれない。なんにしろ、父はわたしに手を焼いた。父がいらいらしたり怒ったりすればするほど、敏感に感じ取ってしまって、どうやって父の感情を閉め出したらいいのかわからなかった。二人ともひどく不幸だった。

わたしは一風変わった子どもで通っていて、学校に上がっても友だちをつくらなかった。そのほうがよかったの、疲れるから。その後、迷子になった赤ん坊を見つけた話が新聞に出て、ドクター・ユーエルが父を訪ねてきた。わたしは研究所でテストを受け、平和で静かな研究所が気に入ってとどまることにした。父もわたしもほっとした」

「親父さんはいまどこに?」

「亡くなったわ。その後しばらくは定期的に面会に来ていたけれど、どちらにとっても居心地の悪いものだったから、だんだんに間隔が広がっていったの。そしてわたしが十四のとき再婚して、たしかサウスダコタに引っ越した。奥さんに会ったのは一度きり。悪い人じゃなかったけれど、わたしに不安をいだいているのがわかった。彼女が最初の結婚でもうけた二人の子どもがいて、父とのあいだにはいなかった。父が亡くなったのはわたしが二十歳のとき、激しい心臓発作だった」

「ほかに親戚は？」

「おじとおばが数人ずつ。それに会ったことのないいとこが何人かよ」

子どものころから、本質的に孤独だったのだ。頬をすりつけたり、抱き寄せたりしてくれる人も、十代のころ外泊してクスクス笑い合う友だちもいなかった。はたして、子どもらしく夢中で遊んだ時期があったかどうか。たぶんなかったのだろう。彼女にはどこかみょうに老成したところがあり、精神的な落ち着きは実年齢をはるかに超えていた。しかし尋常でない子ども時代を送り、やむをえぬ理由から禁欲的なライフスタイルを貫いてきたにしては、驚くほどふつうだった。どんなにエキセントリックでも許されるような育ち方をしているのに、風変わりな習慣や奇抜さには縁がなかった。

連続殺人犯の思考波を感知する能力はあるにしても。

デーンは時計を見て、最後にひと口コーヒーを飲んだ。「じゃあ行くよ、ハニー。すごくうまかった。で、夕めしはなんにする？」

今夜も自分と過ごすつもりだ。そんな彼をおもしろがる気持ちと、期待と、混じりけのない恐怖にとらえられて、笑い出すしかなかった。「朝食をすませたばかりよ」クスクス笑いながらいった。

デーンは彼女の頬をつねった。「十一世紀のペルシアの詩人オマルでさえ、四行詩集『ルバイヤート』の冒頭に食べ物を挙げてるんだぞ」

「最初はワインじゃなかった？」

「彼について話し合う必要がありそうだ」ウィンクして身支度のため寝室に向かい、マーリーはテーブルの片づけにとりかかった。なんだかくらくらする。今晩また彼が帰ってくるんだわ。

デーンはこれまで恋人とどんなつき合いをしてきたのだろう？ときどき、たとえば週末だけ一緒に夜を過ごせば満足？ それとも毎晩やってきて時間を共有し、愛し合ってから自宅に戻る？ 今後の展開がまるで読めなかった。いまの彼にはしごく満ち足りた雰囲気があるから、この週末の結果を喜んではいるのだろうが、ひょっとすると、ただの性的な充足感なのかもしれない。その違いを云々するには経験がなさすぎた。デーンは親切で思いやりがあって情熱的だし、そんな彼を突如として愛してしまったけれど、まだ彼がよくわかっていないという思いまでは消せなかった。

デーンは肩掛けホルスターに腕を通しながら、寝室から出てきた。「ここに上着を置いていないのを忘れてた」顔をしかめた。「うちに寄ってひっかけてかなきゃならないから、急がないと」かがんで彼女にキスした。「じゃあな、ハニー。何時に戻れるかわからない」

彼の胸に手を置き、つま先立ってもう一度キスした。「食料品を調達してこないと、あなたに食べさせるものがないわ。家にいなかったら、買い物だと思って」

デーンは腕を回してマーリーを引き寄せ、腰を自分のものに押しつけた。飢えたように熱烈に唇を重ねてきたので、力が抜けて、快感でぞくぞくした。手が胸と股間に伸びてくる。彼女をキャビネットに押しやり、その上にひょいと坐らせ、開いた脚のあいだに腰を割り込ませてきた。彼のがっちりとした肩につかまると、手のひらにホルスターの革ひもの感触があたった。

デーンはうめき声とともに唇を離した。「こんちくしょうめ。まずい、時間がない」額には汗が光り、目は半分閉じている。挑みかかるような彼の目を見ていると、行かないでとしがみつきたくなる。だが義務のなんたるかをよく知るマーリーは、苦労して彼を押しやった。

「さあ、行って」

デーンはあとずさりし、顔をしかめながら手を股間にやって位置を直した。「用事がすみしだい戻るが、数時間かかるかもしれない。スペアキーあるかな?」

「あるわよ」

「じゃあ、おれに持たせてくれ」

彼を相手にとまどったり、不安になったりする必要はない。マーリーはカウンターを飛び下り、急いでハンドバッグを探った。スペアキーを差し出すと、デーンはそれをキー・ホルダーにセットした。もう一度キスしようと手を伸ばしかけたが、すんでのところで思いとどまった。「あとで」ウィンクしてドアに向かった。

デーンが行ってしまうと、カウチにへたり込んで心の点検にかかった。いま進行中のことに警戒心や、さらにいえば恐怖心まであるけれど、いまの彼女を押しとどめられるものはなかった。生まれて初めて人を愛し、それはなにものにもかえがたいものだった。

デーンが驚いたことに、市警本部長まで顔を出していた。ロジャー・チャンプリン。長身にして、白髪。長いデスク仕事で背は丸まったが、階級を昇りつめた叩き上げの警察官で、四十年を超える輝かしい経歴を持つ。老いたとはいえ、若いころ学んだ時代遅れの方法に固執せず、新技術導入の流れについていこうとするだけの柔軟さがあった。

雑然としたボネスのオフィスでは全員が入りきれなかったので、会議室に移ってドアを閉めた。イバンも来ていた。顔には皺が寄り、目が血走っているから、仕事に追われて徹夜だったのだろう。課の刑事の全員が顔をそろえ、その多くが日曜日の午前中に、しかも本部長同席の会合が開かれるのをいぶかっていた。

ボネスは燃料を補給しつづけるように、ひっきりなしにコーヒーを飲んでいた。その表情からして、徹夜とはいわないまでも、ろくに眠っていないのがわかる。カフェインの摂りすぎで、カップを持つ手が小刻みに震えていた。

各自コーヒーのカップを手に持ち、適当な場所を選んで坐った。デーンは立っていることにして、壁にもたれた。

ボネスはテーブルに置いた紙の束を見下ろし、溜息をついた。始めるのをためらっている。

公言すれば、いっきに現実味を帯びると感じているのかもしれない。

「さて、諸君、難問発生だ」ボネスが口を開いた。「比較できる事件は二件ながら、きわめて類似点が多いため、連続殺人犯がオーランドにいるものと確信している」

室内は水を打ったように静まり返り、刑事たちは目配せを交わした。

「疑いを持って警戒していたため」ボネスは詳細を省いた。「早期に気づくことができた」右側に坐る刑事、マック・ストラウドに用紙の束を手わたす。「一枚取って、回してくれ。これはネイディーン・ビニックとジャクリーン・シーツに関する記録をまとめたものだ。両方を注意深く読みくらべてもらいたい。ミセス・ビニックは一週間まえの金曜に殺され、ミズ・シーツはこのまえの金曜夜に殺された」

「いまわかっていることは？」マックが質問した。

ボネスはイバン・シェファーに顔を向けた。「ない」イバンはきっぱり述べた。「まったくだ。手袋をはめていたので、指紋はない。精液もない。ただ両被害者の膣には強姦を示す擦過傷があったから、コンドームまたは道具を使ったと思われる。毛髪もなかった。足跡も、衣類の繊維も、目撃者もなし。というわけで、手がかりはない」

「確認させてもらいたい」チャンプリン本部長が発言し、一同をぐるりと見まわした。「わたしにはわが市に連続殺人犯がいると市長に報告する義務があるが、犯人の手がかりはいっさいないということかね？ たとえ奇跡によって犯人を取り押さえたとしても、犯罪と結びつける証拠はないと、そういうことか？」

「そういうことです」イバンが答えた。

「なぜ同一犯だとわかる？　事件はたった二件、しかも刺殺というのはありふれた手口——」

「証拠ゼロの刺殺事件が二件です」デーンがさえぎった。「どちらも金曜夜のほぼ同時刻に発生。凶器が被害者の台所にあったナイフで、現場に残されていた点も一致しています。同一犯だとしか考えられません」マーリーのことは持ち出さなかった。ボネスもだんまりを決め込むはずだ。早晩彼女も巻き込まれるが、まだ早すぎる。環境が整い、すべてをデーンが制御できるようになってからだ。

「二人の被害者につながりは？」マックが尋ねた。

デーンはシーツ事件の書類を手がけたフレディとウォーリーを見やった。フレディはかぶりを振った。「まだ何人か話をすべき人物が残っているけど、いまのところつながりは見つかっていないわ。二人に似たところはなく、住んでいる地域もべつ。ミセス・ビニックは主婦だし、ミズ・シーツは法律事務所の秘書よ。同じ場所に頻繁に出入りしたという事実もない。調べたかぎりでは、二人に面識があったとは考えられない」

「電話会社に両家の全通話記録を請求して、比較することはできます。同じ番号が見つからないともかぎりません」トラメルがいった。「それに、廃棄物のなかに興味深いものが見つかる可能性もあります」

「あと、銀行から支払い済み小切手の写しを取り寄せる必要があります」デーンはメモを取りながらいった。「クレジットカードの請求の写しもです。かならずなんらかのつながりがあるはずです」

「これから一両日程度、市長への報告を待とうと思う」と、本部長は全員をにらみつけた。「些細なことでもけっこう、確証となるものを探し出してもらいたい。このままでは、自分がひどく滑稽《こっけい》に思えてかなわないのでな」

「法医学的な証拠の欠如は、それ自体が今回の特徴の一つです」デーンは指摘した。「FBIに分析を依頼すべきだと考えます」

思ったとおり、本部長は苦々しげに顔をゆがめた。「連邦の役人にゆだねるというのか？」辛辣に問い返した。「きみにはこの事件を担当する能力がないのかね、ホリスター？」

デーンは肩をすくめた。警官というのは自分の管轄を守るのに汲々とし、昔気質の警官ほどなにごとにつけFBIの介入を嫌う。輝かしい結果を根こそぎ捜査局の人間に横取りされるからだ。「追跡調査支援ユニットはこうした調査を専門に扱っており、いまはあらゆる手段を講ずるべきだと考えます。わたくしのキンタマが連中より大きいのは、証明するまでもないことです」

「気楽にいってくれるじゃないの」フレディがしれっと感想を述べた。「あたしはどういえばいいのかしら？」

「残りのおれたちはどうなる？」ウォーリーが哀れっぽい口調で混ぜっ返した。

室内は笑いの渦に巻き込まれ、下品な冗談がぽんぽん飛び交った。ボネスは秩序の乱れに頬を紅潮させつつ、口元をほころばせている。デーンのウィンクに、フレディもウィンクで返した。

「当面の仕事に戻るには」本部長が声を張り上げた。「きみたち全員の大きさを、持たざるものを含めて、逐一比較してやるしかないようだな。いいだろう、ＦＢＩの協力も考慮してみよう。ただし市長に話してからにするから、わたしの許可を待つように。わかったな？まずは手つかずの部分を徹底的に洗うことだ」

「あまり時間がありません。つぎの金曜日は五日後です」

「曜日ぐらいわたしにもわかっておる」本部長はいい返した。「市長には火曜日に話す。だから火曜日までは待とう。ということはだ、諸君、なにかを探り出す期限はあと二日。しっかりやってくれ」

15

日曜日にできることなど、たかが知れている。ジャクリーン・シーツが定期的に通っていた美容室へアポートの電話には留守番機能さえなく、いたずらに発信音を聞かされただけだった。銀行も全滅。だが電話会社は週七日、一日二十四時間業務を行ない、連絡手段を確保してくれている。そんなわけでだれかしらが出勤しているので、デーンはまずシーツ家からかけられた全通話記録を取り寄せる作業に取りかかった。

ボネスは特捜班を編成し、すでに二件の事件の担当についているデーンとトラメル、フレディとウォーリーの四人を選んだ。彼らが担当していたほかの事件を割り振られた残りの刑事たちは、ときをおかずして特捜班に組み入れられる可能性があるため、より多くのことを迅速に処理するよう指示された。

なにかと用事があり、デーンとトラメルが警察署の建物をあとにしたときには、四時を回っていた。デーンは青空に目をすがめ、サングラスをかけた。朝方雨がぱらついたのち、一転して暑い日になった。雨水は熱せられて蒸気となり、不快な湿気を増やしただけだった。

「グレースは元気か?」デーンは尋ねた。

トラメルはげんなりした調子で答えた。「おれたちがいまにも駆け落ちすると思ってるようなロぶりだな。そうはいかないぞ」ひと息おいてつけ加えた。「グレースなら元気だ」

「まだおまえの家にいるのか?」

トラメルは腕時計に目をやった。「いいや」

デーンは喉の奥で笑った。「まだってことだな? おまえの家に向かっている途中なんだろう? おまえは署を出る直前に電話してた。相手はだれだったんだろうな?」

「勝手にほざいてるがいいさ」トラメルはさらっと受け流した。「そういうあんたはどこへ行く?」

「うちだよ、おれの」

黒い眉毛が物問いたげに持ち上がった。

「着替えを取りにね」満足そうに、説明を加えた。

「いっそのことスーツケースに荷物を詰めて、引っ越したらどうだ?」

「まあね。ただ、どうせ郵便物を取りに毎日うちに立ち寄らなきゃならないから、手間は変わらないんだ。衣類の大半は彼女の家に持ち込むことになるだろうが」

「いままでは女のほうが、あんたのとこに転がり込んでた」トラメルが過去を蒸し返した。

「マーリーは特別だ。自宅のほうがくつろげるから、たぶん離れたがらない」デーンとしても、彼女を自分の家に引き入れたくなかった。トラメルが指摘したとおり、この数年で彼の家に仮住まいした女は五、六人に上る。そのときは嬉しかったし、楽しみもしたけれど、どの女も最終的にはあまり重要な相手ではなくなった。少なくとも、仕事ほどの重要さや、おもしろみは感じられなくなった。だがマーリーは違う。記憶から消し去ってしまえる女たちの群れには入れられない。

自宅のことを考えるうちに、そわそわしてきた。これまでは自分にぴったりの家だと思ってきたが、それは頓着していなかったからだ。突然、環境をがらっと変えたくなった。「おれのうちは、手を入れる必要がある」瞬時に腹が決まった。「いい機会かもしれない」

「手を入れるって、たとえば？」

「改装だよ、改装。壁の塗り替えとか、床の張りなおしとか。バスルームには大がかりに手を入れる必要がある」

「なるほど」トラメルの黒い目が光りだした。何年もまえからそうすべきだと思っていたのだ。「ついでに、新しい家具を入れるってのはどうだ？　いまのは二十年以上使ってるやつばかりだ」

「あの家は祖父母のものだったからな。家を相続したとき、家具もついてきたんだ」

「どうりで。どうだ、新しい家具も入れたら？」

考えてみた。トラメルは別格として、警官としては珍しくデーンは金に困っていなかった。独身で、食べ物や衣類や車に金をかける趣味はないし、住居は祖父母から相続したから、毎月のローンもない。実際使うのは収入の半分。この数年は残りの半分が預金として貯まっていく一方だ。何度かボートを買おうかと考えたが、買ったところで乗る時間があるとは思えず、それ以外の使い道は思い浮かばなかった。自宅を改装する必要がある。マーリーと一緒に住むところはまだ想像できないけれど、ときどきは連れていきたいから、彼女の気に入る場所にしたい。残念なことに、いまはいかにも独身男の家、しかも住まいに関心のない独身男の家然としている。食べ残しやビールの空き缶をそこらじゅうに放置しておくほどだらしなくないが、掃除や整理整頓は得意じゃなかった。

「よし」デーンはいった。「この際だ、新しい家具も入れよう」

トラメルは両手をすり合わせた。「おれが明日にも手をつけてやる」

デーンはいぶかしげに友を見た。「どういう意味だ、おまえが明日にも手をつける、って？　おまえだって忙しいはずだ。おれが自分で塗装と床の張り替えの手配をして、来週末にでも新しい家具を見つくろってくるよ」

「それはだめだぞ、相棒。あんたの趣味の悪さは天下一品だ。例外は女だけ、女の趣味は大変よろしい。あとはおれにまかせるんだな」

「いや、だめだ！　おまえのことだ、リビングの床に目の玉が飛び出るほど高い、ちんまりしたラグを敷くに決まってる。そんなもん敷かれた日には、おちおち床も歩けやしない。おれの預金はおまえのとは違うんだからな」

「それもちゃんと考慮してやるよ。インド産のダーリのラグも敷かない。あんたと違って、おれは非常に趣味がいい。おれにまかせれば、居心地だけじゃなくて、見た目もぐっと良くなるぞ。きっとマーリーにも気に入ってもらえる」抜け目なく最後につけ加えた。

デーンからにらみつけられても、トラメルは肩をポンと叩いた。「肩の力を抜いて楽しめよ」

「おまえに一発やられるとこみたいな気分になるよ、そんなせりふを聞くと」

「だいたい一万あれば改装できる。どうだ、その金額で？」

「やけに高いな。五千じゃだめか？」

トラメルは不満げに鼻を鳴らした。「ベッドのかわりにフトンで寝て、ふにゃふにゃのビーンバッグをソファにするんならそれでもいい」

一万か。かなりの大金だ。だがトラメルは独善的ではあるが、趣味はいい。家は改装しなければならず、マーリーは住まないまでも、彼女のためにまっさらで清潔な場所にしたい。元の恋人たちの痕跡はほとんどないが、この際わずかな気配も一掃したかった。「そんな時間をどうやってひねり出すんだ？」不承不承尋ねた。

「電話ってものを知らないのか？　どうってことない。品物は配達させて、おれが立ち寄っては確認する。おれのお眼鏡にかなわなければ、店に引き取らせるまでだ」

「これだからな、金持ちってのは。いいかげんに天上から下りてきて、しばらく一般人として暮らしてみたらいいんだ」

「おれのようにわがままな消費者が雇用を生み、経済を発展させるのを知らないか。今度はあんたが世間に貢献する番だ」

「はいはい、仰せのとおりに」

「だったら、これ以上ぼやくのはやめるんだな」またトラメルは時計を見た。「じゃあな。スペアキーは明日の朝、渡してくれ」

「はいよ」はたしてトラメルの手が加わった家が、同じ家に見えるかどうか疑問だった。だが、これで一度に二つのことが解決する。家の改装というのは、マーリーの家に居候する完璧な口実になる。口笛を吹きながら車に乗り込んだ。

それから一時間半後、マーリーは唖然として玄関に立ちすくみ、車からスーツケースや段ボール箱を降ろすデーンをながめていた。

「いったいこれはなんなの?」上ずった声で尋ねたが、訊くまでもない。目に見えているとおりのものだ。ほんとうに尋ねたかったのは「どうして?」のほうだったが、その答えもやっぱりわかっていた。彼女とのセックスを楽しんでいるのは嘘じゃないとしても、デーンが警官であることを忘れるわけにはいかない。マーリーを監視するのに、その自宅に引っ越してくる以上の方法があるだろうか? これならいつ彼女がビジョンを見ても、ただちに対応できる。

「おれの荷物さ。自宅を改装することになったんで、二週間ほどうちを出なきゃならない」ポーチに立ち止まり、彼女の顔を見た。「先に相談しなくて悪かったが、突然決めたもんだから」

「あらそう」皮肉っぽく唇をゆがめた。「好機を見のがさないためには、引っ越してくるのがいちばんですものね。警官としても、個人としても」

デーンはそっと段ボールをポーチに置いた。その表情は冷静でもあり、よそよそしくもあった。「なにをいいたい？」

マーリーは肩をすくめた。「じゃあ訊くけど、わたしのところへ越してくるのは、殺人事件やいまの状況全体を考えてのことじゃないって誓える？」

「いいや」そっけなく答えた。正直いって、誓えなかった。マーリーは犯人につながる最大の手がかりだが、それだけじゃなかった。ビジョンによって彼女の精神と肉体がどれほど傷つくか、いまのデーンにはわかっていた。彼女のそばにいたいと思うのは、惚《ほ》れ込んでいるという事実に加えて、この二つの理由があるからだ。

マーリーは黙って立ったまま、しばしいまの状況を考えてみた。二人は恋人になったが、彼女の本能はゆっくりとものごとを進めろと告げている。ところが周囲の事情によって、二人は逆に圧力釜にほうり込まれようとしている。いま自分がブレーキを踏みたいと願い、未知の新しい関係を手探りで深めたいと思ったとしても、同じ事情が立ちはだかっていることに変わりはない。デーンはなにをさておきまず警官であり、彼女は殺人犯に直接つながる人間だ。犯人が逮捕されるまで、デーンがそばを離れるわけがなかった。こうなったら、彼がここに住む主たる理由が仕事なのだと忘れないようにするだけだ。いくらデーンでも、体を許し合った女性の家に毎回押しかけるとは思えなかった。

マーリーは道を空けた。「理解が一致したわね。いいわ、入って」

翌朝、トラメルは近づいてくるデーンを見て長々と低い口笛を吹き、課の全員がデーンを振り返った。連続殺人犯がのさばっていようと、仲間をやり込める時間ぐらいはひねり出せる。フレディは心臓に手をあてて卒倒するふりをした。キーガンのデスクの脇に立っていたボネスは、なに食わぬ顔で尋ねた。「こちらになにかご用ですかな？」

「もちろんだとも」デーンは鷹揚に応じると、自分の椅子に腰掛けた。「口のきき方を知らないきみたちにぜひ謝ってもらおうと思ってね。よくもこれまで、おれの服装についてケチをつけてくれたな」

「すっかり過去の話にしてやがる」トラメルは天を仰いで指摘した。「神よ、この男が今後もこのような格好を続けられますように」

デーンはトラメルに笑いかけた。「仕事が終わったら、ビールでもやりにいくか？」猫撫で声で尋ねた。その意味に気づいてトラメルはおとなしくなったが、愉快そうな黒い瞳の輝きは消えなかった。

「ねえ、あたし！　あたしを連れてって！」フレディは叫び、ちぎれんばかりに手を振った。

「それで、旦那におれの脚を折らせるつもりか？」

フレディはあっさり答えた。「べつにあたしはかまわないけど」

「そりゃあ、ありがたいね。お心遣いいただいて、感激で胸が詰まりそうだよ」

ボネスはキーガンのデスクを離れ、デーンのデスクに腰掛けた。「えらい変身ぶりじゃないか。出勤途中で、ファッションデザイナーにでも襲われたか?」デーンは満面の笑みを浮かべた。ボネスのやつ、答えを聞いたら仰天して卒倒するぞ。黙っていられそうになかったので、少々楽しむことに決めた。「マーリーが皺《しわ》を嫌うもんですから」おっとりと説明した。

ボネスは鳩が豆鉄砲を食らったような顔になった。「マーリー?」彼がその名前で思い浮かべるのが一人だけなのはたしかで、つながりがわからないのもまたたしかだった。

「マーリー・キーンですよ。ご存じでしょう、霊能力者の」

「ああ、わかってる」まだ困惑のていだ。「でも、なんでいま彼女の名前が出てくる?」

「彼女が皺を嫌うんです」さっきのボネスにならって、なに食わぬ顔で同じ説明をした。トラメルの含み笑いが聞こえるが、あえて目はやらなかった。

かわいそうに、今日のボネスは頭の回転が鈍い。「彼女が町を回って、電気ショックで衣類の皺を取っているとでもいうのか?」いやみたっぷりに詰問した。

「いいえ」口元をほころばせ、ゆっくりと、満足げな笑みを浮かべた。「彼女がアイロンをかけてくれたんです。といっても、シャツだけですが。スラックスは自分でかけました。彼女にできるようになったほうがいいといわれたもんですから」

ボネスはあんぐりと口を開けた。トラメルは大笑いしたいのを我慢して、喉に声を詰まらせている。「じゃあ、なにか――つまり……マーリーが……おまえと――」

「マーリーがおれとなんですか?」

「その……つき合ってるとか？」

「つき合う？」デーンは考えるふりをした。「いや、そんなんじゃありませんよ」

「じゃあ、なんだ？」

無頓着に肩をすくめた。「単純なことです。今朝身支度をすませると、彼女がそんな格好で出かけさせるわけにいかない、っていい出したんです。で、アイロンとアイロン台を出してきて、おれに着ているものを脱がせ、もう一度身につけたときには、こうなってました」

デーンにはぱりぱりにアイロンのかかったシャツや、きちんと締まったネクタイ、鋭い折り目のあるスラックスが、マーリーを初めとするほかの人々にとってなぜそうも重要なのかわからなかった。それがいけない、というのではなく、以前は気にならなかったのだ。いまだって気にならないが、マーリーが気にしているから、いくらかは努力することにした。しごく単純な論理だ。

ボネスは文字どおり唾を飛ばし、目をむいてまくし立てた。「だが彼女に会ってまだ一週間だろう？　しかもおまえは彼女をあざけって、共犯者だと非難した。彼女にしたら天敵みたいなもんだ」

「おたがい気が変わったんです。おれに連絡を取りたいときは、彼女の家に電話してください」

「まったく、冗談じゃない。彼女がそんなに趣味が悪いとは驚きだね」

デーンは心静かに微笑んだ。「彼女、趣味はいいですよ。おれがこんなに進化したんですから」彼女の望むとおりにするつもりだった。トラメルのようにイタリア製のローファーをはけというなら、はいてやる。日に二度髭を剃れというなら、剃りましょう。毎日一時間逆立ちしろというなら、喜んで宙に尻を浮かそう。前日の午後、デーンが着替えを持って戻ったとき、マーリーが一緒に暮らすことに不安を感じているのがひしひしと伝わってきた。その動機を訊かれて、嘘をつくべきだとは思ったが、厄介なことに彼女への関心は二方向に分かれている。殺人事件をすっかり忘れて、二度と彼女を事件と結びつけないとは約束できなかった。というか、彼女を事件と切り離せなかった。

この騒動が片づいたら、全精力を彼女に傾けられる。だがいまはできず、彼女もそれを知っていた。デーンは二人のあいだにかすかな距離ができたのを即座に察知した。朝、家を出たときにはなかったものだ。彼女は他人行儀な壁を築こうとしていた。自分をさらけ出せるのか、さらけ出したとき彼が受け止めてくれるのか、不安に思っているようだった。そのときデーンは思った、マーリーが安心できるなら、おれを一から変えてくれていい、と。

孤独に暮らしてきたマーリーには、容易に自分の空間や時間を他人と共有することができない。その夜はなるべく彼女の邪魔にならないように気をつけながら、同時に自分の存在を当然と感じさせるようにつとめた。二人でごく日常的な作業にあたった。夕食をつくり、キッチンを片づけ、テレビを見た。張りつめた一週末を過ごした男女というより、何カ月も同棲してきた男女のように。それが功を奏した。夜が深まるにつれて、彼女の緊張はほぐれ、二人でベッドに入って体を重ねるころには、よそよそしさがすっかり消えていた。永久に葬り去られたかどうかはわからない。たぶん、そうではないだろう。しかしまた現れたら、そのときまた対処するまでだ。これからしばらくは、彼女の暮らしを形成する日常の織り目のなかに、より深く自分をもぐり込ませていくしかない。それに、彼女が衣類のことで辛辣《しんらつ》な批評をしたときは単純に嬉しかった。そのまえの二日間衰弱してぼろぼろになっているのを見たあとなので、ふだんの毒舌家に戻るのを見るのは喜びだった。

　ボネスはいまだマーリーの常識のなさに首を振って不満を表明しつつ、フレディとウォーリーを手招きした。メンバー全員が寄り集まると、今日の捜査手順を確認した。フレディとウォーリーはジャクリーン・シーツの同僚に話を聞きにいくことになった。エリザベス・クラインにもいま一度話を聞く。事件直後よりは平静を取り戻しているだろうから、なにかを思い出すかもしれない。両被害者の支払い済み小切手の写しの入手も二人が担当した。そしてデーンとトラメルはミズ・シーツの美容師に会うため、ヘアポートに出かけた。

　ヘアポートは修復した小さな建物の一角にあった。電球のソケットに指を突っ込んだような髪型の客が出てくる最新流行の美容室にはつきものの、ピンク色のネオンや紫と黒の装飾物といったものは見あたらなかった。かわりに本物のシダ（トラメルが土に指を突っ込んで確認した）と、順番待ち用の坐り心地のいい椅子があって、高級雑誌ばかりを積み上げた、倒れそうなタワーが所狭しと置いてあった。店内には五、六人の女性客がおり、それぞれが異なる過程の処理にかかっていた。化学薬品のにおいが鼻をつき、そこにかすかなヘアスプレーとマニキュアのにおいが混じっていた。

ミズ・シーツの担当だったキャシーはキャスリーン・マクローリーといい、名前同様、いかにもアイルランド系らしい風貌の女性だった。赤みがかった砂色の髪が羽のように顔を取り囲み、肌は抜けるように白い。トラメルとデーンが自己紹介すると、その大きな青い目がますます大きくなった。二人を店の奥にある美容師用の小さな休憩室に案内し、コーヒーを出して、小テーブルに山積みにされたスナック菓子を勧めた。コーヒーはもらったが、プチケーキやチップスは遠慮した。

キャスリーンは朗らかで、自信にあふれた若い女性だった。トラメルがジャクリーン・シーツのことを尋ねだすと、デーンは椅子にもたれてコーヒーを楽しんだ。いい調子だ。キャスリーンが軽く媚《こ》びを売ると、デーンの相棒もそれに軽く応じる。そのあいだにも質問は続いていた。ミズ・シーツが殺されたことを伝えたとき、キャスリーンから浮ついた雰囲気が消え、大きな青い目にゆっくりと涙がたまった。嘘だといってもらおうとでもするように、デーンとトラメルに順番に目をやり、唇をわななかせた。「あたし――週末はニュースを見てなかったんです」ぐっと涙を呑み込んだ。「彼氏と一緒にデイトナに出かけてて」

デーンは小テーブル越しに手を伸ばし、彼女の手をくるんだ。キャスリーンは指をつかみ、ギュッと握って涙を押しとどめた。申し訳なさそうに、小さく湿っぽい笑みを浮かべ、涙を拭くティッシュを手探りした。

ええ、あたしはジャッキーの髪を三週間おきにカットしてました。ジャッキーの髪って豊かで、艶があって、張りがあって、それはすてきで。あんな髪なら、どんな髪型でも思いのまま。そこでトラメルがやんわりと口をはさみ、話を本筋に引き戻した。いいえ、ジャッキーからはしばらくだれかに会ったって話は聞いてません。いいえ、ビニックって名前にも覚えがないわ。

この店には男性も髪を切りに来るんですか？　ええ、そりゃあ。けっこういらっしゃいますよ。ジャッキーがそのだれかと話しているのを見かけたことは？　知り合いはいませんでしたか？　いいえ、あたしの記憶にあるかぎりでは。

また行き止まりだ、とデーンは思った。いいかげん、いやけが差してきた。

火曜日には、さらなる行き止まりが判明した。両者の支払い済み小切手とクレジットカードの使用記録を比較したところ、ビニックとシーツがいくつか同じデパートで買い物をしていたのがわかったが、それ自体はなんの意味もなかった。デーンの思うところ、オーランドの住人なら少なくとも一度や二度はそれらのデパートで買い物をしたことがある。とはいえ、発見できた唯一のつながりだったのであきらめきれず、日時まで比較して二人が同じ時刻に同じ店で買い物をしていなかったかどうか調べた。

ジャクリーン・シーツはデパート発行のクレジットカードを数枚持っていたが、ネイディーン・ビニックは持っておらず、手元に現金がないときは小切手か自前のクレジットカード――マスターカード――を支払いに使っていた。といっても、ミセス・ビニックは非常につましく、この一年でカードを使ったのはたった二度だ。ビニック家の家計は基本的に現金払い形式で運営されていたのにたいして、ミズ・シーツはカードで分割払いにすることが多く、収入より若干贅沢な暮らしぶりだった。購入品の大半は、市内の一流店の衣類だった。

両者のライフスタイルは異なっていた。ビニック家はブルーカラーで、ネイディーンの最大の関心事は料理だった。ミズ・シーツはおしゃれが好きなホワイトカラーで、自分を美しく見せる努力を怠らなかった。しかしそれほどに異なる二人の女性が同じ男の目を惹くという不幸に見舞われた。問題はどこで、どうやって目を惹いたかだ。

チャンプリン本部長は当然、なんらかのつながりが発見されるのを期待していた。その日の午後の失望ぶりは、見ていて気持ちのよいものではなかった。しかし本部長もやはり警官であり、ファイルにはすでに目を通していた。同じ男が二人の女を殺した。法医学的な証拠の欠如それ自体が、両方の現場で同じ指紋を発見したのと同じように、同一犯の可能性を示唆していた。頭の切れる犯人なのは疑問の余地がなく、警察は助けを必要としていた。

「いいだろう」本部長はいった。「捜査局に電話しろ。わたしは市長に話してくる」

ボネスが電話をして事件のあらましを手短かに伝えた。FBIの地元オフィスの捜査官は聞くなり大きな山だと察し、早急にファイルを検討したいと申し出た。

「ホリスターとトラメル、ファイルを持って行ってこい」ボネスは命じた。

デーンは、トラメルが腕時計をちらっと確認するのに気づいた。用事があるらしい。「両方の事件から担当者を出したほうがよくないですか?」デーンは提案した。「シーツ事件のことを訊かれたら、トラメルと自分では答えられません」

「そうだな」ボネスは同意した。「おい、フレディ、ウォーリー。おまえたちのどちらが行く?」

ウォーリーは顔をしかめた。行きたがっているのはわかるが、やはり、時間を気にしている。「姑《しゅうとめ》の誕生日なんで。パーティーに遅れようものなら、一年は女房に口をきいてもらえない」

「あたしは空いてる」フレディがいった。「あんたたちは? あたしのお供をするのはどっち?」

「おれだ」デーンが答えると、トラメルは感謝のこもった笑顔を彼に向けた。

FBIのデニス・ラウリー捜査官が二人を待っていた。ラウリーは小説に出てくる迷信深くて情けない小学校教師、イカボド・クレーンのような男だった。痩せて脚が長く、猫背でいつも体の周囲で衣類がはためいている。深く落ちくぼんだ目に、くちばしのようにとがった鼻。しかし物腰は柔らかで、知性があり、地元の捜査機関への対応という点では決して悪くない。デーンは以前にも彼と仕事をしたことがあり、及第点を与えていた。

もう一人のサム・ディリオナードは訓練もろくに終えていないような、全身をぴかぴかに磨き立てたひよっこで、デーンには好きになれそうになかった。すべてが崩壊しそうなときでもマニュアルどおりにことを進めようとするタイプに見えたからだ。ただ、この若造にもひと目見るなりフレディの虜になるだけの見識があった。借りてきた猫のようにおとなしくなり、目を軽く見開いて彼女を見つめ、ポッと頰を染めた。いつも親切なフレディは、その気になれば淑女のように振る舞える。若造がのぼせ上がったのに気づかないふりをした。デーンとラウリーは訳知りな目配せを交わし、長い会議テーブルについた。

「それで、どんな事件でしょう?」ラウリーは尋ね、リーガルパッドを引き寄せてペンのキャップをはずした。

フレディがファイルのコピーを渡すと、二人の捜査官は黙ってページを繰った。ディリオナードはひとまず地味ながら抜群に魅力的なフレディ・ブラウン刑事への思慕を忘れ、カラーと白黒両方の陰惨な遺体写真を凝視した。見るみる表情が険しくなった。

「殺害するまえに被害者を下調べしていたようです」デーンはいった。「犯人は彼女たちが一人なのかどうか知っていた。警察では両ケースとも被害者が気づくまえに犯人が屋内に侵入し、予備の寝室に隠れていたと考えています。ピニック事件の場合は、ご主人が出勤するのを待つために。シーツ事件では理由はわかっていません」

「近所が寝静まるのを待っていたのでは」ディリオナードはファイルを検討しながら、つぶやいた。

「起きていたとしても、テレビがついていたので、なにかを聞きつけた可能性は低いでしょう。いずれにしろ、悲鳴を聞いた住民はいませんでした」

写真を見るラウリーの表情は超然としていた。「彼女たちが無惨に切り刻まれていることから、阿鼻叫喚の殺害場面を想像しているのでしょうが、実際は、そうはならないことが多いものです。犯人は被害者を追いまわしていますね？　被害者は恐怖に駆られ、息を切らし、しかもすでに強姦によって精神的な打撃を受けている。こうなると悲鳴らしい悲鳴を上げるのは、きわめてむずかしくなる。喉が締まって声が出しにくくなるのです。だから、たぶん被害者はたいして悲鳴を上げなかったはずです」

ラウリーはファイルをテーブルに投げ、顎を撫でた。「二件だけですか？　これでは捜査の材料としては乏しすぎるが、たしかに、同じ犯人のようだ。被害者同士につながりは？」

「見つかっていません」デーンはいった。「外見、ライフスタイル、交友関係、住んでいる地域――すべて異なります。支払い済み小切手とクレジットカードの使用歴を比較してみましたが、だれもが利用するデパートが何軒か重なっていただけで、いっさい道は交わっていませんでした。面識はなかったものと思われます」

「しかし、彼女たちはこの男の注意を惹くなにかをした。たとえば先月、同じ店で買い物をしたとか？」

「こちらで調べたかぎりでは、そのような事実は見つかっていません。ビニック家では現金払いが中心でしたので、断定はできませんが」警官によっては、地元警察の仕事にケチをつけられたと受け取るだろうラウリーの質問にも、デーンは淡々と答えた。さまざまな人がこの事件と取り組めば、何度となく同じ質問を受けるだろう。同じファイルを繰り返し執拗《しつよう》に繰るうちに、なにかが閃《ひらめ》くこともあるものだ。

「これをクワンティコに持ち込みましょう」ラウリーはいった。「一週間に二件の殺人というのはいい兆候とはいえない。頻度が上がっているとしたら、犯人は自分を抑えきれなくなっているわけですから」

「立てつづけに二件やるのが、例外的なことだといいのですが。ジャクリーン・シーツが標的として簡単な相手だったために、我慢しきれなかったのかもしれません」

「あるいは。しかし犯人にとって楽しいことなら、さほど間をおかずにつぎをやるでしょう」

「楽しんでいるのは間違いありません」デーンは苦々しさを込めていった。「時間をかけて、被害者をもてあそぶ。この卑劣漢は、自分の仕事を愛しているといってもいい」

16

キャロル・ジェーンズは不機嫌だった。先週の金曜の夜から、ずっと機嫌が悪かった。ジャクリーン・シーツは期待はずれだった。思ったほど、力がみなぎる感覚を得られなかった。哀れっぽいだけの女で、追いまわすと、めそめそ泣きべそをかいてばたついた。あれでは興が乗らない。加えて、事件を報じるニュースの少なさに、心底がっかりさせられた。楽しみの一部——今回の場合、それが楽しみの大半になる——は、警察が立てつづけに起きた二つの事件の類似に気づき、捜査の手がかりがまったくないことに半狂乱になるのを見ることのはずだった。だが思いのほかに警察が無能なせいで、楽しみがあらかた奪われてしまった。これでは、なんのために事件を起こしたのかわからなくなる。自分を逮捕することは当然できないにしても、同一犯だと気づくぐらいの能力はあっていい。

喜びを損なっているものの正体が特定できなかった。間をおかずにシーツを殺《や》ったせいかもしれない。期待感がじゅうぶんに高まっていなかったからか？　五、六週間かけて標的を追跡するとしだいに緊張が高まって最後には熱狂し、苦しいほど五感が研ぎ澄まされ、力が一点に集約されるのを感じるものだ。

こうなったら、確認のためにもう一度やるしかない。失望の可能性を思うとうんざりするが、それ以外に方法がなかった。つぎもまた退屈なようなら、よりプロセスに時間をかけなければいけないのがわかるから、以後、見るからに容易な標的に早々に手を出して、喜びを台なしにするようなむだを避けられる。

彼は日々の仕事を続けながら、ささやかなあやまちを犯す違反者の登場を待ちわびた。今度はどの不幸な顧客が、お仕置きを受ける？　なんにしろ、テストの公正を期するには、できるだけ早く実施しなければならない。

マーリーは自分がいらだっているのを感じていた。内側に緊張がしこって、ちっとも神経が休まらなかった。原因を一つに絞り込むには、可能性のある選択肢が多すぎた。ただ最大の原因はきたる週末への恐怖だ。あの血みどろの時間、殺人鬼の思考に触れたあとの感覚は、デーンにさえ説明できなかった。汚されたのひと言ですむような、生やさしいものじゃない。殺人鬼の悪意に芯から汚染されて、魂が永久に醜さから解放されないような気分になる。逃げたいという思いがふくらんで、かつてない大きな願望となった。犯人がふたたび罪を犯しても気がつかない、遠いところへ逃げたかった。だが不幸にして、そんな甘えは許せなかった。逃げれば、みずからの手でほんとうに自分を汚すことになる。この場にとどまって、やり遂げるしかない。すでに命を落とした二人の女性のため、これから被害者になるかもしれない人々のため、幼かったダスティのため……そして自分自身のためでもある。

それにデーンのことがあった。愛情はあっても、常時一緒にいるのはやはり気づまりだった。あまりに長いあいだ孤独な生活を余儀なくされてきたために、振り返った拍子にぶつかったときなど、つい跳び上がってしまう。突如として片づけなければならない洗濯物は二倍、用意しなければいけない食料は三倍になり、一つしかないバスルームを分け合えるよう時間を調整し、ベッドには狭いスペースしかない。隅々まで管理されていた生活が、すべての面で大きく様変わりした。

当然、デーンもそれに気づいていた。内心の不安を隠そうとしても、鋭いハシバミ色の瞳はのがれられない。ふつうの男と違って、すべての雑用を彼女に押しつけるようなまねはせず、洗濯には慣れていて、大量の洗濯物も怖じ気づくことなく処理した。料理となると、缶詰の中身を温めるか、パンを重ねてサンドイッチをつくるまでがまかせられるぎりぎりのラインなので、料理はすべてマーリーが受け持ち、彼が片づけを担当した。デーンは彼女が変化になじめるように最善を尽くしつつも、引き下がってより広いスペースを与えようとはしなかった。頑としてそこにいるのだから、マーリーのほうが慣れるしかない。事情は事情にしろ、いまこの時を彼と共有するためなので、進んでその役目を引き受けたが、やはり気疲れはあった。

否応もなく近づいてくる週末から、目をそらせなかった。今度も犯人に直撃されるのだろうか？　またべつの女性が惨殺され、吐き気をもよおすほど強烈な悪意に満ちた犯人の心象に引きずり込まれるのだと思うと、いたたまれなくなる。いくら考えまいとしても、あとをつけている狂犬のことを考えまいとしているようなものだ。時計の針が進むごとに週末は近づき、それを避ける手だてはなかった。それでも踏ん張っているのは、自分がデーンと犯人をつなぐ唯一の絆だからだ。遅かれ早かれ、犯人は身元の特定につながる手がかりを残す。マーリーにできるのは、そのときを待って、狂気に陥ることなく犯人の激しい殺意に耐えることだ。

木曜日には神経が高ぶりすぎて、デーンが夕食に買ってきた中華が食べられなかった。大好きな中華料理なのに、喉が狭まり、塊になった食べ物が食道を入っていかない。どうせ食欲がなかったので、最後には食べる努力さえ放棄した。

デーンは猛烈な勢いで平らげていたが、例によって観察眼は鋭かった。「心配なのか?」彼は尋ねた。

「そりゃそうよ。ここ二回の週末は、ピクニックなんてもんじゃなかったんだから」

「犯人からなにかを感じてるのか?」なにげない口ぶりだったが、関心の深さは隠しようがなかった。

「不安ではあるけど、これはわたしの感覚で、彼とは無関係よ」腕を撫でた。「FBIの分析にはまだ時間がかかるの?」

「さあ。参照できる事件が二件しかないから、苦労しているのかもな。彼らの捜査対象になっている事件のなかに、手口の一致するものがあると、参考になるんだが」

「まえにも殺してると思う?」緊迫した声で訊き、勝手口から外を見た。お隣のビルが裏庭の生け垣を刈っている。なんと平凡ですばらしい生活なのだろう。近所の人々の平和な退屈さがまぶしかった。

「たぶんね。初心者にしては手際がよすぎる。注目が集まりすぎないよう、各地を点々としてきたんだろう」

「ここへ引っ越してきて日が浅いってこと？」

「そうだ」

「最近の転入者を調べられないの？　郵便局には記録があるんじゃない？　ガスや電気の会社に頼んだら、新しい顧客のリストが手に入れられるかもしれないわ」

「フロリダ中部に毎年どれぐらいの人が引っ越してくると思ってるんだ？　調べるには膨大な時間がかかる。といっても、一つのやり方ではあるな」

「女性はすべて排除できるから、調べなきゃならないのはリストの半分よ」

「だとしても、数千人はいる」立ち上がって、テーブルを片づけだした。「ボネスに話してみるよ」

マーリーは手を握り合わせて彼を見据えた。「ほかの人たちは、わたしのことを知っているの？」

「ほかの刑事ってことか？」

「ええ」

「ボネスとトラメルとおれだけだ。なんで？」

「心配なのよ」

「だから、なんで？」

「だれかが話すかもしれない」そわそわと立ち上がり、テーブルの片づけを手伝った。

「それで？」

「その手の話はマスコミの耳に入りやすいわ。どうなるか、あなたにもわかるでしょう？」

「いまのところ、マスコミには犯人のことさえ感づかれていない。正直、驚きだね。市長に話したが最後、六時のニュースでオーランドの連続殺人鬼の話が流れると思ってた。市庁舎には秘密を守れる人間なんて一人もいやしない。ただし、漏れるのは時間の問題だ」使った皿を洗いながら、キッチンをうろつく彼女を見た。「マスコミにいやな思いをさせられたことがあるのか？」

マーリーはあきれ顔で彼を見た。「よくもそんなことが訊けるわね？」

「なにがあった？」

「どんな話がお好みかしら？」あてつけがましく訊き返した。「レポーターってひどいものよ。話が漏れるたびに電話がひっきりなしに鳴って、ドアを開けるたびにカメラとマイクを顔に突きつけられる。でも、最悪なのはレポーターじゃない。彼らはただのきっかけで、最悪なのは報道されたあとよ。死ねとか、なんとか脅迫され、いかれた伝道者たちがサタンを追い出すと称して家のまえで祈禱会を開く。悪魔のしわざだとでも思ってるのね。今回話が漏れたら、たぶん職を失うわ。まえは研究所に守られていたから、そういうことを避けられた。でも、銀行がそんなことで注目されるのに我慢できると思う？　風変わりな霊能力者が働いているのよ！　お客さんのなかには、懐具合をのぞき見されるのを恐れて、口座を閉める人も出てくるでしょうね」

「なにを隠したいのか、そっちのほうが興味があるね」好奇心に目を輝かせた。

「たぶん、なにもないのよ。世の中には病的に猜疑心《さいぎしん》の強い人がいるわ。そんな人は正体不明の権力者なる人々がすべての人間を見張り、あらゆることをチェックしていると考えていて、国勢調査票の記入だって拒否する。情報が国税局に回ると信じ込んでいるからよ」

「なんで、きみにそんなことがわかる？」絹のように、するりと質問を忍び込ませた。ちらっと彼を見たマーリーは、ハシバミ色の目が愉快そうに輝いているのに気づいた。

急に笑いが込み上げて、息苦しくなった。彼のいわんとしていることがわかったのだ。

「なぜって、むかしはその人たちの心が読めたからよ！　むかしはね、デーン。もうできないわ」

「まったくか？　試してみたのか？」

「ええ、お利口さん、試してみたもの」

「いつ？」

「先週よ。彼を感知しようと思ったんだけど、できなかった。あなたや、トラメルも探してみた。やっぱり、全然だった。ほんの一瞬、ちらっとあなたが見えただけで、なにも読み取れなかった」

「おれを見たんだな」気に入らない、と顔に書いてある。「そのときおれはなにをしてた？」

「野球中継を見てたわ。それで、電話に出たの」急いで答えた。「わたしが初めて電話をかけたときよ。あれほど心配で怖がっていなかったら、見えなかったと思う。どちらにしても、以前のわたしにはない能力よ」

デーンは皿をすすいで水切りに積み上げ、手を洗った。「だが、それはおれたちがつき合うまえの話だ。いまなら、好きなときにできるかもしれない」

「かもね。わからないけど。あれから試したことないから」

デーンはくるっと向きなおるとシンクにもたれ、腕組みして彼女を見つめた。マーリーは一歩も引かなかったものの、彼がなにを怒っているのかわからなかった。厳めしい顔をして、いちだんと大きく見える。上着はテイクアウトの中華の入ったボール箱を持って帰宅した直後に脱いでいたが、肩掛けホルスターはまだつけたままだ。寒気が背中を伝った。彼と暮らすようになって一週間。わずかそれだけのあいだに、彼から守られ、あるいは甘やかされるのに慣れきっていた。だが一週間というのはごく短期間で、それ以前の二人はいがみ合っていたのだ。

つぎの瞬間、なにが問題なのかわかった。デーンは彼女を求めてはいるが、信じてはいない。よく知らないのだから、信じろというほうが無理だ。彼女にとっても、それが大問題になっている。二人はたがいのことをよく理解する間もなく、ここまで突き進んできた。だが警官のデーンにとって猜疑と不信は商売道具のようなものだし、彼女を抱き、引っ越してきたのは、霊能力の大半を失ったと思ったからだ。自分の知らないところで追跡されるのは、大いに気に入らない。共有しようと決めた部分以外は、プライベートとしてよけておきたいのだ。

傷ついたけれど、責められなかった。自分だって、これまでプライバシーを守ろうと必死になってきた。彼が同じ本能を持っているからといって非難するわけにはいかない。

「わたしに謝ってほしいわけ？」断固とした調子で尋ねた。「それとも聖書に手を置いて、二度とあなたを探らないと聖なる誓いを立てればいいのかしら？」

「緊急時以外、できるかどうかわからないことだ」

マーリーは肩をすくめた。「前回だって、あなたがいやがるとわかってたら試さなかったわ」

「おれは監視されたくない」彼女から目を離さない。

「じゃあ、やらない」

デーンは頭を掻きむしった。「ちくしょう」うめくようにいった。「逆の使い方はできないのか？　きみはそのとき、おれのことを心配していた。じゃあ、きみが困っているときはどうだ？　おれに呼びかけられるのか、精神で？」

「わたしは呼びかけられるわよ、刑事さん」茶化してやる。「でも、あなたに受信機がなければ、信号を受け取れないでしょうね。どうせ、わたしはやらないけど」

「なんで？」気に食わないのだ。いっそうご機嫌斜めになるのがわかった。

「それがあなたが決めた境界だもの。わたしの都合でその境界を踏み越えちゃいけないんなら、あなたの都合で踏み越えていいわけないじゃない」

「そうきたか！」目を閉じて、鼻のつけ根をつまんだ。「おれたちはいま、ありもしない事柄をめぐってやり合ってる。どうせおれに接触できないんだったら、試してみたってかまわないだろう？」

「なによ、いちゃもんつけたのはあなたのほうよ」

マーリーは回れ右をして、リビングのほうへ歩きだした。三歩ほど行ったところで、腰にがっちりした腕を回されて引き戻された。その腕をのがれようとはしなかったが、力を抜いてもたれる気もなかった。根が生えたようにその場に踏ん張ったまま、彼の出方を待った。勃起している。お尻にあたる感触でわかった。一緒にいた一週間の大半はそうだったので、とくに驚かなかった。

「この場は一応収めないか？」こめかみに、温かい吐息があたった。

「どうやって？」

「とりあえず忘れるんだ。出かけたくないか？」

「どこへ？」

「おれのうち。トラメルがなにをしてるか見たいから」

マーリーは顔をめぐらせ、あきれたという表情で彼を見た。「どうなってるか知らないの？」

「ああ。終わるまで立入禁止を食らってる」

「なんで、そうなるわけ？　あなたのうちなのに」

「やつがいうには、衣類のことと同じくらい、おれが住居の内装にうといからさ」

「それなら、よおく理解できる」皮肉たっぷりの口調。

「好きにいうがいいさ。で、行きたいのか、行きたくないのか？」

「行きたい」正直いって、彼の家には興味があった。改装中だから散らかっているだろうが、家というのはきわめて私的な場所だ。デーンを精神で読むのが許されないなら、ありとあらゆる手段を駆使して理解するしかない。

　デーンの家までドライブするあいだに、取り憑《つ》いて離れなかった不安感を忘れた。口論のこともとりあえず頭から追い払った。どうしようもないことなのだから、彼の家の探索を楽しもうと気分を切り換えた。

　まもなく七時だった。業者はとうに帰宅していないはずなのに、私道には一台の車が停まり、家の明かりがついていた。「おやおや」デーンはいった。「現行犯逮捕か。トラメルがいる」

「ここまで来て引き返すなんて、馬鹿げてる」マーリーが指摘した。

　デーンが笑顔を浮かべた。「楽しみにしてたから、あきらめたくないんだろ？」手際よく車をトラメルの車の背後につけた。

　まだ車から降りきらないうちに、トラメルが玄関に現れて叫んだ。「近づくなといっておいたはずだ」

「じゃあ、逮捕しろよ。四日間もいい子にしてたんだぞ。おまえは何日もっと思ってた？」

「三日」トラメルはいうと、脇に寄って二人を通した。

瘦せて長身の女性が二人を出迎えた。「グレースじゃないか」デーンは嬉しそうに叫んで彼女を抱擁した。「マーリー、こちらグレース・ローグ、市警の巡査だ。グレース、彼女はマーリー・キーン」

「こんにちは」グレースは低い声でゆっくりと挨拶した。マーリーはグレースに視線を走らせた。結果は好ましいものだった。グレース・ローグにはどこかしら安定感があり、深い茶色の瞳には心の平穏を示す、揺るぎない落ち着きがあった。

「さあ入れよ。さっさと、見て回れ」トラメルはやきもきした口調でいった。

デーンは空っぽの部屋を見まわしたが、その間、ずっとグレースの肩を抱いていた。「おれの荷物は？」

「倉庫だ」トラメルは憮然《ぶぜん》としていうと、彼女の肩から無理やりデーンの腕を引きはがし、鋭い視線をマーリーに投げた。こいつをしっかり監督しとけ、と指示しているみたいな目つきだ。マーリーは無邪気なふりをして、上品なトラメルが嫉妬という原始的な本能に振りまわされるのをおもしろがった。

グレースはいった。「彼のことなら気にしないで。わたしたち結婚することになったものだから、まだショックを引きずってるの」左手をまえに出して、三カラットほどの大きさがある、マーキーズカットのみごとなダイヤモンドを二人に見せた。

「そんなことあるもんか」トラメルは険しい顔をデーンに向けた。「しゃべるな」

デーンはにやついた。「なにをだ？　おれも嬉しいよ。おめでとう、相棒。グレースはおまえにはもったいない女性だ。で、結婚式はいつ？」

「半年ほど先に」グレースは満足そうに答えた。「婚約期間をたっぷり取れば、彼も結婚への心がまえができると思って。ここまでばたばたっと決まっちゃったから、これ以上焦って間違いを犯したくないの」

「おれは時間などいらない」彼女の婚約者は魂の抜けたような顔でいった。「だって、おれがいい出したことだろう？」

「もちろんそうよ、あなた」グレースはなだめ、彼の腕を取った。「でも、結婚式の準備には時間がかかるわ。さあ、あなたが家をどう改造したのかデーンに見せてあげたら？」

「お式は大々的にやるの？」マーリーが尋ねた。

「ああ、派手にね」とトラメルは、意地悪な笑みをデーンに向けた。「あんたには、タキシードを着てもらわなきゃならん」

「お安いご用だ」内心の動揺を押し隠して、デーンはいった。「傷つきはしても、死ぬことはない。おまえのためさ、相棒、なんだってするよ」

デーンがもっと抵抗すると思っていたのか、トラメルはいまいましげに顔をしかめると、くるっと向きを変え、先頭に立って空っぽの部屋を案内した。わずか四日間でここまでできたのか。デーンはすなおに感嘆した。祖母が壁紙が好きだったので、以前は各部屋に異なる壁紙が貼ってあった。その壁紙がすべて取りのぞかれ、かわりにスタッコが塗られている。色は品のあるしっとりとした白。室内の戸口はすべてアーチ型に変えられていた。

「外向きのドアと窓もアーチ型にできると、もっと見栄えがよくなるんだが」トラメルはいった。「それをやると、あんたの希望額をはるかに上回る。床の張り替えは明日からだ」

デーンは廊下で急停止し、かつてバスルームだった空間を見つめた。「やってくれたな」ぼそっとつぶやいた。

「ああ。計画にはなかったんだが、配管が五十年まえのものだった。プラス千ドルは覚悟してくれ」

「勘弁してくれよ。今度余分に金がかかりそうなときは、まずおれに相談しろ!」

「あんたに相談したら、やらないといってただろうさ」トラメルはしゃあしゃあと応じた。

「とにかくすべて終わるまで待てよ。金を払っただけの価値はあるって思わせてやるから」

「そう願うよ」デーンはぶつくさいった。トラメルのやつ、憂さ晴らししてやがる。デーンが差し迫った結婚を大喜びしたもんだから、仕返しのつもりだろう。だが、それならそれでいい。自分の相棒がグレースのようにすばらしい女性を見つけたのは嬉しいが、パニックを起こすのもよくわかる。突如として人生が自分の手を放れて暴走しだした気分なのだ。

マーリーに出会ってからのデーンも同じだった。すべてが急展開した。結婚を決めたトラメルとグレースは心を鎮め、気持ちをたしかめるため、式までにたっぷり時間を取ろうとしている。デーンは結婚はおろか、愛しているとさえ伝えていない。抜き差しならない関係になるまえに、ゆっくり考えたいからだ。ひょっとするとマーリーへの思いは続かないかもしれない。永遠だと感じていても、ほんとうは違うかもしれない。とりあえずいまは一緒にいて、大切なのは結局そこだった。毎朝二人で目覚め、毎夜二人でベッドに入る。それさえ満たされれば、あとのことは焦らなくていい。

マーリーの気持ちもよくわからなかった。情熱や好意、親しみはあるだろう……あるいは愛も。だれにも心まではのぞけない。最初から彼女は多大なストレスにさらされてきた。すべてが片づけば、二人のことを語り合えるようになるだろう。彼女に出会って初めて結婚というものを考えたのだから、それだけでも大きな一歩だった。

しかし、なにもかもあと回しにするしかない。逮捕すべき殺人犯がいて、実行しなければならない計画があり、その間彼にはマーリーを守るという仕事がある。ともに暮らしてみてわかったのは、この計画が彼女にはいたくお気に召さないだろうということだけだ。

17

ＦＢＩのラウリーから月曜の朝いちばんに電話が入り、急な招集がかかった。プロファイル結果を持って、クワンティコから戻ったばかりとのことだった。

よく晴れた蒸し暑い日だった。気温はすでに三十度に近く、最高気温は三十五度を超す勢い。加えてこの湿度だ。それにこの週末、デーンはあまり眠れなかった。マーリーがそうだったからだ。不安がる彼女は少しうとうとしては飛び起きるという繰り返しだった。神経を張りつめっぱなしで、殺害のビジョンを待っているような状態だったために、青白い顔はやつれ、目の下には隈が浮いた。デーンはそんな彼女をずっと抱きかかえて過ごした。ビジョンから守ってやることはできないが、一人ではないと伝えたかった。結局ビジョンは見なかった。

こんな状態にいつまで耐えられるだろう？　肉体的にも精神的にも強いストレス下にある彼女の身を案じた。たいがいの人なら、とうのむかしに極度の緊張から破滅していた。そうならないのはマーリーが強く、困難に遭うと倒れるひ弱な花ではないからにほかならない。ほっそりとして華奢《きゃしゃ》なのに、驚くほどの強靭《きょうじん》さを備えている。しかしオークの木だろうと、倒れるときは倒れる。そこにデーンの心配はあった。

トラメルも疲れた顔をしていた。先に設定された婚礼の儀式への恐怖のせいなのだろう。捜査局へ向かう二人はほとんど話さずに、それぞれの心配ごとに没頭していた。

フレディとウォーリー、それにボネスは先に来ていた。ディリオナードは魂を奪われたような面もちで、会議テーブルをめぐってフレディの隣にやってきた。

ラウリーはきれいに髭を剃っていたが、いつもよりくたびれた印象があった。実際バージニアから早朝便で戻ったばかりなのかもしれない、とデーンは思った。

「今回のケースでは、追跡調査支援ユニットが非常に有効でした」ラウリーは静かに切り出した。「早期にパターンを検出できたのはさいわいでしたが、この男をつかまえるのは至難の技と考えられます。犯人は最悪の部類の殺人者、バンディと同タイプに分類され、きわめて冷酷。知能に恵まれ、臨機応変で、罪の意識をいっさい持ち合わせていません。

類似事件のリストがここにあります。容疑者不詳の刺殺事件で、証拠のないものばかりです。このなかの何件かは、同一犯によるものと考えられますが、同一犯では不可能なものも含まれています。ほぼ同時期に国の反対側で二件の事件が起きた場合がこれにあたり、どれを排除できるかは不明。

殺害はおよそ十年まえに始まっています。追跡調査支援ユニットでは、連続殺人犯の多くが二十代前半に殺害を開始することから、三十代前半から半ばの人物と推定。しかし十年ものあいだ成功しつづけてきたということは、逮捕のむずかしさを意味します。経験を積み、過去のあやまちから学んで、手口を完成させてきたと考えられるためです。犯人は自分のやっていることを理解し、法医学と警察の手順に通じ、身元特定に結びつく証拠を残さないよう気を配っています」

「警官の可能性はありますか？」ボネスが尋ねた。「あるいは軍人とか？」

「その可能性は低いでしょう」ラウリーは答えた。「犯人はいかなる種類の権威にもうまく対処できないと考えられますから、軍隊や警察などの訓練をやり遂げられるとは思えません。候補者として受け入れられるかどうかさえ疑問です。

犯人は白人。全被害者が白人であり、連続殺人犯はまず人種の境界を乗り越えません。緻密にして、きわめて自信家。これは最悪の組み合わせです。緻密でない殺人者はその大雑把さからあやまちを犯し、確とした計画を持たない。それにたいして、この犯人は細部に至るまで、すべてを計画に織り込んでいます。被害者を殴り倒す、あるいは縛るといった行為が見られないのは、状況を掌握できるという自信によるもので、事実これまではそうでした。被害者のキッチンにあるナイフを凶器とし、身元を特定する指紋がないのを承知のうえで、それを現場に残し、記念品は持ち帰らない。追跡調査支援ユニットでは、犯人が被害者をときには数週間にわたってひそかに追っていたと考えています。留守宅に侵入し、その家に慣れておく。したがって、きわめて忍耐力の高い人物でもあります。

被害者をレイプするあいだ、拘束具のたぐいを使わない。そこにこの犯人の尋常ならざる点があります。なかには、喉元にナイフを突きつけられても抵抗する女性がいますが、なんらかの理由から、彼の被害者はそうしていません」

やつが最初に彼女たちをなだめるからだ、とデーンは怒りに駆られた。抵抗しなければ傷つけないと思わせ、手荒なまねをせず、コンドームを使う。自宅で攻撃されるという突発事に脱力した被害者は、その最初の恐怖のなかで、彼を信じてしまう。だがこれはマーリーから教わった場面だったので、黙っていた。

「被害者の目隠しはしていません」ラウリーの報告は続いた。「死体は持ち去らない。これもまた、犯人の緻密さを証明しており、ミセス・ビニックの指を切り落としたのはかえって意外の感があります。死体損傷は彼の特徴からはずれ――」

「被害者に引っかかれたのだと考えています」デーンは口をはさんだ。

ラウリーは溜息をついた。「だとすれば、ますますもって知能の高い犯人だと考えられる。爪先から皮膚のサンプルを採取される危険を避けたのですから。残忍だが効果的な解決法です。この犯人はパニックを起こさず、その場その場で状況に対処し、厳密な計画にも振りまわされない。

フルタイムの仕事についていると考えられ、外見上はノーマル。地区ごとに見た場合、同一地区内の犯行はすべてほぼ同一時間帯に集中。ある地区では日中にかぎられているので、当時は失業中、もしくは夜勤についていたのでしょう。わたしとしては、他人の注意を引いていないことからして、働いていたと思います。几帳面かつ執拗で、方法論を確立している。車は使用されて五、六年の中古。いたるところで見かけるありふれた種類の目立たないもの。

いかなる意味でも中流に属し、警察本部に入ってきても、なにかご用ですかと尋ねられるだけの人物。

エスカレートしている恐れがあります。これまでは自制して、犯行と犯行のあいだに時間をおいてきた。二週続いたのは、狩猟のスリルをより頻繁に必要としはじめた証拠でしょう。この週末は刺殺事件の報告が入っていませんが、被害者が見つかっていないだけかもしれません」

デーンとトラメルとボネスは、ちらっと目を見交わした。マーリーがビジョンを見なかったので、事件がないのはわかっていた。

「現段階での特定は不可能」ラウリーは結論した。「向こうがミスを犯して、犯罪に結びつく証拠を残さないかぎり、現行犯逮捕するしかありません」

警察署に戻った一行は、一様に険しい顔をしていた。しかしラウリーから聞かされたのは、ほとんどがすでに承知のことだった。犯人は頭の切れる冷血漢で、通常考えられる範囲では逮捕の見込みがない。デーンは黙ってマーリーを思い浮かべた。彼女は警察の秘密兵器だ。犯人を特定できる人間がいるとしたら、彼女だけだ。

その日の午後、ニュースが流れた。デーンにしたら、ここまで漏れなかったのが奇跡のようなものだ。市庁舎で秘密が一週間も守られたという話は聞いたことがないし、しかも事件は扇情的なものだ。地元の全テレビ局と全ラジオ局がトップニュースで流した。デーンは帰宅する車中のラジオで耳にした。

「市庁舎の情報筋によりますと、警察はオーランド地区で連続殺人犯が女性を狙っているとみています」アナウンサーは重々しい口調で述べた。その低音でよく響く声が先を続けた。「最近あった二件の事件は同一犯によるものでした。二週間まえ、ネイディーン・ビニックさんが自宅で殺され、その一週間後ジャクリーン・シーツさんがやはり自宅で殺されているところを発見されました。ロジャー・チャンプリン市警本部長は事件へのコメントを拒否しており、容疑者の有無も明らかにしていません。ただ、市内に住む女性たちに警戒を怠らないよう呼びかけ――」

デーンはカッとしてラジオを切った。この事態に犯人が大喜びしているようすが目に浮かびそうだったからだ。ニュースになるのはわかっていたし、心がまえもできていたが、高笑いで世間の注目を得意がる犯人の姿は、やはり受け入れがたかった。

うちに戻ると、マーリーはカウチで丸まっていた。テレビはついていたが、ニュースは天気予報に移っていた。デーンは上着を椅子に投げて彼女の隣に腰を下ろし、膝に抱き上げた。二人とも口をつぐんだまま、テレビを見た。気象予報士は高気圧と低気圧の配置を指示し、予測される動きを速い手の動きで表現したのち、結論となる予報を述べた。本日同様、暑くむしむしした天気が続き、いつ雷雨になってもおかしくない、とのことだった。

「今日はなにかおもしろいことあった?」マーリーが訊いた。

「地元のFBIからプロファイルの結果を教えてもらったよ。それによると、犯人はこの十年ほど被害者を各地に残しながら国内を点々としていて、だれもそれがどんな人物なのか知らないし、犯行を犯人に結びつけるわずかな証拠もないだろうってさ」彼女を抱き寄せた。「でも警察のほうでも、公益企業に新規流入者のリストを要請した。見込みは薄いが、まったく可能性がないわけじゃないさ」

マーリーはすでに短パンとTシャツに着替えていたので、デーンはその感触をたしかめるように太腿を撫でた。「きみはどうだった？　職場でなにかおもしろいことはあったかい？」

鼻を鳴らして彼女は答えた。「まさか。今日いちばんのハイライトは、もう何年もうちの銀行を利用してるのに、赤字小切手にたいして当座貸越手数料を取られたって、男性客が電話でねじ込んできたときよ」

「そりゃ、さぞかし胸がドキドキしただろうな」

「すごいストレスでぶっ倒れそうだったわ」溜息をつき、膝から下りた。「なにか食べるんなら、キッチンの食料を確認してこなきゃね」

「なにか買ってこようか？」

「ううん、テイクアウトって気分じゃないから、あり合わせのもので考えてみる。あなたは坐って新聞でも読んでたら？　少しネジをゆるめたほうがいいみたいよ」

彼女のいうとおりだ。寝室に行って、べたべたする皺だらけの衣類を脱いだ。マーリーは冷蔵庫とキャビネットを引っかきまわし、鶏肉を炒めることにした。デーンが指示にしたがってくれてよかった。いましばらく、一人でいる時間が欲しかった。勘のいい彼のことだから、一緒にいたら必要以上に動揺しているのをすぐに見抜かれてしまう。もう少し心を鎮められるまで、離れていてもらいたかった。

今日、課長が一歩も譲らず、けれど言葉を尽くして、激昂した顧客をなだめようとしていたとき、マーリーはさほど気にかけていなかった。ところが、急に欲求不満と怒りの感情が突き上げた。びっくりして、反射的に発信元を探してあたりを見まわし、初めてなにが起きているのかわかった。課長の感情を感知していたのだ。

パニックを隠して、じっと席にかけたまま、感情の流入を食い止めようとした。意外にも、流入は始まったときと同じように唐突にやんだ。背後ではあいかわらずの会話が続いていたにもかかわらず、だ。

遮断に成功したのか、感知力が自然に途切れたのか、判断がつかなかった。どちらにしても、デーンは気に入らないはずだ。

彼もビジョンについては、プライバシーを脅かすものとはとらえていない。だが人の心を読む能力が完全に戻ったとしたら、彼に受け入れられるかどうか疑問だった。彼は透視能力の標的にされるのを嫌った。透視は彼女の主たる能力ではなく、過去にもそうだったことはないが、もし彼の意思を読めるとわかったら……プライバシーには立ち入らないと約束したところで離れてゆくだろう。それは直面せざるをえない可能性だ。マーリーにたいしてなんらかの愛情はあるとしても、そうなっても変わらないほど深いものだとは思えない。いまに始まったことではない。彼女のそばにいる人は、いつも居心地の悪い思いをする。

迷うことなく彼には秘密にしようと決めた。自分でもどうなっているのかわからない。以前の能力が完全に、あるいは部分的に戻ったか、より能力が強化されたか。せめて、最後の一つではありませんように。エムパス能力が以前より強くなったら、地下壕にでももぐらなければ安らぎは得られず、デーンが一緒に地下壕に入ってくれないのはたしかだった。

彼と二人で中空に漂っているようだった。通常の求愛の手順はすっ飛ばされ、たがいを知り合う時間はなかった。二人して危機に投げ出され、最初は敵対者として出会い、その後一転して恋人になった。どんな形にしろ、二人の間柄を話し合ったことはない。デーンは押しかけてきて、マーリーはそんな彼になにを期待していいのかわからない。犯人がつかまったら、あっさり、またね、といって自宅に引き上げてゆくのか——それとも？　これがふつうの状況なら、最初のステップとして週に二、三夜ずつ二人で過ごすことを期待していたろう。

いま必要なのは気持ちの支えだった。倒れ込めるしっかりとした土台があれば、なにがあっても耐えられるが、彼と一緒だとそれも築けそうにない。

生活やベッドを共有しているのに馬鹿げていると思いつつ、なぜか彼の心づもりを率直に尋ねられなかった。正直にいえば、答えを聞くのが怖いからだ。デーンは適当にいいつくろうような男ではないので、にべもなく真実を述べ、こちらにはその心がまえがなかった。あとにしよう。待つしかないことばかりだ。すべてがすんだら、なにをいわれても対処できるようになる。たとえ、それが聞きたくない答えだとしても。

好きになった相手だからといって、デーンをまるごと知っていると思い込むことはできなかった。体を許し合っているにもかかわらず、彼の心は鉄の壁に阻まれて、大部分が隠されている。ときどき黙ってマーリーを見つめ、じっと考え込むようすに怯《おび》えさえ感じた。そんなときの彼の目には、欲望のかけらも見いだせなかった。

なにを考えているのだろう？　いえ、もっと重要なのは、なにを企んでいるか……。

マスコミの取材攻勢は熾烈《しれつ》をきわめ、市警本部の電話はひっきりなしに鳴った。本部長と市長のオフィスや、警察署の建物の外には、レポーターたちがひしめいた。制服、私服を問わず、建物に出入りする警官たちは逃げまわるようになり、煩わしさを避けるためにはどんな手間も惜しまなかった。

マスコミ以上に厄介なのが匿名電話だった。オーランドに住む多数の市民が突如として、ゴミ収集箱をあさったり、店先をうろついたりする疑わしい人物を思い出した。だれかに恨みをいだいている人は、自分の名を伏せ、嫌悪する人物を殺人者として訴えることでその恨みを晴らそうとした。巡査たちは夜ごと自宅に侵入者がいるというパニック電話の対応に追われ、たいがいは空振りに終わった。だらしない男はあらゆる種類の言語に絶する犯罪を犯しているに違いないとの確信のもとに、下劣な義理の息子を突き出す母親たちもいた。最悪なのは、一応すべてを捜査しなければならないことだ。どんなに乱暴な申し立てであろうと、確認しないわけにはいかない。制服警官はうだるような暑さのなか、際限なく時間を食いつくす要求に追いまわされて、疲労を深めていった。

チャンプリン本部長はマスコミの多大な圧力をわずかでも弱めようと、記者会見を開き、席上、現在捜査中のため多くは明かせないと説明した。だが放映時間やコラムを満たす事実や物語を求める、貪欲《どんよく》な食欲にたいして、そんな論理が通じるわけもなかった。論理では新聞の販売部数や視聴率の上昇につながらない。記者たちが欲しいのはもっと生々しく、血なまぐさいもの、恐怖を煽るこまかな情報であり、どれも得られないとわかると失望を隠さなかった。

ニュース番組を見、新聞を読んだキャロル・ジェーンズは、得意げに頬をゆるませた。警察がマスコミに多くを公表しないのは、伝えられる情報がたいしてないからだ。これまでもそうであったように、間抜けなおまわりは彼の敵ではない。連中につかまえられるような相手ではないのだ――これからも。

18

キャロル・ジェーンズにとって、いまの大騒動は全面的に喜ばしいものだった。わずか二件の刑罰を執行しただけで、みごとマスコミの寵児《ちょうじ》となったのだ。もちろんオーランド市警への侮蔑《ぶべつ》は、恐れたほど間抜けではなかったのだから、撤回しなければならない。二件めの刑罰はかなりわかりやすかったとはいえ、あのときは指をそのまま残してきたから、二つの事件を結びつけられる警察はそうそうあるまい。ビニックの性悪女に引っかかれたときは、正直いっていらだった。おかげで指を切断して捨てるという、余分な手間をかけなければならなくなった。だがしょせん指は指でしかなく、小さなものだから、簡単に処分できる。犬たちはやすやすと平らげ、残ったとしても、身元不明の小さな骨だけだ。

逮捕に結びつくわけはないが、警察からの認知はピリッとした刺激になる。評価されるというのは、悪くないものだ。これは空っぽの劇場で演じるのと、立ち見席から畏敬の念に打たれて舞台を見上げる観衆をまえに演じるぐらいの差があった。警察が呪詛《じゅそ》の言葉を吐きつつも、彼の知能や創意工夫の才能、水も漏らさぬやり口に驚嘆しているのがわかれば、細部にこだわる楽しみも増す。敵方の人間から才能を正当に評価されるのは、なんと心地よいものだろう。

この間、実験台になるつぎの違反者が見つからずに鬱々としているが、忍耐力には自信がある。なにごとも、なるようになるものだ。ことを急ぐのはルールに反し、いざという瞬間の力をそぐ。もちろん、ニュースが流れてからはより深い充実感があった。自分について書かれた記事を読んだり、人々の話題になっているのを聞くと胸が躍った。アネットでさえ、職場でそれ以外のことはまず口にせず、彼女が行なった入念な予防策を残らずジェーンズに打ち明ける始末。まるで彼がぶさいくな彼女に欲情したことがあるみたいだが、アネットに同情を示し、さらに恐怖を与え、ますます馬鹿げた予防策に走らせるのは悪くない。彼が道端で人をかっさらったことがあるかのように、彼女は一人で車まで歩くことさえ拒否した。歩行者にそんなことをしてなにがおもしろい？　みなが安全だと思っている自宅で襲うところに醍醐味《だいごみ》があるというのに。

水曜日、アネットが昼休み中に、長身で豊かな胸をした、髪と目の黒い女が、怒りに顔を引きつらせてカウンターに近づいてきた。「お宅のサービスについて、いわせてもらいたいことがあるんだけど」のっけから高飛車だった。

ジェーンズは最高の笑顔を浮かべた。「わたくしが承ります、マダム」

彼女のいう問題の核心とはつぎのようなものだった。ブラウスを交換してもらおうとランチタイムに来て、婦人服売場で十五分間立ちっぱなしで待ったが、いまだ対応してくれず、ランチの時間はなくなってしまった。ジェーンズは女が怒りをあらわにしてまくし立てるのを、ぞくぞくするような期待感を抑えて聞いていた。

「こちらから婦人服売場に連絡を入れ、すぐに対処するよう申し伝えます。お名前は……？」

「ファーリーよ。ジョイス・ファーリー」

ちらっと彼女の手を見た。結婚指輪はない。「当方に口座をお持ちでしょうか、ミス・ファーリー？」

「ミズ・ファーリーよ」即座に訂正が入った。「口座の有無が関係があるの？　お店の口座がないと大切にしてもらえないわけ？」

「いいえ、そんなことはございません」ていねいに答える。コンピューターに登録されていれば、必須情報を手に入れやすいだけのことだ。男嫌いで短気なフェミニスト。こんな女に罰を下すのはさぞかし楽しかろう、と期待感がいや増した。彼女のほうに書類を滑らせた。「できましたら、この苦情申請書にご記入いただけますか？　当方ではすべての苦情を追跡調査して、お客さまに満足いただけたかどうか、確認しております」

「だから、そんな時間はないといってるでしょう？　いまだって、仕事に遅れそうなのよ」

「では、お名前とご住所だけでも。あとはわたくしのほうで記入いたします」

女が申請書の先頭に名前と住所を走り書きしているあいだに、ジェーンズは婦人服売場に電話して売場主任に要件を伝えた。もう一度にっこりして電話を切った。「ミセス・ウォッシュボーンがお客さまをお待ち申しております」

「こんなことで、手間取らせないでよ」

「おっしゃるとおりです」カウンターから苦情申請書を手に取った。

女は回れ右をして歩きだしたが、すぐに立ち止まって振り返った。「ごめんなさい。ひどい頭痛に腹立ちが重なって。でも、あなたにあたるなんて間違ってた。あなたのミスでもないのに、いろいろ手配してくれて助かったわ。八つ当たりなんかして、許してね」

あっけにとられて一瞬、言葉に詰まった。「お気遣いなく。お役に立てて光栄です」うんざりした何千という売り子が、日に何千回と口にする決まり文句。本心を口にしたら、仕事が成立しなくなってしまう。ミズ・ファーリーはためらいがちな笑みを小さく返して、歩き去った。

うしろ姿を見つめるうちに、むらむらと腹が立ってきた。乱暴に苦情申請書を丸めてゴミ箱に放った。なぜ謝った？ おまえのせいで台なしじゃないか。おまえは意味のないことをした。肝心なのは刑罰なのだ。目のまえに熟れた果実をぶら下げられ、これはと思った瞬間にかすめ取られた気分だった。早くも精気がみなぎり、力の発散を渇望する思いが芽生えかけていた。ところが、すべてを奪われて放り出された！ この際あの女を殺《や》って、好き勝手に振る舞った人間は、哀れっぽい声で詫びを入れたぐらいでは許されないのだと教えてやるか？

だめだ。規則は曲げられない。したがわなければ破滅を招く。しかるべき判断基準があり、維持しなければならない規範がある。それを守れなくなったら、つかまっても文句はいえない。あの女をどれほど罰したくとも、彼が行なうべきは正しい刑罰だけだ。

マーリーは自分の席にじっと腰掛けながら、こまかな震えと闘っていた。さいわい昼休みなので、大半は昼食に出払っていた。今日は心静かに読書を楽しむつもりで、昼食と本を用意してきていた。のんびりと読書に没頭しながら、上の空でリンゴをかじっていたとき、怒りと期待の入り混じったどす黒い感情が押し寄せた。ビジョンのような圧迫感はないが、発信元はわかった。核の部分に冷酷な悪意があるのをはっきり感じる。ついで、怒りは急激に燃え上がり、同時に期待感が消えてなくなって、かわりに失望感が広がった。

あの男のことがわかるようになってきていた。その場のできごとを〝見る〟ほど強い精神波ではなかったが、見なくても察知できた。彼はつぎの餌食を選び出したが、その後なにかが起きて、残酷な喜びを奪い取られた。

彼はそこにいた。そして、つぎなる獲物を狙っていた。

「あの男が獲物を探しているわ」その夜、マーリーは室内をうろつきながら、デーンに話した。「今日、彼を感じたの」

デーンは読んでいた新聞――オーランドの切り裂き魔に関する少々ヒステリー気味で、多くは間違った記事が満載だった――を脇に置き、彼女に集中した。顔の平坦な部分までこわばって見える。愛情ゆえに彼の厳めしい顔に慣れてきたマーリーだったが、このとき急に、初対面のときと同じものを感じ取った。警官のなかの警官、危険な男、デーン・ホリスターをだ。

「なにがあった？」噛みつくように彼は尋ねた。「いつだ？　なぜおれに電話しなかった？」

彼に鋭い一瞥を投げ、あてのない彷徨《ほうこう》を再開した。「あなたになにができて？」

戻ってきた返事は「なにも」というひと言。機嫌が悪くなったのがわかった。「昼食のとき、十二時半ぐらいよ。ふいに彼がそこにいて、怒っていた。でも、同時に興奮もしていたの。ご馳走を楽しみにする子どもみたいに。女性を選んだのがわかったわ。そのあと、よくわからないけれどなにかが起きて、女性が消えて失望感だけが残った」

「それから？」

「それだけよ。それ以上は感知できなかった」

デーンはつぶさに彼女を観察していた。「だがきみには、被害者を選んだ瞬間がわかったんだな？」

肩をすくめて答えた。「今回はね」

「ほかにないのか？　被害者についてなにかわかることは？」

「ないわ」

「ちょっとしたことでもいい――」

「いってるでしょう、ないって！」衝動的に怒鳴り返し、寝室に向かった。「わたしが努力しなかったと思う？」

獲物に飛びかかるトラのように、すばやい動きだった。デーンはカウチから飛び起きると、寝室に入る直前の彼女をつかまえ、二人を隔てようとしていたドアを閉めた。背後から腕を回して彼女を抱き寄せ、初めて、体に走るこまかな震えに気づいた。昼食のときから多かれ少なかれ取り憑《つ》いて離れなかった震えだ。「悪かった」つぶやいて、がさつく額を彼女のこめかみにすりつけた。「つらいことだってわかってるんだが。大丈夫か？」

マーリーはしばし迷ってから、いやいや認めた。「少しびくついてるわ」

デーンは彼女の体を前後に揺らして、自分の体がもたらす安心感を染み込ませた。ストレスに満ちた暮らしが一ヵ月ほど続いている。デーンとは比較にならないほど、きつい思いをしてきたはずだ。こんなときは気晴らしがいる。彼女の顔にかかった髪をうしろに撫でつけながら、知恵を絞った。「映画にでも行かないか？」

「あなたの提案っていつも同じ」辛辣にいった。「どこかへ出かけるか、って」

「効きめはあったか？」

拒んではいても、体のほうは少しリラックスしている。疲れきった体を彼にゆだねるのは気持ちがよかった。「知ってるでしょう、あるって」

「それじゃあ決まり、映画だ。なにが見たい？」

「さあ」気乗りしない口調。「最後に映画を見たのは、一件めの殺害事件があったときだから」

「だったら、そろそろいい時期だろ？　おれはもう何年も映画を見てない。きみはどんな映画が好きなんだ?」

「いまなにを上映しているのか知らないし」彼のほうに顔をめぐらせ、つとめて笑顔を浮かべた。「ドライブのほうがいいかも」

デーンは彼女の緊張がゆるむのを感じてひと安心した。ベッドに連れ込みたいところだが、まだセックスを楽しむにはぴりぴりしすぎている。「じゃあ、そうしよう」

外に出ると日暮れどきの大気は湿気を含んで重く、日が落ちたにもかかわらず、暑さが残っていて、遠くにもの憂げな雷鳴の轟きが聞こえた。デーンはウィンドウを開けて車を出した。インターステーツに入って車を湾岸へ向け、接近しつつある嵐に向かって突進した。頭上には層をなす雲が巨大な動物のように寝そべり、その紫がかった黒い下腹に稲光が線を描いた。

開いたウィンドウから吹き込む空気は肌寒いほど冷たく、甘く湿った雨のにおいをもたらした。黙って彼の隣に腰掛けながら、マーリーの目は嵐を追った。最初の雨粒がフロントガラスを叩いた。デーンがウィンドウを閉め、ワイパーのスイッチを入れるが早いか、押し寄せてきた急流のようなどしゃ降りに呑み込まれた。

雷鳴が轟き、稲妻が空を切り裂く。デーンは徐行程度まで減速した。もっと慎重なドライバーはハイウェイを降りて雨よけになる陸橋を探したり、車の往来から外れ、数少ない恐れ知らずのドライバーは、暗闇のなかを目前しか照らし出さない弱々しいヘッドライトの明かりを頼りに、嵐の中央に向かって疾走を続けていた。

マーリーは動かなかった。激しい嵐に心を奪われていた。奪い取られた自意識のかわりに、生々しい嵐の力が流れ込んでくる。怖がって当然のはずの激しい雷雨が怖くなかった。その豪壮さに打たれ、放たれるエネルギーに満たされた。

運転時はつねに車内灯を切ってあるデーンの車は、闇に包まれて洞窟のようになった。彼は黙り込み、マーリーも話さなかった。言葉はいらなかった。外には荒れ狂う嵐があり、叩きつけるような豪雨と突風に車体は揺れても、車内は濡れることなく守られている。デーンはそんな嵐の猛々しさに抗し、前腕の筋肉をぷるぷるさせてハンドルを握っていた。マーリーが微塵も不安を感じないのは、安全なのがわかっているからだった。

ようやく車は稲光と陰鬱な轟きを背後に残して嵐を抜けた。まだ雨はあるが、軽く淡々としたふつうの雨だった。二人は細くウィンドウを開けて、新鮮な空気を取り込んだ。

彼はつぎの出口で方向を変え、いま来た道をオーランドへ取って返した。今度は嵐を追う形になる。

マーリーはシートにもたれた。嵐ではちきれそうになっていた。こんな感覚は初めてだ。心臓は音のしない太鼓のように、ゆっくりと力強いリズムを刻み、体は重みを増して豊かにふくらんで、生命力に脈動していた。デーンが欲しい。強情で情熱的な彼のものを迎え入れたかった。隣のデーンも性欲に駆られている。前方を見据えつつも意識はこちらに向けられ、彼女の動きのいちいちに、軽くかすれた息遣いに、体から発されるかすかな熱っぽいにおいに反応していた。

「デーン」そのひと言が闇を震動させた。

デーンは汗ばんでいた。対向車とすれ違うたびに、顔に浮かんだ汗がきらめいた。体から熱がうねりとなって発散されている。マーリーの下腹部に興奮が渦巻いた。いつになくデーンが制御を失おうとしているのがわかった。初めてのときを含め、これまでは猛烈に欲情していたときでも、まずマーリーを満足させようとした。家を出るまえから彼女を欲していたところへ原始的な嵐の猛威が加わり、嵐に呼び覚まされた彼女と同じように、飢餓感に拍車がかかっているのだ。

わたしを愛してる？　そう尋ねたかったけれど、言葉が出なかった。デーンはいまここにいる。セックスだけが目あてなら、ときを待たずにわかるはずだ。保証されているのはいま、この時だけ。思い悩むのをやめて、いまを最大限に生きるしかない。人生とはそういうものでしょう？　苦しんだことのない人間などいないと、自分や他人が味わった痛みのかずかずから学んできたのではなかった？　だからこそいまを大切にして、与えられた人生の恵みを存分に享受するしかない。

手を伸ばして、彼の太腿と股間の境目に指を這わせた。硬直したのがわかった。陰茎は鉄のように勃起し、束縛するズボンを押し上げている。その形に沿って、上下に指を動かした。デーンは食いしばった歯のあいだから、声を漏らした。「からかうのはやめろ」

「からかってないわ」喉を転がすように、甘い声でつぶやいた。「本気よ」股間に手を押し込むと、彼はうめき声を上げてなす術《すべ》もなく股を開いた。いったん車の速度が落ちたが、気を取りなおして再度速度を上げた。

「いま停められない」激情を抑えつけている。「車が多すぎる」

「よさそうなモーテルはないの？」ベルトのバックルをはずしながら、上の空で訊いた。

デーンはブルッと胴震いし、腹を引っ込めて彼女の手が動きやすいようにした。やめてもらいたいのに、快感に支配されて体がいうことをきかなかった。「コンドームがない」初めての夜をのぞくと、毎回コンドームを使ってきた。最初の夜はなかに入れること以外は考えておらず、そんなことは初めてだったので、自分の不用意さにショックを受けた。以来、二度とそういうことが起きないよう気をつけてきた。

ドラッグストアに寄ろう、といいかけて、マーリーはその案を引っ込めた。そんなことで気を散らすのはいやだし、いまの彼には買い物は無理だ。「もっと速く運転したほうがいいわよ」いいながらズボンのジッパーを下ろし、下着のなかに手を突っ込んでペニスをじかに握りしめた。

荒々しいかすれ声が彼の口をついて出た。マーリーはその声の響きと、手のなかで脈打つ彼のものの感覚にうっとりした。すばやく二、三度手を動かせば終わってしまう。わざと軽く握ってぐずぐずと手を動かした。顔を寄せて顎の下にキスをすると、緊迫して厳めしい顔になり、胸を押しつけたたくましい腕にこまかな震えが走った。

「このお返しはさせてもらうぞ」デーンは警告した。

彼の耳たぶを噛む。「おもしろそうね。いい考えでもあるの？」

片手の指の数ほどあったが、どれも車内では不可能だった。ズボンのジッパーを閉められそうにないので、いまはスピード違反で止められないのを祈るのみだ。彼女はそっと愛撫を続け、激しいうずきは収まらなかった。「楽しんでるのか？」肺が締めつけられて、うめくような声しか出ない。

「すごく」一瞬、耳に彼女の舌が差し込まれて、武者震いが走った。「それに、わたしはいまやめるつもりはないから、あなたは運転を続けるのよ」

運転した。空前絶後のドライブになった。死に物狂いで運転に集中しているのに、それでも彼女からもたらされる快感を遮断できなかった。かすれた笑い声がほとばしり出た。「小悪魔め、いまの状況をおもしろがってるだろ？」

マーリーはゆったりと、満ち足りた笑みを浮かべた。「ええ、そうよ。いつもはあなたのほうがわたしを翻弄してきたけど、受け手になった感想はいかが？」

「死にそうだ」声をあえがせた。

彼女は周囲を見まわして現在地点を確認した。「あと五分でうちよ。それくらい我慢できるでしょう？」これまでの知識を総動員して燃え上がらせようと、彼のものをかすめるように嘗《な》めた。

ふたたびデーンの口からあえぎ声が漏れ、全身が硬くなった。「たぶん」

ようやく家に着いたときには錯乱寸前で、じらすような手の動きに合わせて、腰を突き上げていた。文字どおりマーリーを車から引っぱり出してうちに入った。よろけるように寝室にたどり着くと、たがいの衣類をはぎ取り、まだ半分服を着たままベッドに転がり込んだ。なんとかコンドームだけつけ、彼女をうつぶせにして脚のあいだに膝で割って入り、がむしゃらに腰を突き出した。

ベッドカバーに爪を立てたマーリーは、突き上げられるたび、その衝撃に全身を揺るがした。自分のほうがいたぶられてでもいたように高ぶっていた。彼のものをより深く受け入れようと、上げたお尻をくねらせるが、思うようにならない。デーンは腰を突き出すたびにうなり、激情に満ちたしゃがれ声が闇を震わせた。と、体をこわばらせ、彼女の腰を力いっぱい引き寄せるや、咆哮《ほうこう》とともに性を放つ喜びに身を震わせた。

それがすむと、半分彼女におおいかぶさるようにしてベッドに倒れ込んだ。動きはぎこちなく、大きな肉体にはさざ波のように震えが走っている。酸素を取り込もうとするたび胸が大きくふくらみ、全身がドクドクと鼓動していた。「死ぬかと思った」息をはずませている。「ほんとに?」マーリーはつぶやいた。「あなたも楽しんでると思ってたのに。あなたが気に入らなかったんなら、二度とやらない――」

彼女の髪に手を差し入れて自分のほうを向かせ、強引で熱烈なキスを浴びせて言葉を奪った。「なんとか耐えてみるさ」

「さすがね」彼の下唇を嚙んでから、ディープキスをお返しした。

彼の胸郭には低く満足げな音が響いていた。腕のなかのマーリーを仰向けにし、見下ろしていった。「さあ、目にもの見せてやるぞ、レディ」

彼はひどく巧妙にやってみせ、あとには、虚脱感と満足感で動けなくなったマーリーが残された。二人は暗闇に横たわったまま、雨の音を聞いた。なにげなく胸毛をいじっていたマーリーは、しばらくすると、あくびをしていった。「ねえ、車のドア、閉めた?」

デーンは黙って必死に記憶を探った。「まずい」ベッドから起き出した。マーリーは横になったまま、ズボンをはいた彼があわてふためいて暗い室内を出ていくのをクスクス笑って見ていた。玄関のドアの開く音がして、数秒後、今度は閉まる音がした。さらに数秒でデーンは寝室に戻った。「閉めてたよ、このいたずら娘めが」

「あら、ほんとに覚えてなかったのよ」

デーンが深い笑い声を響かせた。「おれもだ」ズボンを脱ぎ捨てて、ベッドに這い戻った。あくびをしながら彼女を抱き寄せ、すっぽりかかえた。「事件が解決したら」髪にささやきかける。「二人でバカンスに行かないか? 山と海のどっちがいい?」

マーリーの心臓は幸福感に跳ね上がった。バカンスの計画といった些細なことにしろ、彼が二人の将来について口にしたのは初めてだ。「ここはフロリダよ。ビーチにはいつでも出られるわ」

「じゃあ山にして、バスタブつきの小屋を借りよう。すっぽんぽんになってのんびりして、リスたちの度肝を抜いてやろうな」

「決まりね」

そのとき電話が鳴った。デーンが腕を伸ばして受話器を取り、「ホリスター」と間延びした声で応対した。上体を起こして、床に足をつけた。その体にもたれていたマーリーには、彼の緊張がわかった。「わかった。十五分でそちらへ行く。集団ヒステリーを起こさないよう、マスコミ連中を抑えとけ」

電話を切ってスタンドをつけた。「また刺殺事件があった」急いで身支度を始めた。

マーリーも起き上がった。昼間新たな犠牲者を探す犯人を感じたのを思い出し、恐怖がぶり返した。さっきは二人でドライブに出ていた。街から離れすぎて、犯人のエネルギーを感知できなかったのか？　彼が行動を起こしたのに、なんらかの理由で感知しそこねたの？

19

「被害者の名前は？」遺体写真をさまざまな角度から検討しながら、デーンは尋ねた。

かりに典型的な殺害現場があるとしたら、まさにこれがそうだった。現場は蜜蜂の巣箱さながらで、しかも大半は手持ちぶさただった。屋内には警官がうろつき、近所の人々とともに屋外に集まったレポーターたちは、霧雨などなんのその、片っ端からコメントを取ってまわっている。すでにボネスとトラメル、フレディとウォーリーのみか、殺人課の大半が顔をそろえ、加えて署長までがこちらへ向かっているという。指紋係はすべてを黒い粉まみれにし、鑑識は証拠の収集にあたっている。これぞ動物園だ。

「フェリシア・アルデン」フレディがいった。「遺体発見者はジーン・アルデン、被害者の夫よ。彼は製薬会社の契約販売員で、出張に出ていた」

「ところが、たまたま妻が殺された直後に帰宅した」デーンは歯がゆそうに先を引き取った。

刑事全員が顔を見合わせた。ほかの現場を見てきた目からすると、この現場にはまるで似たところがなかった。重なるのは、女性がナイフで刺殺されたという一点のみ。被害者は着衣のまま、本人がみずから望んだようにベッドに横たわっているし、肉体が奪われた形跡もなかった。

デーンはほっとして溜息を漏らした。マーリーが感知に失敗したのではなかった。事情を知る人はみなわかっているし、立証できるかどうかはべつとして、妻を殺したジーン・アルデンが連続殺人犯のしわざに見せかけようとしたというのが真相だろう。たぶんアルデンは証拠がないという報道を見聞きして、捜査されて自分に結びつく法医学的証拠しか出てこなくても安全だと考えた。なにしろアルデンはこの家に住んでいるのだから。

「旦那をしょっ引いて、被害者にかかってる生命保険をすべて洗い出せ」ボネスが命じた。

「ひょっとしたら、奥さんの浮気に気づいていたのかもしれん。わたしはレポーター連中をなだめてみるが、裏が取れるまではぺらぺら話せないから、信じてもらえそうにないな」げんなりしている。口々に叫ぶレポーターの大群を思い浮かべたのだ。

「でも今回はあたしたちの出番があるだけましよ」フレディがいった。

デーンは近づいてきたトラメルと連れ立って外に出た。レポーターはボネスをぎっしり取り囲み、質問を怒鳴っていた。ボネスは答えようとしているが、ほかのレポーターからやいのやいの横槍が入ってらちがあかない。「マーリーも今回はビジョンに見ていないんだろうな」トラメルがいった。

「ちらりとも見てないが、怯えてはいる。ビジョンじゃないんだが、今日の午後、あいつに焦点が合っちまったらしい。やつはつぎの標的を選び出したが、なにかが起きて、あきらめたそうだ」

トラメルは口笛を吹いた。「それで、マーリーのようすは？」

「神経をすり減らして参ってるよ」

「だろうな。彼女を楽にしてやれる方法があるといいんだが」

「彼女はおれが守る」デーンがすごんだ。「ところで、うちの改装はどんな具合だ？」

「床はほぼ終わって、この週末には家具が運び込まれる。なんなら、月曜日には戻れるぞ」

デーンは不満げに鼻を鳴らして車に乗り込んだ。「そんな状況だと思うか、相棒？」

トラメルは声を上げて笑った。「ああ、だろうな。じゃあ、また明日」

思ったとおりマーリーは寝ないで待っていた。「あいつじゃない」告げると、彼女の顔の緊張がゆるんだ。ローブをしっかりと巻きつけて、カウチの隅で丸まる体が、やけに縮んで小さく見える。「たぶん被害者の旦那が殺《や》って、同一犯による犯行に見せかけようとしたんだろう」彼女に手を差し伸べる。「おいで、ハニー。ベッドに戻ろう」

金曜日の午後、ジェーンズはぷりぷりしながら出てゆくお客のうしろ姿を見送りながら、高揚感を抑えようとしていた。すぐそこにアネットがいるから、気持ちを察知されるようなそぶりは控えなければならない。それにしても、やっとだ！　今度の獲物はじっくりと味わわなければ。最後の獲物を殺ってから三週間。正確に比較するには時間がたちすぎた観があるものの、もう結論は出ていた。前回の刑罰が不満足なものに終わったのは、やはり、焦りすぎたせいだ。今回はしかるべき手順を踏み、時間をかけて綿密に計画を立て、期待をじょじょに高めてゆくつもりだ。じゅうぶんな準備を行なうためには、少なくとも一週間はかけなければならない。

カレンダーを調べた。調べるまでもないが、これも正確さをモットーとする彼ならでは。そうだ、最短に設定しても決行はつぎの金曜の夜。やるなら、仕事が休みで、翌日朝寝坊できる週末が最適だ。それ自体は満足ゆくものだったマスコミの大騒ぎは、勝手に鎮まらせておくまでのこと。ここしばらく新たな火種がないのだから当然だろう。どこかのセールスマンが連れ合いを殺して、ジェーンズに罪をなすりつけようとしたせいで、いっとき集団ヒステリーに陥ったが、しょせんは細部を大切にできない愚か者の犯罪。セールスマンの思惑どおりにはならなかった。警察はただちに男の嘘を見破り、テレビのレポーターたちには、わずかに失望のようすが見えた。

そうだ、今度のはうまくいく。過去最高のできになるかもしれないという予感がある。相手の女はつねづね軽蔑してきたたぐいの、非の打ちどころのない性悪女だった。痩せぎすで、日焼けしていて、かたくなで、みずからの富をひけらかすように悪趣味な宝石をじゃらじゃらさせている。警備システムを設置するか、番犬を飼うかしているかもしれないが、それはそれで才能を測る絶好の機会として、かえってそそられるというものだ。夫がいようがいまいが関係ない。これまでも、そんな理由で中止したことはなかった。

女が書き殴った名前を見下ろすと、その音を頭のなかでじっくりと反芻《はんすう》した。マリリン・エルロッド。さっそく、エネルギーを伴う期待が体に渦巻いてくる。マリリン・エルロッド。

名前を口にするかわりに、歌の一節を小声で口ずさんだ。マーロリン、オゥオゥ、マーロリン。三冠競馬レースの一つ、プリークネスステークスのまえに流れる歌だ。愉快なことに、彼女は自分が走らされるのに気がついていない。


金曜の夜、マーリーから改装工事の進み具合を尋ねられたデーンは、迷わず嘘をついた。

「だいたい終わったんだが、トラメルの注文した家具の配送が遅れてる」

しかるべき場所に家具を配置した家はどこをとってもみごとのひと言だったが、犯人がつかまるまで、マーリーの家を出るつもりはなかった。ふたたびめぐってきた先週末は、平穏無事に過ぎていった。口さがないレポーターのなかには、連続殺人犯がいるとした警察発表に疑問を投げかけるものも出てきた。ピニック事件とシーツ事件の類似にびびって、警察が勝手にそう思い込んだのではないか、というのだ。

「今日はなにか感じたか?」デーンは尋ねた。

マーリーはかぶりを振った。「はっきりとした思考はなにも。なんとなく不安なだけよ」

そういえば今日帰宅するとき、のぼせ上がりすぎて歩道で熱烈なキスを交わすカップルを見かけた。運転時は自然とガードが甘くなる。そんなところへ、ふいに若い男の思考が飛び込んできた。またただ。ギョッとしてすぐに遮断し、男の思考を閉め出した。そのときは、そんなに欲情してるんなら、早く二人きりになれる場所を見つけないと、ショックを受けるのはわたしだけじゃなくなるわよ、と皮肉っぽいことを考えていた。

あとになって気づいた。接触を意識的に遮断できたのはこれで二度めだった。高い能力を誇った以前でも、できなかったことだ。部分的に防御壁を張りめぐらせる術《すべ》は身につけていたが、完璧には遮断できなかった。だがこれで、リラックスした状態で他人の感覚が入り込んできても、即座に接続を断てる。

能力なんて戻ってこなければいいと願ってきたが、そのとき急に、勝利感、充足感に突き動かされた。これでグリーンの負けが決まった。治癒には長い時間がいったけれど、勝ったのは彼女だった。以前より強い能力を備えた人間となってトラウマを乗り越え、授かった才能をコントロールする力を与えられた。デーンという男性を得て肉体的な恐怖から解放され、性的な快感のすばらしさも知った。これが二年まえ、いや一年まえでも、こうはいかなかったろう。ようやく勝利を実感できるまでに回復したのだ。

「犠牲者をあさっていたのか？」デーンの質問が飛んできた。

「さあ、どうかしら。いったでしょう、はっきりしたものはなにも感じなかったって。わたしがひどく緊張しているせいかもしれない」

「それなら、おれがなんとかしてやれるかも」ゆったりとした、低い声だった。彼は例によってキャビネットにもたれ、手早く料理をつくるマーリーの邪魔をしていた。彼を見るなり、下半身から力が抜けた。全身これ男らしさの塊で、体じゅうの全細胞が反応した。アイロンしたての衣類を身につけているときでさえ、どことなく野蛮な男だけれど、いまみたいな格好だと、いっそうその印象が強まる。皺だらけのシャツに、ぼさぼさの黒い髪、髭の伸びはじめた顎には今朝できた切り傷がある。いつもどおり、肩掛けホルスターはまだ身につけたまま、腋の下には大ぶりの拳銃の握りがのぞいている。武器を携帯するのに慣れすぎて、本人はそうと気づいてさえいない。彼女に向けた鋭いハシバミ色の目は緑色が濃くなり、挑みかかるようなきらめきを放っていた。

「あなたになら、できるかもね」相づちを打ったその声は、いつもより上ずっていた。たぶん、あなたになら簡単なことよ。デーンとのセックスで与えられる喜びはあまりに強く、いざとなれば同じぐらい彼を狂わせられるとわかっていなかったら、パニックで頭がおかしくなっていたろう。彼の気持ちを疑うことはあっても、肉体は嘘をつかない。軽く触れたり、流し目をくれたり、あるいはなにもしなくても、彼は欲望をたぎらせた。

ときには、そんな彼の反応にびっくりした。どう逆立ちしても、自分が色気むんむんのタイプでないのはよくわかっている。むしろ女らしさを感じさせない格好ばかりを選んできた。できるだけ人目を避けたかったからだ。だがそれもデーンには通じず、衣類を透かしてその下にある彼女を見抜かれてしまったらしい。いまだに同じような格好をしているのは習慣と都合——手持ちの衣類がそこにある——による。でも、もういいかも。われながら意外なことに、これ以上カモフラージュを続ける必要を感じなくなっていた。状況は変化し、内的なプライバシーを守るために人目を欺かなくてもよくなった。異性から性的に興味を持たれても気分が悪くなる心配はいらない。デーンは頻繁にそんなことをするけれど、少なくとも吐き気をもよおすようなことにはまったくなっていない。

彼女は強くなり、能力は変わった。心の傷は癒え、力を制御できるようになった。もう自分の心的なパワーに振りまわされないですむと初めて納得がいって、ふたたび、かすかな衝撃を受けた。

もう好きなように装える。まえから憧れていたほっそりした流行の服だって、あけすけにセクシーな服だって、気に入ったものを買えばいい。

「なにを考えてる?」デーンが心配そうに訊いた。「さっきからおれのこと、腹ぺこの猫がまるまる太ったヒヨコでも見るような目つきで見てるぞ」

マーリーは視線を落として、これ見よがしにぺろっと唇を嘗めた。

彼の表情が変わった。キャビネットから体を起こすと、盛り上がった筋肉に緊張が走った。手を伸ばして、これ見よがしにガスの火を消した。マーリーは眉をつり上げた。「しばらく時間がかかりそうだから」半分まぶたの下がったデーンは説明して、彼女を引き寄せた。

その週末はなにも起きなかったが、マーリーはざわざわとした胸騒ぎをぬぐいきれなかった。この感覚は犯人が逮捕されるまで続くのだろう。だが新たに芽生えた自信のおかげで、先週末より緊張に耐えやすかった。土曜日には制御できるのをたしかめるため、わざと防御を解いて隣のルーと立ち話してみた。すぐさま彼女の感情が流れ込んできて、ここまで、と命じると流れが遮断された。ドアを開けたり閉めたりするようなものだ。やっぱりできる!

だが満点の体験とはならなかった。ルーが、たとえ警官といえども、隣の家にずうずうしく男が住みついたことに強い不満をいだいているのがわかったからだ。示しがつかない、と彼女は感じていた。でも、だれにたいして示しがつかないのだろう？　この界隈ではマーリーが最年少の住人で、大半は引退者だった。

よりによって、そのときデーンがよれよれのジーンズ一枚の格好で玄関のポーチに現れた。うちでくつろいでいたので、髭も剃っていない。大きくて荒々しくて、少し危ない印象さえある。筋肉の塊そのものが、厚い胸板をさらしていた。「やあ、ルー」デーンは声をかけた。

「邪魔して悪いね。ハニー、ガンオイルをどこにしまったか忘れちまったんだが、見かけなかったかい？」

「忘れたんじゃなくて、出しっぱなしにしてたのよ」マーリーは答えた。「わたしがキッチンの抽斗《ひきだし》に入れといたわ。右から二番めよ」

「すまん」デーンは明るい笑顔を浮かべて、家のなかに引っ込んだ。

ルーは顔を引きつらせ、目を丸くして彼の去ったポーチを見ていた。マーリーはそわそわと体を動かした。こんなときは絶対に、ドアを開けてルーの感情を読みたくない。

ルーが長い溜息をついた。「あらまあ」頬に赤みが差したようだ。照れくさそうにマーリーを見た。「あたしは古風かもしれませんけどね、目まで悪くなっちゃいませんよ」

マーリーが数分後キッチンに戻ると、デーンは慣れた手つきで拳銃を組み立てなおしていた。武器の手入れがこんなにすぐに終わるはずがない。「わざとやったわね」マーリーは声を低めて非難した。彼女が戻るときも、まだルーは軽くふらついていた。

よく訓練された手をきびきびと動かしながら、デーンはにんまりした。「怒らせてやろうかと思って」正直に認めた。「これでも、刺激が強すぎるといけないから、ジーンズのボタンをはずすのは遠慮しといたんだぜ」

「よかった。そんなことしてたら、無傷じゃ帰ってこれなかったわよ、きっと」

「ルーが本気で怒るからか？」

「ちょっと違うわね」

どういうことだ、といいたげな表情で見上げるデーンに、やさしく微笑みかけた。「ルーはあなたの男らしくて立派な肉体にグッときちゃったのよ」

一瞬ぽかんとしてから、げらげら笑い出した。デーンの体重がのった椅子は動かせないので、テーブルを脇に押しやり、彼の肩に手を置いて膝をまたいだ。笑い声がピタッとやみ、彼の顔におなじみとなったこわばりが浮かんだ。「わたしにはルーの気持ちがわかるわ」ささやいて、顎に鼻をすりつけた。ガンオイルの刺激臭に混じって、熱っぽくて、男らしい麝香のようなにおいがする。動悸がしてきた。ジーンズのふくらみにお尻を押しつけて、ゆっくり動かした。

「待てよ」彼の抵抗は風前の灯火《ともしび》だった。「手にオイルがついてる」

「べつにいいじゃない。わたしは洗えるもの」そうつぶやくだけで、じゅうぶんだった。

すばらしい週末だった。マーリーは絶えずつきまとって神経を休ませてくれない不安感を無視して、精いっぱい楽しんだ。ビジョンは見ず、模倣殺人という偽の警報も鳴らなかった。

家の改装具合を見にいこうと誘ったけれど、のんびりしたがっていたデーンは乗ってこなかった。テレビを見、本を読んだ。二人で新しいレシピも試した。というかマーリーが試作して、どこへ行くにもついてくるデーンが味見した。そして、たびたび愛し合った。それはマーリーがずっと憧れ、不可能だとあきらめてきた暮らしそのものだった。

なにごともないまま週末は終わった。月曜日になると、オーランド市警への酷評が紙面を飾るようになった。いわく、市警は過剰反応をした、有名な童話に出てくる、落ちてきたドングリを空と間違えた臆病なめんどりと同じだ、と。あるコラムニストなど、警察はわずか二件の類似事件をもとに愚かな思い違いを犯し、その騒動によってフェリシア・アルデンの模倣殺人をも誘発した可能性がある、とした。

「どうやら記者たちは、忘れちまったらしい」デーンは揶揄《やゆ》した。「報道内容に責任があるのは、市警じゃなくて報道機関だってことを。おれたちはできるだけ穏やかかつ、控えめに処理しようと努力してきた」

マーリーは不安げに彼を見た。「でも、誤報だったと報道されたら、みんなが用心を怠るわ。犯人にしてみたらチャンス到来よ」

「マスコミにそういってやってくれ。どうせ、おれたちはニュースをつくってるわけじゃない、伝えてるだけだって、偉そうに居なおるに決まってる」

「ほんとに伝えてるだけなら、問題ないわ。でも彼らは内容をゆがめ、ねじ曲げて、勝手な解釈を加える」

マーリーは激怒していた。怒っているのはデーンも同じだが、彼女の場合はより深い部分

に抵触している。彼女がマスコミ一般にいやな思いをさせられてきたのを思い出し、デーン

は急いで話題を変えた。

実り多い週末を過ごせて、ジェーンズはいたくご満悦だった。エルロッドの自宅をさりげ

なく訪問し、五度、六度と繰り返すうちに納得いく成果を得られた。豪壮なお屋敷は広大な

敷地の中央に建ち、身を隠すのにもってこいの、ごてごてとした庭に囲まれていた。近隣の

敷地の大半は高さ二メートル近いフェンスで仕切られていて、これなら物好きな近所の目を

避けやすい。

人名録には名前があったものの、ミスター・エルロッドの姿は一度も見かけなかった。街

を出ているのだろうか？　笑いたくなるほど容易に解決できる問題ではあったが、思わぬ方

角から答えが運ばれてきた。マリリン・エルロッドが外出して五分もたっていなかったろう。

折りよく郵便物が届けられたので、すかさず横取りして調べてみた。ミスター・エルロッド

宛てのくだらないダイレクトメールのかずかずは彼の存在を裏づけていたが、そのなかに、

オーランドのさる法律事務所の名前が印刷された、興味深い封筒が混じっていた。迷わず開

封して文面を確かめ、望外な喜びを得た。エルロッド夫妻は離婚訴訟の最中で、ミスター・

エルロッドは最近になって家を出たのだ。なんとまあ、かわいそうに。

開封した手紙だけを手元に残し、あとは郵便受けに戻した。ざっと家の周囲を見てまわっ

たところ、犬はいなかった——いたらいまごろ狂ったように吠えているはず——が、警報システムはあった。さして洗練されたシステムではないものの、障害にはなる。しかし、どんなシステムにも欠点はあり、侵入方法は見つかるものだ。そのときが来るまで、焦りは禁物。急《せ》いてはことをし損じる。前回学んだ教訓だ。

「とんだ笑い者だ」チャンプリン本部長はうなった。すこぶる機嫌が悪かった。市長から呼び出され、結論を早まって市内じゅうの小うるさい女性をヒステリーにした、マイナス広告が市の財政に損失を与えた、とこっぴどく叱責されたのだ。オーランド経済は観光業に多くを依存しており、世界じゅうからネズミの館、すなわちディズニーランドを目あてに観光客がやってくる。それが今回の報道を機に、地元モーテルおよびホテルの利用率が下がっていた。

「とんでもない話です」ボネスは沈んだ声でいった。「だれも殺されなかったといって文句が出るんですから！」

「比較できる殺人事件はたった二件だ。よしんば、薄気味の悪いほどその二件が似ているとしても——」

「ＦＢＩは同一犯だと認めました」デーンはさえぎった。「自分たちの勇み足という可能性はありません、本部長。犯人はこの街にいます。ＦＢＩの協力で、同一犯の犯行と思われる事件が最低でも十七件特定できています」

「だったら、ニュースが流れた時点で、犯人が街を出たのかもしれないだろうが！」本部長は怒鳴り返した。

デーンは首を振った。「いいえ、自分たちはまだこの街にいると考えています」

「根拠はあるのか？」

マーリーです、とは答えられない。かわりにこう答えることで、自分を納得させた。「犯人の既存のパターンを調べました。これほど短期で移動した例はありません」

「これは市長の疑問であり、わたしの疑問でもある。証拠がないのなら、いったいきみたちはいまなにをしている？」

デーンの表情が石のように凍りついた。怒りの予兆を見て取ったトラメルがかわって答えた。「公益企業からこの一年で顧客となった新規加入者の名簿を入手し、いま全男性について裏を取っています。ＦＢＩのプロファイリング結果に照らし合わせれば、ごく狭い範囲まで絞り込めるはずです」

昔気質の本部長からすると、トラメルの洗練された柔らかな物腰や、資産、しゃれた身なり、あるいはその目を惹く顔立ちは鼻持ちならないものだが、その資産を基盤とする政治的な縁故関係には敬意を払った。「そのうち有効な手だてが見つかるだろう」といったたぐいのことをぶつくさいいながら、ボネスのオフィスを出ていった。

ボネスは溜息をつき、ハンカチを取り出して額の汗を拭いた。「参ったな。それで、調査中の名簿に怪しげな人物はいないのか？」

「いまのところ、これという人物は見つかってませんが、未調査の対象者はまだたくさんいます」

「いいだろう。なにか見つかったら、すぐにわたしに報告しろ」

「わかりました」

「あの腰抜けめ」デスクに戻る途中、デーンは吐き捨てるようにいった。

「そういきり立つなよ、相棒。本部長はマーリーのことを知らないんだから。彼女の話を持ち出すわけにいかないんだ。どのみち理解してもらえるとは思えないしな」

「ボネスのいうとおりだ」口調にも目にも、冷ややかな怒りが出ていた。「また被害者が出ないかぎり、あいつらは満足しない」


ジェーンズは夜の時間を有効に活用した。車を放置できる場所を見つけ、近隣の飼い犬を調べた。二匹いたが、一匹はなんにでも吠えまくり、通りの向かいのもう一匹はそれに呼応して鳴いた。ふつう犬の吠え声など、うるさい、という怒鳴り声を二、三上げさせる程度のものでしかない。

マリリン・エルロッドは社交好きだった。毎夜ほぼ欠かさずにバーをはしごした。旦那の家出の原因はそこにあるのかもしれない。とはいえ、いまのところ男を連れ込んだことはなかった。それに精力的な夜遊びのおかげで、準備に完璧を期する時間ができた。

屋敷に侵入できたのも、夜遊びのおかげだった。青々と茂った低木が家のぐるりを囲み、ガレージの脇まで来ていた。彼女はいつも車をうしろ向きにガレージに入れる。外出時に車をさっと出せるようにだ。そんなわけで彼女が外を向いていたので、ひそんでいた低木の茂みから、自動ドアが閉まるまえのガレージになんなく移動できた。彼女は一度も振り返らなかった。

外からガレージに入るドアには警報装置があったが、ガレージから家事室へ入るドアにはなかった。鍵はかかっているが、身につけた技術があるので、問題にならない。いざというときに備えて、偽名で錠前修理の通信コースを取ってあった。これも先を見越した、細部への気配りの一つといっていい。

初めて侵入したときは、環境に慣れるのに主眼をおいて内部を見てまわった。冷静に、冷静に。勇み足を起こした前回の二の舞になってはならない。

二度めはより丹念に探索した。クローゼットの衣類からは、女の趣味が八〇年代のシングルズバー・スタイルから進歩していないのが、バスルームの化粧台からは、化粧品に大枚をはたいているのがわかった。

家のなかに銃器がないのは嬉しい発見だった。銃は大きな障害となりうる。

鼻歌を口ずさみながら、探索の舞台をキッチンに移した。たいして料理はしていない。冷蔵庫に入っていたのは、電子レンジで温めるだけの調理済みの食品がおもだった。しかし昨今の流行にのっとって、黒光りするカウンターの上に、肉切りナイフが何本か入った巨大なナイフ入れがあった。期待どおりだ。ほとんど料理をしない女だから、ナイフがなくなってもまず気づくまい。彼はナイフを一本ずつ吟味して、刃のなまったステンレススチールに舌打ちをした。嘆かわしいことに、多くの女性はもはや家事の技術にプライドを持っていない。良好に保たれていれば、ナイフの一本を持ち出して刃を研いでくるという、わずかながらたしかなリスクを負わずにすんだのに。

マリリン・エルロッドめ。なにからなにまで気に食わない女だ。

「今夜、うちに来ないか？　グレースとおれと一緒に食事をしよう」トラメルが誘ったのは、金曜日のことだった。

デーンは椅子にもたれた。デスクの名簿にほとほとうんざりして、全部まとめてゴミ箱に突っ込んでやりたくなっていた。こんなことでもなければ、過去一年でこれほどの人数がオーランドに越してきたとは信じられなかったろう。なお悪いのは、こんなにいるのになにも出てこないことだ。だから週末の到来は、トラメルと二人当番にあたっているとはいえ、大歓迎だった。

「今日は金曜だぞ」デーンは指摘した。

「それがどうした？　金曜だろうと、ほかの曜日と同じように腹は減る」

「金曜になるとマーリーの緊張が高まる」

「だったら、なおさら気晴らしがあったほうがいい。ビジョンだって、自宅で見られるものなら、おれの家でも見られるさ」

「わかったよ。彼女に電話して訊いてみる」

マーリーはデーンと同じ疑問を呈し、デーンはトラメルからいわれたとおりの答えを返した。ただ説得は容易だった。迫りくる週末に戦々恐々としてきた彼女にとって、気晴らしになるディナーの誘いは願ってもない申し出だった。

今週マーリーは何度か昼休みに買い物に出て、この夜初めて新しい衣類を試してみることにした。トラメルから指定されたとおり平服にしたが、細身の白いコットンパンツと、やはり白のベストを着ると、われながらぐっと魅力的になった。デーンもそれには同意見で、着替えをすませて寝室を出ると、彼の目がむき出しの肩と胸元の深いVゾーンに釘づけになった。「ブラジャーを着けてるのか?」かすれ声で尋ねた。

マーリーは自分を見下ろした。「どうしてそんなこと訊くの?」

「たんなる好奇心だ。着けてるのか?」

「なにか見える?」そう尋ね、寝室に取って返して鏡で姿をチェックした。

デーンはふくれっ面になった。「いいから、マーリー、教えろ。着けてるのか、着けてないのか?」

「答えなきゃいけない理由がある?」

「いいよ、自分でたしかめるから」ムカッとして彼女に手を伸ばした。

マーリーはその手をすり抜け、いたずらっぽく笑った。「おあずけよ、坊や。たしかめるのはあとのお楽しみ。ほら、出ないと、時間に遅れちゃうわ」

「そんな服、初めて見た」彼女について外に出ながら、デーンはいった。

「新品だもの。今週買ったの」

彼女の背中に目を凝らし、どぎまぎするほどわずかにしか体を隠していない白いベストの下に、ブラジャーがあるかどうか見きわめようとした。下品ではないけれど、こんな格好の彼女は見慣れていない。ふるいつきたくなるほど気に入った反面、ほかのやつらには見せたくなかった。

トラメルの広い家にはのびやかな雰囲気があった。明るく柔らかな色合いの調度が、広い部屋をいっそう広く見せている。一流の趣味のよさがある、とマーリーは思った。広がりと、安らかさと、涼やかさが一体となり、青々とした室内用の鉢植え植物と、のんびりと空気を攪拌《かくはん》する頭上のファンがその印象をさらに強めている。

ディナーは冗談と揶揄が飛び交うリラックスした席になった。マーリーからいつデーンの家の改装が終わるのかと尋ねられ、トラメルは、もう少しかかる、とまじめな顔であっさり嘘をついた。

グレースはマーリーに結婚式の計画をなにからなにまで打ち明け、フォーマルで大がかりな式の準備には膨大な時間がかかるから、婚約期間を長くしてよかったと話した。二人のやり取りを聞くトラメルはうっすらと汗ばんでいたが、じたばたするようすはもうなかった。自分を結婚と結びつけて考えるのに慣れてきたのだろう。

暑い夏の夜には、雷雨がつきものだ。この夜も何度かやってきては、派手な稲光と地響きのような雷鳴で場をにぎわせた。ディナー後トラメルは全員の写真を何枚か撮り、その流れでこの数年撮りためてきた写真を収めた分厚いアルバムを出してきた。

デーンの登場回数は目立って多く、マーリーはしげしげと写真のデーンをのぞき込んだ。トラメルの写した鮮明な白黒写真だと、どこか違って見える。そんな彼女のようすに気づいたトラメルは、隣に坐って一枚ずつ写真の説明をした。

マリリン・エルロッドはいつもより早めに帰宅した。通過する嵐のせいでバーが停電になり、常連客はていねいながらきっぱりと帰宅をうながされたのだから、いたしかたない。それにふだんより酔っている。ガレージのドアが上がらなかったとき、もう一度リモコンのボタンを押した。ドアはピクリともしなかった。

「もう」ぶつぶついいながらリモコン装置をドアに向け、親指でボタンを押した。反応なし。リモコンを助手席に投げた。「電池切れか」

ハイヒールでよたよたと玄関のドアまで行くと、左右に揺れながら警報装置の暗証番号を思い出そうとした。開けてすぐに番号を打ち込まないと、何秒後か正確には知らないけれど、アラームが作動する。アラームなんて大嫌い。うるさすぎて鼓膜が破れそうになる。そもそも警報システムを入れようといい出したのはジェームズだ。男ってなんでこう新しもの好きなんだろう。

そうこうするうちに、錠前の上に点灯する赤いランプに気づいた。なにこれ。うちじゅうのものがすべて故障してしまったのかしら？

ついで、小さく声を上げて笑った。そうだわ、このうちも停電になったのよ。近所が暗くなっているのに早く気づけばよかった。

鍵を差し込んで錠前を開け、敷居に軽くつまずきながらなかに入った。やだ、墓地みたいにまっ暗。全然見えないじゃない。

そういえば、蠟燭《ろうそく》があった。恋人を連れてきたとき雰囲気が盛り上がると思って、香りつきの蠟燭のセットを買っておいたのだ。まだ恋人と呼べる人はいないけれど、備えあれば愁いなし。あるはずの懐中電灯は、置き場所がわからない。あのろくでなしのジェームズのことだから、うちを出るとき持って出たかも。かわいい彼女を暗闇に閉じ込めたくないでしょうからね！

蠟燭をどこに置いたろう？　キッチン？　香りつきの蠟燭のしまい場所としては、似つかわしくない気がする。

でもマッチはキッチンにあるから、蠟燭もやっぱりそこかもしれない。ハイヒールを脱いで、暗い家のなかをすり足でキッチンへ向かった。先に見つかったマッチを擦り、小さく灯った明かりにほっとした。マッチを三本使って、香りつきの蠟燭を捜し出した。

すぐにその一つに火をつけ、明かりを確保した。退屈な夜の締めくくりにはお似合いの結末ね、とうんざりしながら思った。テレビも見られないから、さっさとベッドに入るにかぎる。

それぞれの手に蠟燭の入った袋と、灯した蠟燭を持って階段を上がった。一度だけつまずいた。「おっと」独り言をつぶやいた。「気をつけてよ。火を持ってるんだから」そんな自分がおかしくて、クスクス笑った。

寝室に入った。ジェームズが出ていってからすっかり模様替えし、ろくでなしの寝ていたシーツは残らず燃やした。順番に蠟燭に火を灯して、ドレッサーに置いて鏡に映したときの効果をたしかめた。いいわ。すごくセクシーじゃない？　濃厚なバラの香料のにおいにむせて、咳が出た。においのない蠟燭にしたほうがいいかもしれない。

衣類を脱いで、床に脱ぎ捨てた。強くなったにおいで、また咳き込んだ。

ふと動きを止め、小首をかしげた。なにか聞こえなかった？　しばらく待ってみたが、あたりは静まり返っていた。静かすぎる。そうよ、そのせいだ。冷蔵庫や時計や天井のファンの低い持続音に耳が慣れていて、そういう音がしないと、外の物音に敏感になりすぎるのだ。

すべて脱ぎ終わると、ローブを着てゆるくベルトを締めた。突然睡魔が襲ってきて、クレンジングの手順を踏むのがめんどうになった。暗いバスルームでタオルを濡らして顔だけ拭き、タオルは洗面台に放置した。

あくびをしながら寝室に戻った。蠟燭の炎が揺らめき、むっとする芳香を振りまいた。吹き消そうと顔を近づけたとき、鏡にもう一つの顔が映った。

ハッとして振り返った。悲鳴が喉につかえて出てこない。

「ごきげんよう」男の小声が響いた。

20

突如アルバムが床に滑り落ちて、一同の度肝を抜いた。マーリーが立ち上がり、まっ青な顔でゆらゆら揺れていた。瞳孔は狭まって小さな黒点になり、こわばった顔のなかで虹彩の紺碧が際立っている。

「デーン？」マーリーはいった。聞き取れないほどか細く、小さな声だった。

「まずい、始まった」椅子から飛び出し、膝が笑いだしている彼女を腕に抱き取った。

「どうしたの？」グレースが驚愕《きょうがく》して叫んだ。

デーンとトラメルは彼女を無視して、もっぱらマーリーを見ていた。呼吸は荒く切れぎれになり、見開いた目はほかの人には見えないなにかを凝視していた。

「デーン？」また彼の名を呼んだ。絶望の淵から助けを求めるような声だった。彼のシャツをつかみ、生地をねじり上げた。

デーンは彼女をそっとカウチに坐らせた。「ここにいるよ、ベイビー」彼女に声が届きますように。「また始まったのか？」返事がない。揺さぶってさらに呼んだ。「マーリー！」

荒い息遣いが、しゃくり上げるような音に変わった。「彼がわたしを見ている」もはやいつものマーリーの声ではなかった。

それを最後に反応はなりをひそめた。坐り込んで動かず、呼吸はゆるやかになって聞き取れなくなり、まばたきを忘れた目は焦点を失った。

「まさかこんなことになるとは」トラメルはつぶやき、デーンの傍らにしゃがみ込んだ。「ビジョンならおれのうちでも見られるっていったときは、たんなる冗談のつもりだったのに」

「アレックス」よく通る、凛《りん》とした声でグレースがいった。「なにが起きてるの？」尋ねるということは、トラメルが今回も口の堅いところをみせ、彼女にさえマーリーの能力を漏らさなかったということだ。

デーンは心配そうなまなざしをマーリーから離さなかった。手の届かないところへ行ってしまったのが気に食わなかった。彼女が地獄に突き落とされているのに、なにもしてやれないのだ。待ち時間は終わった。

「アレックス」グレースの声には、いましも暴力に訴えそうな気配があった。

「いいから」デーンは気の抜けた声でトラメルにいった。「彼女に話せよ」

「なんなの？　マーリーはどこか悪いの？」

トラメルは立ち上がり、グレースの腕に手を置いた。「マーリーは霊能力者なんだ」静かに告げた。「事件の最中に殺害のビジョンが見える」

「霊能力者？」と、トラメルをにらみつけた。「こんなときにふざけないでちょうだい、アレックス・トラメル——」

「ほんとなんだ」デーンがさえぎった。嘘であってくれたらどんなによかったか。「いま彼女はビジョンを見ている。また殺人事件が起きてるってことだ」

「これが冗談だったら、ただじゃ——」

「違うんだ」きっぱり否定した。

「だれにもいうなよ」トラメルが指示した。「おれたち三人と、ボネス警部補以外は知らないんだから」

グレースは不安げにマーリーを見やった。「こんな状態がどれくらい続くの?」

デーンが時計を見ると、十時三十六分だった。まえの二件よりも早い時刻だ。「わからないが、だいたい三十分くらいだろう」ジャクリーン・シーツが殺された前回は、この状態から引き戻すのにそれ以上の時間がかかった。いまこの瞬間、市内のどこかで一人の女性が恐怖のうちに殺されようとしている。マーリーが戻ってこられるのは、それが終わってからだ。

十時五十四分。彼女の右手が五、六度、痙攣《けいれん》の発作を起こしたように鋭く動いた。突き刺す動作を小さくした動きだ。デーンとトラメルには、この動作が意味するところがわかった。エアコンから冷気が吹き出されているにもかかわらず、デーンの顔に汗が流れた。彼女の手を握り、自分の手が意識下でなんらかの慰めを与えるよう祈った。トラメルはじっとしていられなくなり、黒い目を険悪にすがめてあたりをうろついた。

「コーヒーをいれてくれ」デーンが小声で頼んだ。「紅茶でもいい。しばらくしたら彼女に飲ませなきゃならない」グレースが席を立ちかけたが、トラメルは手を振って押しとどめ、コーヒーを用意しにキッチンへ向かった。

十一時。デーンは隣の彼女を肩に抱いた。手に触れた腕は氷のように冷たかった。そっと体を揺さぶった。「マーリー? もうおれのところへ戻ってこられるか、ハニー?」

彼女の目はピクリともしなかった。

数分待ち、もう一度揺すって名前を呼んだ。まぶたにかすかな動きが認められた。少しでも温もりを呼び戻そうと、デーンは腕と手をこすりだした。「目を覚まして話してくれ、ハニー。さあ、こっちへ戻ってくるんだ」

マーリーのまぶたがゆっくりと下がった。筋肉からこわばりが取れて、彼の腕にしなだれかかった。デーンは再度揺さぶった。正体を失うほど、深い眠りにつかせるわけにはいかない。「話すんだ、マーリー。まだ眠っちゃいけない」

彼女はいかにもつらそうにまぶたを押し上げ、デーンを仰ぎ見た。なにが起きたか理解できず、茫然としている。パニックが青い瞳の深みにじょじょに広がった。感覚や自意識を取り戻そうとしているのだ。と、認識のきらめきが戻り、ときをおかずして恐怖と苦悶が続いた。

「シーッ」ささやいて、彼女を抱き寄せた。「おれはここにいるよ、ベイビー」彼女の脚から震えが這い上がり、刻々と強く激しくなってゆく。デーンは手を伸ばし、トラメルからコーヒーのカップを受け取ると、口元にそっと近づけて、わななく唇に押しつけた。衝撃の深まりから、顔は土気色に変わっていた。

「お願い」マーリーは細い震え声で懇願した。「横にならせて」

「まだだめだ。さあ、コーヒーを飲んで」彼女をベッドに運んで眠らせ、抱きしめて夜の恐怖から守ってやりたい。デーンはそんな衝動を容赦なく脇に押しやった。ことこまかに話を聞き出すまで、休ませるわけにはいかなかった。

「話すんだ」強固に命じた。「きみが見たことを話してくれ」

マーリーは目をつぶり、身をよじって彼からのがれようとした。

「だめだ、マーリー！」彼女を揺さぶる手に力を込めた。「話せ！」

彼女の唇がぶるぶる震え、まぶたの下に涙が滲《にじ》んだ。「暗かった」マーリーはひと言いうと深く息を吸い込み、わななきながら息を吐き出した。そして目を開いた。「電気が止まっている。嵐のせいだ」

例の抑揚のない単調な声音がマーリーの口から流れ出した。彼女はふたたび恐怖のうちに沈み、目ははるか前方に向けられた。デーンは身がまえた。「女は思ったよりも早く、酔っ払って帰宅する。ドレッサーに蠟燭を並べ、火をつける。小さなガラス容器に入った香りつきの蠟燭。ひどくにおう。女が着ているものを脱いで、ローブに着替える。いい子だ、これで手間が省ける。バスルームに行き、顔を洗っている。彼は待ちかまえている、女が寝室に戻ってくるのを」

「神さま、お慈悲を」グレースがつぶやいた。いま彼女が耳にし、マーリーが向き合っている恐怖が、実感を伴って胸に迫っていた。

「彼女がくさい蠟燭を吹き消そうと腰をかがめた隙に、その背後に回る。彼を見て、振り返る。悲鳴は上げない。だいたいはそうだ。そのときには彼がそばにいて、喉元にナイフを突きつけているからだ。酔っ払ってはいても、この性悪女はなにが起きているのか気づいている。いいぞ。相手が理解していなければ、刑罰を加える意味がなくなる。

ローブを脱ぐよう命じる。がりがりに痩せて、あばらまで浮いている。好きになれない体だ。女は震え上がっている。横になれというと、抵抗せずにしたがう。といってもベッドではなく、床の上だ。床のほうがいい。やさしくしてやるが、女の目を見ると、彼という人間や、その力に気づいているのがわかる。悪くないが、それによって驚きという要素は奪われる。

終わると、手を貸して立たせる。頰にキスをして、髪を撫でる。髪を軽く引っ張り、顔を上げて彼を見上げさせる。助けて、と女がいう。早くも命乞いとは、プライドのかけらもない女だ。どの女にもあったためしがない。彼は女に笑いかけ、女の目をのぞき込んで、刃物による最初の一撃をどう感じているかたしかめる。そのあと女を手放し、競走を始める」

トラメルは顔をそむけ、罰あたりな言葉をつぶやいた。

マーリーの目にはだれも映らず、なにも見ていなかった。「女は逃げず、ただ彼を見ている。彼はもう一度切りつけ、走れ、この雌馬、と命じる。女は逃げない。拳を振り上げて、顔を殴りつけてくる。望んでいた筋書きとは異なる展開に怒りが込み上げる。性悪女め。おまえがそんな態度を取るなら、望みのものを与えてやろう。繰り返し深手を負わせて、終わりにしてやる。女への憎しみがあふれる。この性悪女がすべてを台なしにした。プリークネスステークスみたいに、迫真のレースを期待していた。マーロリン、オゥオゥ、マーロリン」マーリーは最後に軽く節をつけた。

「女が倒れる。腕が疲れている。ナイフを突き立てても、もううめき声一つ漏らさない。彼は立ち上がった……」このとき不意に彼女の声が揺らいだ。体をビクッと痙攣させたかと思うと、またガタガタと震え出した。

「どうした？」デーンは小声で尋ねた。

マーリーの顔からは血の気が失せ、まなこがむき出しになった。「彼は鏡をのぞき込んだ」マーリーはいった。わけのわからぬまま、デーンがただ彼女を見つめていると、またいった。「彼が鏡を見た！　自分の姿を映した——わたしにも見えた！」

「なんだって！」全身が総毛立ち、背筋に冷たいものが走った。トラメルとグレースは言葉を失い、マーリーから目を離せなくなっていた。

「頭にはまったく毛がない」マーリーの小声が続いた。「自分で剃っている。角張った顎の線。め、目は小さめで、間隔が少し狭い」

デーンは我慢できずに立ち上がった。つぎなる行動に備えて、力強い体に緊迫感をみなぎらせた。「警察の似顔絵画家を呼ぼう。きみの協力で似顔絵ができたら、この地域にあるすべてのテレビ局と新聞社に流す」これは警察にとって最初にして、きわめて大きなチャンスだった。「ボネスに電話を」トラメルに声をかけた。「なにが起きたか伝えてくれ。どうにかして被害者の女性を見つけなければ。マーリー、どんな女性だったか――」振り返って言葉を呑んだ。マーリーは頭をカウチに倒して目を閉じ、手は膝の上にだらりと垂れていた。

「ああ、ハニー」そっと呼びかけた。疲れはてて虚脱状態に陥ったのだ。彼女の肉体的な代償を忘れた自分を、蹴《け》り上げてやりたくなった。即刻、彼女以外の懸念を頭から追い払った。被害者を見つけるための周到な手配はほかの人間にもできるが、マーリーを気遣ってやれるのはデーンだけだ。「すべておまえにまかせる」腰をかがめて彼女を抱き上げ、トラメルに告げた。「おれは彼女を連れて帰る」

「二人とも、ここに泊まっていったらいい」トラメルはいったが、デーンは首を振った。

「最初に目覚めるときは頭が混乱して、状況の把握に時間がかかるから、自宅のほうが対処しやすい」

「似顔絵画家に話ができるようになるには、どれぐらい時間がかかる？　ボネスが知りたがると思うんだが」

「最短で正午。午後二時か三時になると思ってくれ」

「ボネスはそんなには待てないというだろうな」

「待つしかない」マーリーをそっと腕にかかえたデーンは、トラメルとグレースにはさまれる格好で車に向かった。トラメルがドアを開け、デーンが彼女をシートに乗せた。シートをうしろに倒してシートベルトを留めた。

「わたしに手伝えることない？」グレースは尋ねた。昏睡状態に陥った青白い顔を心配そうに見ていた。「喜んで、ひと晩じゅう看病させてもらうわよ」

「おれだけで大丈夫だ。少なくとも十二時間は眠るだろうから」

「そう、わかった。手が必要になったら、電話して」

「そうする」グレースの頬にキスした。「そういってもらえて心強いよ」

マーリーはじっとしたまま、霧に包まれた夜道を運ばれていった。デーンは初めてのときほど心配していなかったが、その反面、いまはその疲労の深さや、回復までに要する長い時間がわかっていた。これを最後にしなければ。こんなことを何度も繰り返させるわけにはいかない。手配用の似顔絵ができてマスコミに公表したら、そのときこそ、かねてよりの計画を実行に移す。

家にたどり着いて、彼女をベッドに降ろすか降ろさないうちに、電話が鳴りだした。いらいらしながら受話器を取った。「ホリスター」

ボネスだった。「明日まで待てない。明日の新聞に似顔絵を載せなきゃならん」

「待ってもらうしかありません」きっぱりいった。「いまの彼女には無理です」

「やるしかないんだ」

「彼女にはできない」びしっといい返した。「選択の余地はないんです。疲労困憊《こんぱい》して意識を失っているんですから、回復にはそれなりの時間がかかります」

「医者に頼んでアドレナリンかなにか打ってもらえば――」

デーンは奥歯を嚙みしめて、激しい怒りをこらえた。「注射器を持って彼女に近づくやつがいたら、おれはそいつの腕をへし折ります」有無をいわさぬ、険しい口調だった。一瞬ボネスは言葉に窮した。発言そのものというより、そこに現れていた警告の響きにひるんだのだ。発言内容だけとっても相当なものだが、その口調には身の危険を感じさせるものがあった。それでも、ボネスはもうひと押しした。「いいか、ホリスター、この際おまえにとってなにがいちばん重要なのか――」

「自分にとって重要なことならよくわかってます」今度もボネスの発言を途中でさえぎった。「だれにも彼女に触れさせない。彼女の邪魔にならないよう、このうちの電話は切りますから、用事があるときは、ポケベルにお願いします。ですが、いいですか、おれの気を変えさせようと思ったって、時間のむだですからね。彼女の状態を疑っているんなら、トラメルに聞いてもらったらいい」

「聞いたよ、それなら」ボネスはしぶしぶ打ち明けた。

「だったら、なんだって電話なんかしてきたんです?」

「いや、こちらでなんとかできるんじゃないかと思って――」

「すでにおれが最大限の無理をさせて、情報を吐き出させたんです。そのせいで彼女には前回より強く重い負担がかかっています。いまはそっとして、寝かせてやってください。目を覚ましだい、かならずこちらから電話します」

「そうか、わかった」だが、まだボネスはごねた。「だがな、本部長からとやかくいわれるのは間違いないぞ。似顔絵をつくれるってことは、目撃者がいるってことだ。本部長はだれがどうやって目撃したのか知りたがるはずだ」

「似顔絵のことは、できあがるまで秘密にできます。それまでは、タレコミ屋から殺害情報が入ったといっておけばいい」

「悪くない。そうしよう。だが本部長にばれたときは――」

「おれのせいにしてください」せっかちに語を継いだ。「叱責はおれが受けます。ただし、彼女をだれかに会わせるときは、おれを通すこと。この点だけは譲れません」

「わかったよ」

デーンは受話器を置くなり呼出音のスイッチを切り、あらためてマーリーに向いた。さっき置いたところにぐったりと横たわり、胸だけわずかに上下させている。こうして見ると、この数週間でさらに体重が落ち、落とせる肉はもうわずかしか残っていないのがわかる。この事件が終わったら、約束どおり休暇を取ってどこかに連れ出そう。食べて、寝て、セックスする以外にやることのない、静かで安らげるところがいい。

着ているものをそっと脱がせて、裸体をシーツのあいだに横たえた。どうせデーンが同居するようになってからは、ベッドでは裸だった。時計を見た。十二時十五分。彼にとっても眠る時間だ。まとまった睡眠が取れるとは思えないが、彼女を抱いていてやることはできる。衣類を脱ぎ捨てて隣に入った。熱っぽい自分の体にすべすべとした細い体を抱き寄せた。彼女の体から立ち上る、ふわっと甘い香りが気持ちをやわらげてくれる。豊かな栗色の直毛に顔をうずめて、ささやいた。「お休み、ベイビー。おれがついてる」

翌朝は十一時からマーリーを起こしにかかったが、まるで反応がなかった。今朝に入ってから、ポケベルは狂ったように鳴りっぱなしだ。ボネスは三十分ごとに、トラメルは二度、グレースは三度連絡してきて、そのつど、できることはないか、交替するからしばらく休んだらどうか、と申し出た。

テレビ局とラジオ局を使おうというトラメルの提案にしたがって、新たな殺人事件が起き、まだ被害者が見つかっていないことが報道された。併せて、無事を確認するため近所の人や親戚を訪ねたり電話をかけようという呼びかけがなされた。これはなんらかの理由で家族の一人に連絡が取れない一部の人々を混乱に陥れる手法である。ラジオを通じてこの情報を耳にしたチャンプリン本部長は激昂し、市長は卒倒しそうになった。警察は訴えられたときのことを考えているのか？　市長の脳裏にあるのは、数千の市民から精神的苦痛を理由に告訴される図だった。ボネスは許可を与えておきながら、全責任をトラメルに押しつけて保身を図った。本部長が電話をしてきて、怒りにまかせて怒鳴り散らすと、トラメルは今回の手法には先例があります、自然災害や緊急の場合には熱暑警報のように友人や親戚の無事を確認するよう求めるではありませんか、と冷静に指摘した。これでいくらか本部長の怒りは収まったが、機嫌がなおったとはいえなかった。

市内全域で、電話や呼び鈴が鳴り響いた。

欲望のおもむくまま朝寝坊を楽しんでいたキャロル・ジェーンズは、正午のテレビでそのニュースを聞いて顔をしかめた。なぜ警察はまだ見つかっていないのに被害者がいるとわかった？　だが動揺する必要はない。目撃されていないのはほぼ確実だし、かりに見られたとしても、遠目だから人相はわからなかったはずだ。ジェーンズはあくびして、テレビを切った。お手並み拝見といこう。

デーンは十二時三十分になると、マーリーを一度起こした。だがトイレに行って水を飲むのがやっとで、デーンの手を借りてベッドに戻るなりまた寝入ってしまった。

十二時五十五分。またポケベルが鳴った。トラメルの番号が表示されているのを見て、あわててその番号に電話をした。

「見つかったぞ」トラメルは醒めた声で淡々と告げた。「被害者はマリリン・エルロッド。疎遠になってた旦那が公報を聞いて、奥さんの無事を確認するため愛人宅から電話を入れた。応答がなかったんで車を走らせたところ、奥さんの車は私道に出しっぱなしだった。ふだんはガレージに入れている車がだ。悪い予感がしてまだ持っていた合い鍵でなかに入り、二階の寝室で奥さんを見つけた」

「マリリン――マーロリンじゃなくて、マリリンだったのか」

「まあな。それで、あんたが現場に出られるよう、グレースにマーリーの世話を頼むか？」

マーリーを残していきたくなかったが、デーンは刑事、しかも今週末は当番にあたっている。「彼女を寄こしてくれ」ぶすっとして頼んだ。

「もうそちらに向かってるよ。道順はおれが教えておいた。五分以内に着くはずだ」

「おまえ、自分のこと、利口だと思ってるだろ？」

「あんたのことをよく知ってるだけだよ、相棒」

グレースはトラメルが考えているよりも早く運転できるところを証明してみせ、電話を切った直後にドアをノックした。デーンがドアを開けて通すと、いつもは穏やかな表情を心配そうにゆがめて入ってきた。「彼女のようすはどう？」まっ先に尋ねた。

「まだ寝てる。三十分まえに苦労して何分か起こしたんだが、まだふらふらで頭を使える状態じゃなかった。ベッドに戻すと、すぐに眠ってしまったよ」グレースに説明しながら、肩掛けホルスターをつけて上着をはおった。

「わたしは今日、第二シフトなの」グレースはデーンを追って玄関まで来た。「ぎりぎりまでいられるように制服を持ってきたけど、せいぜい二時三十分まで。時間が足りないのはわかってるんだけど」申し訳なさそうにいった。

デーンは内心毒づいたが、ほかに手の打ちようがない。「いいさ。つぎはもっとちゃんと目を覚ますだろう。二時になったら、しっかり起こしてくれ。おれの居場所を教えて、なるべく早く帰ると伝えてほしい」

グレースは了解の印にうなずいた。彼がポーチの階段を下りだしたとき、おずおずと切り出した。「デーン？　あの……わたし、心配で。マーリーは……あの……できるの？　ああ、もう」言葉に困ってじたばたしている。「どういえばいいんだろう？」

デーンは振り返った。「きみの心を読めるかってことか？」気づまりな彼女のようすから、勘を頼りに訊いてみた。

グレースは唇を噛んだ。「アレックスは、あなたも得意だっていってた」ぼそぼそいった。

「でも……そうなの。彼女にはわたしの心が読めるの？」

「彼女はできないといってる」その言葉で彼以上に安心できるかどうかは、グレースにまかせた。「それに、おれもきみの心は読めない。たんなるあてずっぽうさ。わかったら、おれだって落ち着かないよ」

グレースは彼の意を汲んでうなずいた。デーンは車に向かった。グレースは下がってドアを閉め、熱気から切り離された。

指示どおり二時になると、グレースはマーリーを揺すって話しかけはじめた。さいわいマーリーは一分もするとまばたきして目を開き、「グレース？」と尋ねた。呂律《ろれつ》の回らない、酔っ払いのような口調だった。

グレースはほっとして溜息をついた。「ええ、わたしよ。さっきコーヒーをいれたんだけど、飲まない？」

マーリーはごくりと唾を呑み込み、頭がはたらくように脳から濃霧を押しやろうとした。

「ええ」ややあって答えた。

「じゃあ、持ってくるわ。眠っちゃだめよ」

「眠らないわ」むずかしかった。睡魔と闘いながら、状況を把握しようと懸命に頭をはたらかせた。グレースがここにいる……デーンはどこ？　なにかあったの？　突然のパニックが頭の霧を追い散らし、おかげでどうにか体を起こせた。いまなにが起きているのか知るよすがが欲しかった。ベッドカバーをたぐり寄せ、周囲を見まわした。シーツの下は裸だった。グレースがカップを持って戻った。マーリーがこぼさずに持てるよう、コーヒーは半分しか入っていない。「デーンはどこ？」出し抜けに尋ねた。不安で視界に靄《もや》がかかっていた。

「彼になにかあったの？」

「まさか！」マーリーの不安を見て取り、ベッドに腰を下ろして腕をぽんぽんと叩いた。「デーンは元気よ。一時間ほどまえに出かけたわ」

「出かけた？」困惑して、目をつぶった。まぶたの裏に、たくさんの蠟燭らしきものに囲まれ、暗い鏡に映ったおぞましい映像が閃き、よみがえった記憶のかけらに息を呑んだ。「今日は何曜日？」

「土曜よ」

「じゃあ、あれはまだ昨晩のできごとなのね」深く息を吸って、もろくなっている自制心につっかえ棒をしてから、目を開けた。

「被害者が見つかったわ。デーンはいまその現場よ」マーリーが描写したとおりの現場だったと、トラメルはいっていた。昨晩あの場に居合わせず、マーリーが語るのを聞いていなければ、グレースにも信じられなかったろう。しかし人は目撃者になると容易に信じる側に回る。「あなたを一人にしたくないからって、わたしが呼ばれたの」

「ありがとう。最初に目を覚ました直後は混沌としてるから、説明してくれる人がそばにいてくれると助かるわ」デーンが現れるまでは一人でその時間を乗りきってきたが、それでも、だれかがいてくれるのはやっぱり嬉しい。

「それが、あんまり長くいられなくて。今日は第二シフトなの」グレースは説明した。「一人でも大丈夫？」

「たぶん、また眠ると思うわ」コーヒーをひと口飲んだ。「トラメルはあなたが夜勤に出ると気を揉むんじゃない？」

「そりゃそうよ。わたしが午前中の勤務で、彼が夜働いてたら、わたしだって気に食わないもの」目をきらきらさせている。「でも、知性ある男性の一人として、間違ってもわたしに仕事を辞めろとか、自分の勤め時間に合わせろとかって、要求はしないけどね」

「彼もがんばってるわね。昨日の夜、わたしたちが何度か結婚って言葉を出しても、白目をむかなかったところを見ると」

グレースはしばらく考えた。「そういうときの彼の目って、恐慌状態の馬みたいじゃない？」気の利いたことをいう。「もともとは彼がいい出したことなんだから、好きなときに撤回していいっていうんだけど、そうすると、彼ったら、わたしのほうが納得できないと思い込むわけ。これは正しいことだってわたしを説得しながら、そのじつ、自分にいい聞かせてるのよ」

「デーンが祭壇のまえでトラメルを支えてなきゃだめかも」

「そのころには、もう少し落ち着いてくれると思うわ。というか、そうあってもらいたい。ただ、展開が早かったせいなのよね。初デートのときから、暴走状態になってしまって。アレックスはそういうの苦手だから、わけがわかんなくなってるのよ」

グレースはわざとマーリーたちの関係には触れず、マーリーはその気遣いに感謝した。マーリーとデーンのあいだには確たるものがなく、同居しているだけで将来を意識させるものは皆無だし、それを説明するにはくたびれすぎていた。グレースのことは大好きだが、いままで親友同士の気安さを味わったことも、同じ年ごろの女友だちとたがいの生活をあれこれ詮索しながら、長時間クスクス笑いながら過ごした経験もなかった。デーンが現れるまでは、長いおしゃべりを楽しんだことさえない。

「わたしがいるあいだに、シャワーを浴びる?」グレースが尋ねた。「少しはすっきりするかもよ。トラメルがいってたわ、警察としてはなるべく早くあなたに似顔絵の作成に協力してもらいたいって。殺人犯の人相をいち早く公表するためよ」

男の人相は脇に押しやってあった。まだ、取り出せそうになかった。「シャワーっていい考えね。あなたが遅刻しないように、急いで浴びてくる」

グレースは部屋を出て、マーリーは一人でベッドを出た。体がこわばってぎくしゃくし、筋力が弱っていた。グレースの助けを借りて努力はしたものの、まだものごとが正しい位置にきちんと収まっていない。もっと集中力を高めておかないと、このあと正確な人相書きがつくれない。

耐えられる限界まで冷たくしたシャワーを手早く浴びた。身支度をしてさらにコーヒーを飲むと、だいぶしゃんとした。グレースは立ち去りかねていたが、マーリーは無理やり送り出し、横になりたいのを我慢して家のなかを歩きまわった。

デーンが帰ってくるには、あとどれくらいかかるのだろう？　帰ったらすぐに本署に連れて行かれて、似顔絵の作成にとりかかるのだろうか？　疲れきるまで歩いてから、カウチに横になった。瞬時に眠気が押し寄せたが、黒いカーテンが引かれる直前、みょうにはっきりとした思いが頭をかすめた。

いつになったら、目を閉じるたびにあの顔を見ないですむようになるのだろう？

21

似顔絵画家は小太りで背の低い、エスターという名の赤毛の女性だった。インクに染まった器用な短い指と、観察力に優れた目、それにティンカーベルのような声の持ち主だった。年齢は三十歳から五十歳まで、どれでもあてはまる。髪には白いものが多く混じっているが、肌はなめらかで瑞々《みずみず》しかった。芸術家らしく手近にあるものを適当に身につけるタイプで、それが今回はカットオフジーンズに夫のシャツ、素足にスニーカーという格好になっていた。

マーリーは片手に眠気覚ましのコーヒーのカップを持ち、エスターと横並びに坐って殺人犯の人相を詰めていった。これは根気のいる仕事だ。眉毛や鼻、目の大きさ、唇の幅や厚み、顎の線、顎先の突き出し具合など、組み合わせは無限にある。目をつぶれば顔は浮かんでも、それを紙上に再現するのはまたべつの話だった。

デーンは常時黙ってそばに控え、たびたび彼女のカップにコーヒーをつぎ足した。彼が帰宅して、カウチで眠りこけていたマーリーを起こしたのは、間もなく六時になろうという時刻だった。マーリーを案じつつも、警察本部に向かう車中の彼は重苦しい雰囲気をまとっていた。

「鼻梁を高くして」マーリーは最新の結果をながめながら、慎重にいった。過去に幾度となく警察の似顔絵画家と作業したので、どんな情報がいるのかよくわかっていた。「目の間隔はもう少し狭めて」

鉛筆をささっと動かして、エスターが修正を加えていく。「近づいたけど、まだ少し違うみたい。目のせいだわ。小さくて、険しくて、内側に寄ってるの。眼窩が落ちくぼんでいて、その上にまっすぐの眉弓がある」

「この悪党はずいぶん醜男のようだね、あたしにいわせると」こまかな修正を加えながら、エスターはのんびり感想を述べた。

マーリーは眉をひそめた。重い疲労を押して、意識を一点に集めようとした。「いいえ、肉体的にはそんなことないわ。髪はないけれど、見ようによっては魅力的な男だと思う」

「バンディは美男子だったけどね、夢の男じゃなかったよ。外見があてになんない証拠さ」

マーリーは身を乗り出した。エスターがいま加筆したことで、記憶に刻まれた顔に近くなった。「そう、こんな感じ。もうちょっと額を広くして、頭頂を少し尖らせて。頭がこんなに丸くないわ」

「刑事コジャックみたいにだね？」たくみな鉛筆さばきで、頭蓋の形状が変わった。

「そこまで。それでいいわ」描かれた顔を見ていると、胸が軽くむかついた。「この男よ」

デーンが近づいてきた。背後からできあがった似顔絵を穴が開くほど熱心に見つめた。そう、これが犯人だ。おまえの顔がわかったぞ。追いつめてやる。

「助かったよ、エスター」

「いつでもどうぞ」

マーリーは立ち上がって伸びをした。驚くほど体が凝っていた。おとなしく背後に控えていたトラメルが出てきて、デーンの隣からスケッチをのぞき込んだ。「これはおれが配布しておく。あんたはマーリーが倒れるまえに、連れて帰ってベッドに寝かせてやれ」

「わたしなら大丈夫よ」マーリーはいったが、顔はやつれて目の周囲が黒ずんでいた。デーンはあっさり受け入れた。「あとで電話する」彼女に腕を回してドアへ導いた。二人して車に乗り込んだ。マーリーは起きているつもりだったが、まぶたが自然に重くなり、二つめの信号を通過するころには眠り込んでいた。

前夜と同じように、デーンは彼女をベッドに運んで、手際よく裸にした。「お休み、ハニー」そうささやくと、腰をかがめてキスをした。

マーリーは彼の首に腕を回してしがみついた。「今晩は抱いてて」

「ああ。さあ、とにかくお休み。明日になったら、もっと気分がよくなる」

翌朝目覚めると、デーンの腕のなかだった。デーンは彼女が目を開いたのに気づくなり、仰向けにしてのしかかってきて、脚のあいだに入った。そっと押し入り、自分と彼女とを絶頂に導いた。

愛の行為によって生きている実感がよみがえり、まがまがしいものが背後に押しやられた。

長らく横たわったまま、たがいの抱擁に安らぎを見いだした。かなりしてマーリーは尋ねた。

「彼女のことを話して」

デーンはこめかみにキスして、マーリーを抱き寄せた。自分が近くにいれば、怖がらせずにすむと思っているみたいだった。「名前はマリリン・エルロッド」彼は話しだした。「旦那は最近家を出たばかりだったが、まだ彼女の無事を確認する程度の気持ちはあった。奥さんが電話に出なかったので、自宅まで出向いた。もう手遅れだとわかって、旦那のほうはかなりこたえてるようだ」

「マリリン」マーリーは記憶に関連を探った。「マーロリンじゃなくて、マリリンだったのね」

「嵐のせいで現場の付近一帯が停電になっていた。彼女は化粧台に蠟燭を置いた。すべてはきみが見たとおりの光景だった」

「彼女は犯人と争ったの？」

「そのようだ。被害者の手の甲に青痣《あおあざ》ができていたからね。残念ながら犯人の顔を引っかくことはできなかった。引っかき傷があれば、目印になったんだが」実際そうなっていたら、ネイディーン・ビニックのように指を切り落とされていただろうが、マーリーには内緒の話だ。見なかったものまで教えて、負担を増やしたくなかった。

「犯人の顔には全然、傷がつかなかったのかしら？　唇くらい切ったかも。彼女以外の血液は見つかっていないの？」

「特定できる手がかりはなかった」言葉を選んだ。凄惨な殺害方法や、部屋じゅうに飛び散っていた大量の血痕のことは考えないようにした。あそこから微量の異なる血痕を探し出すのは至難の技だ。あとは純粋に運に頼るほかなく、いまのところ運には見放されていた。マーリーがいなければ、警察はいまだに手がかりをつかめずにいただろう。

「でも青痣ができるか、唇が腫れるかしたはずよ」

「犯行が行なわれたのは金曜の夜だ。唇の傷は治りが早いし、それほど目につかない。青痣なら氷で冷やせば、あとは化粧品でごまかせる。頭の切れる男だ。その手のごまかしはお手のものだろう」

「それでも、あなたは彼をつかまえる」

「ああ」決然といった。「おれはやる」

キャロル・ジェーンズは戦慄《せんりつ》しながら日曜日の朝刊を凝視した。警察から発表された似顔絵は、豊かなブロンドの巻き毛のかわりに禿頭をさらしている点をのぞけば、薄気味の悪いほど正確に彼を再現していた。手荒に新聞を丸めて投げつけた。初めて不安感が頭をもたげ、それでよけいにむしゃくしゃした。警察がここまで真相に迫っていたとは！　むろん、彼を逮捕する能力のない連中だが、ここまで知っていること自体が問題だった。目撃者はだれだ？　見られていないと確信していたのに。それともあの性悪女の家に監視カメラがとりつけられていたのか？　まさか。あったとしたら、そのまえに二回侵入したときに撮られたはずだ。といっても、テープをチェックするだけの能のない女ならむだになるし、彼女がうっかりしたとしても、警察ならば調べるだろう。いいや、カメラはなかった。あればかならず目についた。

なぜこんなことに？　なにをまずった？

こうなると、これまで同様、法医学的な証拠は残していないという事実だけが、慰めだった。毛髪もなければ、皮膚も指紋も足跡もない。ナイフは被害者のもので、現場に放置してきたし、記念品は持ち帰っていない。事件とのつながりを示唆する証拠は皆無なのだ。危険はない。

しかしだれかに見られていた。うっかり――受け入れがたいミスだ――だれかに目撃された。あやまちを償うには、間違いを正すしかない。目撃した相手を見つけ、その男なり、女なりを排除するのだ。

「一緒にエルロッドの家に行ってみないか？」デーンは切り出した。

マーリーは耳を疑い、しばし啞然《あぜん》として彼を見つめた。あの家に足を踏み入れる……心がよろよろと、その場を遠ざかるのがわかった。心の目に映した光景でさえそうなのに、血みどろの部屋に入るなんて、とても耐えられそうになかった。

デーンは口をま一文字に結び、突然血の気を失った彼女を見ると、のがれられないようがっちりと肩をつかんだ。「なにを頼んでいるのか、承知しているつもりだ」かすれ声でいった。「きみがつらい思いをするのもわかってる。ただ、ほかに手があれば、頼んではいない。みんなして暗がりのなかを手探りしているような状況にあって、きみは唯一の灯火《ともしび》だ。これは賭けみたいなもんだが、きみが現場に出向けば、犯人のなにかがつかめるかもしれない」

彼女が最後に見た現場はダスティが殺された場所だった。横たわって無力感にさいなまれながら、怯《おび》えきったやはり無力な子どもがグリーンに惨殺されるのを見ていた。以来、その記憶とともに生きてきた。さらに新たな記憶を書き加えようというのだから、非があるのはデーンのほうだ。彼女の乗り越えてきた経験を知ってはいても、実際に体験していないために、その痛みをわがものとして受け止められない。

決意に満ちた厳めしいハシバミ色の瞳を見上げると、彼の意思が拳のように飛んできた。どこからともなく、あの男にならなら耐えられる、との思いが浮かんだ。ネイディーン・ビニックや、ジャクリーン・シーツ、マリリン・エルロッドの無言の懇願のほうが、ずっと耐えがたかった。彼女たち全員が見えた。その影が正義を求めて泣き叫んでいた。

なぜ犯人の男ではなく、彼女たちの心に入り込めなかったのだろう？　犯人はなんらかの方法で標的を選んだはずだから、犯人の名前を知っている女性がいたかもしれない。だが、感知したのは彼の精神波だった。それはマーリーの精神に触手を伸ばしてきて、土足で踏み込み、邪悪なものをぶちまけていった。とはいえ、かつては被害者の精神に入り込んだがために、ダスティの絶命を感じて彼女自身も死にかけた。ふたたびあの痛みと恐怖に直面したら、わたしはどうなってしまうのだろう？

「マーリー？」デーンは彼女の体を揺さぶり、自分のほうを向かせた。

マーリーは肩を怒らせて、気持ちを引きしめた。いまさら背を向けるわけにはいかなかった。「わかった」硬い声で告げた。「あなたと一緒に行くわ」

同意が得られると、デーンは一刻もむだにしなかった。五分もしないうちに、二人は現場へと向かっていた。時刻は昼の十二時を回ったばかりだったので、エルロッド家のある高級住宅街に入るころには、教会から解放された子どもたちが通りに群れていた。マーリーは黙って膝に置いた手を見つめ、心の準備を整えようとした。なにが起きるのか見当もつかない。なにも起きないかもしれないし、ビジョンを見るかもしれない。新しいなにかを感知する可能性もあった。

あるいは鏡をのぞき込んで、殺人犯と向き合うことになるかもしれない。

彼のことはわかっていた。良心の呵責《かしゃく》なしに殺人を犯す男だった。彼にとって殺しは快楽であり、被害者の痛みや恐怖は喜びだった。人間の皮をかぶった邪悪な怪物。だれかが止めないかぎり、あの男は人をあやめつづける。

車が私道に入った。屋敷は黄色の立入禁止テープで封印されていた。遺体が発見されてからまる一日たつが、数人ずつ固まった近所の人たちがなにかを指さしたり、ぼんやりながめたり、あるいは新聞やテレビで収集したちょっとした情報を交換し、この界隈を駆けめぐるかずかずの噂《うわさ》のなかから、血なまぐさいものを選んでつけ加えていた。

「犯人は被害者がその夜の早い時刻に出かけたとき、ガレージから侵入したらしい」デーンはいった。がっちりと彼女の肘をつかんで玄関へと引き連れ、現場保存用のテープを持ち上げてくぐるスペースをつくった。「彼女が帰宅したときは電気が切れていて、電動式のガレージのドアは開かなかった。そこで私道に車を放置して玄関からなかに入った。警報システムも停電のせいで作動していなかったが、どのみち役には立たなかった。ガレージに通じるドアは無防備だったからだ。ときに人は非常に馬鹿げた理由から、非常に馬鹿げた判断をする。ミスター・エルロッドがいうには、ガレージのドアに警報を設置しなかったのは、暗証番号にわずらわされずに家に入れる方法を確保するためだったとか。〝犯罪者専用口〟の看板を掲げているようなものだ」

よどみなく説明を続けながら玄関のドアの鍵を開け、彼女をなかに押しやった。昨日は人の出入りが多かったために、警報システムはオフになっていた。

マーリーは深呼吸した。艶やかな表面という表面に黒い粉が振りかけられているのをべつにすれば、拍子抜けするほど異常なところのない、快適で豪華な家だった。今後だれかがここに住むことがあるのかしら？　ミスター・エルロッドがこの家でまた眠れるとは思えないし、眠れないとしても売却はむずかしい。疑うことを知らない北からの移住者に売り払われる可能性はあるけれど、彼女にいわせれば、取り壊すべきだった。

ぐるっとあたりに目をやると、どの部屋も大きくゆったりとして天井が高かった。広々として涼しげな印象があるから、住み心地のいい家なのだろう。階下の部屋の床は磨き込まれた硬材張りか、ブランドのタイル張り。黙って部屋をめぐりながら、緊張をゆるめて心を開こうとしたが、このあと行く二階への恐怖を追い払えなかった。行きたくなかった。けれど、行くしかないのもわかっていた。

でも、やっぱり明日にしたほうがいいかも。まだビジョンの疲れが残っている。そのせいで心の扉を開けず、感じ取ることができないのかもしれない。そう思ってちらっとデーンを見やり、口に出しかけていた提案を引っ込めた。デーンは彼女の歩く道筋のすべては追わず、室内をそぞろ歩いているあいだは戸口のところで待っていた。顔は厳めしく、これまでになく閉ざされた表情をしていた。全体としてみょうに他人行儀で、取りつく島のない雰囲気があった。

「どうかしたか?」彼女の視線に気づいて、デーンは尋ねた。

マーリーは首を振った。

デーンは無理強いしなかった。もっとがんばれと焦らせることもなかった。急がせようともせず、二階の現場を見にいこうともいわなかった。ただそこに、動かしがたくそこにいて、彼女を待っていた。

だが手摺りに手をやって階段の最初の段に足をかけたとき、彼の手が伸びてきて彼女の腕をつかんだ。彼の視線が突き刺さった。その目には理解不能ななにかがきらめきとなって宿っていた。「大丈夫か?」

「ええ」深呼吸した。「楽しいことじゃないけれど、やり遂げなきゃ」

「覚えておいてくれ」小声でいった。「おれにとっても楽しいことじゃないんだ」

探るように彼を見た。「一度もそんなふうに考えたことはないわ」

そうして彼女は階段を上った。すぐうしろからデーンが足音を忍ばせ、壁のように確固たる存在感を放ってついてきた。

犯人はマリリンの帰宅をどこで待っていたのだろう？　ビジョンにはその部分が含まれておらず、始まりは暗い家のなかで彼女をつけるところからだった。きっと停電になったとき隠れていた場所から出て、接近する車の見える場所にのんびり腰を落ち着けたのだろう。マーリーは廊下で立ち止まると、残されたエネルギーを読み取ろうと、目を閉じて集中した。そろそろと心のドアを開けるなり、けたたましい空電の音がいっきに押し寄せた。叩きつけるようにしてドアを閉じて、目を開いた。おおぜいの人間がざわめいている印象があった。事件後、人が大挙して押しかけたために、事件そのもののイメージがぼやけている。

廊下の奥にある部屋のドアが開いていた。マリリンの寝室だった。マーリーはしっかりした足取りで進み、今度もデーンに腕をつかまれた。「気が変わった」唐突だった。「あそこに入る必要はない」

「マリリン・エルロッドだって、死ぬ必要はなかったのよ」それがマーリーの返事だった。「ネイディーン・ビニックも、ジャクリーン・シーツも、彼がここへ引っ越してくるまえに殺したそれ以外の女の人たちも」淋しげに微笑み、彼の手を振りほどいた。「それに、わたしがあそこに入ったことがあるのを忘れたの？　事件のとき、わたしはあそこにいたのよ」

足早に四歩進むと室内だった。そこで足を止めた。先へ進むには黒ずんだ血染めの絨毯を踏まなければならない。避けようがなかった。カーペットも壁もベッドも血に染まり、いちだんと大きな染みがベッドの脇、マリリン・エルロッドがこと切れた場所にあった。それでもマリリンは部屋じゅうを逃げまどい、その証《あかし》として自分の血痕を残した。ドレッサーの上には、小さなガラス容器に入った十ほどの香りつき蠟燭が置いたままになっていた。その鏡でマーリーは殺人犯の目を通して彼の顔を見たのだ。

心のドアを開けてみなければ、情報のかけらを掻き集められるかどうかたしかめられない。少なくとも試してみるしかなかった。

「しばらくわたしに話しかけないでくれる?」ささやくようにデーンに伝えた。

エネルギーは最新のものをいちばん上にして層になっているのかもしれない。目を閉じて、重なり合った層をイメージし、区別しやすいようにそれぞれの層に異なる色を与えてみることにした。刑事や制服警官、カメラマン、鑑識チームなど、マリリンの死後入り込んできた人間のエネルギーが反映されている最上層は遮断しなければならない。事件解決のために尽力した人々ではあるけれど、取りのぞかなければその下にあるものが見えてこない。ミスター・エルロッドもここにいて、質の異なるエネルギーを残していた。

警察関係者には青い色を、ミスター・エルロッドには赤い色を割りあてた。犯人は黒。みっちりと悪を塗り込め、まったく光を通さない黒い色だ。マリリンは……マリリンの色は汚れのない、半透明の白い色がふさわしい。

心のなかにイメージを描いて層に注目し、それ以外のことを頭から追い払った。自分の存在をもっぱら内側に向け、能力が薄まらないよう外界を遮断した。そっと青い層をはいで、脇に置いた。つぎは赤い層。この層がごくごく薄いのは、対処に窮したミスター・エルロッドの貢献度が低いせいだ。それも脇に置いた。

黒い層と白い層だけが残ったが、ぴったりと張りついているので、分けられるかどうかわからなかった。殺人犯と被害者は生死を分ける戦いによって密接に結びつき、マリリンはその戦いに破れた。

二つの層を分けようとすれば、どちらも傷つけて、そこに込められた情報を損なってしまう。それがはっきりわかったので、この二つは重なったままにしておくことにした。

ドアを開けるべきときがきた。心のなかで重なった層のなかに踏み込むと、エネルギーが霧のように彼女を包んだ。エネルギーに身をさらし、毛穴からそれを染み込ませた。そしてドアを開いた。

突風となって吹きつける悪のエネルギーは息苦しいばかりだったが、いままでに覚えのない感覚はなかった。それを検討するために一歩も引かない覚悟を決め、まえのように圧倒されまいと踏ん張った。殺人を追体験すれば衰弱を招き、先に進めなくなる。

悪の層が周囲をのたうったが、ちらちらと白い層が触れてきて気を散らされる。マーリーはその接触を断って、黒いエネルギーの波動をこまかに読み取ろうとした。

新たな発見はなく、マリリンを標的として選んだ理由を示す手がかりも感じられなかった。白い層がふたたび彼女に触れてきた。そこにはなにか執拗なもの、懸命に訴えかけてくるような感触があった。

マーリーは身を引いた。マリリンの死は体験できない、そうするわけにはいかないのだ。しかし白い層はさらに強くすり寄ってきて、殺人犯の悪意を押しのけた。マーリーはそのようすを心の目でしかと目撃し、意外な展開に息を呑んだ。ハッとして白い層を振り返り、その際できた集中力の割れ目に白いエネルギーが流れ込んできた。

まぎれもない恐怖にとらわれ、パニックに心臓を締めつけられた。と、穏やかさに包まれた。痛みをやわらげてくれる静かな感覚だった。

半透明の白いエネルギーを浴びて立ちつくした。これは恐怖と痛みにさいなまれながら生命をかけて戦っていた、最期の瞬間のエネルギーではなく、その後に放たれ、いまだ過去になっていないエネルギーだった。それがまだここにある。いまも残っている。

マリリンの発言、実際の言葉として残っているものはなかったが、もう苦しんでいないのがわかった。安らかそうだった。しかし納得できない思いがあって、この場を立ち去りかねていた。正義はまだ行なわれず、秤《はかり》はいまだ傾いたまま。そしてマリリンは自分を殺した犯人が闇にまぎれて罪のない女性を追いまわすのをやめないかぎり、ここを離れられない。

もう心配しないで、とマーリーは心のなかでささやきかけた。犯人はミスを犯した。デーンがすぐにつかまえてくれるわ。

喜んでいるのがわかったが、変化は現れなかった。解決するまでここに居座るつもりだ。

そのときマーリーの意識に雑音が割り込んできた。不快な音だが、しつこく鳴りつづけている。本能的にその出所《でどころ》を察すると、おのずと反応が決まった。

もう行くわね。彼が呼んでいるの。

それでもまだ、その静謐《せいひつ》さに未練があった。ぐずぐずしていると、白いエネルギーが最後にもう一度触れるのがわかった。

「――マーリー！　頼むから、おれに答えろ！」

目を開けると、心配で気も狂わんばかりになったデーンの顔があった。彼に揺さぶられて、頭が前後に揺れている。目を固くつぶってめまいを抑えようとした。「やめて」あえぎながらいった。

デーンは手を止めて、彼女を抱き寄せた。彼の鼓動が雷鳴のように激しく、暴力的に轟いている。彼女の頭を胸に押しつけ、力強い抱擁で肋骨を締め上げていた。

「なにをしてた？」怒鳴った。「なにがあったんだ？　きみは三十分も人形みたいに立ちつくしていた。なにをいっても答えず、目さえ開けなかったんだぞ！」

腕を回してささやいた。「ごめん。集中してたせいで、聞こえなかったみたいね」

「あれは集中なんてもんじゃなかった、ベイビー。きみは自分をトランス状態に導いた。とても見てられなかった。二度とやらないでくれ、わかったか？」

怖がらせてしまったらしい。強い男の例に漏れず、彼はそんな自分をすなおに受け入れられない。カッとしすぎて彼女を〝ベイビー〟とまで呼んだ。大嫌いだといってやめさせてから、一度もしていなかった呼び方だ。

デーンは額を髪にすり寄せてつぶやいた。「おれが間違ってた。いますぐここを出よう」しかし彼は警官だ。階段を半分ほど下ったところで、しぶしぶ尋ねた。「なにか感知できたか?」

「いいえ」小声で答えた。「手がかりになるようなものはなにも」マリリンが穏やかに、けれど頑固に居残っていたことは話さなかった。捜査には関係がない。立場は異なるけれど、同じ悪意の被害者となったマーリーとマリリンという女同士の秘密だった。

デーンがドアを開け、マーリーは外に出た。明るい陽光が目に突き刺さったせいで、一瞬目がくらんで立ち止まった。間近に迫るまで、自分に殺到する人々が見えなかった。

「WVTMテレビのシェリー・ボーンです」若い女がいった。「オーランド市警がマーリー・キーンという霊能力者を使ってオーランドの刺殺魔を逮捕しようとしているとの情報を入手しました。あなたがマーリー・キーンさんですか?」いきなり黒くて丸いマイクをマーリーの顔に突きつけた。

マーリーは仰天したまま、しゃれた格好をした痩せた若い女と、そのうしろで肩にカメラをかついでいるがっしりとした半ズボンの男を見つめた。縁石にはこれ見よがしな局のマークの入ったバンが停まり、テレビカメラに引き寄せられて野次馬の数はふくれ上がっていた。と、デーンが乱暴にまえに割って入ってきておどしつけた。「ホリスター刑事だ。きみたちは立入禁止テープの内側に入っている。いますぐ、立ち去ってもらおう」

しかしねばり強いミズ・ボーンはたくみに彼をかいくぐり、再度マーリーにマイクを突きつけた。「あなたは霊能力者なんですか？」

さまざまな印象がつぶてのように飛んできた。防御壁の厚いデーンは読み取れなくても、野心家で神経質なところのあるシェリー・ボーンなど、マーリーにかかればひとたまりもなかった。読もうとしたわけでもないのに、耳を聾《ろう》するような波動となって伝わってきたというのが実際のところだ。

衝撃がみぞおちを直撃し、せり上がってきた裏切りの苦さで喉が詰まった。彼女が関与しているというニュースを漏らせる人間は何人かいる。だがそれができるのは一人だけ、いま、この瞬間にマーリーがここにいることを知っている人間は一人しかいなかった。

凍りつくほどの寒気に襲われ、突然一人ぼっちになった。ゆっくりと表情が消え、その顔をデーンに向けた。あいかわらず厳めしい顔をして、タカのように鋭くすがめた目でこちらを見ていた。息ができなくなった。手でマイクをおおったとき、彼女の顔に浮かんでいたのは、裏切りにたいする非難だった。

「あなたがやったのね」そう告げた相手はマーリーが愛する男、そして彼女を利用した男だった。

22

マーリーはテレビ局のレポーターに向きなおった。「ええ、わたしがマーリー・キーンです」冷ややかに応じた。

「ミズ・キーン、オーランド市警からの要請で、殺人犯の特定に協力していらっしゃるという話はほんとうですか？」

「はい」ひと言で答えた。怒りと裏切られたという思いが、いまにも堰を切ってあふれ出しそうだった。

カメラをさえぎろうと伸ばされたデーンの手を、マーリーは払いのけた。シェリー・ボーンが身を乗り出した。「どのような方法で協力してらっしゃるのでしょう、ミズ・キーン？」

「殺人犯の人相をお教えしました」

「それはどうしてわかったんです？　霊視能力をお持ちだとか？」

今度はデーンが怒りに形相をゆがめて、彼女のまえに体を押し込んできた。マーリーは脇にそれた。これはあなたが望んだことでしょう？　だったら話すわ、ありのままを。「そんなところです。ほかの方々とは異なるしかたでわたしは犯人を知っています。犯人は女性が夢に見るような男じゃありません。悪夢に出てくることはあっても」エスターの言葉を拝借した。「女性を攻撃することに快感を覚える、臆病なウジ虫で――」

「ここまでだ！」デーンは叫んで手でカメラを押しやり、残る片方でマーリーの腕をつかみ、柔らかな皮膚に指を食い込ませた。「さっさとうせろ」

シェリー・ボーンは驚きと歓喜の入り混じった表情で、目をぱちくりさせてデーンを見た。読み取らなくてもわかる。知っていたのだ。彼女は情報と引き替えにここへある役割を演じにきたが、金鉱に等しいセンセーショナルな事実を探りあてた。これで局における彼女の株は急上昇した。

デーンはマーリーの腕を握ったまま車へと引き立てた。運転席側から車に乗せ、彼女を押しやって自分の乗るスペースをつくった。乱暴にドアを閉め、イグニションのキーを回した。

「なんてことをするんだ？」絞り出すようにいった。

湯気が立つほど怒っているが、知ったことか。「あなたがさせようとしたことよ」辛辣《しんらつ》に答えた。「だって、犯人の目を引くのが、今回の作戦の目的だったんでしょう？」

否定しようとデーンは思った。だが、そんなことをしてもむだだった。どう否定しようと信じてもらえないし、いいつくろうには頭に血が昇りすぎていた。「ああ、そうとも。だが、犯人を煽り立てるのはやりすぎだ！」

「でも、これで間違いなくわたしを狙ってくるわ。自尊心を傷つけられて黙ってる男じゃないもの」前方を見据え、運転席の彼には一瞥もくれなかった。

デーンは必死で怒りをこらえた。マーリーが霊能力者として世間の目にさらされるのを嫌うのはわかっていたが、即座に彼がすべてをお膳立てしたのを見破って、殺人犯を愚弄して挑発するような行動に出るとは予想外だった。

「なんでわかった?」しばらくしてから、表情と同じくらい厳めしい声で訊いた。「おれの心を読んだのか?」

「へえ、あなたにも克服できない恐怖があるのね」と、鼻で笑ってやる。「安心して。あなたみたいに頭の固い人、読もうと思って読めるもんじゃないわ。でもあのレポーターは看板を掲げて歩いてるようなものよ。どうして彼女に匿名で連絡を入れなかったの?」

「彼女はおれも、おれの声も知ってる。それに、去年ある情報を流してもらった義理があった。今回の話を漏らせば、テレビ局での彼女の立場は良くなる」

「そんな女性のためなら、なにがなんでも、わたしをオオカミの群れに投げ入れなきゃね」にべもなくいった。裏切りと暴露によってもたらされた最初のショックから抜け出したいま、いくつかの可能性がおのずと浮かび上がってきた。どれも不愉快なものばかり。愛情や二人の関係を口にしないデーンの態度に物足りなさを感じてきたけれど、今度のことでその理由がわかった。彼には口にすべき愛情などなく、ふたたび犯人が動いて、自分の計画を実行に移せる機会をうかがっていただけだ。そんな男にすっかり騙《だま》されて、現場に連れ出された。それに伴う自分の痛みを思うと、ますます怒りに拍車がかかった。

「おれはきみをオオカミの群れに投げ入れてなんかいない！」デーンが怒鳴った。

「あらそ？　あなたはわたしを餌にしたんだと思うけど」

「そうじゃない！　あいつをきみに近づけさせるつもりはないんだ。おれがきみをそんな危ない目に遭わせると思うか？　もうきみのうちに、おとり役の婦人警官も待機させてある。荷物の準備ができたらきみを隠れ家まで運ぶ。きみは片がつくまでそこにいてくれたらいいんだ」

「いやよ」さっきと同じくらい、きっぱり断った。

デーンはハンドルを拳で殴った。「この件はおれのいうとおりにしてもらうぞ、マーリー。きみに選択肢はない」

「隠れ家には行かない」少なくとも数日間、場合によっては数週間も閉じ込められ、巡査が交替で警護にあたる。そんな生活に耐えられると思えなかった。ただでさえ参っているのだ。我慢できるわけがない。

　ぞっとするほど醒めた口調でデーンはいった。「なんなら、きみに保護拘束を適用して独居房に入れてもいい。きみには気に入らないだろうがね」

　脅しにカッときて振り返った。「その言葉、そっくりお返しするわ、ホリスター。あなたがやるといったら、わたしには止められない。でも、これだけは約束する。もしそんなことをしたら、あなたにうんとみじめな思いをさせてやる」

「頼むから、常識的に考えてくれ！　きみは自宅にはいられない。それともなにか、おれがきみを生け贄《いにえ》のヤギにしたって本気で思ってるのか?」

「あら、違うの? なんで途中でやめるのかわからないわ。わたしを使おうってずっと思ってたんでしょう? 正直いって、うちに転がり込んできたのはやりすぎだと思うけど、ビジョンを見たとき近くにいたかったからよね? すみやかにつぎの作戦行動に移るために」

デーンが勢いよく振り向いた。「なんだって?」

「あなたはただ、わたしに頼めばよかったのよ、刑事さん。犯人を狩り出すためなら、わたしはあなたの計画に協力していた。マスコミの標的にされていまの生活を壊されるのはいやだけど、それでもわたしはやっていた。あなたの肉体まで捧げていただかなくても、よかったのよ」

デーンが力まかせにブレーキを踏んだ。車は急停止し、その勢いでマーリーの体がまえに押し出された。さいわい後続車はいなかったが、いたら追突されていたろう。彼女に負けず劣らず、デーンも激怒していた。「きみとつき合ったのは、今回のこととは無関係だ!」

「そうかしら? わたしは最初っからとまどっていたわ。じゃあ訊くけど、わたしのうちに引っ越してきたときは、まだ計画はなかったって誓っていえる?」

デーンの顎が動いた。「いいや」嘘はつけなかった。

「でしょうね」

「引っ越すのは計画に入ってなかった」

「わたしにそそられすぎて、つい引っ越してきたとでもいうの?」マーリーは揶揄《やゆ》した。

デーンは乱暴に彼女の肩をつかんだ。「ああ、そのとおりさ。おれはきみが欲しかった。だからチャンスだと思って、きみの家に転がり込んだ。それともなにか？　きみを見るたび勃起してたのも、全部おれの演技だっていうのか？」

「あんなのは、なんの証明にもならないわ。あなたなら、ハエが止まったってギンギンになるでしょうから」振りほどこうとしても、彼は肩をつかんで放さなかった。

デーンは再度怒りをこらえた。さっきのは長く続かなかった。「おれたちのことは、今回のこととは無関係だ。混同してもらいたくない」

「あなたがそういうなら」彼のアクセントをまねて、母音を長く伸ばした。

「いいか、マーリー――」いらだたしげなクラクションの音に邪魔された。デーンがムッとしてバックミラーを見ると、背後に五、六台の車が連なっている。彼はアクセルを踏んだ。

「続きはうちで、きみが荷物をまとめているあいだにやろう」

「隠れ家には行かない」微塵も妥協の余地を感じさせない、頑とした口調だった。「そして、明日はいつもどおり出勤する。でもあなたのせいで、きっと仕事は続けられない。首にされる可能性が高いけれど、一応努力はするつもり」

「首にされるもんか！」

マーリーは窓から外を見た。つまり彼はおびき寄せる罠としてわたしを使っておきながら、あとは平常に戻ると思っていたわけ？「それと、あなたも荷物をまとめたらいいわ」

デーンは彼女に目をやって尋ねた。「なんで？」おれは隠れ家には行けないぞ。

「これ以上、うちにあなたの私物を置いておきたくないからよ」

このとき初めて、彼女の声に含まれた有罪宣告が、煮えくり返った腸《はらわた》に染みた。マーリーは頭に血が昇っているのではなく、深く醒めた怒りにとらわれ、彼のいうことをまるで信じていない。胃がわしづかみにされ、深呼吸して自分を取り戻そうとした。「わかった。とりあえずは、それが最善の策かもしれない。できるだけ隠れ家に足を運ぶ――」

「隠れ家には行かない、といってるでしょう。あなたには言葉が通じないの?」

「行かないにしても」噛んで含めるようにいった。「きみの好きにはさせられない。きみは自宅には残れないんだ」

「だったら、モーテルに泊まるか、アパートを借りるわ。あなたの手筈どおり閉じ込められるなんていやよ。できるだけ、ふつうに暮らしたいの。仕事があるかぎり働きに出て、クリーニング屋や買い物や映画に出かける。わたしは生まれてから二十二年間、囚人のように暮らしてきた。それをまた、あなたに閉じ込められるなんて、冗談じゃないわ」

デーンは髪を掻きむしった。どうすりゃいいんだ! 彼女がこれほど強情だとは思わなかった。こんな彼女を見るのは出会った最初の週以来、なぜか彼女の気性の激しさを忘れていた。いま隣に坐る女はマグマのように怒りを煮えたぎらせ、彼の提案にいっさい応じる気配がない。ここはとりあえず口を閉ざして、損害を最小限に食い止めることにした。

残りの道中は沈黙のうちに進んだ。彼女の自宅に着くと、私道には見慣れない車が、表の通りにはトラメルのスポーツカーが停まっていた。マーリーは彼を見ようともせず、車を降りて家に入った。

家のなかにはトラメルとグレース、それに背格好と髪や肌の色がマーリーに似ている若い女が待っていた。トラメルは立ってマーリーを出迎え、顔を見るなりいった。「これはこれは」

続いて入ってきたデーンは、指でトラメルの首筋を横に切る仕草をして、それ以上のコメントを控えさせた。

振り返ってその仕草を目にしたマーリーは、トラメルに冷たい目を向けた。「あなたも一枚嚙んでたのね？」

彼は居心地悪そうにもぞもぞした。「昨日初めて聞いた」トラメルはマーリーをひ弱で守ってやらなければならない女性だと考えてきたが、いまの彼女の紺碧の瞳には警戒心を起こさせるなにかがあった。グリーンの話はデーンから聞いていたのに、いまのいままで、なす術もなく捕縛されながら、狂気に駆られた殺人犯に罵声を浴びせつづけた女を彼女と重ね合わせていなかったのだ。「きみには歓迎せざることだったろうね」

「少しとまどっただけ」言葉とは裏腹に、苦々しさがこもっていた。「刃物を持った狂人の攻撃をかろうじて生き延びたのよ。もう一人の狂人の餌にされるなんてゾッとしないわ」

デーンは顔をしかめた。そんなふうに考えていなかったのだ。「きみの安全は保障する。きみに危険がおよぶとわかってることをおれがやると思うか？」

彼女は小首をかしげて、デーンをながめた。「ええ」ひと言いって寝室へ消えた。

トラメルが小さく口笛を吹いた。「楽園で騒動が勃発したらしいな」

グレースは軽蔑したようにデーンを見た。「わたしだって、きっと同じように感じたわ」といって、マーリーのあとを追った。

婦人警官のビバリー・ビーバーは気づまりなようすで、成り行きを見守っていた。「張り込みは中止になるんですか?」

「いや」デーンは答えた。「きみの仕事は続行だ。おれはマーリーを安全な場所に送り届けしだい、戻ってきて準備を手伝う。夕方のニュースまで情報は流れないから、まだ時間はある」

ビバリーはいった。「レポーターをどうするんです? 玄関先に何百人もレポーターとカメラマンが押し寄せていたんでは、犯人は近づいてこられませんが」

「テレビ局はこれを茶番劇として扱う。警察には非難が殺到するだろうが、本部長はマーリーを調べた結果、彼女の主張には聞くべきものがなかったと発表する。だが真実を知っている犯人は彼女を狙ってくる」ひと息入れた。「それできみの決意だ。ほんとうにやる気か?」

「やります。わたしは彼女に外見が似ているし、高度な護身術も身につけている。この仕事にはぴったりです」その口調に浮ついたところはなかったが、デーンは騙せなかった。タイガーの異名を持つビバリーはおとり役になりたくてうずうずしている。確実に相手を取り押さえるには、相手を油断させて引き寄せなければいけないことを理解したうえでだ。

「いいだろう」デーンは寝室に一瞥《いちべつ》を投げた。「彼女が隠れ家に行くのを拒んでる」

「もう準備してあるんだがな」トラメルがいった。

「彼女にいってやってくれ。家を出るのには合意したが、モーテルに泊まるか、アパートを借りるというんだ。大変な剣幕で、おれのいうことにはいっさい耳を貸そうとしない」

「おれに考えがある。おれのいうことなら、彼女も聞いてくれるかもしれない」

「頼むよ」

トラメルがのんびりした足取りで寝室に入ると、マーリーは荷物を詰めていたスーツケースから顔を上げた。手伝い役を買って出たグレースがクローゼットからベッドに衣類を取り出し、それをマーリーがたたんでスーツケースに詰める。戸口にもたれたデーンは、かみなり雲のように顔をしかめて彼女を見ていた。

「デーンから聞いたよ。隠れ家には行きたくないそうだね」トラメルは切り出した。

「ええ、そうよ」

グレースは心配そうにちらっとマーリーを振り返った。「マーリー、あそこへ行くのがいちばんいいわ」

「あなただったら閉じ込められたい？　数週間になるかもしれないのよ。頭が変になってしまうわ。最大限の手助けをしたのに、そのために罰されるなんてひどすぎるわ」

「でもこれは罰じゃなくて」グレースは説得しようとした。「あなたの身の安全を守るための措置よ」

「罰になるかどうかは、受け手が判断するものよ。社会から隔絶されるのはいい、こっちか

ら お願いしたいくらいよ。でも、閉じ込められるのには耐えられないわ」

「モーテルはあまり居心地のいい場所じゃない」トラメルが口をはさんだ。「おれにいい考えがあるんだ。きみにはやはり保護が必要だから、デーンの家に行ったらどうだろう? 改装はもうすんで、家具も昨日運び込んだ。あそこならくつろげるし、夜はデーンも一緒だ」

マーリーは彼をジロリとにらんだ。「いい提案だとは思えないけど」

「これが唯一可能な選択肢だ」トラメルはその視線にやさしい笑顔で対抗した。「理想にほど遠いのはわかるが、きみさえうんといってくれれば、双方にとって妥協案になる。デーンはためらうだろうが、本部長はその点、遠慮がないから、間違いなく保護拘束の命令を出すだろう」

やり場のない怒りが込み上げて、息が詰まりそうだった。デーンの家にやられて、親密になるよう仕向けられるのはいやだった。だが、残念ながらトラメルのいうとおりだ。本部長はマーリーを知らない。彼女の身を案じて、一顧だにせず拘留を命ずるだろう。

「トラメルのいったことは間違ってる」デーンが小声で沈黙を破った。怒りに満ちた彼女の視線を、まばたきせずに受け止めた。「おれがきみを保護拘束する。きみには嫌われるだろうが、必要とあらば、おれがやる。きみの命を危険にさらすよりはずっとましだ。だから、ハニー、おれのうちへ行くのがいやなら拘束するしかない」

ここまでいわれたら、選択の余地がないのを認めるほかない。移動はすみやかに行なわれた。マーリーはあわただしいなかにも時間を割いて、身がわりとなるビバリーにお礼を述べ、家のなかを見せてまわり、そのあと追い立てられるようにして家を出た。車を持っていくと強硬に主張したので、間もなくデーンの家の脇には三台の車が連なった。

デーンはトラメルによって全面改装された室内を見て、費やされたであろう大金に思いを馳《は》せた。新しい家具はシックで落ち着きがあり、すっきりと真新しいリビングはパティオのようだった。彼の家具のなかで比較的新しかったのはベッドだけだった。家屋を相続したときに、祖父母のダブルベッドをキングサイズに取り替えたのだ。この数週間、マーリーのダブルベッドで我慢してきたのは、ひとえに彼女がそこにいるからで、それだけの理由で足が飛び出すベッドでよしとしてきた。

これで大きなベッドをマーリーと分かち合えるかも。その期待は彼女が決然とした態度で予備の寝室——ここもトラメルの手が入っていた——に荷物を運んだとき、もろくも崩れ去った。それでもなお、天にも昇る心持ちだった。重要なのは、彼女がここにいることだ。別れたがっているのはたしかだけれど、状況が許さなかったために、デーンとここへ住まざるをえなくなった。そのうちに、怒りの障壁を打ち壊すチャンスもこようというものだ。

ここでもグレースはマーリーの荷ほどきを手伝った。二人とも黙って手を動かしていたが、何分かしてグレースが尋ねた。「本気で彼に腹を立ててるの?」

「腹を立ててるなんてもんじゃないわ。わたしを利用しただけならまだしも、最初からそれが目的でわたしと関係を持ったんだから」

グレースはあきれ顔になった。「まさか!」

「そうかしら？　引っ越すまえから計画してたのかって訊いたら、彼、否定しなかったわ」

「でもアレックスは大はしゃぎだったわよ、デーンがあなたに首ったけだって。だから、あなたのことを愛してるのは間違いないのよ！」

「だとしたら、なんでそれらしいことをいってくれないわけ？　二人の関係について話し合ったこともないんだから。あるのは、セックスだけ。彼はこの計画を最初から温めていて、たまたま手ごろな女がいたから、ついでに抱いたのよ」

グレースは考え込んだ。「思ってることを彼に話したことはあるの？」

「ないわ。ビジョンが始まったとき彼に電話したらやって来て、世話するついでに居ついたんだもの。つぎに気づいたときには、わたしのクローゼットに彼の衣類がかかってたわ」

「そうなの。アレックスは最初のデートのときから、精神的に窮地に陥ってるって正直に打ち明けてくれた」グレースはつぶやいた。「世界一臆病な男、アレックスがよ」考えた末、こう断じた。「あなたのほうが正しい。いまある証拠から考えた場合、デーンはあなたから信頼されるために親密な関係を結び、いわゆるアクションを見のがさないために、あなたのとこへ押しかけたと思われて当然だわ」

「ようは、わたしを利用したのよ」

寝室を出るグレースは、凍りつくような視線をデーンにやった。トラメルはパートナーの目つきをとらえ、愉快そうに肩をすくめた。このどこが愉快なんだ、とデーンは思った。彼は帰る二人を引きとめなかった。マーリーと二人きりになれば、関係の修復にとりかかれると思ったからだ。だが、もし彼女の気持ちを変えられなかったら？

永遠に彼女を失うかもしれない。パニックが小さく冷たい石となってみぞおちにつかえた。

マーリーは夕方、ローカルニュースを見るために寝室を出てきた。案のじょう、彼女のニュースはトップで扱われていた。

「本日WVTMは、市警がオーランドの切り裂き魔逮捕のために、地元在住の霊能力者マーリー・キーンに協力を要請したとの情報を入手しました。本日昼過ぎ、WVTMのシェリー・ボーン記者はミズ・キーンとの接触に成功。場所はワイルドウッド・エステート。彼女が市警の刑事とともに、最後に殺されたマリリン・エルロッドの自宅から出てくるところでした」

映像がスタジオから先ほど撮られたテープに切り替わった。マーリーは黙ってしばらく見ていたが、やがて口を開いた。「あなたの演技、完璧ね。うせろと怒鳴るところも、わたしのまえに割って入るところも、秘密にしておこうと必死になっているようにしか見えない。これでわたしも、目立ちたがりやの変人に見えたかしら？」

「そんなことあるもんか」デーンは小声で応じた。なにはともあれ、彼女が話しかけてくれた。永遠に口をきいてもらえないかもしれないと心配していた。だが、彼女が変人に見えるか？　まさか。多少なりとも見る目のある人ならそうは思うまい。彼女の顔は抑えきれない怒りにゆがみ、殺人犯を描写する口調には嫌悪があふれていた。

つぎに登場したのはボネス警部補だった。熱さに汗しながら、いかにも困惑のていを装っている。警部補にしても進んでこんな役目を引き受けたわけではないが、その居心地の悪さがいま彼が演じようとしている役柄にはぴったりだった。たしかに、マーリー・キーンは警察に連絡してきました。捜査の助けになる可能性のある人物の話なら、当方も聞く用意があります。ですが、結局ミズ・キーンの主張には有効性がないとわかったので、市警としては今後彼女に協力を仰ぐ予定はありません。

カメラはスタジオに戻った。夕方のキャスターたちは、愚にもつかない末梢情報の追求に税金をむだ遣いした警察に手厳しいコメントを述べた。しめくくりは霊能力者を自称するミズ・キーンの情報だった。地元銀行の電算課に勤務と報じ、ごていねいに銀行の名前までつけ加えた。

「やっぱり職場まで出たわ」マーリーは憂鬱《ゆううつ》そうにいった。「さっきもいった――」

デーンは持っていたビール缶を握りしめた。

「あなたの意見なら承知してます。根拠のない意見だってことも」

デーンは歯噛みした。「もう一度だけいう。おれがきみと寝たのは、きみをおとりにするためじゃない」

「そう？　じゃあ訊くけど、このみごとな計画を思いついたのはいつなの？　ついでにいっておくけど、いやみじゃないわよ。ほんと、最高の計画、きっとうまくいくでしょうね。それで、考えついたのはいつよ？」

考えるまでもなく、計画が閃《ひらめ》いたときのことは、はっきり覚えていた。今度も嘘をつくのはやめにした。「デンバーから戻る飛行機のなかだ」

彼女の眉がつり上がった。「突然、来て強引に入り込んだ、あの直前？」

「そう」低くうなった。

「それって、疑われて当然のタイミングよね」

「そのまえから、きみが欲しかった！」デーンはわめいた。「なのにきみは容疑者だったから、かかわるわけにいかなかった。きみの容疑がすっかり晴れたら、いてもたってもいられなくなって、きみの家のドアをノックしてた」

マーリーは微笑した。「でも、こんなふうにわたしを利用できたのは、たんなる偶然じゃないでしょう？　でもね、わたしが気にしてるのは、デーン、そんなことじゃないの。個人的な関係をあなたが利用した、そのやり口が気に食わないの。あなたにとっては、個人的な関係じゃなかったんでしょうけど」

目の前に赤いものが浮遊した。頭に来すぎて、われを失いつつあった。立ち上がり、あとから後悔するようなことをしでかさないため外に出た。

どう見たって、いい状況じゃなかった。二人の関係に疑いを差しはさむ彼女が信じられなかった。女性にたいしてこんな気持ちになったのは初めてなのに、彼女はてんから信じようとしない。庭を散策しているうちに、夜まで残った暑さに汗が浮いてきた。自制心を取り戻したと確信できてから、なかに戻った。マーリーは寝室に引き上げていた。

いまはこれしかないのだろう。二人とも感情的になりすぎていて、微妙なことを話し合えない。明日になって頭が冷えたら、もう少しましな話ができるようになる。

キャロル・ジェーンズは夜のニュース番組を見た。これでわかった。霊能力者などだれに予測できたろう？　計画に組み込もうにも、組み込めなかったわけだ。

警察は疑っているようだが、彼はひと目彼女を見るなり怖気《おぞけ》が走った。それにあの女の発言、よくぞあそこまで破廉恥になれるものだ。ジェーンズのことを臆病なウジ虫呼ばわりするとは。一瞬傷ついたあと、むくむくと怒りが込み上げた。女が夢に見るような男じゃないだと？　おまえのような邪悪な魔女になにがわかる？

だが彼女は多くを知っている。警察は彼女をいまのところ信じていないが、実際は彼女こそが真に危険な存在だった。かつてなく彼を追いつめた。目撃したとしたら、超感覚的なビジョン以外にありえない。そう思うと、自分でもげんなりするほど無防備な感覚にとらわれた。

とうてい耐えられないことだ。得体の知れない変人の霊能力者のせいで破滅したら、不名誉そのもの！　しかも困ったことに彼女は変人ではなく、本物だった。でなければ、彼の顔を知っているはずがない。

あの女が生きているかぎり平穏はない。あの霊能力者には消えてもらう。すべきことは明らかだった。

23

翌朝ジェーンズは病欠の連絡を入れた。マーリー・キーンは電話帳に載っており、市街地図で該当する住所を探りあてた。ぐずぐずせずに、早急に消さなければならない。それがすんだら、オーランドを出ることも考えたほうがいいだろう。いつもならもう少し長居をするが、あのサイキック女のおかげで、ここは最悪の場所になってしまった。警察が自分の人相書きを持っている。いまは彼らも眉に唾して見ているが、あの女が死んだとなれば、人相書きに信頼をおくようになる。

罠のにおいは嗅ぎつけていたが、手をこまねいているわけにはいかなかった。とにかく放置しておくには危険すぎる。ただ、最大限の用心はした。車のナンバープレートは、近ごろではめったに運転しなくなった同じアパートに住む老婦人の車のものと交換した。あとから元に戻せば、マーリー・キーンの通りを見張っている警官に疑いを持たれて、ナンバープレートを手がかりに車を探されたとしても、探しているプレートを見せびらかして走っていた車とは似ても似つかないミセス・ベルマ・フィッシャーの車にたどり着く。ミセス・フィッシャーの車を調べればそこに探しているプレートがあるわけだから、向こうはナンバーを控え間違えたのだと断ずるほかない。

頭にブロンドの巻き毛を載せて行動に移った。人目を欺くには、この派手さが適していた。お尋ね者になっているのは禿頭の男だ。どちらの場合も頭に注意が集まるから、巧妙な変装といえる。人はブロンドの巻き毛を見て、その下にある顔を見ず、夜中に出かけたときに目撃されたとしても、つるつる頭以外の印象は残らない。単純にして効果抜群。

ジェーンズは車のウィンドウを開け、ラジオをつけた。これも人の心理の逆をつく目くらましの一種だ。警察はラジオをがんがん鳴らして目立っている人物がまさか犯人だとは思わない。それにこれが罠だとしたら、顔を目撃される場所を大胆にも走り抜けるとも思うまい。いままでつかまらなかったのは、こうした方法を駆使してきたおかげだ。こちらには警官の行動と反応が手に取るようにわかるのに、向こうには彼の思考パターンが見えていない。結局のところ、想像力に欠ける人間にはそうでない人間が理解できないということだ。

こうしてなにげなく霊能力女の家のまえを通り過ぎ、同じようになにげなく彼女の家に流し目をくれた。私道に一台の車が停まっている。なぜ仕事に出ていない？　テレビのニュースは銀行勤務と明言していた。それに通りにはたくさんの車が停まっていた。またもや怖気《おぞけ》が背筋を走った。なにかを見たわけではないが、彼が長期間にわたって逃げ延びてきたのは愚かだからではなく、まさにその逆だ。間違いなく罠のにおいがする。

もう一度通り抜けるのは危険すぎる。アパートに取って返し、ナンバープレートを元に戻してから、思案に耽った。これが罠だとしたら、あの女を自宅に残さず、安全だと思う場所に閉じ込めるはずだ。こうなると、彼女に近づくことはおろか、居場所を突き止めるのさえ不可能といわざるをえない。

はたしてそうだろうか？　ふだんどおりに日課をこなしているように見せかけたほうが、罠としても真実味が増す。

チェックする方法が一つだけあった。勤務先の銀行の電話番号を調べ、その番号を押した。最初の呼出音で応答があり、退屈そうな若い女の聞き取りにくい声がした。

「電算課のマーリー・キーンさんを」ジェーンズはきびきびと告げた。

「ただいまおつなぎします」

再度の呼出音に続いて、受話器を取る音がした。「電算課です」またべつの女の声。

「マーリー・キーンさんを」

「お待ちください」くぐもった声が聞こえる。女が口から受話器を離しているせいだ。「マーリー、二番に電話よ」

ここで電話を切った。あの女は出勤している。

内心高笑いしながら、車に戻った。これが警察の実力だとしたら、なんという単細胞だろう！　あとは、職場を出た彼女のあとをつけるだけだ。ただし、自宅に向かうようなら、危険すぎるから、途中で接触を絶ってあの通りには行かないほうがいいだろう。

さて、彼女が帰路につくのを待つあいだ、どこに車を停めたらいいものか？

ジェーンズは昼食に出る彼女の姿をとらえた。黒っぽい豊かな髪と華奢《きゃしゃ》な体つきに見覚えがあった。一瞬、興奮で胸が高鳴ったが、無理やり自分の感情を抑えつけた。ここでいい気になって、ミスを犯すわけにはいかなかった。

忍び笑いを漏らしながらあとを追った。二台うしろに彼の車があるのがわからないようでは、霊能力者としては二流だ。それでも危険人物には違いなく、それを放置するジェーンズではなかった。

彼女はファーストフード店に立ち寄り、ドライブスルーでランチを受け取って銀行に戻った。接近するチャンスはなかった。ふたたび腰を落ち着け、待ちの姿勢に入った。

彼女は四時に退社した。ジェーンズは駐車場を注意深く観察した。怪しげな人物はいなかった——もちろん、彼をのぞいて。鼻歌を口ずさみながら数台置いて車を出し、一定の距離を保ってついていった。

彼女はどこにも立ち寄らず、古い住宅街の一角にあるこぢんまりとした家に直行した。ジェーンズは住所を記憶してドライブを続けた。その足で図書館へ向かい、居住簿で該当する住所にあたると、デーン・ホリスターの住居とあった。ジェーンズの眉がぐっとつり上がり、顔に笑みが広がった。この名前なら知っている、つい最近新聞に載っていた。刺殺魔事件を担当しているデーン・ホリスター刑事。たいした偶然ではないか。

銀行の頭取は出てこなかった。副頭取さえ顔を出さなかった。しかし課長がこの二人から呼ばれて席をはずしたとき、特殊な能力を使わなくてもマーリーにはピンときた。だから課長が冴えない顔で戻ってきて、オフィスに呼ばれたときも驚かなかった。銀行としても本意ではないが、預金者を第一に考えねばならない云々。きみの勤務は金曜日までだ、というのが最後通告だった。即刻解雇にしない自分たちを高尚な人間だと思っている。

こちらも高尚なところを見せて、この場で辞めようか？　銀行側は明らかにそれを望んでいた。だがそう思ったのは一瞬の心のはずみだった。彼女にしても上機嫌とはいいがたいのだから、いたしかたない。

デーンの家に戻ったときも腹立ちは収まらず、それ以外の感情が立ち入る余地はほとんどなかった。デーンに裏切られたとわかった瞬間から腹の立てつづけで、予測可能な未来を思い描いては、この先も腹を立てることばっかりと予期してきた。

楽な格好に着替えおわったのを見計らったように、車の音がした。デーンかと思って窓から外を見ると、車高の低い車からひょろりとした体を降ろすトラメルの姿が見えた。玄関へ行って彼を招き入れた。

「やあ、べっぴんさん」長い指にひっかけたサングラスを回し、腰をかがめて頬にキスした。

愛情深い仕草をせせら笑うように眉を持ち上げた。「なにか楽しいお話でもあるわけ？」

彼はにっこりして、両手を上げた。「撃つなよ、こっちは丸腰なんだから。まだご機嫌が直らないようだね」

「あなたは先に投げ入れられた帽子？　わたしが攻撃するかどうか見きわめるための」

「ちょっと違う。きみを一人にしたくないんだが、デーンが少し遅れるんでね」

「お気遣いいただいて、ありがたいわ」

「よくいうよ」からかいつつも、けだるげな黒い瞳は注意深く彼女を見守っていた。

「今日、首になったの」お返しに打ち明けた。「だから、お祝い気分ってわけにはいかないわ。銀行の温かいお心遣いで、今週いっぱいは働かせてもらえるそうよ」

トラメルが鼻を鳴らした。「おれなら今日で辞めてやるな」

「そうしたいとこだけど、それが相手の望みとなったら話はべつ。なにか冷たいものでも飲む?」

「アルコール以外なら」

「承りましょう。レモネード、フルーツジュース、アイスティー、それともほかのものにする?」

「アイスティーを」

「さあ、入って。お利口さんは乗るなら飲まないわけね」

「もともと酒はあんまりやらない口でね。体に合わないんだ」もの憂げにいいながら、キッチンまでついてきた。「昨日はゆっくりできたかい?」

「ゆっくりってほどじゃないわ。荷物の片づけがあったから」キャビネットからグラスを二つ取り出し、氷を入れてから、出勤まえにつくったアイスティーをそそいだ。「レモン入れる?」

「いや、いらない。アイスティーはロックにかぎる」

マーリーはクスクス笑い、グラスを合わせて乾杯した。

冷たい液体をすする彼女に目をやってトラメルは尋ねた。「あいつを許してやるのか？」

肩をすくめた。「マスコミを巻き込んだ一件もあるけど、どっちかっていうと、古き善き南部風にいって、〝彼がわたしの愛情をもてあそんだ〟ことに腹を立ててるの」

「彼がきみをなんとも思っていないって、本気で思ってるのか？」

「なにを思ってるか知らないけど、口に出さなきゃわからないわ。許せないのは、わたしに好きになるように仕向けておいて、その気持ちをいいように利用したことよ」

「仕事となると、まわりが見えなくなる男だからな」思いやりのこもった声。「椅子にかけよう」

「彼の弁護を買って出る気？」テーブルにつきながら、マーリーは尋ねた。

「そうじゃないが、おれはデーンのことを地球上に住むだれよりも知ってる。きみや、彼の家族よりもだ。家族は成長をともにし、きみはベッドをともにした。だがおれは彼に命を託してきた。骨の髄まで知りつくしているといっていい」

「彼のこと、捜査のためなら他人を利用しても平気な冷血漢だと思う？」

「ああ、そう思うよ。あいつは警官だからね。それをいったら、おれもだ。だが、きみに関しては決して冷血漢なんかじゃない。どうやったら不作法にならずにこの話をきみにできるかな？」考え込むような表情で、天井を見上げた。「きみがボネスのオフィスに来たときのことを覚えてるか？　きみとデーンはたちまちかたき同士みたいにいがみ合ったろう？」

マーリーはうなずいた。

「微妙ないい方をさせてもらうと、あのときあいつは猫でも爪が立たないくらい自前のソーセージを硬くしてた」

マーリーはアイスティーにむせてから、反っくり返って笑いころげた。トラメルは長い脚を猫のようにゆったりまえに出し、嬉しそうに彼女が笑いやむのを待っていた。

「彼はおれのヒーローなんだ」やがて、のんびりと話を再開した。もう彼女は見ておらず、自嘲するような、かすかな笑みをたたえて、グラスの氷を見ていた。「おれは理想みたいなものとはまったく無縁に警察に入った。退屈しのぎになる、おもしろそうな仕事だと思ったんだな。初年度がすんだころからデーンと組むようになって、以来、彼とは一心同体だ。なにかを信じたり、頼みにしたりするたちじゃないが、どんなときでもデーンは岩みたいにあてにできた。あいつだって理想家じゃない。おれより、ひねくれてるぐらいだ。そのくせ、あいつには確とした善悪の基準がある。おれにはなにごとも灰色にしか見えないが、デーンは白と黒を分ける。戦っても守るべきものがあるのを知っていて、進んで最前線に躍り出る。血の気の多い、雄々しい男なのに、そんな自分をちっとも意識してない。古き良き南部の好漢、地の塩ってやつだ。街のこと、俗世のことをよく知ってて、キツネみたいに狡猾《こうかつ》でもある。化石だな、ああなると。それに下劣でもある。そう、必要とあらば下劣にもなる！　ところが、女がからむとハチャメチャだ。よく笑いものにしたもんだよ、まだ彼がパトロールに出ていて、交通事故の後始末をしていたころは。事故に女性が巻き込まれていようもんなら、女のほうが腕をかかえてるだけでも、血まみれで転がっている男が目に入らないんだから。無事を確認するために女のとこへすっ飛んでった。彼があんまりやさしいんで、しばらくすると女はみんなとろけそうになった。そのうち、道端に男を放置していたのに気づいて困惑する。そんな彼をみんなで大笑いした」

「ベッドでお行儀がいいのは、教えてもらわなくてもいいわよ」そっけなくいった。

「ああ、そんなつもりはないよ。だがね、いまみたいなあいつを見るのは初めてなんだ。あいつにはいつも女がいたが、だれ一人として仕事の妨げにはならなかった。きみが出てくるまでは、だ。あいつの頭にはきみが取り憑いてる。きみに夢中だ。きみはあいつを本気で怒らせる。考えられなかったことだ。この数年でいちばんおもしろいできごとでもある。自分が恋してるのに気づいていないかもしれないが、あいつはきみを離さない。信じていい、おれはあいつを知っている。きみがあのドアから出ていこうもんなら、そのあとにぴったり離れずついていく」

マーリーはいぶかしげにトラメルを見た。「自分が恋しているのに気づかないなんてことある？　いいかげんなこといわないでよ」

「そりゃあ、彼には初めてのことだからね」

「あなたは？　やっぱりグレースが初めてだった？」

トラメルはまごついた表情になった。大きく息を吸っていった。「まあね」

「それで、あなたにはわかった？」

「抵抗したってとこかな」

「でも、あなたにはわかった。わたしも人を愛するのは初めてだけど、愛してるってわかったわ」

「デーンは人一倍頭が固い」

「あなたはこうやって話してくれる」ぶつくさいう。「彼からはなにも読み取れないわ」

トラメルは派手に笑い出したが、すぐにまじめな顔に戻り、不安そうに尋ねた。「おれは読み取れるのかい？」

もじもじするようすがおかしくて、ついつい頬がゆるんだ。「能力が戻ってから、一度も試してないの」

「グレースはどう？」

「友だちの心をのぞき見するようなことはしないわ」きっぱりいった。

「霊能力者の礼儀作法ってわけか？」

「行儀がいいとはいえないもの。それに、他人の感情を読み取ろうとするより、遮断するので忙しかったし」

外から車のドアを閉める音が聞こえた。「デーンだ」トラメルはアイスティーを飲み干した。「考えてみてくれないか、マーリー。あとはあいつにチャンスをやって、こちらは高みの見物と決めよう。今日のあいつに話しかけるのは危険だからな」

「あなたの意見も参考にしてみる。でも、結論は彼の出方によって決めるわ」つい十分まえまでは結論が出たと思っていたが、デーンは頭が固いというトラメルの説明を聞いて、保留することにした。

デーンが入ってきた。暑くていらついているようだった。まずマーリーに視線を留め、恨みがましい欲望らしきものを込めて見つめてから、二人の手にあるアイスティーに目をやった。自分でアイスティーを入れ、溜息をついて椅子にかけた。「まったく、なんて日だ」

「どんな日だったの？」マーリーは喉を転がすようにいった。「わたしは首になったけど」しばし彼女を見つめてから、がっくりしてテーブルに顔を戻した。「クソッ」

「帰るよ」トラメルは彼女に微笑みかけた。「じゃあ、また明日な、相棒」

デーンは返事をしなかった。マーリーはアイスティーに口をつけ、トラメルは勝手に出ていった。

キッチンの沈黙が重くなった。マーリーはいった。「この騒ぎがすんだら、わたしコロラドに戻るわ」

デーンが顔を上げた。日焼けした肌に青白い影が差し、口は引き絞られた。「だめだ」ごくごく小さな声でいった。

マーリーは椅子にもたれて腕を組んだ。「だめって、あなたになにができて？　また保護拘束でも持ち出すの？　今度はうまくいかないと思うけど」椅子を押して立ち上がり、グラスを流しに運んだ。

洗ったグラスを水切りに置いたとき、二つのがっちりした手につかまれて、向きを変えさせられた。精いっぱい身を引いたが、キャビネットに阻まれてそれ以上は下がれない。彼が緊張の面もちでおおいかぶさってきて、ぴったり腰を押しつけた。

「きみを行かせるわけにはいかない」低い声でいった。「なんでだ、マーリー、なぜ去るなんていえる、二人のあいだにあるものを無視して？」

「あいだにあるものって――」腰を押しつけて振り、彼のものが硬くなるのを感じた。「ただの性器《セックス》じゃない」

「ただのセックスなんかじゃない！」

「そうかしら？　わたしには、それしかないように見えるけど」そうなじって、デーンが怒りに身を震わせるのをおもしろがった。彼女の内側にある獰猛《どうもう》な苦しみが、自分が感じているものを彼にも感じさせたがっていた。

自制心を失った瞳はハシバミ色から緑色に変わった。「かりにセックスだけだとしたら、存分に楽しむにかぎる」しゃがれ声でいって彼女を抱き上げた。

突然、天地がひっくり返って目が回り、寝室に向かう彼にしがみついた。心臓が破裂しそうになり、血が全身を駆けめぐった。彼を殴りたかった。噛みつきたかった。その衣服を引きちぎって、飛びかかりたかった。愛と怒りと欲望がない交ぜになって爆発しそうだった。怒りが強すぎて、まだ言葉で心を通い合わせられるとは思えないけれど、肉体がその隙間を埋めてくれるかもしれない。乱暴にベッドに投げ出されたマーリーは、手を伸ばしてシャツをつかみ、自分の上に彼を引き寄せた。

熱っぽい沈黙のなかで、二人はもがいた。硬い唇がその荒々しさで彼女の唇を痛めつけた。彼の下唇を嚙み、そのうめき声を聞いて、やさしく吸った。焦るデーンの手は短パンのボタンを引きちぎった。マーリーは苦労してジッパーを下ろし、無我夢中でブリーフのまえに手を突っ込んだ。手に余るものは硬く脈打ち、早くも先端が濡れてきていた。デーンはゼェゼェいいながら、パンティを脱がせるや彼女に組みつき、膝で脚を割った。凶暴な欲望のままに腰を突き出し、彼女は足を巻きつけながらも乱暴に押し入ってくるものに悲鳴を上げた。

激した時間が夕食をすっ飛ばして延々と続いた。夕闇が迫るにつれて、日没の暑さが薄れてゆく。最初はデーンが主導権を握り、この間のやり場のない怒りとわだかまりをぶちまけた。マーリーも負けず劣らずの激しさで彼を嚙み、爪を立て、腰を打ちつけた。

二人とも無言だった。猛々しい愛の行為には思考や言葉の立ち入る余地がなく、あとにはぐったりと横たわる二人がいた。まだ、つながったままだった。結びなおしたばかりの真新しい絆はもろすぎて離れられず、そのまま、まどろみに引き込まれた。どれくらいたったのだろう。マーリーが目覚めると、彼がふたたび動きはじめていた。

今度はやさしく、漂うような愛し方だった。絹のような肌に残った手の跡に、詫びるように唇を寄せ、マーリーも自分がつくった三日月型の爪の跡をそっと嘗めた。彼はそのときが近づくたびに速度を落とし、喜びを放つ瞬間を先送りにした。

コンドームを使っていないのは、二人とも、わかりすぎるほどわかっていた。腕で上体を支えて腰を前後に動かしながら視線をからませ、気づいていると語り合った。我慢の限界を迎えたとき、彼女はすでに二度の痙攣をへていた。彼のお尻をつかみ、ぐっと引き寄せて深く受け入れた。彼は痛烈な絶頂感に全身をおののかせて背をそらせ、彼女のなかに精を放った。

それでも、言葉は交わさなかった。まだ、早すぎた。からみ合ったまま眠りに落ち、夕闇は深まっていった。

先に目覚めたのはマーリーだった。心地よい痛みにうずき、その痛みをもたらしたものへの渇望の高まりを感じた。デーンはまだ眠っていたが、一物を愛撫しだすと、彼もそれもすぐに目覚めた。デーンは転がって仰向けになり、上に乗ってきた彼女を抱きかかえた。「おれのそばにいてくれ」ささやくと、目を閉じてやんわりと自分を包んだ温かい絹のような感触に酔いしれた。

返事に詰まると、彼のものがピクッと動いた。「わかった」お返しにささやき、ゆっくりと動きだした。十全ではないけれど、行為の激しさが彼の思いを雄弁に語っていた。殺人犯を追う警官としてではなく、ただの男として、自分の女を一途に求めていた。言葉ではなんの約束もないけれど、肉体のつながりは少なくとも不安を鎮めるに足るものだった。あとのことは、そのときがくるまで待てばいい。

キャロル・ジェーンズは念入りに策を練った。あの女を一人きりにしなければならない。

つまり、ホリスター刑事を追い払う必要があった。

こちらの電話番号が通信指令係にわかる九一一番を避けて、直接警察本部に電話した。演技には自信があった。取り乱した自分の声を聞いて得意になった。「女の人が殺された！　まただ、あいつのしわざだ！　絶対そうです、間違いない。血が、血が、いたるところを切られてて、ひどいありさまなんだ！　逃げていく犯人も見えた。人相書きと同じ禿《はげ》頭《あたま》だった！」

「さあ、さあ、焦らないで」高圧的な声がいった。「それじゃあ、なにをいってるかわかりませんよ。もう一度、お願いします」

ジェーンズは音を立てて深呼吸した。「女性が殺されてます。逃げていく禿げた男を見ました。女性は切り刻まれて、血まみれに――」電話口でゲッと吐きそうな音を出した。

「落ち着いて。いまどこにいるんですか？　住所を教えてください」

さっき調べておいた、街の反対側の住所を口にした。それらしく聞こえるように、通りの名前と番地をつっかえつっかえいって電話を切った。あとは待つだけだ。

ジェーンズはいま、ホリスター刑事の家から二ブロックしか離れていない電話ボックスにいた。

電話が鳴った。デーンは引ったくるように受話器を取り、聞いてすぐにいった。「すぐ行く」ベッドから転がり出て、衣類を身につけだした。

マーリーは肘で上体を起こした。「どうしたの？」

「また殺人事件が起きた」簡潔に答えた。「あいつのしわざだといってる」

マーリーは首を振った。「違うわ」

彼は手を止めて記憶を探った。「そうだ。きみはなにも感じなかったよな？」

「まったくよ。彼じゃないわ」やはりベッドを出て、身支度を始めた。

デーンは溜息混じりに応じた。「まったく、また模倣殺人か。悪いな、ベイビー」

「あなたのせいじゃないわ。特捜班の一員なんだから、行くしかないでしょう」

彼女を引き寄せて、ぎゅっと抱きしめた。「帰りはわからない」

マーリーは彼の胸に顔をすりつけ、ツンとするにおいを嗅いだ。「テレビでも見ながら待ってるわ」

彼女の顔を起こし、頭を下げてキスした。「眠ってたら起こすよ」

「約束ね」

「おれたちには、話さなきゃならないことが山ほどある」決意に満ちた声だった。

「そうね。さあ、行って！」

彼はドアに向かいかけて、ふと振り返った。ベッドサイドテーブルのいちばん上の抽斗《ひきだし》を開け、ピストルを取り出した。弾丸が入っていて、安全装置がかかっているのを確認した。

「手近なところに置いておくんだ。使い方を知ってるか？」

彼女はうなずいた。実際に使った経験はないが、拳銃のしくみは知っていた。山間部で一人暮らしをしていたのだから、基本操作ぐらいはたしなみのうちだ。

デーンはもう一度キスした。「よかった。用心しろよ。拳銃をそばに置いて、知らない人が来てもドアを開けるな。家を見張ってもらえるよう、無線で巡査を要請しておくから、五分しないうちに外にやって来る。おれが帰るときは、寝ぼけたきみに撃たれないように電話を入れる」

「ちゃんと起きてるから大丈夫よ」笑顔でいった。

「男たるもの、用心に用心を重ねるもんだ。女もだぞ」厳しい口調でつけ加えた。

「了解」

デーンが出かけると、テレビをつけた。カウチに腰を落ち着けて、おもしろい番組がないかとチャンネルを替えた。

一人になって五分もしないうちに突然上体がピンと伸び、心臓が跳ね上がった。皮膚がぞぞっと粟立ち、強い警戒心がわき上がった。

あるイメージが飛び込んできて思考をおおい隠した。この感覚は知っている。その思いが衝撃となって襲ってきた。黒い手袋をはめた手。片方の手に持ったワイヤーカッターで、ワイヤーの束を引っ張っている。

酸素を取り込もうと、肩で息をした。急に空気が薄くなったみたい。どうしよう? ついに彼が襲ってきた。デーンは行ってしまった。ビバリーに近づくために、偽の通報で警察を引き離したのだろうか? あの婦人警官は一人きりのはずだ。

よろよろと電話に歩み寄った。閃いたビジョンに足が止まった。心の目に、プラスチックの皮膜とワイヤーを嚙み切るワイヤーカッターが映った。

そのとき、家じゅうの明かりが消えた。

24

動けない！　突然の闇に視覚を奪われ、恐怖と驚くべき事実とで体が麻痺した。狙われているのは、ビバリーでなくてわたしだ。すぐ外にあの男がいる。

早く暗がりで目が効くようになるよう、ぎゅっと目をつぶった。外に出なければならないが、どこから出たらいいのかわからない。玄関、それとも勝手口？　窓のそばにいるのかもしれない。だとしたら、どの窓？　どの窓から？

――網戸の繊維をゆっくりと、一本ずつ切ってゆく――

死に物狂いでビジョンを追いやった。ビジョンに心を奪われたら、なにもできなくなってしまう。だが長時間ビジョンを遮断したり制御できたことはかつてなかった。ああ、津波のように押し寄せてくる。

――あの女がなかにいるのはわかっている。感じる、あの性悪女の存在を。もう感じはじめている勝利の予感。みなぎる力――

「だめ」マーリーはつぶやいた。開け閉めできるようになった扉のイメージを懸命に思い描いた。これを閉められさえすれば。閉めれば彼を向こう側に押しやれる。

――ナイフの刃が食い込んだときのようすが目に浮かぶ。そのときあの女は身のほどを知る――

黒い波のようなイメージに全身が洗われ、そのまがまがしさに、呼吸さえ止まりそうだった。ごく近くから発される男の力に押しつぶされる。抵抗できそうにない。

――なんで窓のロックが開かない。怒りがめらめらと燃え上がる。ののしり声を上げながら、手袋にくるまれた拳でガラスを叩き割る――

ガラスが割れ、割れたガラスがこぼれ落ちる澄んだ音が聞こえたが、それ以外のものは荒れ狂うビジョンにおおいつくされ、音の出所さえわからなかった。まうしろかもしれないのに、力という力を吸いつくされて、振り返ることさえままならなかった。

デーン! 愛してるわ、デーン! デーンにつらい場面を見せたくなかった。

デーンは車に乗り込むなり無線連絡を入れ、すぐにパトカーを自宅に差し向けるよう通信指令係に伝えた。

「了解」通信指令係はいった。「ただ、十分から十五分かかる。今晩は立て込んでるんだ」

「遅すぎる」譲れないという意思を声に出した。

「努力してみるが、巡査の手が空きしだいってことで」

そんなに長くマーリーを一人にしたくない。一瞬そう思ったが、デーンの仕事は犯罪現場に出向くことだった。模倣犯罪だろうとなかろうと、この際、関係なかった。いままでの現場を担当した刑事が出かけていって、同一犯によるものかどうか見きわめねばならない。彼女には拳銃を渡した。巡査も間もなく到着する。無事に決まってるだろう?

何度も自分にいい聞かせながら車を走らせたが、数マイル先で車を脇に寄せて止まった。どうにも胸騒ぎが収まらない。なにかがおかしい。刻一刻と自宅を遠ざかるにつれて不安がふくらみ、その原因は特定できなかった。

これが模倣殺人なのは、間違いなかった。珍しいことではなく、すでに一件起きている。だが、なぜかいやな感じがぬぐいきれなかった。

無線のスイッチを入れた。「ホリスターだ。巡査はまだうちに着いてないのか?」

「まだだが、いま向かってる」

じれったくて息が詰まりそうだった。「さっき通報があった刺殺事件について、追加の情報は入ってないか?」

「いまのところ――いや、待って」雑音に耳を傾けるうちに、通信指令係の声が戻った。「あった。現場に急行した巡査から無線が入った。偽の通報だったようだ」

いっきに恐怖が高まった。同時に、頭はあらゆる視点からこの一件を洗いなおしていた。

「指令員、最初に通報してきた人物だが、男か女か?」

「男だ」

「まずい!」ふたたびマイクを入れた。「いますぐおとりになっている婦人警官に連絡して、状況を確認しろ! 通報は意図的に行なわれた可能性がある」

「了解。そのまま待ってくれ」

暗がりのなかで体をこわばらせて待った。滝のような汗が顔を流れ落ちた。間もなく無線が入った。「無事だったよ、刑事。墓場みたく静かなもんだ」

デーンは首を振った。本能が危機を察知している。だがどこだ、どこで起きている？

通報はマーリーの警護を甘くするために意図的に流されたものだった。だがビバリーがマーリーのかわりをしているから、そんなことをしてもむだ――

あふれ出した恐怖で凍りついた。すべては計算ずくだった。マーリー！

男がもう一度拳固を繰り出すと、さらに多くのガラスが飛び散った。マーリーは必死でドアを思い描き、吐き気をもたらすどす黒い悪意を閉め出そうとした。ドアを押して、ビジョンを向こう側に追いやるのよ。制御できなければ命はない。感知力があるからには、制御するのが唯一のチャンスなのだ。あなたは以前より強くなったのでしょう？ できるわ。

拳銃。カウチに坐っていたとき、隣に拳銃があった。目を開けてカウチのほうに進もうとしたが、ビジョンのせいで脱力している。膝からくずおれて激しく床に倒れ込み、だがそのとき伸ばしていた手がカウチをかすめた。手と膝を使ってカウチまで這い、拳銃を求めて座面を手探りした。

あった。手にした拳銃は冷たく、頼もしい重さがあった。大きく震える指で安全装置をはずした。

——なかに入った。ここまで来れば、あともうひと息だ。手にしたナイフがぎらつく。死をもたらす長い刃は、剃刀《かみそり》のように研ぎ上げてある——

ドアを閉めて！　もう一度乱暴にドアを叩きつけた。彼を追い出して、追い出しておかなければ。

自分のむせび泣きが喉元までせり上がってきたのがわかった。シッ。静かにして。体を引きずるように部屋の隅まで這い、背後から狙われないように壁に背中をつけた。ブラインドの閉まった室内は、ほぼ黒一色に沈んでいる。利は家の間取りと、自分の位置がわかっているマーリーのほうにある。向こうは彼女を捜し出さなければならない。だから音を立ててはならない。そうっと、静かに。

ドアは閉めたままにして。

でも、彼はどこだろう？　耳のなかに血液が送られる音が轟き、それ以外の音が聞こえてこない。

両手を使って重い拳銃をしっかり握った。デーン、決して武器を手放さない男、デーン。ありがとう、デーン、あなたのおかげで銃がある。愛してるわ。

あの男はどこにいるの？

マーリーは目を閉じ、心のドアを薄く開いた。

——あの性悪女、どこへ隠れた？　懐中電灯は使えない、まだ早すぎる。あの女、わたしの目をのがれられると思っているのか？　わたしが追跡劇が大好きなのを知らないのか？

もちろん知っている。愛しの性悪女、バスルームにいるのかい？　ドアを開ける。白い設備がエナメルの幽霊のように闇にぼんやり浮かぶ。ここにはいない――

マーリーは乱暴にドアを閉めた。彼の精神エネルギーが押し寄せてくる。目を開き、勇気を出してバスルームのある廊下に目をやった。じっと見ちゃだめよ、マーリー。目を凝らしたら、見つけられなくなる。視線を動かして、一点を凝視しないようにしたら、相手の動きが見えてくるわ。

あれか？　こちらに向かってくるあの濃い影？　あえて心のドアは開けなかった。あれが彼だとしたら近すぎて、こちらが反応するまえにつかまってしまう。でも、あれがほんとうに犯人なのだろうか？　わたしの勝手な想像ではないの？

顔のまえにぱっと明かりが灯り、マーリーは目がくらんだ。気味の悪い声が聞こえた。なだめるような口調。「やあ、ここにいたんだね」

引鉄にかけた指を引いた。

数台の車が、ほぼ同時に家に集まった。回転灯をつけ、サイレンを高らかに響かせながら現場に急行しろとデーンはパトカーに指示し、犯人が結集するパトカーに怖じ気づいて逃げ出すのに万に一つの希望をかけた。そのうえで無謀なまでに車を駆り立て、かつてなく真剣に祈った。犯人を取り押さえられなくてもいい、神よ、お願いです。パトカーに恐れをなして犯人が逃げますように。あいつを侵入させないでくれ。すでに入り込んで、出ていったあとだったら……だめだ、神よ、マーリーをお守りください！

乱暴にギアをパーキングに入れると、スプリングの上で車体が激しく揺れた。その揺れの収まらないうちに車を飛び降り、脱兎《だっと》のごとく駆け出した。家はまっ暗。神よ、助けてくれ。

そのとき背中からなにか重量のあるものがぶつかってきて、地面に投げ出された。野蛮なうなり声とともに起き上がり、拳を引いてかまえた。トラメルもすばやく体勢を立てなおし、デーンの腕をつかんだ。「頭を冷やせ！」デーン同様、すさまじい形相で怒鳴った。「やみくもに突っ込んだって彼女は救えないぞ！ しかるべき手順を踏むんだ！」

制服警官たちは散って、家を取り囲んでいる。だが、デーンにはそのなかにいるマーリーのことしか考えられなかった。トラメルの腕を振り払い、玄関に突進した。ロックがかかっていた。頭のいかれた動物のようにドアにぶちあたると、その勢いで枠のほうが震動した。鋼鉄で補強された頑丈なドアに、最高の強度を誇るデッドボルト。そちらはびくともしなかったが、蝶番《ちょうつがい》はそうはいかない。苦しげな悲鳴とともに木材からねじ釘がはずれ、金属がねじ曲がった。

制止できないとみると、トラメルは加勢に回って枠からドアをもぎ取るのを手伝った。デーンは声をかぎりにマーリーの名を叫びながら、暗い家のなかに身を投じた。

グニャっとした重いものに足を取られ、勢いよく床に倒れた。心臓の鼓動が止まり、苦悶の瞬間が時の狭間《はざま》に取り残された。

「神よ」デーンのものとは思えない声だった。「照らしてくれ」

巡査の一人がベルトから長く重い懐中電灯を手に取り、スイッチを入れた。強力な光線が、恐怖に引きつった表情で床にかがむデーンとやはり同じ表情をしたトラメルを照らし出した。光線の中央には、手足を投げ出して横たわる黒い革に包まれた肉体があった。剃り上げられた頭蓋《ずがい》がぼうっと浮かび上がり、仰向けになった男の目はなにも映さないまま天井を向いている。強烈な血と死のにおいが立ち上り、死体を取り囲むようにして血の海ができていた。

「デーン」かすかな小声にデーンの腕の毛が逆立った。「デーン、ここよ」

懐中電灯の光がさっと部屋の隅に振られた。マーリーは光にひるみ、目を閉じて顔をそむけた。白いシャツにできたどす黒い染みがてらてらしている。まだ両手でしっかりと拳銃を握りしめていた。

デーンは立ち上がれそうになかったので、四つん這いのまま近づいた。マーリーが生きていたのが信じられなかった。震える手で頰を包み、顔にかかった髪をうしろに撫でつけた。

「ベイビー、ああ、ハニー」

「あの男に切られちゃった」詫びるような口調だった。「撃ったんだけど、まだ近づいてこようとした。だからわたしも、撃ちつづけた」

「それでいい」犯人にたいする残酷さがあからさまに口調に出た。手はぶるぶると震えているが、できるだけやさしく、彼女を床に横たえた。「横になってろよ、ハニー。傷の具合を確認させてくれ」

「たいした傷じゃないと思うけど」控えめにいった。「肩と左脇。でも切られただけで、刺されたわけじゃないから」

デーンは暴れだしそうな気分だった。彼女に必要とされているとわかっていなければ、死体に飛びかかって八つ裂きにしていたろう。なぜだ？　狂人にナイフで襲われたのはこれが二度めだというのに、なぜこんなに冷静でいられる？　おれのほうは震えすぎて体がばらばらになりそうだっていうのに。

「彼がワイヤーを切ったの」彼女が話している。急に疲労の色が濃くなった。「なんだかくたくた。続きはまたあとでいい？」

「もちろんだよ、ベイビー」血が流れ出る脇腹の傷口に、手のひらのつけ根を押しつけた。「お休み。目を覚ますまで、ずっとついてる」

マーリーは小さく溜息をついて、重そうなまぶたを閉じた。家のなかにおおぜいの人間が入ってきたのがわかったが、デーンは顔を上げなかった。

「デーン」トラメルが傍らに膝をついた。「救命士が来たぞ、相棒。おまえが下がってくれないと、彼女を助けられない」

「おれは傷口の止血をしてる」がさついた声でいった。

「わかってるが、血は止まりかけてる。彼女は大丈夫だよ、相棒。なにも心配いらない」トラメルはデーンに腕を回して、マーリーから引き離した。かわりに救命士が彼女のそばに寄った。「病院に搬送しますが、命に別状はありません。約束します」

デーンは目を閉じ、トラメルに導かれるままついていった。

「ほんとに、もう退院できるわ。気分はいいんだから」翌朝マーリーはいった。あくびをして続けた。「ビジョンを遮断しようとして疲れただけだもの」

「出血のせいもある」とデーン。「退院は明日ってとこかな」

マーリーはベッドに起き上がっていた。肩と腰に厚く包帯を巻いている以外、どこといって悪いところはなさそうだったが、デーンの疑い深い目に映る顔はまだ青白かった。

彼はひと晩じゅう病院にいた。かりに百五十歳まで生きられたとしても、自分がおびき出されたあと、マーリーが危険にさらされていると気づいてからの、骨の髄まで縮み上がるような恐怖一色の時間は忘れられないだろう。彼女のもとに戻るのに一生分の寿命を、家に入るための奮闘にさらにもう一生分の寿命を費やした。どこを向いても警官だらけの病院は、マーリーから話を聞こうと押しかけてくるレポーターとあいまって、いまや動物園と化している。だがデーンにはまったく対処できず、医者から彼女のそばにいる許可が出たときからひたすら彼女の手を握って、マーリーはもう大丈夫だ、と自分にいい聞かせるのが精いっぱいだった。

かわりにトラメルが指揮を執った。全マスコミにマーリーの面会を禁じたうえで、午前中に記者発表を行なうと約束した。ボネス警部補とチャンプリン本部長をたくみにデーンから遠ざけた。グレースに電話をかけ、デーンとマーリーの着替えと洗面道具を持ってこさせた。デーンはシャワーを浴びて髭を剃ったが、げっそりこけた頰がこの夜の長さを物語っていた。

トラメルがいなければ乗りきれなかったろう。

トラメルもほぼひと晩じゅう病院にいたが、夜明け過ぎにいったん帰宅した。いつもどおり一部の隙もない格好をして舞い戻ったものの、その顔には、やはり眠れない夜の爪痕が刻まれていた。グレースもつねにそんな彼らのそばにいた。

マーリーはボタンを押して、ベッドの上体をさらに起こした。家に帰れるほど気分がいいのはほんとうだった。傷口が痛むので、動くときは注意がいるが、全体として耐えがたいほどの痛みはなかった。わたしは生きている。この数週間重しとなっていた悪の感覚は消え、陽光はいちだんと明るく、空気はいちだんとすがすがしく感じられた。

「わたしは昨晩のことをすべて話したわ」彼女はいった。「今度は、今朝までにわかったことを教えてもらう番よ」

ふだんどおりの口ぶりにほっとして、デーンは笑顔を向けた。「おれを見たってむだだぞ。ずっとここにいたから、なにも知らないんだ」

グレースが長い脚を伸ばして声をかけた。「さあ、アレックス。あなたの出番よ」

トラメルは窓台にもたれた。「二ブロックほど離れたところで犯人の車が見つかったんで、ナンバープレートから調べをつけた。名前はキャロル・ジェーンズ。五カ月まえにピッツバーグから越してきたばかりだ。ピッツバーグ市警によると、そっくりの未解決殺人が五、六件ある。アパートからはブロンドのカツラが見つかった。殺しをやるとき以外、ずっとかぶってたらしい。仕事はダンウォースデパートの顧客係。ここで被害者を選んでた。だれかがやつにいやな思いをさせたら、決まりってなもんだ」

「つながりはそこか」デーンはつぶやいた。「全員がダンウォースで買い物をしていた。ジャクリーン・シーツの友人から、彼女がブラウスがだめになったとかで怒ってたって聞いた覚えがある。すぐそこまで迫ってたんだな。同じ場所で買い物をしているのを知っていながら、街じゅうの人間がそうしているとしか思わなかった」

「自分を責めないことね」マーリーは皮肉を効かせていった。「あなたには透視能力がないんだから」デーンは一瞬目を丸くしてクックックッと笑いだした。やっぱりそのほうがいい、と彼女は思った。ショック症状を脱して、顔のこわばりが取れてきた。

今度はグレースがいった。「キャロル・ジェーンズなんて、男には珍しい名前ね」

「まったく、冗談じゃないよ。そのせいで見つけられなかったんだから。女の名前みたいだって、調べていたリストから消しちまうなんてさ」トラメルは自分たちの手抜かりに、うんざりしているようだった。「犯人の経歴はまだよくわかってないんだ。なんでああなったのか、永久にわからないかもしれないな。どうでもいいとおれは思うがね。なにしろ、生きる価値のない下劣な畜生だ」

デーンがたじろいだのがマーリーにはわかった。マーリー以上に前夜のショックを引きずっていて、彼女を凄惨《せいさん》な暴力の標的にしたことを深く悔やんでいた。だが当のマーリーは不思議と自分が強くなったように感じていた。犯人を殺したからといって得意になってもいないかわりに、罪の意識もなかった。すべきことをしただけ。ためらっていたら、自分の命がなかった。今回はビジョンを制御して勝った。キャロル・ジェーンズは死に、マリリン・エルロッドやネイディーン・ビニック、ジャクリーン・シーツなど、彼の手にかかって死んだ全女性に正義がもたらされたのだ。

デーンは彼女の手を取った。その指をもてあそびながら、あらためて込み上げてくる安堵《あんど》感《かん》に目を閉じた。彼女が無事でいてくれた。

グレースがトラメルを肘でつついた。「そろそろ行きましょう。仕事に出る支度もあることだし」

トラメルはいった。「また昼過ぎに来る。そのまえに用事があったら電話してくれ」

「わかった」二人が立ち去るとデーンはドアまで行き、半分体を出して見張りの巡査に告げた。「面会謝絶だ。市長も例外じゃない。いいな?」

「医者は断れないですよ、ホリスター」巡査は警告した。

「そうだな。医者はよしとするか。でも、入るまえにノックを頼む」ドアを閉めてベッドの脇に戻り、彼女の顔に触れて、髪を撫でつけた。

マーリーも身を乗り出して彼の頬に触れた。「わたしなら、ほんとうに大丈夫だってば。それに、ここよりうちのほうがずっといいんだけど」

デーンは頭を下げて指にキスした。「いいから、そう焦るなよ。医者がもう二十四時間いろといったら、理由あってのことだ。退院するのは、絶対に大丈夫だとわかってからにする。じゃないと、おれの気がすまない」

彼の顔には感情がそのまま現れていた。防御をかなぐり捨てて、心を開いていた。これまでの経験で、彼女に気持ちを隠す気はなくなった。昨晩、あやうく彼女を失いかけたことで、人生の短さ、不確かさを思い知らされた。できることがあるとすれば、精いっぱい生きるだけだ。

思いつめた表情で彼女の髪を顔から押しやった。「昨日の夜するつもりだった話し合いが、まだそのままになってる」

「ええ。あのあと、上を下への大騒ぎになってしまったものね」

「まだおれに腹を立ててるか？」

彼女の口元に小さな笑みが浮かんだ。「いいえ」

「誓っていうが、ほかに優先事項があってきみを騙《だま》したわけじゃない。きみが最優先、きみの上に乗っかりたい一心だった」

鼻を鳴らしてマーリーは応じた。「まあ、ロマンチックね」笑みは消えなかった。

「おれはロマンチックにはなれない男だ。ただきみが欲しくて、きみをどこへもやりたくないのだけはわかってる。こんな状況に追い込まれたのは初めてなんで、浮き足立って不手際があったかもしれない。自分の気持ちを見きわめる時間が欲しかった。それに、騒動の最中にきみを急かしたり、プレッシャーを与えたくなかった。それでなくとも、きみには心配すべきことがあった」

彼の発言に困惑して、マーリーは唇を噛んだ。やっぱり、トラメルのいったとおりだわ。

デーンは頭が固すぎて、ちゃんと好きだといってほしい女心がわかっていない。この場ですべてを正したいと願っている自分に気づいて、マーリーは軽く溜息をついた。慎重すぎるのは彼だけじゃないかも。自分のほうから、彼にはたらきかける必要があるのだろう。

「あなたの望みはセックスだけなの？」と尋ね、固唾《かたず》を呑んで答えを待った。

「まさか！」はじかれたように答えた。「ハニー、きみがなにを望んでいるのかちゃんといってくれ。そしたら、対処できるかもしれないだろう？　おれを暗がりに取り残さないでもらいたい。どうしたら、この気持ちがわかってもらえるんだ？」

マーリーは息を吸ってベッドにもたれ、信じられないという表情を浮かべた。「わかってほしいって、デーン、あなたはまだなにもいってないのよ！　わたしにはあなたの気持ちがわからないわ！」

今度は彼が信じられないという表情を浮かべる番だった。「どういうことだ、おれの気持ちがわからないって？」

マーリーは天井を仰いで天に助けを求めた。「主よ、お助けください。この男は大木のように鈍いのです。デーン、あなたがいってもいないことが、なぜわたしにわかるの？　何度もいったはずだけど、わたしにはあなたの気持ちが読めない。ちゃんと口でいって、デーン。わたしを愛してるの？　それがわたしの知りたいことよ」

「もちろん、愛してるさ！」癇癪《かんしゃく》でも起こしたように怒鳴った。

「じゃあ、そういってよ！」

「愛してる！」さっと立ち上がり、腰に手をやってベッドを見下ろした。「きみはどうなんだよ？　おれの片思いなのか？」

顔に一発お見舞いしてやろうかしら。だが、傷口に負担のかかることはやめにして、こんな答えで満足することにした。「片思いってわけじゃないわ」

「じゃあ、ちゃんといえよ！」

「愛してるわよ！」負けず劣らずの喧嘩腰《けんかごし》でいった。

デーンは荒い呼吸に胸を波打たせながら、黙って彼女と見つめ合った。やがて、肉体をおおう筋肉の緊張がゆるんだ。「よし、決まりだ」

「決まりって、なにが？」マーリーは追い打ちをかけた。

「おれはきみを愛してて、きみはおれを愛してる」

「だから？　休戦協定でも結ぶ？」

デーンは首を振り、あらためて彼女の手を取った。「結婚しよう」指先にキスした。「知り合いのだれやらたちみたいに半年も待たないぞ。今週末か、遅くても来週末に」

息を呑んだあと、マーリーの顔には太陽が昇るように、明るい笑顔が浮かんだ。「今週末でも大丈夫よ」

マーリーを抱きしめたかったが、傷つけそうで怖かった。彼女を見つめ、その落ち着き払ったようすに目を丸くした。殺人犯に狙われ、弾丸を撃ち込んだ直後なのに……安らかな顔をしている。結婚の約束さえ、その平穏さを掻き乱すことはなかった。

デーンの体が震えだした。前夜、何度も起きたことだ。「すまなかった」唐突に謝った。もう十五回はこんなことを繰り返し、その表情からマーリーは彼の思いを察していた。「ああ、ベイビー、おれのせいだ。きみを危険な目に遭わせるつもりなんてなかった。きみがあいつに見つかるなんて」

彼女の紺碧の瞳が、いつにも増して謎めいた。「避けられないことだったのかも。見つかってしまったのは、わたしのせいかも。隠れ家に行くべきだったんでしょうね。ひょっとしたら、わたしと同じように、彼のほうにもわたしが感知できたのかも。彼をやれるとしたら、彼の居場所や行動を追えるわたししかいなかったのかも。かも、かも、かも。だれにもたしかなことはわからないわ。でもわたしは平気よ、デーン、どんな意味でも」

「おれはきみにぞっこんだ。きみがあいつに――」声を詰まらせた。急に我慢できなくなって、割れ物でも扱うようにそっと腕を回し彼女をベッドから抱き上げた。腰を下ろして彼女を膝に載せ、顔を髪にうずめた。

「わかってる。わたしも愛してるわ」肩に負担のかかる姿勢だし、安らぎを求める彼の抱擁は強すぎたけれど、黙っていた。こんな肌の触れ合いを、彼の抱擁が与えてくれる安心感と温かみを、マーリーも必要としていた。彼にもたれかかった。「デーン？」

「どうした？」

「訊いておきたいことがあるの」

顔を上げてデーンは訊いた。「なに？」

「わたしと結婚したいって、本気？」

「ああ、本気だとも。なんでそんなこと訊くんだ？」

「わたしのような人間と一緒にいる居心地の悪さがわかるからよ。それに、隠しごとをしたまま結婚するわけにはいかないわ。じつは能力が完全に戻ったの。というか、いまは制御できるから、まえより能力が上がったといえるかも」

迷いはなかった。マーリーを自分のものにするには、霊能力もなにも含めて、まるごと受け入れるしかない。「でも、おれのことはまったく読めないんだろ？」

「全然。あなたみたいな石頭って初めて。これで安心できた？」

にんまりして、こめかみに軽くキスした。「どちらにしたって、気持ちは変わらないよ。なにがなんでも、きみと結婚するって決めたんだ」

「でも、あなたを調査することはできるわ」正直にいった。「だから、悪いことがあっても、あなたはほかの警官みたいに奥さんに隠しごとができないの。なにが起きたのかわたしにはもうわかってるんだから、心の片隅に追いやったってむだよ」

「耐えるさ」どうってことない。ここまで来れば、彼女が由緒正しい魔法使いだろうと、空飛ぶ絨毯《じゅうたん》に乗っていようと、やっていける。「きみが警官の妻って立場に折り合いをつけられるんなら、おれだって霊能力者の夫になれる。まったく、どんな目に遭わされるやら」

エピローグ

デーンはベッドから転がり出ると、ちらっとマーリーを見るなり、まっ青になってバスルームに駆け込んだ。彼女はベッドに肘をつき、軽い驚きとともにいまの状況を考えて声をかけた。「妊娠してるのはわたしよ。なんで、あなたがつわりになるの?」

彼は五、六分して戻ったが、あいかわらずまっ青だった。「どっちかが引き受けなきゃならない」ウッとうめいてベッドに倒れた。「おれ、今日は仕事に出られそうにない」

そんな彼を足でつついた。「なにいってるの。バターなしのトーストを少し食べたら胃が落ち着くわ。わかってるでしょ? さぼったらトラメルにからかわれるわよ」

「もうやられてる」顔を枕に押しつけているので、声がくぐもっている。「おれがやつのすごい秘密を握ってなきゃ、いまごろみんなにいいふらされてた」

マーリーは上掛けをはいで、ベッドから出た。いい気分。最初こそ少しむかむかしたが、吐くまでひどくはなかったし、そんな時期もすぐに終わった。でもそれは彼女のほうの話で、デーンは違った。毎朝儀式のように吐き、まだ新年を迎えたばかりだから妊娠六カ月めだ。結婚式の直後に妻を身ごもらせた罰がこんな形で下るとは。

「あなたがどうやって陣痛と分娩に対処するのか楽しみだわ」独り言のようにつぶやいて、わざと意地悪そうな顔をしてみせた。

デーンはうめいた。「考えたくもない」

対処するもなにも、立ち会い人としては最低だった。彼女の陣痛と同時に苦しみはじめた。看護婦たちはそんな彼をいとおしみ、妊婦の手を握れるよう隣に簡易ベッドを置いて寝かせた。それが慰めになったようだ。青ざめた顔を汗まみれにして、彼女が子宮収縮を起こすたび、一緒になってもだえた。

「麗しい光景だこと」そんな彼を見て、年配の看護婦は喜びに顔を輝かせた。「すべての父親がこうであってくれたら、公平な世の中になるんですけれど」

マーリーは軽く彼の手を叩いた。間もなく終わりが来ようとしていた。それに伴う痛みは着実に増し、いましも最高潮に達しつつある。全身は重苦しい疲弊感に包まれ、骨盤には壊れそうなほど圧力がかかっている。それでも、夫の姿に感嘆せずにはいられなかった。エムパスだと見なされているのはわたしのほうなのに！　妊娠期間中を通じてデーンはあらゆる苦しみ、痛みを彼女と分け合ってきた。この産みの苦しみはどう感じているの？

「うう、まずい、また来たぞ」彼が手を握ってきた。そうね、腹部が張ってきたわ。マーリーは弓なりになってあえぎながら、痛みの高波に乗ろうとした。

「子どもはこれで打ち止めだ」デーンの声が切れぎれに聞こえた。「もう絶対にいらない。

ああ、ちくしょう、こいつ、いつになったら出てくるつもりだ？」

「すぐよ」マーリーは答えた。深い部分に強烈な収縮感がある。二人の息子がもうすぐこの世に生を受けようとしていた。

それから三十分ほどで産まれた。デーンは医師から無理やり鎮痛剤を投与され、いざ出産の場面には居合わせられなかった。だが疲れてまどろみに落ちたマーリーがつぎに目覚めると、青白くげっそりした顔をした彼が、ベッド脇の椅子に赤ん坊を抱いて坐っていた。

厳めしい顔に笑みが広がった。「大変な目に遭ったな」デーンはいった。「でも、おれたちはやった。見ろよ、最高だ、完璧な息子だよ。それでもやっぱり、子どもはこいつで打ち止めにする」

訳者あとがき

大西洋とメキシコ湾を隔てるようにして突き出たフロリダ半島。半島のほぼ中央に位置するのがオーランド。歴史と文化の北部、常夏の南部にはさまれ、ディズニー・ワールドやユニバーサル・スタジオなど、大規模なアミューズメント施設の集まる世界的な観光都市です。今回はこのオーランドを舞台とした霊能力者のお話。照りつける陽射し、うだるような暑さ、海から運ばれてくる雷雨。今回も濃厚なリンダ・ワールドです。

さて、今回のヒロインをご紹介します。マーリー・キーン、二十八歳。銀行勤務。わけあって六年前、マーリーはそれまで住んでいた北西部のワシントンから、対極に位置するフロリダ州のオーランドに引っ越してきた。人目を引かない地味な格好を心がけ、銀行では数字とにらめっこする毎日。訪ねてくる親しい友人も、親類もおらず、小さな家でひっそり暮らしている。老人世帯が多いこの界隈にあって、男出入りがなく、もの静かで親切な彼女は、すこぶる評判がいい。趣味は映画、しかもコメディにかぎる。

そんな刺激のない生活には耐えられない、と思われる向きも多いはず。ところがわれらがヒロイン、マーリーはそんな日常をいつくしみ、大切にしている。彼女にとっては多くの犠牲を払い、努力を重ねて、ようやく築き上げてきた暮らしなのだ。そんな彼女の気持ちを理解するには過去をひもとく必要があるのですが、そこは本編に譲るとして……。

だが、ある日、そんな静かな暮らしを揺るがすできごとが起きた。映画からの帰り道、しあわせを噛みしめていた矢先、殺害場面の映像が突如として浮かんできて、身動きがとれなくなった。六年前の事件のフラッシュバックか、それとも霊能力が戻ったのか？　失っていた能力が戻ったのだとしたら……いまの平穏な暮らしは続けられなくなる。

能力が戻ったとわかったとき、マーリーは苦しむと知りつつオーランド市警へと向かった。

普通の人にはない、超感覚的な能力がもらえるとしたら……どんな能力で、なにをする？いまどきスプーンを曲げて有名になるのにあこがれる人は少ないにしても、予知能力があれば三億円の宝くじに、万馬券。瞬間移動の能力があれば、渋滞に巻き込まれずに仕事の待ち合わせ場所にひとっ飛び。もちろん、好きなときに好きな彼氏に会いに行ってもいいんですけれど。

でも、他人の感覚や、思考を感知する能力があったら、どうなるでしょう？　恋人ができたら、相手の心は読みほうだい――下心だけだったりして。能力があるのが世間にばれたら――みんなから疎まれて、ひとりぼっちになりそう。そう、もうおわかりですね。マーリーは人付き合いには嬉しくない、そんな能力の持ち主なのです。もちろん、リンダ作品のヒロインですから、鼻っ柱が強くて、辛辣で、生きてゆく能力は人一倍。そしてこんなめんどうな女にぞっこん惚れ込むヒーローが、デーン・ホリスター刑事。頭が固く、女心を解さない筋金入りの唐変木。仕事はできるし、責任感は強いし、彼女を守りたいという気持ちはだれにも負けないけれど、恋愛となるととんちんかんなところがキュートだったりして。

愛さずにおれないヒーローがどうやって生み出されるのか。リンダ・ハワードはインターネットに掲載されたインタビューでつぎのように述べています（http://www.likesbooks.com/lindahoward.html）。

Q：ロマンス作家として、男性をどのように感じていらっしゃいますか？

A：まずは愛さないことには始まらないから、リアルなものだと考えるようにしています。実際、男ってすばらしい生きものだと思うし。思慮分別のある女性たるもの、ひとりはつかまえておきたいものね。

ごもっとも。リンダさまの強さにあやかりたい。

さて、二見文庫からの次回作は"After the Night"の予定です。絶望の淵から必死に這い上がってきた美貌のヒロインと、町じゅうの女性から秋波を送られる資産家のヒーローの因縁物。お楽しみに。

二〇〇一年六月

ザ・ミステリ・コレクション

夜《よる》を忘《わす》れたい

[著　者]　リンダ・ハワード
[訳　者]　林 啓恵

[発行所]　株式会社 二見書房
東京都千代田区神田神保町1-5-10
電話　03(3219)2311[営業]
　　　03(3219)2315[編集]
振替　00170-4-2639

[印　刷]　株式会社 堀内印刷所
[製　本]　株式会社 明泉堂

落丁・乱丁本はお取り替えいたします。
定価は、カバーに表示してあります。

ISBN4-576-01081-6
http://www.futami.co.jp

二度殺せるなら
リンダ・ハワード
加藤洋子［訳］

長年行方を絶っていた父親が何者かに射殺された。父の死に涙するカレンは、刑事マークに慰められるが、射殺事件の黒幕が次に狙うのはカレンだった…

石の都に眠れ
リンダ・ハワード
加藤洋子［訳］

亡父の説を立証するため、考古学者となりアマゾン奥地へ旅立ったジリアン。が、彼女を待ち受けていたのは、死の危機と情熱の炎に翻弄される運命だった。

心閉ざされて
リンダ・ハワード
林 啓恵［訳］

名家の末裔ロアンナは、殺人容疑をかけられ屋敷を追われた又従兄弟に想いを寄せていた。10年後、歪んだ殺意が忍び寄っているとも知らず彼と再会するが…

青い瞳の狼
リンダ・ハワード
加藤洋子［訳］

CIAの美しい職員ニエマと再会した男は、彼女の亡き夫のかつての上司だった。彼の使命は武器商人の秘密を探り、ニエマと偽りの愛を演じること……

夢のなかの騎士
リンダ・ハワード
林 啓恵［訳］

古文書の専門家グレースの夫と兄が殺された。犯人は、目下彼女が翻訳中の14世紀古文書を狙う考古学財団の理事長。いったい古文書にはどんな秘密が？

Mr.パーフェクト
リンダ・ハワード
加藤洋子［訳］

金曜の晩のジェインの楽しみは、バーで同僚たちと「完璧な男」を語ること。思いつくまま条件をリストにした彼女たちの情報が、世間に知れたとき…！

あの日を探して
リンダ・ハワード
林 啓恵［訳］

かなわぬ恋と知りながら、想いを寄せた男に町を追われたフェイス。引き金となった失踪事件を追う彼女の行く手には、甘く危険な駆け引きが招く結末が…

パーティーガール
リンダ・ハワード
加藤洋子［訳］

すべてが地味でさえない図書館司書デイジー。34歳にしてクールな女に変身したのはいいが、夜遊びデビュー早々ひょんなことから殺人事件に巻き込まれ…

見知らぬあなた
リンダ・ハワード
林 啓恵［訳］

一夜の恋で運命が一変するとしたら…。平穏な生活を〝見知らぬあなた〟に変えられた女性たちを、華麗な筆致で紡ぐ三編のスリリングな傑作オムニバス。

一度しか死ねない
リンダ・ハワード
加藤洋子［訳］

彼女はボディガード、そして美しき女執事——不可解な連続殺人を追う刑事と汚名を着せられた女。事件の裏で渦巻く狂気と燃えあがる愛の行方は⁉

悲しみにさようなら
リンダ・ハワード
加藤洋子［訳］

10年前メキシコで起きた赤ん坊誘拐事件。たった一人わが子を追い続けるミラが遂に掴んだ切り札、それは冷酷な殺し屋と噂される危険な男だった…

ヒロインは眠らない（上・下）
ドリス・モートマン
栗木さつき［訳］

証人保護プログラムで過去を消されたNY市警の美貌の鑑識捜査員アマンダ。が、ある日を境に不審なことが起こり始め…。過去からの刺客の正体とは⁉